我
COGITO
思

EDMONDO DE AMICIS

君士坦丁堡

CONSTANTINOPOLI

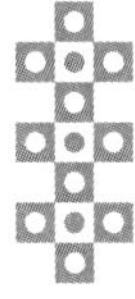

（意）埃德蒙多·德·亚米契斯 著 | 董能 译

GUANGXI NORMAL UNIVERSITY PRESS
广西师范大学出版社
·桂林·

君士坦丁堡
JUNSHITANDINGBAO

策　　划：我思 Cogito
特约组稿：赵黎君
责任编辑：韩亚平
装帧设计：左　旋

本书依据 1894 年意大利文本翻译。插图作者为意大利画家切萨雷·比塞奥（Cesare Biseo）和恩里克·永克（Enrico Yunck）。

图书在版编目（CIP）数据

君士坦丁堡 /（意）埃德蒙多·德·亚米契斯著；董能译. -- 桂林：广西师范大学出版社，2023.12
（亚米契斯游记经典）
ISBN 978-7-5598-6388-1

Ⅰ. ①君… Ⅱ. ①埃… ②董… Ⅲ. ①游记 – 意大利 – 近代 Ⅳ. ①I546.64

中国国家版本馆 CIP 数据核字（2023）第 187372 号

广西师范大学出版社出版发行
广西桂林市五里店路 9 号　邮政编码：541004
网址：http://www.bbtpress.com
出版人：黄轩庄
全国新华书店经销
山东韵杰文化科技有限公司印刷
山东省淄博市桓台县桓台大道西首　邮政编码：256401
开本：850 mm × 1 168 mm　1 / 32
印张：14.875　　字数：282 千
2023 年 12 月第 1 版　　2023 年 12 月第 1 次印刷
定价：69. 00 元

致我在佩拉的好友们：恩里克·桑多罗、乔瓦尼·罗萨斯科，以及法乌斯托·阿尔贝里。

朋友们，这是我最后一本旅行之书了。从今往后，我只听从心灵的启示。

——路易斯·德·盖瓦拉《埃及之旅》

埃德蒙多·德·亚米契斯（1846—1908）

CONTENTS

目录

1 抵 达
25 五小时后
31 大 桥
47 伊斯坦布尔
69 金角湾畔
72 加拉太塔
74 加拉太公墓
75 佩 拉
79 一大片公墓
81 潘卡尔迪
83 圣迪米特里
85 塔塔乌拉
86 卡瑟姆帕夏
89 咖啡馆
90 皮亚利帕夏
92 射箭广场

CONTENTS

皮里帕夏 93

哈斯科伊 94

哈勒哲奥卢 95

苏特吕杰 96

泛舟海上 99

大巴扎 101

君士坦丁堡的生活 133

光 133

飞　鸟 135

往　事 136

似曾相识 139

服　饰 141

未来的君士坦丁堡 143

狗 144

阉　仆 150

军　队 156

CONTENTS

163 闲　暇
166 夜　晚
168 欧洲人的生活
171 意大利人
174 戏　院
176 土耳其菜
180 斋　月
181 往昔的君士坦丁堡
186 亚美尼亚人
189 希腊人
193 土耳其浴
197 塞拉斯凯拉特塔
200 东方颂诗
203 圣索菲亚
230 多马巴赫切宫
246 土耳其妇女

CONTENTS

着火了！ 272

城　墙 293

古时的塞拉里奥宫 326

最后几日 385

- 清真寺 385
- 地下水宫 393
- 于斯屈达尔 396
- 彻拉安宫 400
- 艾尤普 402
- 禁卫军的鬼影 408
- 王室陵墓 410
- 德尔维什 414
- 恰姆勒贾 420

土耳其人 424

博斯普鲁斯 437

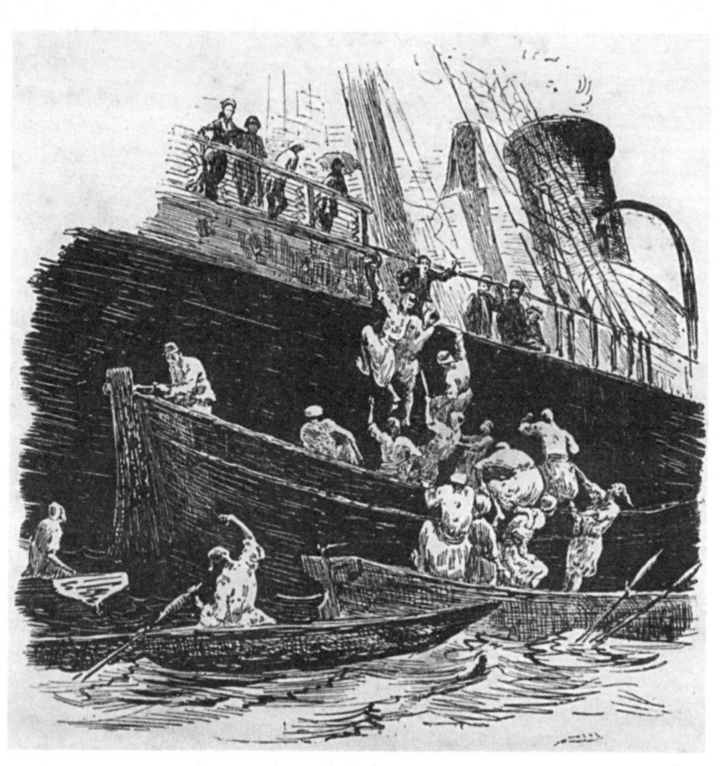

抵 达

进入君士坦丁堡时的激荡心绪几乎令我忘掉了从墨西拿海峡至博斯普鲁斯海峡入口处的十日航行中见到的一切。湛蓝安详宛如湖泊的爱奥尼亚海，被太阳初升的光芒染成玫瑰色的摩里亚远山，黄昏下金灿灿的群岛，雅典的废墟，萨洛尼卡的港湾，利姆诺斯岛，特内多斯岛，达达尼尔海峡，以及旅途中赏心悦目的许多人物与宅邸，在见到金角湾后，它们便在我心中黯然失色。如果此刻我要描述这些景致，就得依赖想象多过依赖记忆。为了让这本书从一开篇就活生生、热乎乎地直抒胸臆，我必须从海上旅途的最后一夜写起。当时我正在马尔马拉海上。船长凑近我和我的朋友永克[1]，把手

1 恩里克·永克（Enrico Yunck，1849—1878），意大利画家，作者的旅伴，本书插画的绘者之一。另一位绘者为意大利画家切萨雷·比塞奥（Cesare Biseo）。译者注（本书脚注均为译者注）。

搭在我们肩上，操着他那口地道的巴勒莫口音说道："先生们！明天黎明，我们就会看到君士坦丁堡的头几座尖塔。"

哎呀，您笑了，我亲爱的读者！您衣食不愁，却闷闷不乐；您多年前曾心血来潮要去君士坦丁堡，于是在24小时里准备好银钱，整理好行囊，打算安安静静地出发，就好像是去乡下远足。可您到了最后一刻还拿不定主意，犹豫是不是该改道去巴登-巴登！如果船长也对您说"明早我们将看到君士坦丁堡"，您一准儿会不动声色地答复："那敢情好。"可您得将这份愿望蕴蓄整整十年，多愁善感地盯着东方的地图度过好多个冬夜，在读过百卷著作后重燃奇思妙想，为了弥补无法见识半个欧洲的遗憾而环游另外半个；您得怀着这个唯一的目标伏在写字桌前一整年，付出上千个小小的牺牲，精打细算，摧城拔寨，应付琐碎的家庭矛盾。最后，您得在海上度过九个不眠之夜，眼前是一片辽阔而明媚的景色，您幸福得一想到留在家中的至爱亲朋，就几乎觉得懊悔。到了这时，您才领会这几个字眼的分量："明天黎明，我们就会看到君士坦丁堡的头几座尖塔。"您不会冷冰冰地回答"那敢情好"，相反，您会重重地拍打船舷的栏杆。

让我和我的朋友颇感欢喜的是，我们这番漫长的期盼必定不会落空。谁会怀疑君士坦丁堡？哪怕最挑剔的旅行者都对此坚信不疑。从来不曾有人在那里经历过幻灭。它既不依赖久远记忆的粉饰，也不需要约定俗成的恭维。这座城市拥有一种人人称道、威风凛凛的美，在它面前，诗人和考古学家也好，大使和买卖人也好，公主和水手也好，北国子弟和南国儿郎也好，无不发出钦慕的呼喊。举世公认，那里是全天下最美好的地方。旅行到此的作家们一到君士坦丁堡，立时就失魂落魄。珀都西耶变得口笨舌拙，图讷福尔声称人类的语言苍白无力，普克维尔相信自己掉进另一个世界，拉·克鲁瓦飘飘欲醉，德·马塞鲁斯子爵欣喜若狂，拉马丁感谢上苍，戈蒂耶怀疑自己见到的一切是否真实。[1]他们堆砌层层叠叠的景象，把文笔打磨得光华四射，绞尽脑汁寻找一种能恰如其分袒露其思想的表达方式，然而却白费力气。只有夏多布里昂在描述自己来到君士坦丁堡的旅程时保持着令人错愕

1 夏尔·珀都西耶（Charles Pertusier，1779—1836），法国大使侍从武官，于1815—1817年出版三卷本著作《君士坦丁堡及博斯普鲁斯风景如画海岸的闲游》（*Atlas des promenades pittoresques dans Constantinople et sur les rives du Bosphore*）；约瑟夫·比东·德·图讷福尔（Joseph Pitton de Tournefort，1656—1708），法国植物学家，于18世纪初访问君士坦丁堡；弗朗索瓦·普克维尔（François Charles Hugues Laurent Pouqueville，1770—1838），法国医生，被奥斯曼人俘虏后，于1798—1820年漫游东方，1805年发表他在摩里亚、君士坦丁堡、阿尔巴尼亚等地的游记；佩蒂·德·拉·克鲁瓦（Pétis de la Croix，1653—1713），法国语言学家、翻译家、外交官，著有关于波斯和突厥的史籍；德·马塞鲁斯子爵（Vicomte de Marcellus，1795—1861），法国旅行家、外交官，著有两卷本《东方回忆录》（*Souvenirs de l'Orient*，1839）；泰奥菲尔·戈蒂耶（Théophile Gautier，1811—1872），法国诗人，于1853年出版游记《君士坦丁堡》。

的平静。但他没有忘记补充，此处有着天地间最瑰丽的奇景。[1]如果说著名的蒙塔古夫人在发表同样的评价时用了“或许”（forse）一词，那么完全可以相信，她这么说只是为了不动声色地突出她本人的美貌（她对此相当看重）。[2]就连一位冷淡的德国人都说过，和见到这魅惑之地时浃髓沦肤的甜蜜感相比，哪怕少年人最美好的艳思和初恋的绮梦也沦为苍白的虚影。有位博学的法国人承认，君士坦丁堡给人的第一印象是惊怖。请读者想象一下，所有这些被重复过千百次的火热文辞，会在一位 24 岁的杰出画家，或一名 28 岁的糟糕诗人的头脑中产生怎样的震撼！[3]

可是，这些献给君士坦丁堡的绝妙赞颂根本词不达意。于是我们一个劲儿向船员们求证。就连这些可怜的粗鲁汉子都觉得，必须借助特异的类比或字眼才能讲清楚此城的壮美。他们苦思该如何表达，两眼四处张望，一个劲儿揉搓手指，试图发出某种仿佛来自远方的音调，或者做出一些幅度大而迟缓的动作来进行描述。人们在词不达意的时候，就会比画这种动作以表示惊奇。“在一个晴朗的早晨进入君士坦丁堡，”

---

1 这里指的是夏多布里昂发表于 1811 年的游记《从巴黎到耶路撒冷》（*Itinéraire de Paris à Jérusalem*）。

2 玛丽·沃特利·蒙塔古夫人（Lady Mary Wortley Montagu，1689—1762），英国作家、诗人，作为英国大使夫人在奥斯曼帝国居住过数年，留下大量关于奥斯曼社会风貌的著述。

3 作者时年 28 岁，永克 24 岁。

领头的舵手对我们说，“先生们，请相信我，是人生中格外美好的一刻。”

天气也在对我们微笑。夜色宁静温润，大海摩挲船只的两舷，发出极为轻微的呢喃。桅杆和哪怕最细的缆索都整整齐齐，在星空下一动不动。船只似乎根本没有在航行。船首是一群躺卧的土耳其人。他们面朝月亮，舒服地吸着水烟。月光给他们白色的缠头巾镶上一圈银轮。船尾是一大群来自五湖四海的人，其中有一群饥肠辘辘的希腊喜剧演员，他们是在比雷埃夫斯登船的。我在一批跟着母亲去敖德萨的俄罗斯小女孩当中，见到了奥尔加的小脸蛋。她十分诧异我听不懂她的语言，连问我三遍同一个问题却得不到明白的回答，因而变得恼怒。我这一侧有位又胖又脏的希腊修士，戴一顶翻转过来的大礼帽，举着望远镜寻找马尔马拉群岛；另一侧是位英国圣公会牧师，像尊雕像似的严峻而冷淡，他在三天之中没说过一句话，没瞧过一眼活人；前面是两位漂亮的雅典小姐，戴着红色小帽，辫子垂在肩上，一旦有谁瞧，她俩就会双双转向大海，以便展露自己的体态；再远一点儿是个亚美尼亚商贩，指间拨弄着东方式样的念珠；一群犹太人身着古老的服饰；几个阿尔巴尼亚人穿着白色的围腰裙衣；一位法国家庭女教师在想着心事；有几位旅客外表平凡，不显山露水，看不出他们是哪国人，从事什么职业。这批人当中有个小小的土耳其家庭，父亲戴非斯帽（fez），母亲遮着脸，两个孩子穿着短裤。一家四口都蹲在一张帘子下面，倚在一大堆五颜六色的垫子和小枕头上，周围是各种形状和颜色的杂物。

君士坦丁堡近在咫尺的感觉真是不可思议！人们不同寻常地活跃起来。灯塔的光影影绰绰地照出人们的面容，几乎个个都喜形于色。俄罗斯小女孩围着母亲蹦跳，喊着伊斯坦布尔的俄语古名："沙皇格勒（Zavegorod）！沙皇格勒！"我从交谈的人群旁走过，处处可以听到加拉太、佩拉、于斯屈达尔、比于克德雷、塔拉比亚等地名，它们就像快要爆燃的一大桶烟花上的头几簇火星那样，点着了我的奇异念头。水手们也为快要抵达而欢喜。用他们的话说，人们在那里至少能有片刻忘却生活中的所有烦恼。就连船头那些白花花的缠头巾都发生了异动：慵懒而镇定的穆斯林仿佛已经在地平线上看到Ummedunia[1]（"世界之母"）的曼妙轮廓起伏不定。正如《古兰经》所言："这座城市的一头凝视陆地，另两头紧盯大海。"[2]即便没有蒸汽机车的动力，充斥甲板的愿望和不耐烦应该也可以推着这艘船自动前进。我时不时倚在栏杆上观海，似有一百种声音混杂着海潮的低语向我倾诉。那是所有喜爱我的人的声音："去吧，去吧，我的儿子，我的兄弟，

1　该词为阿拉伯语。准确拼写为Umm al-dunya，一般指埃及。作者此处引述有误。

2　《古兰经》没有这样一节经文。疑为作者误记或乃道听途说之言。

我的朋友，去吧。去享受你的君士坦丁堡，你已赢得了它。祝你幸福，上帝与你同在！”

一直到了午夜，旅客们才开始走下甲板，回到舱室。我和我的朋友是最后下去的，走得慢吞吞，因为我们讨厌将喜悦禁锢在四壁之间。对这份喜悦而言，整个普罗蓬提斯[1]海域都嫌太过狭窄。走到楼梯中间时，我们听到船长的声音，他邀请我们次日早晨到舰桥上来。

“你们在日出前上来吧，”他出现在舱门处，高声说道，“谁要是迟到了，我就把他丢进海里。”

自打开天辟地以来，就没有比这更多余的威胁了。我彻夜难以合眼。想当初著名的埃迪尔内[2]之夜那会儿，攻克君士坦丁堡的前景令年轻的穆罕默德二世心潮澎湃，在御床上辗转反侧。我相信，当时的他可没有像我这样，在四个小时的等待中，在铺位上翻了那么多回的身。为了平复心情，我尝试连续数数直至一千，或者直勾勾地盯着被船劈开的浪花溅在房间舷窗上的白色水纹，又或者和着蒸汽机发出的单调噪音，有节奏地哼哼小咏叹调。可这些都无济于事。我浑身燥热，透不过气。夜晚好像永远都不会结束。

我刚一瞥见晨曦的微光便立刻跳下床。永克也已经起身。

1　意大利语原文为 Propontide，马尔马拉海的旧称。

2　意大利语原文 Adrianopoli，土耳其西部城市埃迪尔内（Edirne）的旧称。在征服君士坦丁堡之前，此城是奥斯曼帝国首都。

我们匆匆穿戴，迈了三步就上了甲板。

该死！

起雾了！

浓雾从四面八方遮住地平线。一场大雨似乎迫在眉睫。君士坦丁堡入口处的壮景见不到了。最热烈的渴望落了空。我俩的旅行，一言以蔽之，吃了当头一棒。

我难过得要命。

恰在此时，船长出现了，唇上带着他惯常的浅笑。

无须多言。他一见到我俩就明白了怎么回事。他把双臂搭在我们肩上，用宽慰的语调说道：

“没什么，没什么。别慌张。相反，你们该感激这场雾。有了大雾，你俩的入城经历将会美妙得难以置信。两小时后将会是个大晴天。请相信我的话。”

我的精神这才恢复了过来。

我们随即登上指挥塔桥。

在船头，所有土耳其人盘着腿坐在他们的毯子上，面朝君士坦丁堡。短短几分钟之内，所有其他旅客全都一涌而出，他们配备款式各异的望远镜，拉开一长列，靠着左舷的栏杆，就好像靠在剧院楼座的扶手上。一阵轻风刮过。无人说话。所有目光和所有望远镜都一点一点对准马尔马拉海北岸。可还是什么都瞧不见。

不过，大雾只不过是地平线上形成的一道白色条带而已。

在它上面是明媚和金灿的天空。

就在我们前方，顺着船首方向，模模糊糊地出现了九座小岛组成的王子群岛，古人称之为德摩内西（Demonesi）。那里是罗马帝国晚期的宫廷游乐之处，如今成了君士坦丁堡居民的娱乐和节庆场所。

马尔马拉海的两岸仍然完全隐没着。

仅仅一小时后，就能从舰桥上看到……

暂且打住。如果没弄清楚城市的格局，是不可能很好理解我关于进入君士坦丁堡所作的描述的。请读者设想自己面前是隔开亚洲和欧洲、连通马尔马拉海和黑海的博斯普鲁斯海峡的峡口。像这样，你们的右侧是亚洲海岸，左侧是欧洲海岸；这头是古老的安纳托利亚，另一头是古老的色雷斯。若是往前行进，也就是说挤进海峡的话，那么刚刚越过峡口，左侧就会出现一条港湾，或者说一处极为狭窄的锚地，它和博斯普鲁斯一道，构成一个近乎直角的三角形，并插入欧洲地界若干意大利哩[1]，弯弯曲曲，形状有如牛角，故而得名金角湾，意即丰饶之角，因为当它还是拜占庭港口时，三大洲的财富在此云集。欧洲部分的一端南接马尔马拉海，北邻金角湾（此地就是古代的拜占庭），那里的七座山丘上耸立着土耳其城市伊斯坦布尔。而另一角与金角湾和博斯普鲁斯海

1　通行于中世纪意大利各邦的度量单位，1 意大利哩约合 1.851 公里。下文简称为“哩”。

君士坦丁堡手绘示意图（根据本书内容，参考威廉·谢菲德《历史地图集》绘制）

峡相连，即为欧洲城市加拉太和佩拉。位于亚洲海岸的丘陵之下、面朝金角湾的是于斯屈达尔城。因此，人们所称的君士坦丁堡实际上是由三座大城组成[1]。三城被大海隔开，彼此相望，而第三座又同时朝向头两座。三者挨得如此之近，以至从三处海岸的任何一处都可以清楚地看到另两处的建筑物，有点像巴黎或伦敦，在比较宽敞的地方，可以从塞纳河或泰晤士河的一段河岸清楚看到河对岸。

在伊斯坦布尔所在的三角形的顶端，有处向金角湾扭过去的地方，那就是大名鼎鼎的塞拉里奥角[2]。对于从马尔马拉海北上的人们来说，金角湾两岸的景观被这个岬角遮挡着，最后一刻才露出真容，堪称君士坦丁堡最大、最美的部分。

船长凭着他海上老手的眼力，率先发现伊斯坦布尔的第一道曙光。

两位雅典小姐、俄罗斯人一家、英国牧师、永克、我和其他人，全都是第一遭来伊斯坦布尔，我们一群人紧紧围着船长，一言不发，徒劳地死盯着浓雾上方。此时，他挥手指向左边的欧洲海岸，喊道："先生们，女士们，那边就是第

1　在当时欧洲人的观念中，伊斯坦布尔（Stambul）仅指托普卡普宫所在的城区，不包括以北的加拉太和佩拉，以及东边亚洲部分的于斯屈达尔，与今天所称的"伊斯坦布尔"（土耳其语：İstanbul）不同。

2　原文 Capo del Serraglio，土耳其语作 Sarayburnu，"皇宫角"之意，是奥斯曼苏丹的托普卡普宫所在地。

一缕阳光！”

只见一根极高的尖塔顶端冒出一个白点。塔尖以下的部分仍然隐在雾中。所有人都把望远镜对准那里，目不转睛地在那一小片雾气中搜寻，仿佛能令它变大似的。轮船航行得很快，没几分钟我就在尖塔边见到一块模糊的斑点，随后是两块，三块，许多块，一点一点露出房屋的轮廓，光线逐渐延伸，越拉越长。在我们前方和右方，一切仍然笼罩在雾中。正在显露的部分是伊斯坦布尔沿着马尔马拉海北岸伸展的条状地带，位于塞拉里奥角和七塔堡[1]之间，构成一道大约四哩的弧形，但塞拉里奥的整座山丘仍被遮蔽着。房屋后面伸出一根又一根极高的白色尖塔，塔尖在阳光照射下呈玫瑰色。房屋下方开始现出颜色暗淡、带有雉堞的古老城墙。墙体由距离相等的高大塔楼加固，环绕整座城市，形成一条连绵不断的束带，任由海浪汹涌地冲击。不多时，绵延两哩的城市轮廓便显露出来。然而说实话，这景色并不符合我的预期。此刻的我们就好比拉马丁，彼时他曾自问：“这就是君士坦丁堡？”然后感叹：“多么令人失望啊！”

山丘仍然隐藏在浓雾中，只能见到海岸和一长排的房屋，城市似乎完全是扁平的。“船长！”我也嚷了起来，“这就是君士坦丁堡？”船长抓住我的胳膊，伸手在自个儿身前比

1 七塔堡即今天的耶迪库莱（Yedikule），在塞拉里奥角西南约 7 公里处。

画：“还不信！”他喝道，“您往那儿瞧！”

我顺势瞧过去，立时发出一声惊叹。一团庞大的影子，一座极为高大且轻盈的巨物，尽管仍被雾气的面纱遮盖，却从丘陵的顶端直刺苍穹，从半空中构成壮丽的圆形。它周遭是四根巍峨纤细的宣礼塔，银闪闪的塔尖闪烁着太阳的第一缕光芒。“圣索菲亚！”一名水手叫嚷道。两位雅典小姐中的一人低声道：“Hagia Sofia（圣索菲亚）！”船头的土耳其人站了起来。可是，就在这座大教堂前方和四周，从雾中隐约显出另外几座宏伟的圆顶，以及密集而模糊的尖塔，仿佛没有树枝的巨型棕榈树丛林。“苏丹[1]艾哈迈德清真寺！”船长高喊，并向我们一一指点：巴耶济德清真寺、奥斯曼清真寺、拉莱利清真寺、苏莱曼清真寺。可没人再听他说话。面纱很快被扯破，清真寺、高楼、草木、层层叠叠的房屋从四面八方一跃而出。我们越是前进，城市就越是拔升，越是突兀地展现其破碎、奇异、白皙、苍翠、瑰丽、晶莹的面貌。塞拉里奥山丘已经在浓灰色的远雾上完完整整地敞露其柔美的外形。长达四哩的整座伊斯坦布尔城迎着马尔马拉海在我们眼前铺开，它昏暗的城墙和色彩斑斓的房屋倒映在光洁澄澈宛如明镜的水中。

忽然，轮船停了下来。

---

1 苏丹是伊斯兰国家元首的称谓，仅次于哈里发。

大家全都挤在船长身边问他停船的缘由。他解释说，需要等雾气散尽才能继续航行。实际上，大雾仍然像厚厚的幔帐那样遮住了博斯普鲁斯的峡口。不到一分钟之后，轮船又开动了，却行驶得极为小心翼翼。

我们正在挨近古老的塞拉里奥山丘。

此时，我和大伙儿的好奇心变得特别高涨。

“您转过身去，”船长对我说，“等到整座山丘出现在我们跟前时再瞧。”

我扭过头，盯着一张凳子。我觉得它好像在跳舞。

“有了！”片刻之后，船长惊呼。

我转过身。船停了下来。

我们面前是一座离得极近的山丘。

这是一座雄伟的山丘，上面长满粗大的柏树、黄连树、枞树和悬铃木，树枝伸到砌有雉堞的城墙外面，在海面上投下树荫。这一大片草木之间，毫无章法地冒出凉亭的屋脊、顶部带楼座的小阁、银闪闪的小圆盖、模样典雅而古怪的小型建筑物，以及格栅窗户和阿拉伯风的大门，或是独院独户，或是随机散落似的凑成一堆，它们全都白皙、矮小、半隐半显，让人猜想里面或许是花园、走廊、庭院和幽宅组成的迷宫。整座宫城被封闭在一片树林当中，与世隔绝，充满神秘与悲伤。

此时阳光已经照射下来，但这个地方仍被一层薄雾笼罩着，一个人都见不到，最轻微的声响都听不到。所有旅客都

圣索菲亚远景

目不转睛地盯着这座浓缩了四个世纪的荣光、欢愉、情爱、阴谋和鲜血记忆的山丘。它是伟大的奥斯曼王朝的宫殿、堡垒和坟墓。没有人说话，也没有人走动。

船上的二副冷不丁扯了一嗓子："女士们先生们，快看于斯屈达尔！"

大伙儿全都朝亚洲海岸张望过去。金色之城于斯屈达尔一望无际地延伸在山顶和山坡上，掩映在光芒四射的晨雾中，气象万千，朝气蓬勃，宛如一座刚刚被魔棒触碰而生的城市。谁能描述得了这番壮景？我们用来形容本国城市的语言难以传达那种色彩与风光的无穷反差，那种城市与景观，喜乐与肃穆，东方与西方，怪异、柔美与宏伟的巧妙混杂！试想这样一个城市，它由一万间黄色和紫红色的小别墅、一万座绿意盎然的花园组成，城中拔地而起一百座像雪一样白的清真寺；往上，是一片巨柏森林，也就是东方最大的公墓[1]；极远处是无边无际的白色兵营、成群的房屋和柏树、蜷缩在山冈上的小村，在其后方冒出其他一些半掩在林木之间的村落。宣礼塔的尖端和圆顶的白色盖子在半山腰处闪烁，山峰像一道巨大的帘子似的将地平线隔绝。这是一座散落于巨大花园之中的宏伟城市，有时居高临下，俯瞰着海岸被长满埃及榕的陡峭沟壑斩断；有时朝绿色的平原垂降，向遍布阴影和鲜

1 即卡拉贾·艾哈迈德公墓（Karacaahmet Mezarlığı）。

花的小峡湾敞怀。全部的美景都反射在博斯普鲁斯海峡的蓝色镜面上。

我正在观赏于斯屈达尔，朋友用手肘碰了碰我，说他发现了另一座城市。我朝马尔马拉海方向转过头，在同样位于亚洲海岸、比于斯屈达尔更远的地方见到一长列的房屋、清真寺和花园。船已经驶过此处，直至当时，那里仍隐藏在雾中。用望远镜看的话，可以极为清楚地分辨出咖啡馆、集市、欧式房屋、码头、果园的护墙、散落在海岸四周的小船。那是卡德科伊[1]，“法官村”，位于古老的卡尔西顿（Calcedonia）废墟上，曾与拜占庭城分庭抗礼。这座卡尔西顿城由墨伽拉人（i Megaresi）建于公元前685年。德尔斐神谕称他们为“瞎眼人”，因为这些人选择在此地而非伊斯坦布尔所在的对岸建城。“到目前为止是三座城，”船长对我们说，“你们扳着指头继续数吧，因为时不时还会冒出来其他城镇。”

轮船一直在于斯屈达尔和塞拉里奥丘之前停着不动。大雾完全遮住了于斯屈达尔以北的博斯普鲁斯水域，而整个加拉太和整个佩拉就在我们跟前。货船、蒸汽船、轻划艇、木制小帆船从我们身边驶过，可人们瞧都不瞧。大家的眼睛都盯着笼罩欧洲城市的灰幕。我半是不耐烦半是喜悦地颤抖起来。只消再过片刻，绮丽的美景就将令人发出由衷的惊叹！

---

1 Kadıköy，位于于斯屈达尔南部。

我的手哆嗦起来，难以凝神用望远镜观看。船长这家伙见我如此，挺享受我的激动，他搓了搓双手，高喊道：

“我们到了！我们到了！”

终于，雾幕后面先是开始闪现点点白斑，随即露出一座大山的模糊轮廓，再后来，太阳照在玻璃窗上，产生斑斑驳驳、鲜艳无比的闪光。最后出现了敞亮的加拉太和佩拉。眼前是一座山峰，上面密布五颜六色、层层叠叠的小房子；它同时又是一座极高的城市，装点了尖塔、圆顶和松柏；位于其顶端的是各国大使馆阔气的官邸，以及宏伟的加拉太塔；在庞大的托普哈内（Tophane）军械厂脚下是一片船舶的密林。随着雾气越来越稀薄，城市迅速从博斯普鲁斯一侧延展开来，一处又一处街区跃入眼帘，它们从山丘的高坡一直分布到海边，广阔而密集，白色的清真寺星罗棋布，船舶、小港、滨海宫殿、楼阁、花园、凉亭、树丛次第排列。远雾中的其他街区影影绰绰，只能见到被太阳染得金黄的尖顶。处处色彩斑斓，绿意盎然，让人目不暇接，其壮阔非凡，妙趣无穷，堪称一份恩典，教人不假思索地喟叹。船上诸人不管是旅人、水手，土耳其人或欧洲人，甚至稚子孩童，个个舌挢不下，人人静默不语，不知该往哪边观看。我们跟前一侧是于斯屈达尔和卡德科伊，另一侧是塞拉里奥山丘，迎面则是加拉太、佩拉和博斯普鲁斯海峡。得转来转去才能将其尽收眼底。我们侧过身子极目四望，不禁开怀大笑、手舞足蹈，却说不出话来，心

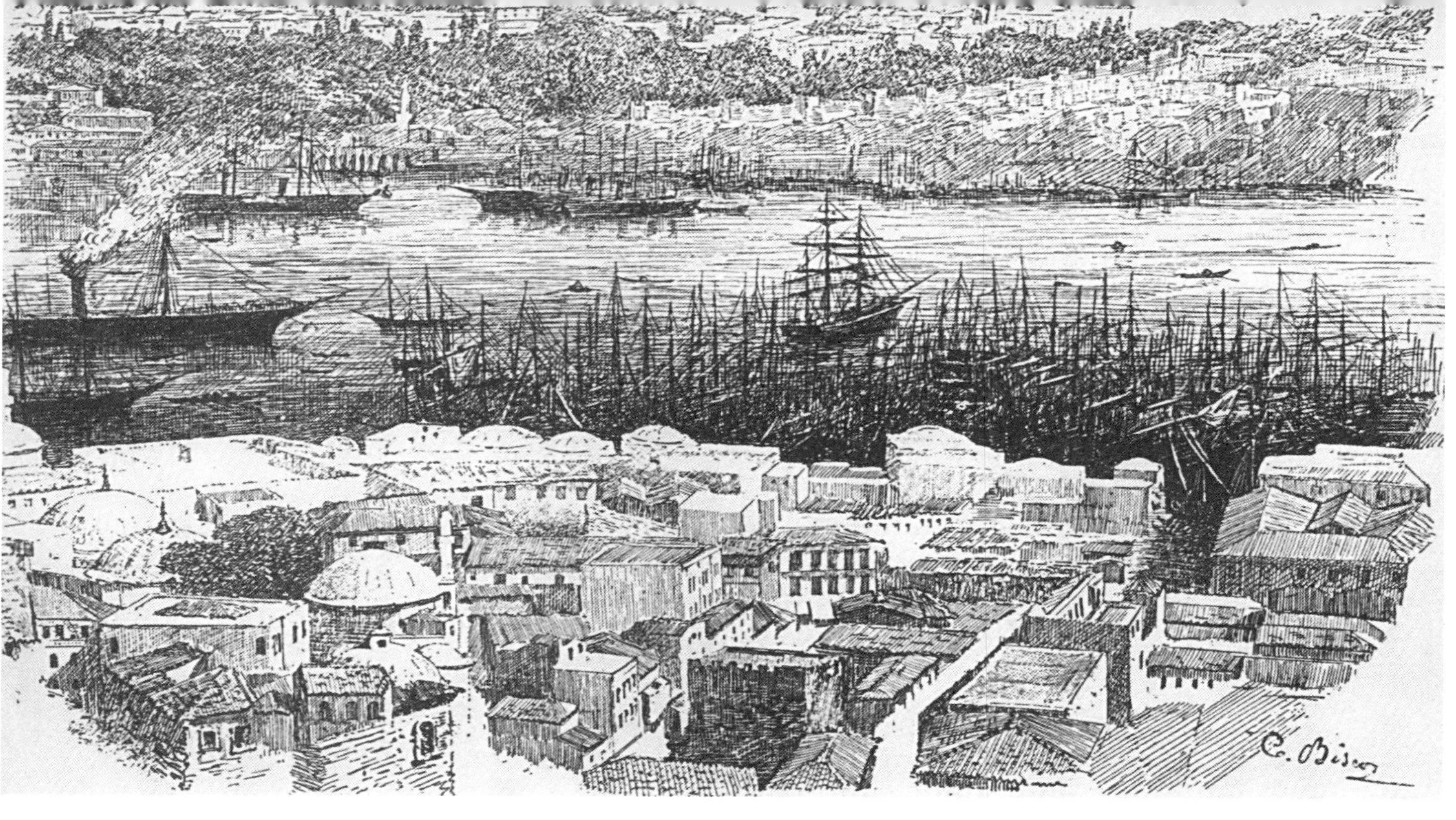

从加拉太塔俯视塞拉里奥宫、圣索菲亚和港口

中喜悦得感到窒闷。感谢上苍，这是多么美好的时刻啊！

尽管如此，我们却尚未目睹最宏伟、最优美的风物。船仍然停在塞拉里奥角的位置，不往前航行就见不到金角湾，而金角湾恰恰是君士坦丁堡顶顶奇妙的景观所在。“诸位请留神！”船长在下令前行之前高喊，“紧要关头就要来了。我们将在三分钟之内和君士坦丁堡打照面！”

我只觉一股寒意。

又等了片刻。

嗬！我的心脏跳成什么样了！我为了等待“开船！”这个幸福的字眼，头脑都发热到什么地步了！

“开船！”船长高呼。

船动了起来。

我们出发啦！在这一刻，大地上的什么帝王将相，什么权贵幸运儿，我同情你们！我在这条船上的位子抵得上你们全部的金银财宝，哪怕拿一个国家来换，我也决不出售眼前的美景！

一分钟——又一分钟——驶过了塞拉里奥角——我隐约瞥见一处充满光线和无数物事与色彩的巨大空间——海角已在身后——这就是君士坦丁堡！无边无际、妙不可言、美不胜收的君士坦丁堡！大千造化与尘凡世人的荣光！我从未梦想过的这般壮美！

可怜鬼啊，你倒是描述啊，你倒是用你那拙笔轻慢这神圣的景象啊！然而，又有谁胆敢描述君士坦丁堡？夏多布里昂、拉马丁、戈蒂耶啊，你们都胡言乱语了些什么东西啊！

尽管力有不逮，意象与话语仍旧充塞我的胸臆，并流泻于笔端。我一口气看呀，说呀，写呀，明知无望，却感到陶醉其中的至乐。就让我们勉强一试吧。

正前方的金角湾有如一条大河。两侧湾岸上是两排山地，其上有两座平行的城市拔地而起，连绵伸展，囊括长达八哩的丘陵、浅谷、小港、岬角，纪念碑和花园覆盖上百条斜坡。巨大的双层台地上密布房屋、清真寺、集市、宫殿、浴室、凉亭，颜色各异，难以穷尽。其中有数以千计的尖塔，闪闪发光的塔顶直刺天空，有如巨大的象牙柱。挺拔的松柏林呈密匝匝的条带状，从山丘垂降到海边，将街区和港口围绕起来。大片散乱的林木挤满四面八方，有的直达山丘，有的在屋顶间蜿蜒，有的折向海滨。右手处是加拉太，它的前方是杆子和旗帜组成的密林；在加拉太上方的佩拉，欧式宅邸雄浑的轮廓尽显于天空之下。往前是连接金角湾两岸的大桥，色彩缤纷的人流行走在桥的两边。往左是伸展在高大山丘上的伊斯坦布尔，每座山丘上都屹立着一座盖着铅顶和金色塔尖的雄伟清真寺：白色和玫瑰色相间的圣索菲亚清真寺；侧面有六根宣礼塔的苏丹艾哈迈德清真寺；顶部有十座圆顶的苏莱曼大帝清真寺；倒映在水中的皇太后清真寺[1]；第四丘上的穆罕默德二世清真寺；第五丘上的塞利姆清真寺；第六丘上的泰克弗尔宫[2]；以及位于所有高坡之下的塞拉里奥宫白塔，它俯瞰两大洲之间从达达尼尔海峡直至黑海的岸头。在伊斯坦布尔的第六丘和加拉太之外，只能看到模糊的轮廓，城市和街区的顶部，港口、舰队和树林的远景，它们几乎消失在淡蓝色的氤氲中，仿佛不再真实，只是空气和光线的错觉。

该如何把握这幅奇妙画卷的细节特征？我的视线在片刻间定格于近处的海岸，聚焦于某间土耳其小房子，或某个金闪闪的塔尖。但旋即便重新将目光投向那片明亮的幽深奇境，在两排似幻非真的城市之间驰目纵览，震骇不已的头脑只能勉强跟上双眼。整个美景之上弥漫着一股无限宁静的威严，有一种专属于少年或恋人的东西，足以唤醒千百段童话仙境与春日迷梦的回忆；它虚浮、神秘、魁伟，挟奇思妙想疾驰于现世之外。柔和的天空被抹上极为细腻的乳色和银色的染料，围裹万物，澄澈非常；蓝宝石色的大海布满紫红色的浮标，令尖顶长长的白色倒影晃个不停。圆顶熠熠发光。一整片深林巨树在早晨的空气中飒飒摇曳。鸽子如层云般围着清真寺

1　即埃米诺努（Eminönü）的耶尼清真寺（Yeni Cami），又称“新清真寺”，位于加拉太大桥的桥头，1665 年竣工。

2　原文作 Tekyr，土耳其文作 Tekfur Sarayı（“至尊殿”），即拜占庭时期著名的紫衣皇宫（英语作 Porphyrogenitus）。

飞翔。上千艘金灿灿的彩绘轻舟在水上游动。黑海的微风吹来千万座花园的香气。当人们沉醉于这天堂，并已经忘记其余诸事的时候，若是往后面扭头，就会怀着新颖的赞叹之情观赏起亚洲海岸。这处海岸的全景终止于壮美的于斯屈达尔和白雪皑皑的比提尼亚奥林波山[1]。马尔马拉海上散落着座座小岛，泛出船帆的白色。桅樯密布的博斯普鲁斯海峡在两岸没有尽头的亭台、宫殿和别墅之间蜿蜒，在东方最明媚的山丘之间神秘地消失。千真万确，这就是地球上最美丽的场面！谁不承认这点，谁就辜负了上帝，侮慢了造化。比这更美的东西将超出人类感官的极限！

最初的振奋过去后，我开始打量起乘客们：所有人的面容都发生了变化。两位雅典小姐眼睛湿润；俄国女士在这庄严的一刻将小奥尔加搂在胸前；就连冷漠的英国牧师也第一次开腔说话，不停欢呼："Wonderful！ Wonderful！"（妙哉！妙哉！）

船在离大桥不远处停下。没过几分钟，周围就聚拢了一大堆小船，甲板上涌出成批的土耳其、希腊、亚美尼亚和犹太搬运工，他们用粗鄙的意大利语骂骂咧咧，接管乘客的物什和乘客本人。

1　比提尼亚奥林波山（Olimpo di Bitinia），即今天的乌鲁达山（Uludağ），位于布尔萨省。

船长徒劳地抗拒了一阵，但我还是拥抱了他，亲了亲奥尔加，向所有人道别，随即便和我的朋友一起下船，登上一条四桨小舟。这艘船载我们去海关，然后我们会从那里攀上一座千街百巷的迷宫，直至位于佩拉山丘顶端的拜占庭旅店。

五小时后

今早的景色已经消失得无影无踪。光辉万丈、美不胜收的君士坦丁堡被一座散布于数不清的丘陵和起伏墙垒之间的怪诞城市取代。这是一座由蚂蚁般的人潮、公墓、废墟和孤寂组成的迷宫，前所未有的文明与野蛮的大杂烩，堪称大地上所有城市的缩影，集合了人类生活的一切特征。说实话，只有城墙内的一小块地方保留了伟大城市的骨架，其余部分只不过是一大堆简陋的屋舍，或一间没有尽头的亚洲营房，里头麇集了信奉无数宗教、归属无数种族的人群，其人口从未被统计过。这是一座处于剧变中的雄城，由衰颓的老城、刚刚勃兴的新城以及正在崛起的其他城区组成。一切都乱七八糟的。到处可以看到宏伟工程的迹象：山峰被凿穿，丘陵被碾碎，旧街区被夷平，崭新的大街被精心规划。在一片永远被人们的双手搅扰不休的土地上，处处散落瓦砾堆和火灾的遗痕。此城杂乱无章，千差万别的面貌混淆在一起，难以预料、莫名其妙的景象不断涌现，令人头昏眼花。

你走进一条气派的街道，却被一条沟渠拦住；从剧院出来，却走到墓地里；登上山顶，见到脚下是一片森林，面前则是另一座山丘上的城市；你刚刚走过一处街区，猛然回头，发现它实际上位于一道树木半掩的深谷的尽头；你绕着一间房子拐了个弯，面前赫然是一座港口；你沿着街道往下走，却走到了城外！你身处峡谷，除了天空，什么都见不着。城市跳出来，又藏起来，在你的头顶、脚下、背后、近处、远处、太阳下、阴影里、树丛间、大海边时不时显露。你往前踏一步，见到壮阔的全景；往后退一步，就什么都瞧不见；你抬头，见到千百根宣礼塔的塔尖；稍稍低头，千百根尖塔顿时消失。错综复杂得没有尽头的街道在山冈间蜿蜒，跃上垒道，掠过悬崖，跌进引水渠下方，分成岔路，沿阶梯下坠，周遭是灌木、岩石、废墟、沙土。这座大城时不时有如呼吸一般吞吐乡野的孤寂气息，然后故态复萌，变得更紧凑、更多彩、更欢快。这边地势平坦，那边的路面先是爬升，再急转直下，分成岔路，随后重又挤到一起。这边烟火蒸腾，轰轰作响；那边却沉沉入睡。这边厢一片赤红，那边厢尽皆纯白，第三处金光灿灿，第四个地方却又呈现一派鲜花满山的模样。城市、村庄、田野、花园、港口、荒原、市场、墓地无休止地交替，次第冒出来，以至在有的山丘上，你只消往某座斜坡瞄上一眼，就能将整

佩拉的一条街道

个区域所有千姿百态的物事尽收眼底。天空下、海水中映着数不清的凌乱轮廓，它们是如此密集、如此难以置信地被千变万化的建筑物切碎、分割成齿轮状，以至仿佛在抖动和交缠，让人眼花缭乱。欧洲人的高楼挺立在土耳其人的小房子中间；宣礼塔后面是钟楼，阳台上面是圆顶，圆顶后面是带有城垛的围墙；亭台的中国式屋顶架在剧院的三角墙上面，私闺的格子骑楼对面是玻璃大窗，摩尔式的小窗正对有立柱的阳台，圣母像的壁龛在阿拉伯小拱门下面；坟墓在院子里，塔楼在陋室之间。清真寺、犹太会堂、希腊教堂、天主教堂、亚美尼亚教堂彼此交错，好像是要互较高下。柏树、意大利石松、无花果树和悬铃木在屋顶上伸展枝条，钻进每处墙洞。难以名状的临时建筑物依傍反复无常的地势而建，房屋被切割散碎，呈三角形的塔楼以及垂直和颠倒的金字塔形状，被桥梁、支架和沟渠环绕，紊乱地堆在一起，有如山峰塌方掉落的巨石。

每隔一百步，四周的景观就截然不同。假设你们置身于某处有点像马赛郊区的街道：一转身，见到一座亚洲村落；转回来，是一处希腊街区；再转个身，却成了特拉布宗的郊区。你们可以从语言、人的外表、房屋的格局辨认出个中差别。此间不乏法国的残痕、意大利的余迹、英国的杂色、俄罗斯的支脉。就广阔的市容市貌而言，可以从建筑和色彩中见到一场大战的象征。基督徒家族想要再度征服圣地，而穆斯林家族不遗余力地捍卫它，两者争斗不休。伊斯坦布尔一度全都是土耳其人，但从四面八方被基督徒社区包围，后者慢慢地沿着金角湾和马尔马拉海的海岸渗透。另一方面，征服进行得十分迅猛：教堂、宫殿、医院、公共花园、工厂、学校撕扯穆斯林街区，蚕食公墓，从这座山丘朝着那座山丘进军。在交锋比较激烈的地方，一座大城市的模样已经隐约成形，有朝一日它将会像如今覆盖金角湾沿岸一样，覆盖博斯普鲁斯海峡的欧洲海岸。

不过，每走上一步，就会有上千件新奇的玩意儿让人从这些宏大的观察中分心。一条街上是德尔维什（dervis）[1]的道堂，另一条街上是摩尔人风格的兵营、土耳其咖啡馆、集市、喷泉和导水管。你在一刻钟里面需要十次改变走路的方式：往下走，往上攀，在斜坡上蹦跳，沿巨石台阶登高，跌进泥沼，躲开众多障碍物。你时而在人群中，时而在灌木中，时而在悬挂的破衣烂衫中穿行；时而掩鼻而过，时而吐纳芳香。在一处看得见博斯普鲁斯海峡、亚洲和无垠天空的开阔场所，你沿着强光还没走几步，就下陷进阴沉昏暗的窄巷，巷子旁是摇摇欲坠的房屋，地上卵石密布，有如河床。你从凉爽多荫的绿地掉进被太阳炙烤得令人窒息的尘土；从色彩鲜明、喧嚣鼎沸的十字路口掉进听不到一丝人声的幽深墓穴；

1　遵奉苏菲行知的穆斯林修行者。

从我们梦想的神圣东方掉进另一个凄凉、肮脏、衰朽、超出任何最黑暗想象的东方。你才逛了短短几个钟头就昏头昏脑。要是有人突然问你何为君士坦丁堡，你只能先手抚额头，平息一下纷乱的思绪，然后才作答：君士坦丁堡是巴比伦，是整个世界，是一团混沌。它美吗？美不胜收。它丑吗？丑态毕露。你喜爱它吗？爱得要死。和它处得来吗？天晓得！谁敢说自己住得惯另一个星球？我们满脑子激情和失落地回到旅店，魂不守舍，烦乱欲呕，眼不明，耳不聪，心头一片混乱，有如脑充血的最初症状，随后慢慢缓解，陷入深深的无力和致命的倦怠。片刻之间仿佛过去好多年，自觉形劳神悴、年高体迈。

那么，这座怪诞之城的人民又是什么模样呢？

大　桥[1]

要一睹君士坦丁堡的人民，就得走上一座大约四分之一哩长的浮桥。这座桥从加拉太最靠前的位置延伸至对面金角湾岸边，与宏伟的皇太后清真寺迎面相对。桥的两岸都属于欧洲地界。但是，说这座桥连接了欧亚大陆也无妨，因为除了地理位置之外，伊斯坦布尔并不属于欧洲，哪怕位于高处的少数基督教街区也具有亚洲的色彩与特征。金角湾看上去像一条河，但却如同大洋似的隔开两个世界。欧洲发生了什么事情，其新闻会迅捷、准确、详尽地在加拉太和佩拉流传，引得人们议论纷纷，但却只能以残缺不全、道听途说的形式抵达对岸，好似遥远的回声。西方最轰动的人和事止步于这一衣带水跟前，就像受阻于不可逾越的天堑。每天都有成千

1　即加拉太桥，作者在后文也称皇太后桥。

上万的人经过这座桥，但十年都不会传输过去一种思想。

驻足桥头，在一小时内就能看到川流不息的整个君士坦丁堡。从日出至日落，两股无穷无尽的人流不停在桥上相遇并混合，呈现一派令西印度的市场、下诺夫哥罗德的集镇、北京的节日庆典相形见绌的景象。

你要想见识点什么，就得紧盯着一小段桥面凝神细观。如果目光游离，准得眼花缭乱、头昏脑涨。人流如巨浪一般来来往往，每个浪头都折射千般颜色，每群人都包含百种样貌。你不妨尽情设想最稀奇古怪的人物、服饰和社会阶级的大杂烩是什么样子。可无论怎么想，都想不到你在二十步距离之内和十分钟闲逛之间瞧见的那种奇妙混杂的景象。一队

土耳其脚夫弯腰背着沉甸甸的担子，奔跑而过。他们身后是一顶镶嵌珍珠母和象牙的轿子，一位亚美尼亚女士从里面探出头来。一个披着白色斗篷的贝都因人和一个头裹平纹细布缠巾、身着天蓝色长袍的土耳其老头分别走在两侧。老头身边是位骑马的希腊青年，身后跟着身穿刺绣上衣的翻译，以及头戴圆锥形帽子、身披骆驼毛袍服的德尔维什。德尔维什让开身子，以便欧洲大使的马车经过，衣着华丽的开路客在前面引导马车。所有这些都一晃而过，看不真切。不待你转身，就身处一队戴着巨大阿斯特拉罕高帽的波斯人之间。他们过去后，你见到面前有个臃肿的犹太人，身穿一件两侧开衩的黄色长衫；头发蓬乱的吉卜赛人带着小孩子，背上挂着一只袋子；天主教神父拄着拐杖，夹着日课经；在一群乱糟糟的希腊人、土耳其人和亚美尼亚人中间，一名肥硕的骑马阉奴挺身在前，口呼“让道！”，他身后跟着一辆土耳其马车，上面绘着花鸟，车里是私闺妇女，她身穿紫罗兰色和绿色服饰，蒙着宽大的白色面纱；再往后是位佩拉医院的仁爱修会修女，跟着她的是个牵着猴子的非洲奴隶和一名神汉打扮的说书人。此景司空见惯，但新来者却会觉得十分古怪。差异如此之大的整群人迎面相遇，然后彼此看都不看地走过去，就像伦敦街上的民众。

没有人停下脚步。所有人都急匆匆地行走，一张张脸庞上见不到一丝微笑。阿尔巴尼亚人穿衬裙，腰带上绑着子弹，走在身披公羊皮外套的鞑靼人边上；土耳其人骑着鞍辔华丽的驴子，在两队骆驼间穿梭；皇家小亲王第十二营副官端坐在一匹阿拉伯骏马背上，在他身后，一辆大车满载某个土耳其家庭杂七杂八的家具，摇摇晃晃；步行的女穆斯林，蒙面的奴婢，戴红色小帽、辫子垂在肩上的希腊女子，裹在黑色法德塔（faldetta）[1]里的马耳他妇女，身穿极为古老的犹地亚服饰的犹太女人，披着开罗彩色披肩的黑皮肤女人，一身玄色、裹得严严实实好像出席丧礼的特拉布宗亚美尼亚女人，她们有时处在同一队列，仿佛被刻意安置在一起，以便突显彼此的特征似的。这么一幅种族和宗教的多变图景，你刚来得及瞄上一眼，它就持续地组合与分解。紧盯大桥的木板地面，专瞧人们的腿脚可有意思了：各式各样的鞋子从地上走过，从粗陋的破履到半筒靴，再到最时髦的巴黎名牌；土耳其人穿黄色拖鞋，亚美尼亚人穿红鞋，希腊人穿青绿色鞋子，犹太人穿黑鞋。有凉鞋，有土耳其长靴，有阿尔巴尼亚人的绑腿，有露脚的小鞋，有小亚细亚骑士们穿的色彩斑斓的甘巴斯（gambass）靴，有绣着金线的布鞋，有西班牙式的阿帕加塔斯（alpargatas）帆布便鞋，有缎鞋、绳鞋、碎屑鞋、木鞋，密密叠叠，以至每瞧上一双，就能瞥见一百双。要是不当心的话，每走一步都会被绊倒。

1 法德塔又名戈内拉（għonnella），马耳他传统女性服饰。

阿尔巴尼亚人

你面前的人，有时是个背着巨大皮囊的扛水工；有时是位骑马的俄罗斯女士；有时是一伙帝国士兵，他们身穿祖阿夫[1]上衣，似乎要发动冲锋；有时是一队亚美尼亚脚夫，肩扛极长的棒子，两个两个地经过，棒子上挑着一捆捆数不清的货物；有时是一群土耳其人，为了赶上汽艇而在桥上左奔右突。

只听得踏步声、窸窣声，回荡着怪响、喉音、吸气声、听不懂的感叹声，其中夹杂寥寥几个法语或意大利语词，时不时传入耳中，刺破重重幽暗现出几点光明。人群中最显眼的当属切尔克斯人[2]，他们通常三五成群，步子走得很慢。面相凶狠的大胡子男人头戴旧日拿破仑卫队样式的阔大高帽，身披黑色阿拉伯长袍，腰带上缠着匕首，胸口绑着一条子弹带。这伙人真是活脱脱的匪徒，人人都仿佛来君士坦丁堡售卖女儿或姐妹似的，而且手上肯定沾有俄国人的鲜血。随后是若干叙利亚人，他们身着拜占庭主教法衣模样的袍服，头裹横格纹缠巾；保加利亚人穿粗劣的修士袍，帽顶嵌皮草；格鲁吉亚人头戴漆革制成的凉帽，身穿金属箍扣着的及腰紧身外衣；群岛希腊人的服饰从头到脚都布满刺绣、流苏和亮晶晶的小纽扣。

1 Zouave（意大利语作 zuava），由阿尔及利亚人组成的法国轻步兵团，1830 年创建。

2 北高加索的世居民族，于 19 世纪后期大量迁入奥斯曼帝国。

人群时不时松开一阵，但立刻又有另一批摩肩接踵的人涌上前来，那是一片红色无边帽和白色缠头巾的浪涛，其中冒出圆柱形的帽子、雨伞和欧洲妇女的高耸发髻，好像飘浮在空中，被穆斯林的大潮卷挟。

只消注意人群的宗教信仰是何等多样，就足以让人吃惊。这边厢，一位嘉布遣会神父的帽顶闪着光；那边厢，一位穆斯林学者的新军式样缠头巾高高耸立。再远一点儿，一位亚美尼亚修士的黑巾随风飘动。走过来几位穿白袍的伊玛目[1]，隶属方济各会的修女，身着绿衣、腰间佩剑的土耳其军中神父，多明我会修士，自麦加归来、脖子上挂着护身符的朝觐者，耶稣会士，德尔维什——这一点着实奇怪——那些在清真寺里磨炼肉体、赎罪悔过的德尔维什，他们在过桥时打着小伞遮阳。若是细心，准能发现一千件极为有趣的小意外。阉仆向穿着时髦的基督徒翻白眼，后者正异常好奇地朝他女主人的马车里瞧；一个轻浮的[2]的法国女人，身穿最新潮的服装，尾随着一位珠光宝气、戴着手套的帕夏之子；一名伊斯坦布尔女士假装整理面纱，实则在偷看一名佩拉女士的裙摆；穿着礼服的骑兵校尉停在桥的正中间，用两根手指捏着鼻子，往空中甩了一条谁碰到谁倒霉的玩意儿，足以让人打个冷战；

1　伊斯兰教教职称谓。

2　原文为斜体法语词 cocotte，字面意思为上流社会的花魁、名妓。

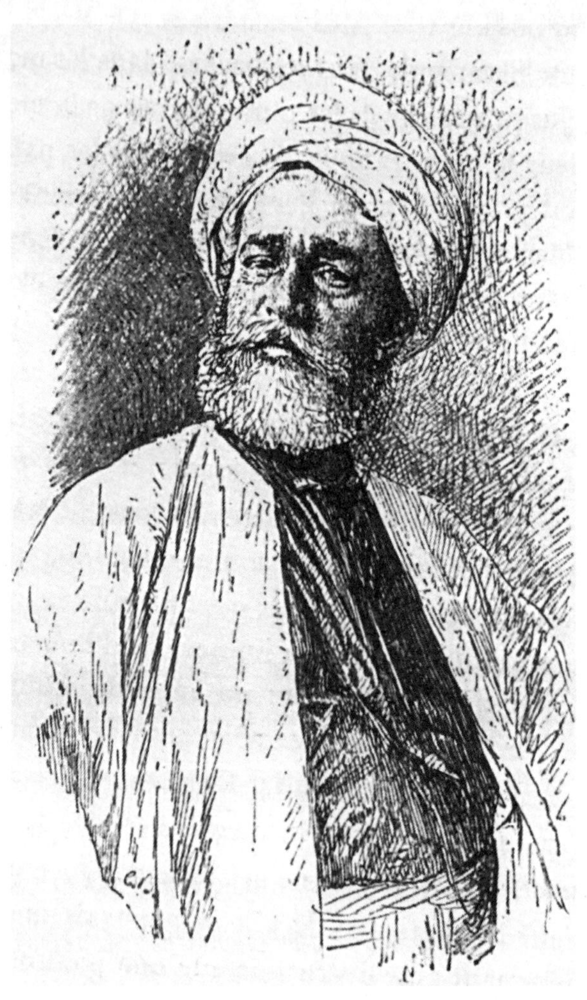

印度人

江湖术士收了一个可怜鬼的钱，然后故弄玄虚地往他脸上比画，据说能治好眼疾；大人小孩一家子旅客于同日抵达，他们在一帮坏蛋中间迷了路，母亲寻找着尖叫的孩子们，男人则推推搡搡地开路。

骆驼、马匹、轿子、马车、公牛、双轮车、滚动的木桶、滴血的驴子、拔了毛的狗组成长长的一列，将人群分成两半。有时候过来一个肥胖的三尾帕夏[1]，他躺在豪华马车里，递烟斗的小厮、护卫和一名黑人步行跟在后面，随即所有土耳其人都手抚前额和胸膛向他行礼，而裹着脸、敞着怀、奇丑的女乞丐则扑向车门，乞求施舍。不当差的阉仆们嘴里叼着烟，两个两个、三个三个、五个五个一起经过，从肥大的体格、长长的手臂、宽大的黑衣就能辨认出他们来。漂亮的土耳其小女孩穿着与男孩一样的衣服，绿色的短裤、玫瑰色或黄色的小背心，小猫般灵活地奔跑和蹦跳着，用涂成绛红色的小手给自己开路。擦鞋匠揣着镀金小盒，走街串巷的理发师手上抓着椅子和脸盆，卖水和卖糖果的从四面八方挤进人群，用希腊语和土耳其语叫卖。

每走上一步就能见到闪耀的军服：军官头戴非斯帽，身穿猩红色裤子，胸前缀满装饰品；宫中的马夫看似统兵的将

1　三尾帕夏（pascià di tre code）指旗帜上绘有三根马尾的职官，为最高等级的帕夏。帕夏是奥斯曼帝国行政系统中的高级官员，通常是总督、将军或其他高官。

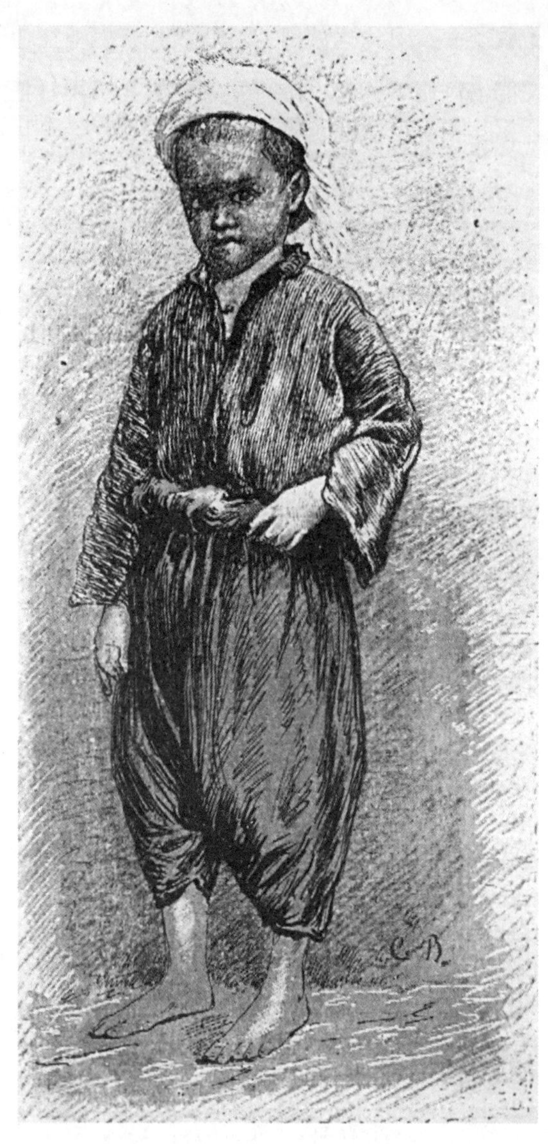

土耳其男孩

土耳其女孩

领；宪兵的腰带上挎满武器；宰贝克（zeibek），或自由兵，穿着臀部带有口袋的肥大裤子，有点像霍屯督的维纳斯[1]；帝国卫队的头盔上插着长长的白色羽饰，胸前佩戴军衔标志；城市守卫队提着手铐巡视。他们可是君士坦丁堡的城市守卫队！就像有人说的，他们的使命好比拦截大西洋的惊涛骇浪。这些人金灿灿的制服和其他人的破衣烂衫形成古怪的反差。后者有的貌似集市游贩，穿得特别厚实，有的则近乎赤裸。光这衣不蔽体的景象就足以让人惊讶。

此间可以见到任何人类肤色，从乳白色的阿尔巴尼亚人，到纯黑的中非人，再到黑中带蓝的达尔富尔人，应有尽有。若是敲打一些人的胸膛，说不定会像青铜器皿一般嗡嗡作响，或者像干涸的土地那样裂开；有的人的后背油腻腻的，有的坚硬如石，有的干枯似木，还有的像野猪后脊一样毛茸茸；有的人胳膊上绘有红色和蓝色的树枝和花朵图案、《古兰经》经文，以及粗糙的轮船和被箭射穿的心形图样。

但在初次上桥游览时，你既没有余暇、也不知该如何去观察所有这些细节。当你注视一条胳膊上的纹样时，导游却提醒你，已经有一个塞尔维亚人、一个黑山人、一个瓦拉几

1　殖民主义时期南非科伊科伊族（“霍屯督”为欧洲人对该族的贬称）的一名妇女（约 1789—1815），或称萨拉·巴特曼（Sarah Baartman），因臀部肥大，被欧洲人当作奇观展出。这是欧洲种族主义和性别歧视最丑恶的案例之一。

亚人、一个乌克兰哥萨克、一个顿河哥萨克、一个埃及人、一个突尼斯人、一个伊梅列季亚[1]的亲王走过去了。你几乎没有时间定睛细看各个民族的人。君士坦丁堡似乎一如往昔：三大洲的首都，二十个行省的女王。但就连这种印象也不能完全描摹如此宏伟的奇观。试想若有一场巨灾席卷古代大陆，迫使十方四海的移民汇聚于此，该是何等光景。

敏锐的眼睛已经能从这片汪洋中辨认出诸般容貌和服饰：卡拉曼尼亚[2]和安纳托利亚、塞浦路斯和干地亚[3]、大马士革和耶路撒冷、德鲁兹人、库尔德人、马龙派基督徒、波马克人[4]、克罗地亚人，以及数不胜数的其他古老族群，他们从尼罗河延伸到多瑙河，从幼发拉底河延伸到亚德里亚海。寻觅美好和寻觅丑恶的人士会殊途同归地在这里发现远超他们最大胆的渴望的东西：拉斐尔将狂喜不已，而伦勃朗会激动得猛扯头发。希腊和高加索最纯粹的美貌和塌鼻子、扁脑袋混在一起，高贵的身段和愤怒的面庞从你身边掠过；涂脂抹粉的脸和被疾病与伤痕弄得扭曲的脸共存，粗壮的大脚和切尔克斯人像手臂一样修长的美足并列；搬运工宛如巨灵，土耳

1　伊梅列季亚（Imerezia）是格鲁吉亚历史上的一个政权，现为伊梅列季州，位于该国中部。

2　18、19 世纪的欧洲人称安纳托利亚南部地中海沿岸一带为卡拉曼尼亚（Caramania）。

3　克里特岛首府伊拉克利翁旧称。

4　保加利亚裔穆斯林，信仰伊斯兰教的斯拉夫人。

其人肥硕迟缓；干瘪的黑人好似骷髅，徒具人形，引发怜悯与恐惧……所有这些极为怪异的面容足以向世人揭露禁欲的生活、淫逸的享乐、极端的疲累、普遍的丰盈和死一般的贫困。

不过，服饰的多元无与伦比，犹胜人与人之间的差异。对色彩敏感的人，在这里一定会如痴似狂。没有两个人身穿相同的衣服。蒙在脑袋上的披巾好似原始人的绷带或碎布王冠；衬衣和条纹或方格图案的内衣仿佛丑角的百衲衣；有的腰带上挂满刀子，从胯部一直延伸到腋窝；有的裤子是马穆鲁克式的；半截衬裤、小短裙、长袍、拖得老长的床单、貂皮装饰的衣服、宛如金色胸甲的背心、削短的蓬松袖子、修士的法衣和伤风败俗的亵衣、打扮成女人的男人、酷似男人的女人、像王子的乞丐、体面的破布、斑斓的色泽、流光溢彩的穗子、锦衣华服、皱纹花边、镶褶、孩童般的夸张装饰，给人以在一家巨大的疯人院里开化装舞会的印象，仿佛天底下所有旧货商把他们的货柜全都倾倒在里面。除了人堆里传出来的低声絮语，你还能听到扛着各种语言报纸的希腊小伙刺耳的尖叫、搬运工洪亮的呼喊、土耳其妇女的咯咯大笑，吟诵《古兰经》经文的盲人用假嗓子发出的颤音，飘荡在桥上的低沉嘈杂、呼哨声，以及上百艘汽艇的铃声。这些汽艇冒出的浓烟被风一点点吹到人们头上，以至于几分钟里什么都瞧不见。参加这场假面舞会的来宾登上蒸汽船，时时刻刻出发前往于斯屈达尔、博斯普鲁斯海峡沿岸的村庄以及金角湾的街区。人群分散到伊斯坦布尔、集市、清真寺、法纳尔（Fanar）和巴拉特（Balata）[1]的街道，直至马尔马拉海边遥远的居民区。人群涌上欧洲人的海岸，往右是苏丹宫殿的方向，往左是佩拉的其他居民区，从那里穿过沿丘陵侧翼蜿蜒的无数小巷后，就可以重新回到桥上。如此一来，亚洲和欧洲、十座城镇和百座街区就被联结成一张事件、阴谋和谜团交织的大网，想象力在它面前也束手无策。这番景致似乎应当让人欢乐，但实际上并不是这样。最初的惊奇过去后，喜气洋洋的颜色就褪去了。它不再是行走在我们跟前的宏大狂欢，而是列队前进的全部人类。与其说这些无限杂沓的稀奇物事满足了好奇心，倒不如说将好奇心挫伤了。人类灵魂所经历的剧变是多么难以捉摸啊！此时距我抵达大桥还不到一刻钟，我正靠在桥墩上，漫不经心地用铅笔在一截梁木上比比画画，在一阵阵的哈欠中自言自语：斯塔尔夫人[2]的著名论断“旅行是最悲伤的欢乐”确实有几分道理呢。

---

1 金角湾以南的两个街区，当时生活着大量东正教希腊人和犹太居民。

2 即德·斯塔尔夫人（Germaine de Staël，1766—1817），法国书信作家、政论家。

伊斯坦布尔街景

伊斯坦布尔

要从这种惊厥中复苏别无他法，只能深入探索那些沿着伊斯坦布尔山丘的侧翼蜿蜒的千街万巷。支配这里的是深邃的平和，人们可以宁静地沉思神秘而好妒的东方的方方面面。你在喧嚣纷乱的欧洲生活中是看不到金角湾的对岸的，除了若隐若现的线条。在那里，一切都是典型的东方风情。跑上一刻钟后，就再也看不到人，听不到任何喧嚣了。到处都是绘有上千种颜色的木制小屋，其中的二层楼从底楼上方伸出来，而三楼又比二楼更往前伸出一点。窗户前有某种特别的阳台，阳台处处都安装玻璃，被带有极小孔洞的木栅栏封闭起来，看上去像是附在主室上的小房子，给街道带来一种极为独特的悲伤和神秘气息。在一些地方，街巷是如此狭窄，以至于房屋伸出来的部分几乎要迎面相碰。这样，你就能在这种人形牢笼的阴影下跑上很长一段路，头顶正好是土耳其

伊斯坦布尔的木制小楼

妇女的脚底。这些妇女在阳台上度过一天中的大多数时光，她们只能看见极为细长的一线天空。大门全都被掩闭。底楼的窗户装有格栅。一切都散发着冷漠和嫉妒的气氛，你仿佛正在穿越一座修道院的城市。你有时听到一阵大笑，于是仰起头，从某个孔眼中见到一缕发辫或一对生气勃勃的大眼睛，随即又隐去了。有时，你会意外撞到街道一头的人和另一头进行热烈的、客气的对话。但一听到你的脚步声，对话立时中止。天晓得你在经过的时候干扰了什么样的流言和密谋之网。你瞧不见一个人，可却有一千双眼睛在盯着你。你形单影只，却觉得自己置身于滚滚人流之中。你想不引人注目地走过去，于是放慢脚步，轻轻奔跑，不东张西望。有人打开一扇门或关上一道窗，都有如巨响一般令你猛然惊觉。

这些街巷似乎肯定会让人烦闷，实则绝对不是这样。你在尽头见到一丛绿色灌木，其间探出一根白色尖塔；穿红衣的土耳其人朝你走下来；黑人女仆站定在一道大门跟前；一条波斯地毯挂在窗上。这些景致足以构成一幅充满生机的和谐的小画，以至于你能花上一个钟头细细打量。从你身边经过的只有寥寥数人，没有一个瞧你一眼。只是偶尔才会听到有人在你身后呼喊：Giaur（异教徒）！你转过身，只见一颗青年人的脑袋消失在门板后面。有时候，一间小房子的小门会被打开：你停下脚步，期待出现一位私闺美女，实际上走出来的却是位欧洲女士，她戴着宽大的帽子，拖着裙摆，嘟唻一声 adieu 或 au revoir[1] 便迅速离开，留下你张口结舌。在另一条全是土耳其人、一片寂静的街上，你忽然听到一声鸣号和一阵马蹄响。你扭过头好奇：怎么回事呀？你几乎不相信自己的眼睛。那是一驾很大的公共马车（omnibus），沿着两根你从未见过的车辙行驶到面前，车上全都是土耳其人和欧洲人，还有穿制服的传令员和收费牌子，就跟维也纳或巴黎的有轨马车（tramway）一个样[2]。这样一条巷子里出现如此物事，个中的不协调难以用语言来表达。你觉得这是儿戏或者误会，还差点笑出来，随后惊讶地打量那条小巷，就好像从来没有见过似的。驶过去的公共马车似乎是一幅生动的欧洲画卷，你再度觉得亚洲就好像戏院里变幻多端的舞台。你走出这几条寂寥的街道，来到开阔的小广场，一株巨大的悬铃木的树荫几乎完全将其覆盖。广场一边是一眼喷泉，骆驼就着喷泉饮水；另一边是一间咖啡馆，门口摊开一排褥垫，几个土耳其人躺着抽烟；门边是一棵被葡萄藤环绕的高大无花果树，葡萄叶垂挂到地上，从叶片之间可以窥见远处蔚蓝的马尔马拉海和若干白色的船帆。白亮至极的光线和死一样的寂静给所有这些地方带来介乎庄严和感伤的特征，以至于哪怕只见上一次就难以忘却。你往前走，再往前走，几乎被

1　两词均为法语的“再见”。

2　有轨电车在当时还未发明。

静谧的奥妙吸引。这种奥妙像轻浅的倦怠一样渗入灵魂，片刻后就让人失去了所有对距离和时间的感知。你身处广阔的空间，那里残留最近一场大火的痕迹；斜坡上散落寥寥数间房屋，野草蔓延其间，几条羊肠小道曲折蜿蜒；从高处能看见街道、小巷、花园和数百间房屋，但从哪里都见不到活人、烟雾、敞开的房门以及一丝一毫定居和生命的迹象，以至于你很可能相信自己在这座庞大的城市里孤身一人，若是再想上片刻，几乎就要被恐惧攫住。

但如果从斜坡上下来，钻进那些小巷的深处，一切就都不一样了。你身处伊斯坦布尔最宽阔的街道之一，两侧是各种古迹，眼迷五色，目不暇接。你奔走于清真寺、亭榭、尖塔、拱形柱廊、大理石和天青石的喷泉、闪耀阿拉伯式花纹和金色题铭的苏丹陵墓、雪松棚子下被马赛克覆盖的墙体，以及一片从围墙和花园的金色栅栏后面探出来、芳香四溢弥漫街衢的茂盛花草的阴影之间。走在这些街道上，每一步都能遇到载着帕夏、官员、职员、兵营副官、大宅阉仆的马车，以及一长列来往于高官之间的仆从和门客。作为大帝国的首邑，此地闻名遐迩，其雄伟的气势备受称赞。概言之，这处城区一片纯白，典雅的建筑、汩汩的流水、凉爽的阴影，有如和顺的音乐，抚慰感官并在心中填满愉快的印象。人们沿着这些街道抵达皇家清真寺雄踞的大广场，在这些庞然巨物面前愕然。每一座皇家清真寺都像由经堂、医馆、学府、书院、商铺、浴室构成的小型城市的核心，这些附属设施就好像被它们所环绕的巨大圆顶压扁了一般，几乎让人注意不到。

人们猜想这里的建筑极为简单，实际上细节繁复，吸引目光之处多达上千。包铅的小圆顶，一个个叠起来的形状怪异的屋顶，悬在半空的拱道，宏大的柱廊，带小圆柱的窗户，垂花饰拱门，刀削斧凿的尖塔（塔上搭建露天小阳台以及钟乳石柱头），好似安装了花边的雄伟大门和喷泉，饰有黄金和上千种颜色的墙壁，全都精工妙刻、巧雕细琢，轻盈而又泼辣，掩映在橡树、柏树和柳树的树影下。如云的鸟雀从树上飞出，环绕圆顶缓缓飞翔，使得雄伟建筑物的幽深之处都充满和谐之感。人们在此处体验到某种比美感更深邃、更强烈的东西。这些建筑物好似大理石制成的宏大断言，捍卫一种迥异于我们本乡本土的思想与情感的秩序，几乎堪称一个对立种族和一种对立信仰的骨架，使用傲岸的线条与超拔的高度作为无声的语言，向我们讲述神明的荣光。这个神明不属于我们，而属于一个曾令我们的祖先战栗的民族。它们引发一种混合冷漠和恐惧的尊敬，从一开始就战胜好奇心，使我们避而远之。

在多荫的庭院里可以看到在水池边洗小净[1]的土耳其人、蹲在柱脚的乞丐、从拱廊下慢慢走过的戴面纱妇女。一切都

1　小净，伊斯兰教净礼之一，冲洗手、脸等身体部分。

分安静，隐含不知源自何处的忧愁与欢乐的气氛。在这种气氛下，头脑谜一般地既停滞又活跃。加拉太和佩拉离得多远啊！你觉得独自身处另一个世界和另一个时代，身处苏莱曼大帝和巴耶济德二世的伊斯坦布尔。当你离开那片广场，见不到象征奥斯曼人强权的庞然大物，置身于木制的、狭隘的、充斥秽物和贫困的君士坦丁堡时，就会感到一种强烈的愕然之情。随着你步步前行，只见房屋掉色，藤架摔落，喷泉的水池覆着一层馥郁之气。你发现几座矮小的清真寺，墙体开裂，木制的宣礼塔被荆棘和荨麻环绕；你发现废墟中的坟墓、破碎的阶梯、堆满瓦砾的过道、无尽忧伤的衰朽街区，在那里，除了雀鹰和鹳鸟的拍翅声，或某个孤零零的穆安津[1]从隐蔽的宣礼塔高处呼喊神明之言的喉音外，就听不到别的声响了。没有一座城市比伊斯坦布尔更典型地代表其人民的天性和哲学。所有宏伟的或美好的东西都属于真主或苏丹，后者是真主在大地上的影子。其余的一切全都稍纵即逝，并被深深地刻上蔑视尘俗的烙印。游牧人的部落成了一个民族，但他们对乡野自然、沉思默想和无所事事的本能喜爱，仍然使得这座都会保留了营帐的特征。伊斯坦布尔并不是一座城市，它不劳作、不思考、不创造。文明打破它的大门，冲上它的街巷。它在清真寺的阴影下打着瞌睡，做着美梦，放任自流。这是

1　穆安津（muezzin），清真寺的宣礼人。

一座松懈、散乱、畸形的城市，与其说象征一个静止不动的国家的权威，不如说代表了一个游牧种族的歇脚站、一篇大都会的宏伟草稿、一场了不起的表演，而非一座伟大的城市。

* * *

如果不走遍全城，就无法获得正确的印象。你得从第一丘出发，这座山丘作为三角形的顶点，浸泡在马尔马拉海中。此处可谓伊斯坦布尔的头部，古迹林立，充满回忆、壮伟与光明。古老的塞拉里奥宫坐落此地，那里诞生了最早的拜占庭及其卫城和朱庇特神殿，随后又兴建了普拉希迪娅王后宫和阿卡迪乌斯浴场；此间有圣索菲亚清真寺和艾哈迈德清真寺，以及占据古代竞技场（Ippodromo）空间的赛马广场（At-meidan）。在那里，饰有黄金的四马双轮赛车曾纵横于青铜和大理石造就的奥林波山之间，在穿丝衣紫的人群的欢呼声中，当着珠光宝气的皇帝的面飞驰。从这座山丘往下走进一条不深的坡谷，那里延伸着塞拉里奥的西墙，标志古代拜占庭的边界，同时雄踞着高门（Sublime Porta）。从高门进入大维齐尔[1]和外交部长的官邸：那是一个简朴、沉默的地方，似乎集中了帝国命运中所有的悲伤。从这条坡谷走上第

1 伊斯兰国家历史上对宫廷大臣或宰相的称谓。

二丘，努里-奥斯曼尼耶（Nuri-Osmanié），或奥斯曼之光清真寺坐落其上，另有被焚烧过的君士坦丁之柱[1]，它的顶端曾有一尊青铜阿波罗像，但头部换成了君士坦丁大帝。它位于古老市集的正中，周围一度布满拱廊、凯旋门和雕像。过了这座山丘是大巴扎所在的斜坡，从巴耶济德清真寺延伸至皇太后清真寺[2]，容纳一座由棚子遮盖的街道构成的巨型迷宫，人多声杂，你从里面出来时准保眼花耳聋。

在同时俯瞰马尔马拉海和金角湾的第三丘上，巍然耸立着与圣索菲亚齐名的苏莱曼清真寺（土耳其诗人称之为“伊斯坦布尔的喜悦与灿烂”）和国防部的壮观塔楼[3]。这座塔兴建于古代君士坦丁王朝的王宫废墟之上，征服者穆罕默德二世曾居住在这里，后来被改成老太后们的宫殿。在第三丘和第四丘之间，巨大的瓦伦丁皇帝引水道像空中横桥一般伸展，它由两排极为轻盈的圆拱组成，草木横生，飞挂在房屋密布的坡谷上方。从引水道下面走过去后，就登上了第四丘。穆罕默德二世的清真寺拔地而起，它就盖在海伦娜太后始建、

1　土耳其语名 Çemberlitaş sütunu，建于公元 330 年。原高 50 米，现高 35 米。

2　此处指另一座皇太后清真寺，即巴洛克风格的珀蒂芙尼亚尔清真寺（Pertevniyal Valide Sultan Camii），完工于 1872 年。

3　即巴耶济德塔（Beyazıt Kulesi），建成于 1749 年，位于今天伊斯坦布尔大学主校区内。

塞利姆清真寺前

狄奥多拉皇后[1]翻建的著名的圣使徒教堂的遗址上，被学校、医院和商队客栈环绕。清真寺旁边是奴隶集市、穆罕默德浴室以及高大的马西安柱[2]，这根柱子仍然保存着一块装饰着帝国鹰徽的石碑。石柱附近是宰肉广场（Et-Meidan），那里曾发生过著名的屠杀耶尼切里禁卫军事件。

穿过被另一座城市覆盖的又一条斜坡，就登上了第五丘，其上坐落着塞利姆清真寺，附近是被改建为花园的古代圣彼得储水池。丘陵下方沿金角湾一带是希腊人街区法纳尔，牧首座堂就在那里，古拜占庭的遗迹以及巴列奥略家族和科穆宁家族的子嗣曾受庇其中[3]。那里也是可怕的 1821 年大屠杀[4]发生的地方。走下第五丘，就登上第六丘。这里曾被君士坦丁一世麾下四万哥特人组成的八个护卫军占据，位于最初的、仅仅环抱第四丘的城墙之外。第七护卫军所占据的地方得名赫布多蒙（Hebdomon）[5]。第六丘上仍保存君士坦丁·波菲

1 海伦娜太后是君士坦丁大帝之母，狄奥多拉是查士丁尼皇帝之妻。两人都是东罗马-拜占庭历史上的著名女性。

2 马西安柱（Colonna di Marciano，土耳其文作 Kıztaşı，意为“少女之柱”）得名于东罗马皇帝马西安（450—457 年在位），建于 455 年。

3 即希腊正教会的圣乔治主教座堂（土耳其语作 Aya Yorgi），是君士坦丁堡普世牧首的驻堂。巴列奥略和科穆宁是拜占庭帝国后期的皇室家族。

4 希腊独立战争时期（1821—1830）发生的屠杀事件，君士坦丁堡普世牧首乔治五世也被奥斯曼政府处死。

5 希腊语“第七”的意思。

洛根内图斯[1]的皇宫墙垣，那里曾是拜占庭皇帝们加冕的地方，如今被土耳其人叫作泰基尔-萨赖（Tekir-Sarai），“亲王宫”的意思。山丘下的巴拉特是君士坦丁堡的犹太人隔都，那是一片肮脏的街区，沿着金角湾海湾延伸至城墙。巴拉特再往前就是古老的布拉赫奈（Blacherne）街区，金顶王宫一度坐落其间，是皇帝们青睐的逗留地，以宏伟的普尔喀丽亚（Pulcheria）[2]王后大教堂和圣物殿堂而闻名，如今遍布废墟和哀伤。有雉堞的城墙始自布拉赫奈，从金角湾直达马尔马拉海，将第七丘环绕起来。第七丘曾是公牛集市[3]，现仍保留阿卡狄乌斯之柱[4]的柱脚。该丘是伊斯坦布尔位置最靠东[5]和面积最大的丘陵，在它和另六座山丘之间流淌着小河吕科斯（Lykus）[6]，这条河在卡利西乌斯门（Porta di Carisio）[7]不远处入城，并在古老的狄奥多西港[8]附近入海。从布拉赫奈的

1 即拜占庭皇帝君士坦丁七世（913—959年在位）。

2 生活于399—453年，东罗马皇帝阿卡狄乌斯之女，皇帝狄奥多西二世的姐姐，也是皇帝马西安的妻子。她兴建的这座教堂全名为“布拉赫奈圣玛丽教堂”；附近有另一座名为Ayía Sorós（“圣物”）的教堂，因其中供奉圣母马利亚的衣物而得名。

3 拉丁文作Forum Bovis，是拜占庭时期的一座公共广场，帝国灭亡后消失。

4 兴建于公元402—403年间阿卡狄乌斯统治时期，毁于1715年。

5 第七丘位于伊斯坦布尔城区的西侧，此处可能是作者笔误。

6 土耳其语称拜拉姆帕夏溪（Bayrampaşa Deresi）。此河现已干涸并被填埋。

7 在今天的埃迪尔内门（Edirnekapı）一带。

8 又称埃莱乌色里欧斯港（Eleutherios），在今天伊斯坦布尔旧城区南部的耶尼卡普（Yenikapı）一带，濒马尔马拉海。

城墙上仍可以看到奥塔克西莱尔（Ortaksiler）的郊区，它和缓地朝着海岸下降，其顶部点缀着花园。奥塔克西莱尔以北是奥斯曼人的圣地艾尤普（Eyüp）郊区、典雅的艾尤普清真寺以及广阔的公墓。公墓里柏树成荫，处处是白花花的丘穴寝陵。艾尤普区后面是古代兵营所在的高坡，军团战士在那里用盾牌将新皇举起来。过了高坡是一些别的村落，它们色彩鲜明，在被金角湾尽头的海水浸润的葱绿小树林之间依稀闪现。

这就是伊斯坦布尔，神妙无双的伊斯坦布尔。可你心中却沮丧地想，这座无边无际的亚洲村是在那第二罗马的废墟，是在劫掠自意大利、希腊、埃及、小亚细亚的巨大珍宝博物馆的废墟上踞立的。只消回忆一下它们，就足以像天启幻梦一般摄魂夺魄。从大海直至城墙横贯全城的宏伟拱门哪里去了？黄金圆顶哪里去了？环形剧院和浴场前的虬柱上矗立的骑马巨像哪里去了？端坐于斑岩柱脚上的青铜斯芬克斯像哪里去了？在大理石神祇和白银帝王的天潢贵胄之间建造的花岗岩三角墙的庙宇和宫殿哪里去了？所有一切不是无影无踪，就是改头换面。青铜骑马像被熔铸为火炮，方尖碑包铜的覆膜沦为钱币，帝王的棺椁变成喷泉，神圣和平教堂（Santa Irene）[1]成了军械库，君士坦丁的储水池成了作坊，阿卡狄乌

1 位于托普卡普大皇宫的院墙内。

斯柱的柱脚成了马蹄铁商铺，赛马广场成了贩马的市集，爬山虎和瓦砾堆覆满王宫的基座，环形剧院的土地上长出墓草。被火灾焚烧或被入侵者的弯刀砍斫过的少量铭文提醒人们，那些山丘上曾有过一个东方帝国的雄伟都城。伊斯坦布尔就坐落于这堆庞大的废墟之上，好似妃嫔坐在墓上等待自己的大限。

* * *

现在，请读者们随我一道前往旅店歇息片刻。

迄今为止我所描述的大部分景致都是我和朋友在抵达后的当天见到的。读者不难想象，我们在晚上回到旅店时肯定早就头昏脑涨。一路上我俩沉默不语，刚踏进房间便一头扎进沙发。两人面面相觑，互相发问：

“你作何感想？”

“你有何话说？”

“想想看，我是来这里画画的！”

“而我是来写作的！”

我俩心照不宣，相顾大笑。

实际上，当夜以及此后好几天，阿卜杜·阿齐兹陛下[1]本

1 阿卜杜·阿齐兹一世（Sultan Abdülaziz I），1861—1876 年在位。

可以赏给我小亚细亚的一个省份作为奖励的，可我却无法凑足十行字献给他的首都。千真万确，为了描写宏大的东西，就需要让自己离得远远的；为了好好回想，就得稍微忘掉那么一些东西。在一间看得见博斯普鲁斯海峡、于斯屈达尔和奥林波山峰顶的房间里，我怎么写得下去？每天每时每刻都有来自各国的人在楼梯和走廊间来来往往。每天在圆桌旁坐着二十个民族的人士。吃晚饭时，我克制不住地把自己当成意大利政府的特使，觉得有义务在饭罢时就一些重大国际问题说上几句。女士的脸庞红润润，艺术家的头发乱糟糟，冒险家的怒容足以用来捶打钱币，少女宛然拜占庭人的模样，只是小脑袋上缺了金色的光环和古怪不祥的神情。这些人每天都不重样。

吃完饭，当所有人交谈之际，你们会觉得自己似乎置身巴别塔。我从第一天起就认识了几个迷恋君士坦丁堡的俄国人。每天晚上从城市的最远处返回后，我们都会聚在一起，人人都有一段值得讲述的旅途。有人攀登了塞拉斯凯拉特塔（Torre del Seraschiere）[1]，有人访问过艾尤普公墓，有人从于斯屈达尔回来，有人沿着博斯普鲁斯海峡奔跑。谈话充满对色彩和光线的描述。当没话说的时候，甜美馥郁的群岛红酒一下肚，我们立时又滔滔不绝。也有几位我的本国同胞，

1　即前注的巴耶济德塔。塞拉斯凯拉特是“城防司令”的意思。

穆哈吉尔移民

他们是有钱的纨绔子弟，这几人教我无名火起，因为从开饭到饭罢，他们一个劲儿说君士坦丁堡的坏话：这里没有人行道啦，剧院太昏暗啦，晚上不知道干什么好啦。其中一人曾在多瑙河上旅行。我问他是否喜欢那条大河。他回答我，世上没有哪个地方是像在奥地利皇家兵团的汽艇上那样烹饪鲟鱼的。另一人是个快活的家伙和多情的行者，属于那种随身带着笔记本记载风流韵事、为了猎艳而旅游的人士。他是贵族子弟，长得很高，金发，深具圣神的第八恩[1]。每当话题转到土耳其女人上面，他就会侧着头，露出一抹神秘的微笑。但凡此人加入谈话，总是故意欲说还休，抿一口红酒才吐露半截话。他天天都比别人迟一点来吃晚饭，气喘吁吁，仿佛在一刻钟前刚刚要弄过苏丹似的。他在两道菜之间小心翼翼地从口袋里翻出一张折起来的小条子，看上去是后宫侍女的情书，然而实际上准保是旅社的账单。

在大都会的这些旅店里都能碰上些什么人啊！你得身临其境才能相信。有位匈牙利青年，三十来岁，个子挺高，紧张不安，生了两只恶狠狠的眼睛，讲起话来口若悬河。此人在巴黎给一位有钱的绅士当过文秘，随后投了阿尔及利亚的法国祖阿夫部队，受了伤，被阿拉伯人俘虏，逃到摩洛哥，

1 天主教徒认为圣神（Santo Spirito）有七样恩典（sette doni），即智、敏、慎、毅、达、诚、畏。所谓第八恩，乃作者调侃此人风流好色。

再后来回到欧洲，又跑到海牙去求个军阶，以便和亚齐人[1]打仗。在海牙受挫后，他决定加入土耳其军队。但他在途经维也纳前往君士坦丁堡时，为了一位女士而卷入决斗，脖子上中了一枪——他还给人看他的伤口。在君士坦丁堡也遭拒后——“我该干什么呢？”——他问道——“Je suis enfant de l’aventure，[2]我必须战斗。我已经找到能领我去印度的人，”——他展示船票——“我将成为英军士兵。冬天总是有事可做的。我只寻求战斗。死亡与我何干？反正我的肺已经毁了。”

另一位奇人是个法国人，他的人生似乎不为别的，只为无休止地和邮局干仗：他和奥地利邮局、法国邮局、英国邮局存在悬而未决的麻烦；他向《新自由报》（*Neue Freie Presse*）[3]寄去抗议文章，向欧陆所有邮局拍发无礼的电报，每天都要贴着邮局的小窗口与人争执。他从没准时收到过一封信，投出的信也从没寄到过正确的地址。他在桌边讲述自己所有的倒霉事和所有的争吵，总是斩钉截铁地得出结论：邮局令他折寿。我还记得一位希腊女士，她表情慌张，穿着怪异，始终一个人。她每晚吃到一半就会从桌边站起来，往

1　亚齐苏丹国位于苏门答腊岛西北端，19 世纪下半叶至 20 世纪初和荷兰爆发长达数十年的亚齐战争。

2　法语，意为“我是冒险之子”。

3　一份维也纳报纸，创刊于 1864 年，停刊于 1939 年。

餐盘上画无人明白其含义的诡秘符号，然后走开。我也忘不了一对瓦拉几亚夫妇，男的是25岁的英俊青年，女的是刚成年的少女，他们只出现了一个晚上，无疑是两个逃亡者。男的是诱拐犯，女的则是他的同谋。他俩被人盯着看上片刻就会脸红，而每次一有人开门，他们就会像两根弹簧似的跳起来。

我还记得其他什么人呢？百来号人吧，如果我努力想的话。好一幅走马灯景象。有轮船抵达的日子里，我和我的朋友欢天喜地看着人们从街边的大门走进来：个个疲惫、惊讶，有的仍震撼于刚入城时见到的壮观景象。他们的表情好像在说："这是何等天地？我等身在何处？"某日来了一个小伙子，他初来乍到，似乎因为终于来到童年梦想的伊斯坦布尔而被喜悦弄得癫狂。他双手紧握父亲的手，后者用激动的声音对他说："Je suis heureux de te voir heureux, mon cher enfant."[1]随后，我们在窗边兴奋地花了几个钟头观赏少女塔。这座塔洁白如雪，耸立于博斯普鲁斯海峡的一块孤零零的礁石上，面朝于斯屈达尔。当我们正在遐想替被毒蛇咬伤的美丽王后吮吸臂上蛇毒的波斯王子传奇时，每天同一时刻都有一个五岁小孩从对面屋子的窗户朝我们做鬼脸。在我们下榻的这家旅店，一切都十分新奇。不说别的，我们每晚都会在门前遇到一两个行迹可疑的人，他们肯定是给画家提供模特

1 法语，意为"我很高兴见到你如此欢喜，我亲爱的孩子"。

的，并且把所有人都当成画家，压低声音询问众人：“土耳其女人？希腊女人？亚美尼亚女人？犹太女人？黑女人？”

* * *

但还是让我们回到君士坦丁堡，像空中飞鸟一般翱翔吧。在这里，任何胡思乱想都不碍事。你可以在欧洲点烟，然后将烟灰抖落在亚洲。早上醒来时，我们可能会自问：“今天我将见到世界的哪个部分？”不妨在两洲与两海之间任意取舍。我们在每个小广场都能弄到备好鞍的马，每处港湾都能登上扬帆的小舟，每个码头都能乘坐汽艇。扁舟摇晃，塔利卡（talika）马车飞驰，向导大军能说所有的欧洲语言。你们想听意大利喜剧吗？想看德尔维什的舞蹈吗？想欣赏滑稽皮影戏（Caragheuz），也就是土耳其版本的长鼻子丑角[1]吗？想聆听巴黎小剧院的放荡小曲吗？想旁观吉卜赛人的杂技表演吗？想让说书人讲述阿拉伯传说吗？去希腊剧院吗？听伊玛目布道吗？想目睹苏丹经过吗？你们尽情发问吧。各民族人士任由你们差遣：亚美尼亚人替你们刮胡子，犹太人替你们擦鞋，土耳其人替你们划船，黑人在澡堂子里替你们擦身，希腊人替你们端咖啡，人人都想宰你们一刀。如果走路时渴

1　原文 pulcinella，是那不勒斯地方喜剧中特有的滑稽角色。

了，不缺奥林波山的雪制成的冰淇淋；如果嘴馋了，大可以像苏丹一样饮用尼罗河的水；如果胃不好，有幼发拉底河水供你们消受；如果神经紧张，不妨畅饮多瑙河水。你们可以像沙漠里的阿拉伯人，或者金屋餐厅（Maison dorée）[1]的老饕一样大快朵颐。要午休，请去公墓；要消遣，皇太后桥是首选；要做美梦，请游览博斯普鲁斯海峡；要过周日，请前往王子群岛[2]；要看小亚细亚，请攀登布古鲁卢山（Bulgurlù）；要看金角湾，请爬加拉太塔；要将一切都尽收眼底，请爬上塞拉斯凯拉特塔。

但这座城的古怪更甚于其美丽。我们心里想都没想过的东西全都呈现在眼前。前往麦加的车队和直达古都布尔萨的火车都从于斯屈达尔出发；开往索菲亚的铁路从旧塞拉里奥宫的神秘宫墙之间穿过；土耳其士兵护送携带《圣经》的天主教神父；百姓在公墓里过节。生活、死亡、欢愉，一切都互相关联，互相混合。既有伦敦的活泼，又有东方的慵懒；既有宏大的公共生活，又有神秘莫测的私人生活；既有专制的政府，又有无止境的自由。我们在头几天里怎么也搞不明白。似乎混乱随时将被终止，革命一定会爆发。每天晚上回到住所，我们都觉得有如远游归来。每天早上我们都自问："这

1 巴黎的著名餐厅，1841 年开业，1902 年停业。

2 土耳其语 Kızıl Adalar，位于伊斯坦布尔东南 20 公里的马尔马拉海上，为一避暑胜地。

里真的是伊斯坦布尔吗？”我们不知所措，一种感触抵消另一种感触，各种心愿充塞心头，而时间却在飞速流逝。有时想一辈子留在这里，有时又想次日就动身离去。什么时候我才能够描写这团乱麻？只有当我不由自主把书桌上所有书籍纸张都捆成一堆，全都丢出窗外的时候！

金角湾畔

一直到抵达后的第四天，我和朋友才理出了头绪。当天早晨我们正在桥上，尚不确定白天该干些什么。当时，永克提议先长途散步，定好目的地，保持平静的心态，以便观察和了解。“我们走吧，”他对我说，“沿着金角湾北岸漫步，哪怕走到晚上。我们在土耳其馆子里吃早饭，在悬铃木下午睡，然后坐小船回来。”我接受了提议。我们备上雪茄和零钱，向城市地图瞟了一眼，便出发前往加拉太。

对君士坦丁堡了如指掌的读者，请受累与我们做伴同行。

我们来到加拉太。这里应当是远足的起点。加拉太坐落于一座小山的山顶，形成金角湾和博斯普鲁斯海峡之间的岬角，此处曾是古代拜占庭人的大型公墓，如今成了君士坦丁堡的金融中心。几乎所有的道路都又狭窄又曲折，两侧密布饭馆、糕点铺、理发店、肉店、希腊人和亚美尼亚人的咖啡馆、商人的办事处、作坊、棚屋。到处都阴暗、潮湿、满是污泥、黏黏糊糊，有点像伦敦的下城区。稠密而忙碌的人群在路上来来往往，持续不断地为搬运工、马车、驴子、公共车辆让道。君士坦丁堡几乎所有商贸活动都和这个街区有关。此地有交易所，有海关，有奥地利劳伊德船运公司的职员，有法国的运输公司，有教堂、修道院、医院、仓库。一条地下铁路连接加拉太和佩拉。如果不看街上的缠头巾和非斯帽的话，不会觉得身在东方。四面八方都听到有人说法语、意大利语和热那亚方言。热那亚人在这里好似身在故乡，仍然给人一种高高在上的感觉，正如他们曾随心所欲地封锁港口，用火炮来回应拜占庭皇帝的威胁。但是，除了若干由粗大的柱子和沉重的拱门支撑的旧房子，以及最高长官（Podestà）曾居住的古宅之外，他们的煊赫声势并没有留下别的遗迹。古老的加拉太几乎完全消失了。为了给两条长街腾地方，数以千计的茅屋被夷为平地：其中一条街顺山丘而上，朝向佩拉；另一条和海岸平行，从加拉太的一头延伸至另一头。

我和我的朋友走上后一条大街，时不时躲进店铺，以便给高大的公共马车让路。马车前有几个衣衫不整的土耳其人挥舞棍子清道。每走一步，都会传来一声呼喊，直往我们耳朵里灌。土耳其脚夫吆喝：“Sacun ha！”亚美尼亚运水工（saccà）：“Varme su！”希腊挑水人：“Crio nero！”土耳其赶驴人：“Burada！”卖糖果的：“Scerbet！”卖报的：

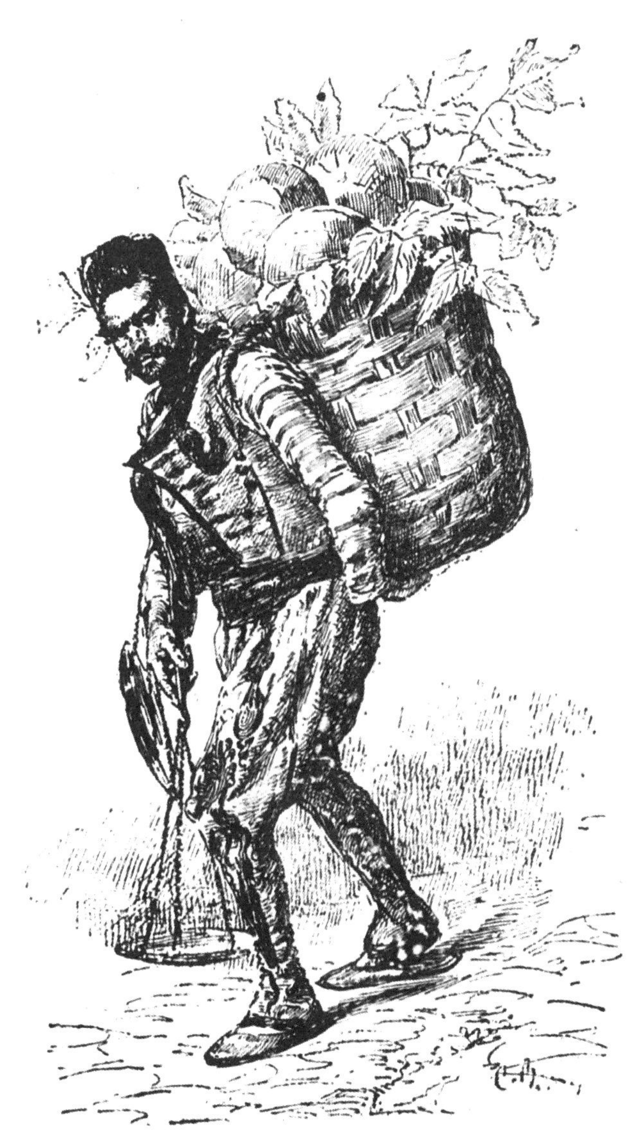

加拉太的西瓜商人

“Neologos！”欧洲马车夫：“Guarda！ Guarda！”[1]才走了十分钟，我们的耳朵就被震得嗡嗡响。在某个时刻，我们惊奇地注意到，街道不再铺设石板，铺路石似乎是新近刚刚被挖走的。我们停下来细看，试图猜测原因。一位意大利店主解除了我们的好奇心：这条路通往苏丹的宫殿。数月前，皇家队列经过这里的时候，阿卜杜·阿齐兹陛下的马滑跤跌倒，英明的苏丹在盛怒之下下令立刻铲掉从马摔跤处直至他的宫殿这一路上的石板。

加拉太塔

在这值得纪念的时刻，我们注视这趟朝圣之旅的东部尽头，背对博斯普鲁斯，眼神掠过一排排幽暗肮脏的小巷，面朝加拉太塔。加拉太城呈折叠的扇状，位于山丘顶峰的塔楼构成其扇轴。这是一座圆塔，极为高耸，色泽阴郁，顶端为一座圆锥形的铜屋顶，其下装饰一圈宽敞的玻璃窗。这是一种闭合的、透明的阳台，一队卫士昼夜警戒在那里，一旦发现这偌大的城里有火灾迹象，就立刻发出信号。热那亚人的

1　Sacun ha、Varme su、Burada、Scerbet是土耳其语，分别意为“让路”（现代土耳其语作“savulun”）、“有水吗？”、“在这里”、“冰糕”。Crio nero和Neologos是希腊语，意为“新鲜的水”和“报纸”。Guarda是意大利语，意为“留神”。

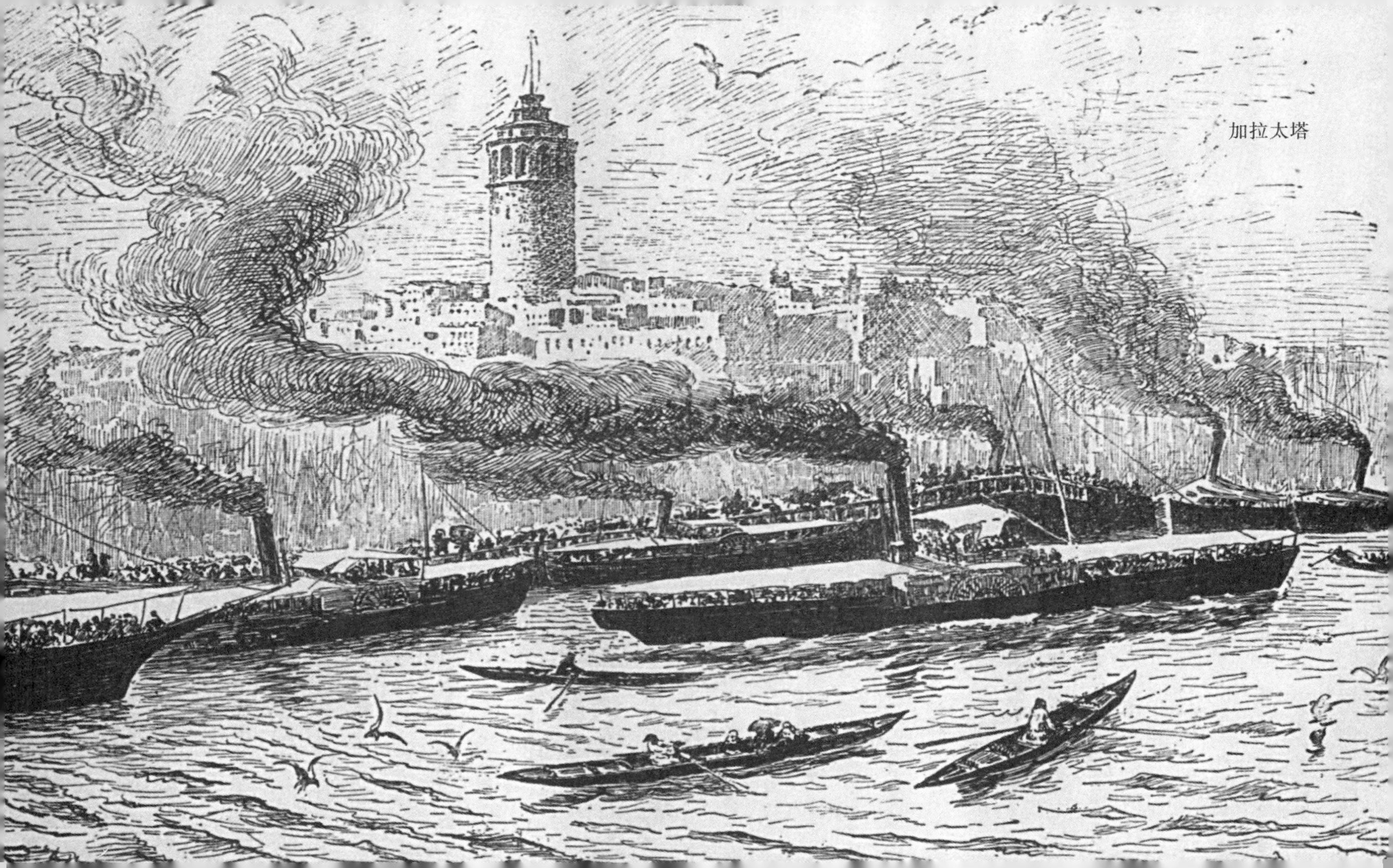

加拉太塔

加拉太社区直抵这座塔楼，而此塔也正好位于分开加拉太和佩拉的墙线上方。墙体只剩下残垣断壁。这座塔并非更古老的基督塔（人们错误地以此塔纪念在战斗中牺牲的热那亚人），因为它是由苏丹穆罕默德二世重建的，后来被塞利姆三世重建过。但无论如何，它是一座表彰热那亚人光荣的纪念碑，当一个意大利人注视它的时候，是无法不满怀骄傲之情地想到那些商人、水手和士兵的奋斗的。这些大胆无畏、英勇顽强的人在几个世纪当中高举母邦热那亚共和国的旗帜，平等地和东方帝王打交道。

加拉太公墓

一过塔楼，我们就来到一处穆斯林公墓，人称加拉太公墓。这里是一大片柏树林，从佩拉山丘的顶端陡峭地垂降至金角湾，遮蔽无数石块或大理石小柱子。这些柱子朝四面八方倾斜，乱糟糟地四散于斜坡上。一些小柱子的顶部呈圆形的缠头巾形状，残留色彩和铭文的迹象。另一些呈尖顶状。许多柱子颠倒过来，有些残缺不全，缠头巾装饰被完全清除。我相信，这些墓属于耶尼切里禁卫军，即使在死后，他们也要遭受苏丹马哈茂德[1]的羞辱。大多数墓穴都是由一块棱柱状的

1　指马哈茂德二世（1808—1839 年在位），他在位期间消灭了耶尼切里禁卫军势力。

土堆来标记的，土堆两端钉入两块石头，根据穆斯林的信仰，上面坐着名叫奈基尔（Nekir）和孟卡尔（Munkir）的两位天使，他俩将会拷问逝者的灵魂。到处都可以看到被矮墙和栏杆环绕的土台，正中竖着一根柱子，柱顶是一片宽大的缠头巾，周围是其他较小的柱子：这是帕夏或其他大人物的墓地，埋葬于其妻室和子女之间。若干小径从树林的一头蜿蜒伸展到另一头，错综复杂地交叉在一起。几个土耳其人坐在阴影下吸烟管，几名青年在墓地间奔跑跳跃；几头母牛在吃草，数以百计的斑鸠在柏树枝条之间咕咕叫；蒙面纱的女子成群结队地经过。在柏树之间，蔚蓝的金角湾于远处闪烁，伊斯坦布尔的尖顶在海水上映出白色的条纹。

佩　拉

我们离开公墓，重新走过加拉太塔塔底，踏上佩拉的主干道。佩拉高出海面一百米，路面宽敞，气氛活泼，俯瞰金角湾和博斯普鲁斯海峡。它在欧洲人聚居区的地位就相当于伦敦的西区，乃典雅与欢乐之城。我们经过的道路两侧是英国和法国旅店、高档咖啡馆、华丽的商铺、剧院、领事馆、俱乐部、大使官邸。俄罗斯大使馆的岩石官邸巍然屹立，像一座堡垒一般傲视佩拉、加拉太，以及位于博斯普鲁斯海岸的芬德克勒（Funduclù）[1]街区。

这里麇集着和加拉太截然不同的人群。几乎全都戴着大礼帽，要不就是插着羽毛或鲜花的绅士小帽。希腊、意大利和法国的纨绔子弟、富商大贾、公使馆的雇员、外国船只的水手、大使的马车，以及身份不明的各国时髦人士随处可见。土耳其男人停下来欣赏理发店里的蜡像脑袋，土耳其女人在女帽商店的橱窗前惊讶地站着不走；欧洲人在街中央高声说话、哄笑、逗趣；土耳其人感觉自己身处别人的家里，他们在经过这里的时候脑袋不像在伊斯坦布尔时那样仰得老高。忽然，我的朋友让我转过身瞧瞧伊斯坦布尔：从此处确实可以看得很远，将蔚蓝色幔帐后面的塞拉里奥丘、圣索菲亚和苏丹艾哈迈德清真寺的尖塔尽收眼底。那里是一个和我们所在之处截然不同的世界。他接着对我说："看这边，快看！"我垂下双眼，读到橱窗上的一行字："La dame aux camelias, Madame Bovary, Mademoiselle Giraud ma femme"[2]。剧烈的反差让我产生非同一般的感受，不得不在那里站了一会儿细细思索。另一次，我叫住旅伴，让他看一间风景绝佳的咖啡馆：又长又宽的走廊黑洞洞的，在走廊末端，透过一面敞开的大窗户，可以看到阳光照耀下的于斯屈达尔，好似位于

1　土耳其语为 Fındıklı。

2　三部法国小说的名称，即《茶花女》《包法利夫人》和剧作家阿道夫·贝洛（Adolphe Belot，1829—1890）的《我的妻子纪洛小姐》。

无边的远方。

我们沿着佩拉大街往前走，几乎走到尽头。此时，我们听到一个雷鸣般的声音在呼喊：“我爱你，阿黛莱！我爱你胜过生命！世上没有人像我这么爱你！”我们吃惊地面面相觑。这声音是从哪里传来的？我们转过身，通过板条的缝隙，见到一座摆满凳子的花园、一处剧场戏台和几个正在排练的喜剧演员。离我们不远的一位土耳其女士也在透过缝隙观看，畅快地大笑。一位过路的土耳其老人摇摇头，以示同情。突然，土耳其女士喊了一声，落荒而逃。周围其他妇女尖叫起来，背转过去。怎么回事？哦，原来是一个土耳其男子沿街走过来了。此人约莫五十岁，在君士坦丁堡城里无人不晓，穆罕默德四世统治时期有位著名土耳其修士曾想让所有穆斯林都变成他那副模样：从头到脚一丝不挂。这个可耻的家伙又叫又笑地在鹅卵石上跳跃，一群顽童追着他，发出难以忍受的吵闹。“肯定会逮捕他的吧。”我对剧院看门人说。“想都别想，”他回答我，“他无法无天，已经在城里溜达好几个月了。”我往佩拉大街上一瞧，只见人们纷纷从店铺里出来，妇女们逃之夭夭，姑娘们遮住脸，大门关了起来，一颗颗脑袋缩进窗户。这种情况整日发生，却没有人在乎！

走出佩拉大街，我们来到另一座穆斯林公墓。这座公墓掩映在一小丛柏树林的阴影下，四周被一道高墙围起来。要不是后来有人告知内情，我们压根儿猜不到刚刚砌起来的墙

佩拉公墓

有何用意：原来逝者安息的圣林，竟成了大兵与姑娘幽会的秘所！走远开去，我们发现了一座由哈利勒帕夏（Scialil-Pascià）兴建的庞大的炮兵营：这是一栋长方形的坚固建筑，呈摩尔式土耳其文艺复兴风格。大门两侧是轻盈的立柱，柱头是新月和马哈茂德金星；还有突出的拱廊和饰有纹章和阿拉伯式图案的小窗。兵营前是佩拉大街的加长部分杰德西（Dgiedessy）街，从这条街的另一头延伸出一座宽阔的校兵场，而从校兵场又延伸出其他店铺。这个地方平日里相当安静，但一到周日的晚上就会人潮汹涌，马车排成长列，全佩拉的高雅人士遍布兵营那头的花园、酒肆和咖啡馆。我们在其中一家咖啡馆里稍作歇息。这家“良景”（Bella vista）咖啡馆是佩拉精英阶层的聚会之所。良景良景，实至名归，它的花园像阳台一样伸在山坡顶端，从那里可以看到下方芬德克勒的大型穆斯林街区、被船只盖住的博斯普鲁斯海峡、花园和村庄四散的亚洲海岸、于斯屈达尔及其白色的清真寺，一派绿树、蓝天和光明的气象，恍如梦中风光。我们遗憾地从那里起身，在饱览了地上天堂的景致后，像小气鬼似的，往托盘里丢了可怜的八块，作为双倍的咖啡钱。

一大片公墓

走出“良景”后，我们来到一大片墓地，那里分开埋葬着信仰各种宗教的逝者，犹太人除外。这是一片柏树、刺槐与埃及榕的密林，其中有数以千计发白的墓碑，远看犹如一座巨型建筑的废墟。从林木间可以看见博斯普鲁斯和亚洲海岸。墓地之间蜿蜒着若干宽敞的林荫道，希腊人和亚美尼亚人在路上散步。几块墓碑上坐着若干土耳其人，他们盘着腿，远望博斯普鲁斯。那里的阴影、凉爽和宁静让人刚一进去就生出愉快的感受，好像在夏天走进一座半明半暗的大教堂。

我们在亚美尼亚公墓前停下脚步。墓碑全都又大又平，上面写满匀称典雅的亚美尼亚文字。几乎在所有墓碑上都刻有一幅代表逝者的手艺或职业的图样，有锤子、榔头、鹅毛笔、首饰盒、项链等。天平代表银行家，僧帽代表神父，脸盆代表理发师，放血针代表外科大夫。其中一块墓碑上画着一具血淋淋的上半身，脑袋被从身子上割下来：这位墓主要么是被人谋害的，要么就是被正法的。一个亚美尼亚人在一旁睡觉。他仰面朝天地躺在草地上。

我们走进穆斯林公墓。即使在这里也有一排排或一堆堆的杂乱的柱子。一些柱子上有涂漆或镀金的头像。妇女的墓柱顶部有代表鲜花的浮雕装饰。大多数柱子被灌木和开花植物所环绕。当我们正在观察其中一根时，两名土耳其人牵着一个儿童，打我们身边经过。他们往前又走了大约五十步，停在一座坟茔前。他们坐了下来，打开夹在胳膊下的包袱，开始吃东西。我留神观察他们。当他们吃完，年长的那个用一张纸卷起什么——我觉得是一条鱼和一点面包——恭恭敬敬地把这一小包东西塞进墓旁的孔洞里。随后，二人点燃烟管，安静地吸起烟来。那孩子站起身，开始在公墓里玩耍。后来有人向我们解释，那条鱼和那点面包是食物的一部分，土耳其人将其留下，以此缅怀可能刚刚入土的亲人。那个孔洞是道敞开的口子，所有穆斯林逝者头部附近的土里都会留这么个口子，以便他们能够听到亲人的悼念和哭泣，沾到一点玫瑰花水的水滴，或闻到一点花香。在结束了烟熏火燎的祭拜后，那两个虔敬的土耳其人站起来，重新牵住孩子的手，消失在柏树林中。

潘卡尔迪

出了公墓，我们来到另一处基督徒居民区潘卡尔迪（Pancaldi），宽敞的道路贯穿其间，两侧是崭新的建筑。此地被小别墅、花园、医院和大型兵营环绕。它是君士坦丁堡离海最远的街区。访问过此地后，我们转身掉头，重新朝金角湾走去。但就在这个街区的最后一条街上，我们见到一幕新鲜而庄严的景象：一队送葬的希腊人。沉默的人群沿街道两边排成行列。率先走来的是穿着刺绣袍服的希腊神父。其后是头戴法冠、身穿亮闪闪金色长袍的教长，几个服色鲜艳的青年教士，一群穿着他们最华贵的衣服的亲朋好友。人群

金角湾的希腊人居住区圣迪米特里

抬着一副鲜花点缀的棺材，里面躺着一位15岁的少女，她身穿缎子衣服，浑身闪耀珠宝光泽，面部未被遮盖——这张小脸像雪一样白皙，嘴唇轻轻绷紧，露出痛苦的表情——两根相当漂亮的黑色辫子垂在肩膀和胸部。棺材被抬过去，人群聚拢起来。送葬队伍远去，只留下我们在空荡荡的街上若有所思。

圣迪米特里

我们走下潘卡尔迪山丘，穿过一条小溪的干涸河床，攀上另一座山丘，来到另一个街区圣迪米特里（San Dimitri）。这里的居民几乎全都是希腊人，到处都能看到黑眼睛和尖尖的鹰钩鼻。老人相貌威严；青年体态修长，性情强悍；少女留垂肩长辫；小脸透着狡黠的孩童站在路中间，在母鸡和猪仔之间玩耍，空气中充满银铃般的喊叫和悦耳的话语。我们走近一群孩童，他们正在用石子互相打闹，异口同声地聊个没完。其中最调皮的一个大约八岁，他每时每刻都在向空中挥舞他小小的非斯帽，并高喊："Zito[1]！Zito！"他突然朝另一个坐在门前的孩子嚷道："Checchino！

1　希腊语，意为"万岁"。

Buttami la palla！”[1]

我像吉卜赛人拐小孩似的捉住他的手臂，问他：“你是意大利人？”

他答：“不，先生，我是君士坦丁堡人。”

我问：“是谁教你说意大利语的？”

他回答：“怎么了？当然是妈妈。”

我又问：“妈妈在哪里？”这时，一位搂着婴儿的妇女满面微笑地朝我走近，对我说她是比萨人，丈夫是利沃诺[2]的石匠。她已经在君士坦丁堡生活了八年，那男孩就是她的儿子。如果这位好心的妇人长了一张贵妇人的俏脸，头戴有尖角的冠冕，肩上披斗篷的话，那么就我眼中所见、心中所想而言，没有人比她更活生生地象征意大利了。“你们是怎么来这儿的？”我问她，“你们怎么评价君士坦丁堡？”她坦率地笑道：“该怎么说呢？这座城市……说实话，我总觉得它就像狂欢节的最后一天。”

说到这里，她打开了托斯卡纳口音的话匣子，告诉我们，“对穆斯林来说，他们的耶稣就是穆罕默德”；一个土耳其男人可以娶四个妻子；谁要是懂得土耳其语的只言片语，就能受益良多；等等。但能在这个希腊人社区里用意大利语和

1 意大利语，意为“凯基诺！把球扔给我！”。

2 意大利城市，在托斯卡纳。

人交谈，对我们来说比任何奇闻逸事都要来得亲切，以至于在离开前往那顽童的小手里塞了一枚银币作为小小的纪念。我俩边走边双双感叹：“啊，偶尔吸上一口意大利的气息，是多么美妙啊！”

塔塔乌拉

我们第二次穿过小小的坡谷，来到另一处希腊人街区塔塔乌拉（Tataola）。我们的肚子此时咕咕直叫，于是抓住机会造访了君士坦丁堡无数饭馆中的一家。这些饭馆的模样极为有特色，全都是照一个式样盖出来的。房间颇为宽敞，大得可以在里面看戏。光线通常只会从临街的大门透进来，大门周围环绕一道有扶手的木制拱廊。饭馆一头有一只很大的炉灶，旁边有个凶汉捋起衬衣袖子煎鱼，把烤肉翻面，搅拌调味酱，摆弄其他让人寿数缩短的苦活；另一头则是柜台，那边也有一个面相不善之徒往带柄的杯子里倒红葡萄酒和白葡萄酒。饭馆中间和前头有几张没有靠背的矮小凳子，以及不比凳子高多少的小桌，让人联想起制鞋匠的工作台。我们走进去的时候有点不好意思，因为里面已经有一群粗鄙的希腊人和亚美尼亚人，我们担心他们会不怀好意地盯着我们。然而实际上，人人都懒得瞅我们一眼。我相信，君士坦丁堡的居民是世上最没有好奇心的人。少说也得是苏丹，或者佩拉的那个赤条条走在街上的疯子才值得他们留意。我们坐在角落里等候。但没人过来招呼。我们这才明白，在君士坦丁堡的饭馆，习惯上得自取自食。我们首先到炉灶那边取烤肉，天晓得那是什么肉！随后去柜台接了一杯特内多斯岛（Tenedo）[1]的树脂制成的红酒，又拿走桌子（才到我们的膝盖）上所有的吃食。我俩互相翻了翻白眼，吃完盘中菜肴，乖乖付了账，一言不发地走出去，唯恐自己口中发出吵嚷或嘟哝。随即便重新踏上前往金角湾的旅程。

卡瑟姆帕夏

走了十分钟后，我们重又来到正宗土耳其人聚居的地方——大型穆斯林街区卡瑟姆帕夏（Kassim-Pascià）。这是一座名副其实的城镇，遍布清真寺和德尔维什的道堂，到处是果圃和花园。卡瑟姆帕夏占据了一座山丘和一条坡谷，延伸到金角湾，包括整个古老的曼德拉基奥（Mandracchio）港，从加拉太公墓直至面朝海岸另一侧巴拉特街区的岬角。从卡瑟姆帕夏的高处可以饱览迷人的景色。往下看，只见海岸边巨大的特尔斯-卡内（Ters-Kané）[2]造船厂：这是一座包括船

1　土耳其名为博兹贾岛（Bozca ada），在爱琴海东北部。

2　今作“特尔萨内”（Tersane）。此地自从16世纪以来就是奥斯曼帝国的海军基地和船坞码头。

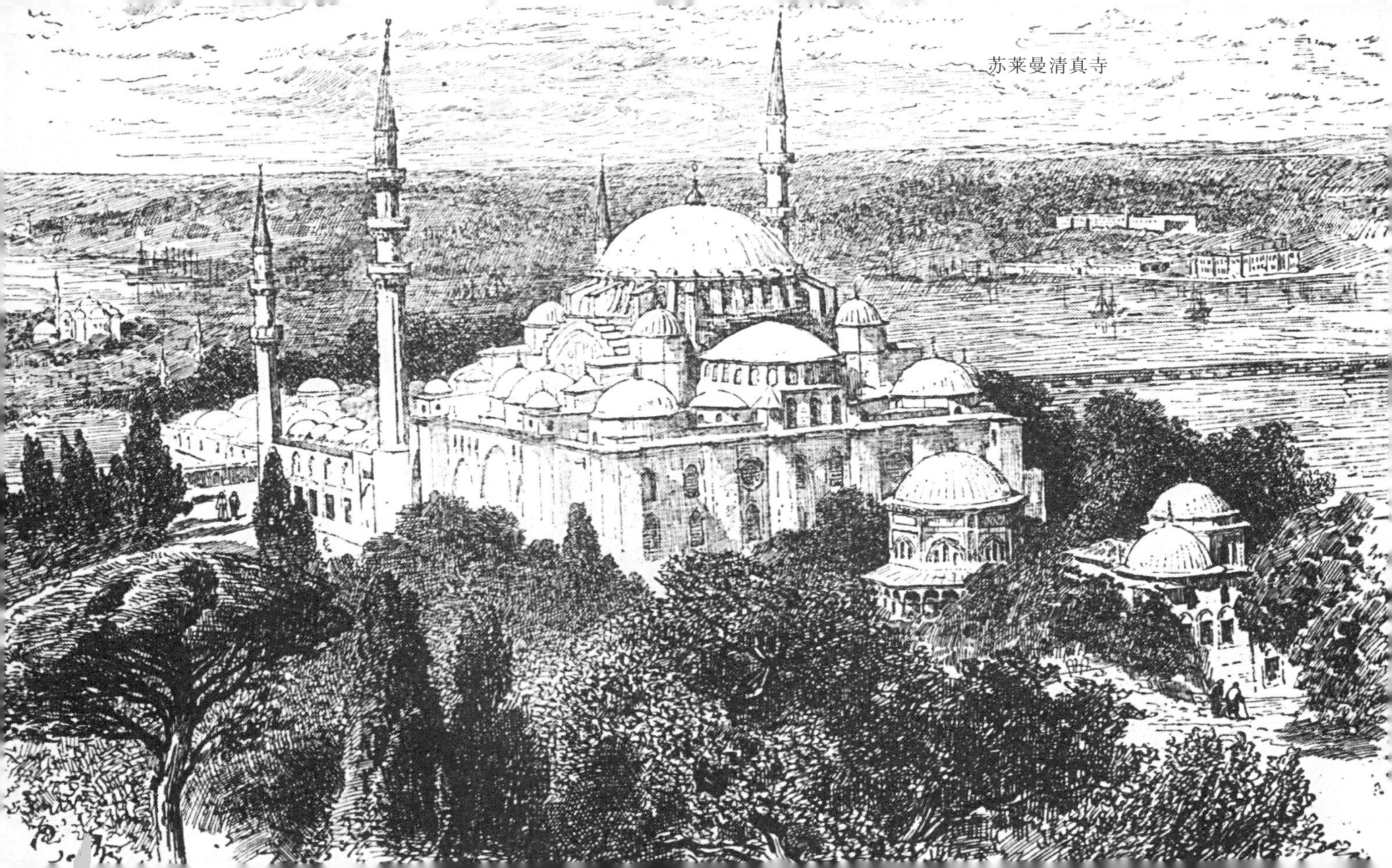

苏莱曼清真寺

坞、工厂、广场、仓库和兵营的迷宫，它沿金角湾一带绵延长达一哩，起到军港的作用。典雅轻盈的海军部府邸似乎浮在海面上似的，它白色的外观映衬加拉太公墓阴沉的绿色。港口里载满乘客的蒸汽船和轻舟来来回回，在固定不动的战舰和克里米亚战争期间的老旧护卫舰之间穿梭。在对岸的伊斯坦布尔，瓦伦斯水道桥极为高耸的拱顶迎向蓝天，穆罕默德二世清真寺和苏莱曼清真寺巍然屹立，此外还有无数房屋和尖顶。为了更好地欣赏美景，我们坐在一家土耳其咖啡馆前，品呷一日十二杯咖啡中的第四或第五杯。身处君士坦丁堡，不管乐意不乐意，每天都得喝掉十二杯咖啡。这家咖啡馆颇为寒酸，但就像所有土耳其咖啡馆一样，它可是原汁原味的：也许和苏莱曼大帝时期最早的咖啡馆，或者手持弯刀的穆拉德四世[1]硬闯进去的那些馆子并无太大不同。当年的穆拉德四世惯于在晚上巡逻，以便亲手惩治那些私贩违禁饮料的人。严厉的宗教学者称咖啡为“睡眠与生育的敌人”，不知有多少道诏书因它而颁布，不知有多少教义学辩论和血腥斗争因它被挑起。比较开明的宗教学者管它叫“梦的守护神与想象力的源泉”。如今，它仅次于爱情与烟草，成了最穷的奥斯曼人最甜蜜的慰藉！人们在加拉太塔和塞拉斯凯拉特塔的顶层喝咖啡，在所有蒸汽船上喝咖啡，在公墓里喝咖啡，

1 奥斯曼苏丹，1623—1640 年在位。

在理发师的店铺里喝咖啡，在浴室和集市里喝咖啡。不管在君士坦丁堡的什么地方，只消吆喝上一声 Caffè-gì（来杯咖啡）[1]，无须转身，三分钟后，一杯热气腾腾的咖啡就会出现在你的面前。

咖啡馆

这家咖啡馆是间全白的屋子，镶嵌一人高的木板，相当低矮的长沙发贴着四壁墙角。角落里有口炉灶，有个鼻子开裂的土耳其人正在那儿用很小的铜壶烹制咖啡。他一点点把咖啡倒进极小的杯子里，同时往里面加糖。无论在君士坦丁堡的什么地方，人们都会专门为所有顾客煮咖啡，在加好糖后端给他，另外再递上一杯水。土耳其人总是会在双唇碰到咖啡杯之前喝水。墙上挂着面小镜子，旁边是一副架子模样的东西，上面摆满有固定把手的剃刀。大多数土耳其咖啡馆同时也是理发师的店铺，而咖啡店主往往客串给人看牙和放血的角色，在其他顾客喝咖啡的同一间屋子里折腾害病的人。对面墙上挂着另一排架子，装满玻璃水烟筒，搭配像蛇一样盘起来的、长长的软管，以及樱桃木杆子的陶瓷奇布克（cibuk）烟管。五个若有所思的土耳其人坐在长沙发上吸水烟；另外

1　土耳其语作 kahveci。

三人待在门口，蹲在特别低矮、没有靠背的麦秆凳子上，一个挨着另一个，肩膀靠墙，嘴上叼着烟袋；店里的小伙子正在镜子前给一位身穿骆驼毛长袍的肥胖德尔维什剃头。当我们坐下时，没人瞧我们，也没人说话。除了咖啡馆店主和他的小厮，没人活动哪怕一下。烟管发出类似猫呼噜的汩汩水声，此外听不到别的声响。所有人都自顾自直视前方，眼神凝固，脸上不流露任何表情。这里似乎是一座蜡像博物馆。这样的场景多少次深深刻在我的记忆中啊！一间木制房屋，一名端坐的土耳其人，一幕美轮美奂的远景，一束强烈的光线，一片深邃的静默：这就是土耳其。每当我想到这个名称，此番景象就立刻掠过心头，就好像一听有人提到荷兰，就联想到风力磨坊和运河。

皮亚利帕夏

我们从那里出发，沿着一处大型穆斯林公墓（这座公墓从卡瑟姆帕夏的山顶一直向下延伸到特尔斯-卡内）的边缘，再度往北攀登，然后走下坡路至小山谷皮亚利帕夏（Piali-Pascià）[1]。这处小型居民区半掩在花园和果圃的草木之间。我们在此地赖以得名的清真寺前停下。此寺呈白色，顶部有

1　土耳其语作 Piyalepaşa。

六个漂亮的圆盖子，院子被拱廊和别致的柱子环绕，宣礼塔极为轻盈，巨大的柏树形成一顶树冠。当时，周围所有小屋子都关门了，街道上没有行人，清真寺的庭院空荡荡的。正午的日光和燥热笼罩一切。只听得到苍蝇的嗡嗡声。我们看了看表，12 点差 3 分钟：快到穆斯林每日五次礼拜中的晌礼时刻。到时候，穆安津会现身在宣礼塔的阳台上，朝地平线的四角呼喊伊斯兰教的神圣念词。我们清楚地知道，在整个君士坦丁堡，一到固定时刻，每一座宣礼塔上都会出现先知的宣礼员，准时得就像时钟的自动装置。然而让我们觉得奇怪的是，哪怕在这座巨大城市的极远处，就在这座孤零零的清真寺里，到了礼拜时刻，都肯定会有人影从幽深的寂静中出现，并念诵宣礼词。我抓着表，仔细盯着分针和宣礼塔阳台的小门。那道门有寻常房屋的四层楼那么高。我十分好奇地等待着。指针碰到第六十根黑色的短针。没有人出现。“他没来！”我说。“他在那儿！”永克答道。除面部之外，阳台的栏杆把宣礼员整个遮住了，远远望去，难以看清他的容貌。他一动不动地站了几秒，随后用手指塞住耳朵，仰面朝天，发出缓慢、颤抖、极为尖锐的声音，呼喊神圣的念词，这声音也在同一时刻回荡在非洲、亚洲和欧洲的所有宣礼塔上。

接下来，他在阳台上转了半圈，面朝北方重复同样的话语；随后向东，随后向西，随后消失不见。这时，最后几句念词隐隐从远处传入我们耳中，似乎是求援之人的呼喊。随后一切归于沉寂，我们在几分钟里也默不作声，体会到某种模模糊糊的悲怆感，仿佛那两声念词是专门规劝我们的祈祷。随着这种幻觉的消失，我们就像两个上帝的弃民一样孤独地待在山谷里。没有哪种钟声如此深切地触动过我。只是在那天，我才明白为什么穆罕默德更青睐用人声呼唤信徒礼拜，而非犹太人的号角或古代基督徒的铃铛。不知道他是过了多久才作出这一选择的。出于这个原因，整个东方在过去呈现出的面貌和今天几乎别无二致。如果当时他选择了铃铛，后来又改成响钟的话，那么宣礼塔的样子肯定也会发生变化，相应地，这座城市以及东方风貌当中最典型、最庄严的一项特征便荡然无存了。

射箭广场

我们从皮亚利帕夏攀登山丘，向西而行，来到一片土地枯干、异常宽阔的空地，从那里看得到整个金角湾以及从艾尤普区直至塞拉里奥丘的整个伊斯坦布尔。四哩长的花园和清真寺宏伟雅致，值得像观看天上胜景一样屈膝凝望。此地被称为奥克-迈丹（Ok-meidan），意为“射箭广场”，苏丹们曾经遵循波斯国王的习俗，来此练习箭术。这个地方依然四散着若干距离不等、刻有铭文的大理石小柱子，用以标记君主的御箭掉落的位置。那里也还保存着一间漂亮的亭院，里面有张台子，苏丹就从那里张弓搭箭。过去，帕夏和贝伊会在右边的场子里排长队，堪称奇景。帕迪沙（padiscià）[1]与他们一道称许自己的技巧；在左边，十二位出身皇家的少年侍从奔跑着拾取箭矢，标出其掉落的位置。若干胆大的土耳其人躲在四周的树木和矮树丛后边，偷偷观看至尊陛下的御容。帝国中最善射的箭手马哈茂德摆出勇将的架势，高踞在台子上。他精光四射的眸子让观众们低眉俯首，而那把著名的胡子黑得就像托鲁斯山[2]上的乌鸦，远远望去，衬得他那身溅满禁卫军鲜血的白色大氅格外醒目。如今时移世易，一切都变得寡淡无趣：苏丹在他的王宫庭院里用左轮手枪射击，而步兵在射箭广场上练习打靶。广场一头有一座德尔维什的道堂，另一头是一家孤零零的咖啡馆。整片场地空无一人，像大草原一样凄凉。

皮里帕夏

我们从射箭广场下来，朝金角湾走去，来到另一处被称为皮里帕夏（Piri-Pascià）的小型穆斯林街区，它或许得名自塞利姆一世的著名大维齐尔，此人曾教育过苏莱曼大帝。皮

1 波斯语，奥斯曼君主的称号。

2 小亚细亚半岛山脉，在今土耳其中南部。

里帕夏正对金角湾另一头的犹太人社区巴拉特。我们在这里只遇到几条狗和几个年老的土耳其女乞丐。但这种偏僻倒方便我们自由自在地思考街区的结构，着实有意思。这座街区就像君士坦丁堡其他任何地方一样，人们若是先从海上或附近的高坡看到它，然后再深入其间，那么所体验到的感受就有如坐在戏院前排欣赏一出精彩的舞蹈演出后，又亲临舞台将其观摩一样。你会觉得莫名惊讶，这一大堆丑怪鄙陋的东西凑在一起，怎么就生出如此辉煌的幻象。我相信，世上没有一座城市像君士坦丁堡这样拥有好看的外表。从巴拉特望过去，皮里帕夏好似一位端庄的城里妇人，浑身艳丽，头戴绿冠，有如仙女一般倒映在金角湾的水中，唤起千百种爱情与欢乐的意象。不过若是你们走进去，一切便荡然无存，只剩下一间间粗鄙的陋室，被集市的破屋染上恶俗的颜色；又窄又脏的庭院仿佛女巫的巢穴；灰扑扑的无花果树和柏树，堆满瓦砾的花园，荒废的小巷，到处是贫苦、肮脏和愁惨。但若是你们从山坡上走下来，跳上一条小舟，划上四五下，就立马又和那位珠光宝气、雍容华贵的城里妇人重逢了。

哈斯科伊

我们沿着金角湾的海滨一路前行，来到又一处地势开阔、人烟稠密、让人觉得古怪的街区。在那里，我们从迈出第一步起就觉得自己不再置身于穆斯林当中。到处都可以见到在地上打滚、沾了一身汗渍和碎屑的孩童；模样畸形、衣衫褴褛的老妇伸出干枯的手，在堆满废品和旧贴片的屋门口劳作；男人们穿着又长又脏的衣服，头缠一片碎布，鬼鬼祟祟地贴着墙根走过；窗边露出憔悴的脸庞；房屋之间悬挂布片；草垛子和泥坑无处不在。这里是犹太人街区哈斯科伊（Hasskioi），金角湾北岸的隔都，正对海湾另一头的犹太隔都，在克里米亚战争期间曾有一座木桥连接两个街区，如今已不复存在。这里还是一长列兵工厂、军校、兵营和武器广场的起点，几乎延伸至金角湾的尽头。但我们根本没去看这些地方，因为此刻我俩的腿脚和头脑早就力不能支，所见的一切搅得人不得安生。我们觉得仿佛已经旅行了一个星期，怀着轻浅的思乡情绪，想念起远在天边的佩拉。要不是我们在古桥上一本正经地许诺过，要不是永克照着他的老习惯，高歌《阿依达》中的进行曲令我重新抖擞起精神，我们本来就要打道回府了呢。

哈勒哲奥卢

我俩继续前行，穿过又一座穆斯林公墓，登上又一座山丘，走进又一处街区。这个街区名叫哈勒哲奥卢（Halidgi-Oghli），混居着不同种族。在这座小小的城镇里，每条巷子的转角处都有一个新的种族和一种新的宗教。我们在坟墓、清真寺、教堂、犹太会堂之间登高、下坡、攀爬、穿行；围绕公墓和花园转来转去；遇到一些仪态华贵的亚美尼亚美人和活泼的土耳其女人，她们隔着面纱偷偷打量。我们听到人们说希腊语、亚美尼亚语、西班牙语——犹太人说的西班牙语——我们走个不停。总该抵达这君士坦丁堡的尽头了吧！——我们交谈道——大地上的万物都有其限度！哈勒哲奥卢的房屋渐次变得稀疏，开始出现绿油油的菜园。只剩下若干破房子了。我们在其中穿行，最后终于来到了……

苏特吕杰

呵！只是来到又一个街区罢了。这里是基督徒的街区苏特吕杰（Sudludgé），耸立在一座山丘上，被菜园和公墓环绕。太阳从山脚下探出来。丘顶有一座桥，过去曾连接金角湾的两岸。上帝保佑，这是我们此行的最后一个街区了，远足至此结束。我们走出房屋，找地方休息。我们登上苏特吕杰后面另一座陡峭的、光秃秃的山冈，面前是君士坦丁堡最大的犹太人公墓：一大片平地上覆盖着无数倾覆的石块，代表一座被地震摧毁的城市不祥的一面。没有一棵树，没有一朵花，没有一株草，没有任何小径的踪迹。悲愁的孤寂揪住人的心灵，好似上演着一出大灾大难的戏剧。我们坐在一座墓旁，面朝金角湾，边休息边欣赏在周围逶迤伸展、既宏伟又秀丽的全景。往下能见到苏特吕杰、哈利哲奥卢、哈斯科伊、皮里帕夏，一排排街区分布在湛蓝的海水和碧绿的公墓与花园之间。左边是孤零零的射箭广场和卡瑟姆帕夏的上百根尖塔；更远处是一望无际、杂乱无章的伊斯坦布尔。再往前是线条高耸的亚洲群山，几乎隐没在天空中；在我们跟前，正对苏特吕杰，位于金角湾另一头的是谜一般的艾尤普街区，那里的奢华陵墓、大理石清真寺、四散的墓地、树木成荫的斜坡、孤零零的道路、充满忧伤与感激的僻静之所，一个个分得清清楚楚。艾尤普右侧是另外几座面朝海湾的村庄，再往后是金角湾的最后一道拐弯，随即消失在高高的、栽满树木和鲜花的两侧海岸之间。目光扫过这片全景后，我俩只觉精疲力尽，几乎陷入半睡半醒的状态，不由自主地寄情于音乐，哼起天晓得什么调子来。我们好奇自己坐在哪位亡者的墓前，用一根细枝拨拉蚂蚁窝，说了不知多少傻话，时不时互相询问："我们真的在君士坦丁堡吗？"随即我们想到人生苦短，万事皆虚，接着便因为喜悦发起抖来。然而我们又深深地觉得，如果有人在凝视这样的壮丽景致时都体验不到手握心爱女子的小手一般的感觉，那么世上就没有什么东西能提供真正完美的欢乐了。

金角湾中的轻帆扁舟

泛舟海上

日暮时分，我们走到金角湾，登上一条四桨小舟。还来不及念出“加拉太！”这个词，轻盈的小舟就远远驶离了岸边。这种轻帆扁舟（caicco）真是所有乘风破浪的船只中最雅致的了。它比贡多拉来得长，但更窄、更纤细；船身雕纹绘彩，金碧辉煌。船上既没有舵，也没有座椅。人们坐在一张褥子或毯子上，以至于只有脑袋和肩膀露在外面。它的两端都是船头，故而能朝两个方向航行。最轻微的晃动就能让它失去平衡，像离弦的利箭一般从岸边迸射，仿佛燕子掠着水花飞行。扁舟疾驰，一边腾挪飞渡，一边将千般色彩投射进波涛之中，有如一头被人追赶的海豚。我们的桨手是两位英俊的土耳其小伙子，头戴红色非斯帽，身着淡蓝色衬衣，脚蹬一双硕大的白鞋，裸露手臂与双腿。他俩二十来岁，有着运动员的体格，古铜肤色，干净、快活而自信，每划上一下，就将船往前推送整条船身那么长的距离。其他的轻帆扁舟从我们旁边飞快地经过，彼此几乎看不真切。一群鸭子从身畔游过，鸟儿在头顶盘旋，还有几艘有顶的大船擦身而过，船上满是蒙面纱的土耳其妇女。水草时不时遮住水面，让我们什么都看不见。此刻，从金角湾的尽头瞧过去，城市呈现出极为新奇的面貌。由于海湾的曲折，看不到亚洲海岸；塞拉里奥丘封住金角湾，使其看上去好似一汪极为狭长的湖泊；两岸的山冈似乎变得庞大起来；而远处的伊斯坦布尔逐渐变淡，染上极为柔美的灰色和浅蓝色。它既雄伟又轻盈，如同一座法力无边的城市，漂浮在海上，消散在空中。扁舟划得飞快，两岸景物一闪而过，港湾、小树林和街区一个接一个出现。随着我们逐渐前行，周遭的一切事物都变得宽大挺拔了起来，城市的颜色暗淡下去，地平线红彤彤的，水波送上金色和绛色的反光，强烈的惊愕一点点钻进我们的灵魂，混合不可名状的甜蜜感，于是我们微笑起来，但却一句话也说不出。当扁舟停在加拉太港时，一名艄公不得不贴着耳朵对我们大嚷："先生！到了！"（Monsù! Arrivar!）于是我们惊醒过来，好似做了场大梦。

大巴扎

在沿着金角湾两岸匆匆见识了整座君士坦丁堡之后，是时候进入伊斯坦布尔的腹心地带，去看看那辐辏云集、经久不衰的集市，那座隐匿的、幽暗的，充满奇观、珍宝和回忆的城市了。它位于努里奥斯曼尼耶丘和塞拉斯凯拉特丘之间，人称大巴扎（il Grande Bazar）。

我们从皇太后清真寺的广场上出发。

有些馋嘴的读者或许想在这里停留片刻，看一眼巴勒克-巴扎（Balik-Bazar），也就是从古老的安德罗尼卡・帕列奥列格（Andronico Paleologo）时代就闻名遐迩的鱼市。众所周知，这位皇帝仅凭从城墙边捕上来的鱼这一样进项，就应付了整个宫廷的膳食开销。实际上，君士坦丁堡的捕鱼业依然极为兴旺，在景气的日子里，鱼市值得《巴黎之胃》（*Le*

Ventre de Paris)[1]的作者写上一篇洋洋洒洒、吊人胃口的文字，就像旧日荷兰绘画里的大餐。小贩几乎全都是土耳其人，在广场四周次第排开，地上铺着席子，鱼堆在席子上，或摆在长桌上，周围是一帮推推搡搡的顾客和一群野狗。此间能找到博斯普鲁斯海峡的鲜美绯鲤，比地中海里的要肥壮上四倍；有马尔马拉海的生蚝，唯独希腊人和亚美尼亚人懂得如何在炭上掌握好火候将其烹调；有君士坦丁堡向希腊群岛供应的沙丁鱼；有博斯普鲁斯海峡最美味的鲈鱼（ulufer），这种鱼是在月光下捕捞上来的；有黑海的鲭鱼，它们曾连续七次入侵这座城市的水域，发出的嘈杂声连两岸的村庄都能听到；有巨型的竹荚鱼（isdaurid）[2]，也就是特别大的剑鱼，土耳其人称之为Kalkan-baluk，即盾鱼；另外还有成千上万的小鱼，它们在两海之间游动，被海豚和法里亚诺斯（falianos）[3]追赶，又被数不清的翠鸟猎捕，而海鸥再从后者口中夺下猎物。帕夏的厨子、上了年纪的穆斯林老饕、奴隶和饭馆小厮凑近桌子，紧盯鲜鱼，做出沉思默想的样子。随即吐出寥寥数语洽谈价格，再将买来的东西挂在绳子上便离去了。人人都不苟言笑，仿佛手中提着的是敌人的脑袋。中午时分，广场变得空荡荡的，鱼贩子四散到附近的咖啡馆。他们在那里待到

1 爱弥尔·左拉发表于1873年的小说。

2 土耳其语作istavrit。

3 又称fokena，一种小型海豚，一度生活于爱琴海，今已十分稀少。

日落，抵着墙，睁着眼做白日梦，唇间叼着水烟管。

要前往大巴扎，得先穿过一条通往鱼市的街道。这条街很窄，对面房屋的突出部分几乎要碰到一起。你得在两排低矮昏暗的店铺之间往前走上好一阵。那些店铺出售烟草，这玩意儿号称“人生之乐的第四根支柱”，排在咖啡、鸦片、美酒之后，又名“消遣快活的第四张褥垫”。和咖啡一样，苏丹的敕令和穆夫提[1]的判决一度严厉禁止吸食烟草，但所引起的混乱和刑罚却使它越发香甜。整条街都被烟贩子占据。烟被摆在金字塔形或圆锥形的架子上陈列，每只架子的顶部都放有一只柠檬。组成这座金字塔的是安条克的拉塔基亚（latakié）烟、纤细得有如上等精丝的金黄色塞拉里奥皇宫御烟、用来卷纸烟和管烟的烟草，各种口感和烈度等级齐备，从加拉太的魁梧挑夫抽的劣烟，再到让御花园亭子里闷闷不乐的妃嫔睡个好觉的软烟，一应俱全。通贝基烟（tombeki）[2]极其辛辣，要是没有经过烟管中的水过滤就吸进口中，会让老烟客都感到天旋地转。这种烟像药品一样被锁在玻璃瓶里。烟贩子几乎全都是客客气气的希腊人或亚美尼亚人，他们装出彬彬有礼的样子；顾客们交头接耳。外交部或城防司令部的一些雇员会去那里，有时候，某个大人物也会过来打个招呼。

1　即伊斯兰教教法说明官，由精通《古兰经》、伊斯兰教教法的穆斯林学者担任。

2　土耳其语作 tömbeki。

人们在烟铺里讨论政治，收集消息，讲述丑闻。这是一个偏僻的、属于权贵的小集市，吸引人们来此休息，感受闲聊和吸烟的乐趣，哪怕只是过路也罢。

你继续前行，从一道长满葡萄叶的拱形大门下面穿过，来到一座宏伟的石制建筑跟前，一条笔直的、有顶的街道从中间穿过，两边是昏暗的店铺，里面熙熙攘攘，到处是人、箱子、袋子和成堆的货物。一走进去就闻到极为浓烈的香料气味，差点熏得你后退。此处被称作埃及市场，云集了来自印度、叙利亚、埃及和阿拉伯的所有食品原料，它们随后被加工成香精、丸片、粉末、药膏，用来涂绘姬妾的小脸和纤手，给房间、浴室、口腔、胡须和菜肴增添香气，让衰朽的帕夏焕发活力，安抚不幸福的新娘，弄昏吞云吐雾客，在无边无际的城市里传播美梦、醺醉和遗忘。在这座集市里还没走上几步，你就开始觉得脑袋沉甸甸的，于是溜之大吉。但即使来到新鲜空气中，那种又闷热又沉重的空气和令人沉醉的香水气味仍然挥之不去，经久不散，随后顽固地保留在记忆中，成为最私密、最深刻的东方印象之一。

走出埃及市场，你穿行在制锅匠的喧闹作坊、熏得整条街臭烘烘的土耳其饭馆、无数间昏暗的店铺、凹壁和孔洞（那里制作和出售数不清的无名小玩意儿）之间，最终来到大巴扎。

但你在离那里很远的地方就会遭到袭击，必须奋起自卫。

距入口大门百步开外，商人的掮客以及掮客的掮客像打手似的潜伏在那里。他们第一眼就认出你是外国人，明白你是第一次来这个集市，并猜出你大概是哪国人，以至于在和你搭话时极少讲错语言。

他们手上端着非斯帽，嘴角含笑，凑上前来，要为你提供服务。

接下来几乎总是千篇一律的对话：

“我什么也不买。”你回答。

“有什么关系呢，先生？我只想带您瞧瞧这集市。”

“我不想瞧。”

“那我免费陪您。”

“我不要人免费陪着。”

“不妨，我就陪您到这条街的尽头，给您提供点哪天派得上用场的信息，若那时您来买东西的话。”

“可我也不想听别人谈论买东西！”

“那我们讲点别的吧，先生。您在君士坦丁堡很久了吗？对旅馆还满意吗？弄到参观清真寺的许可了吗？”

“我说了我不想啰唆。我只想一个人清净！”

“那好吧，我让您一个人待着。我就跟在您十步远的地方。”

“你为什么要跟着我？”

“好让您不上商店的当。”

“和商店有什么关系！”

“那么……不让人在街上给您找麻烦。”

总之，你要么白费唇舌，要么任由他陪同。

大巴扎的外观完全谈不上引人注目，让人根本猜不出里面的模样。这是一座庞大的石制建筑，拜占庭风格，形状不规则，由高大的灰墙环绕，顶部是上百个包铅并凿通的小圆顶，内部得以透光。主入口是一扇穹隆状的大门，并无建筑上的独特之处；从周围的巷子听不到任何喧闹声。直到距大门数步的地方，你仍然有可能相信，堡垒般的墙壁后面除了冷清和孤寂一无所有。可一旦走进去，你顿时头晕目眩。你进入的不是一栋建筑物，而是一座被拱券覆盖、由两侧精雕细刻的廊柱之路组成的迷宫。你走进一座不折不扣的城市，里面有清真寺、喷泉、十字路口和小广场。灯光昏暗，如同阳光照射不进去的密林。人群摩肩接踵。每条街都是一座集市，几乎所有道路都汇入一条主路，这条路有一座黑白色的石拱顶，上面装饰着阿拉伯式花纹，很像清真寺的大殿。在这些半明半暗的街上，马车、骆驼和骑士在起伏的人潮间穿行，发出震耳欲聋的轰响。到处都有人用语言或手势招揽生意。希腊商人高声呼喝，举手投足宛如皇帝；精明无比但外表颇为朴实的亚美尼亚人毕恭毕敬地向你兜售货物；犹太人贴着你的耳朵低声报出他的开价；寡言的土耳其人蹲在商铺门槛处的垫子上，只用眼神招揽顾客，寄希望于命运的垂青。

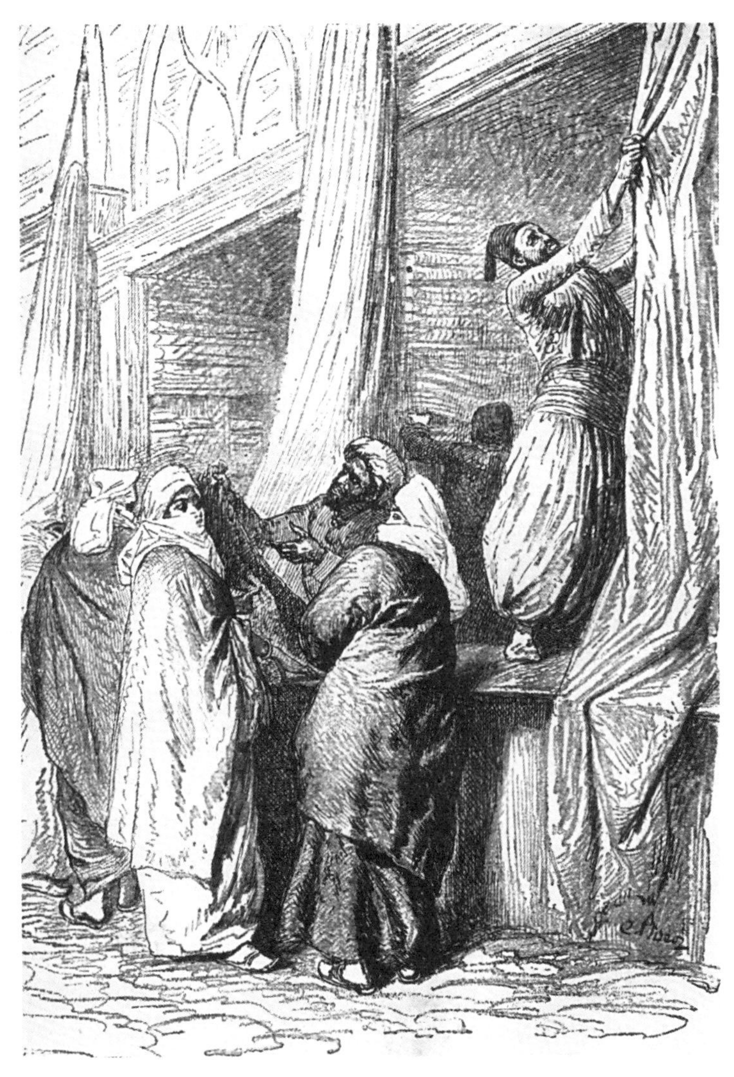

大巴扎中的布商

十种不同的声音对着你叫嚷：先生！上尉！骑士！贵人！老爷！阁下！大人！！

在每个转角处，都能透过边门看到一排拱门和柱子、长长的走廊、一小段窄路、远处乱糟糟的集市景象，到处是商铺、挂在墙上和拱顶上的货物、忙碌的买卖人、背负重物的搬运工和一群群蒙面的妇女，喧哗的人群持续不断地停下来又散开去，人和物激荡在一起，足以令你晕头转向。

但是，混乱只是表面上的。这座庞大的集市实际上像兵营一样井井有条，无须导游，不消多久就能找到你寻觅的任何东西，每一类商品都有其自身的小小区域、窄巷、走廊和广场。上百个小集市一个紧挨一个，就好像极为宽敞的公寓里的一级级楼梯；每个集市同时又兼具博物馆、过道、商场和戏院的功能，不用买任何东西，人们都可以在里面大饱眼福，尝尝咖啡，享受凉爽，操着十种语言闲谈，还能打量最美丽的东方少女。

你可能会意外闯进一家货栈，然后不知不觉在里面逛上半天。就拿布料和服装集市来说吧。那可是个汇聚了美好与财富的大观园，足以教人眼花缭乱、心驰神眩、钱袋空空。你一定得小心提防，因为稍微心血来潮，就可能导致你不得不给家里拍电报请求汇款。你行走在堆得高高的巴格达锦缎、卡拉曼地毯、布尔萨丝绸、印度帆布、孟加拉平纹布、马德拉斯披肩、印度和波斯山羊绒、开罗花绸子、装饰金色图案的褥垫、银色网格的丝巾、轻薄透明好似烟雾的蓝色和肉色条纹围巾之间，满眼都是样式庞杂、织绣各异的布料，有绯色、蓝色、绿色、黄色，最违背惯常搭配的颜色被大胆且和谐地凑在一起、混在一块儿，令看客张口结舌。又有各种尺寸的深红色或白色桌布，绘满阿拉伯式图案、花卉、《古兰经》经文、皇帝纹章，不妨仔细端详上一天，就当是在观摩阿尔罕布拉宫的墙壁。在这里可以一件一件欣赏豪奢的全套土耳其衣着，从罩住全身的绿色、橙色或风信子颜色斗篷，再到丝绸衬衣、绣着金线的手绢和绸子腰带（只有绅士和太监才会留意），有如置身私闺的密室。这里有红丝绒的卡夫坦长袍，围着貂皮，缀满星星图案；有黄缎子的女上装，红色的丝绸短裤，嵌满金花的白色绸缎内衣，银缀片亮晶晶的新娘面纱，镶嵌羽毛的绿色天鹅绒军上衣。有希腊的、亚美尼亚的、切尔克斯的服饰，有上千种任意剪裁的样式，沉甸甸的装饰品像胸甲似的，又坚硬又华丽。在这些珍品当中还有法国和英国的布料，模样平庸，颜色寡淡，给人感觉就像是一本诗集里夹了张裁缝的账单。只要你爱慕着哪位意中人，就绝不可能进了这座集市却不因自己未能腰缠万贯而憾恨，头脑必定在片刻间涌出买买买的火热念头。

* * *

要摆脱这念头别无他法，只能掉头拐进水烟集市。在那里，胡思乱想让位于更切合实际的愿望。一捆捆茉莉、樱桃、枫树和玫瑰木奇布克烟管赫然入目；波罗的海黄琥珀烟嘴像水晶似的光溜溜、亮闪闪，装饰着红宝石和钻石，色度与透明度难以描述；开塞利烟管包着金线和丝线的杆子；颜色各异的黎巴嫩烟袋呈菱形，绮丽的花绣点缀其上；由波希米亚水晶或者钢和银制成的水烟筒样式古色古香，镶着金银丝，涂着瓷釉，嵌满宝石；摩洛哥皮的管子包着棉絮，烫金装饰和封环闪闪发光。总有两只直勾勾的眼睛看管着烟筒，一旦有好奇者挨近，这双眼睛就立时像猫头鹰一样瞳孔放大，朝那个连维齐尔或帕夏都不是、不曾在小亚细亚的哪个省作威作福过几年的人瞪视过去，教他纵然想询价也作声不得。能来这里采买的只有后妃为了酬谢恭顺的大维齐尔而派出的差役，或者谋到一份新职位后为了自身的体面，不得不花掉五万里拉置备一根烟杆子的宫廷高官，又或者想给欧洲的君主带去一份难忘的伊斯坦布尔回忆的苏丹大使。寒微的土耳其人只能投去忧郁的一瞥，然后前往别处，同时为了自我安慰而念叨先知的话语："火狱的烈焰会像骆驼的嘶吼一样，焚烧用金或银烟管吸烟者的肚腹。"

* * *

此时，你又禁不住诱惑，走进香水集市，那是最具东方风情的物事之一。这个集市里找得到著名的塞拉里奥糖片，用来给口腔和胶糖的外皮熏上香气。这种糖是由壮硕的希俄斯岛少女从乳香树上摘下来的，送给穆斯林女性强固她们柔软的牙龈；香柠檬和茉莉花的精炼物质和极为浓烈的玫瑰花精被装在镶金的丝绒盒子里，其价值足以令人汗毛倒竖；这里还有抹在眉毛上的粉黛，滴在眼睛里的锑药水，涂在指甲上的海娜（henné），令叙利亚美女的肌肤柔嫩的香皂，让汗毛从男子气的切尔克斯妇女脸上掉下来的药剂，枸橼和橙子的汁水，装麝香的荷包，檀香油，灰琥珀，给水杯和烟管平添芳香的芦荟，还有一大堆名称奇特、难以说清用途的粉末、液体和软膏，单个分开来，每一种都代表了任性的恋慕、诱人的欲念、缠绵的情思，合在一起则散发出馥郁和催情的芬芳，让人如堕梦中，急欲一睹扑簌簌的媚眼和娇滴滴的纤手，一聆轻喘与热吻的柔声。

* * *

可是，一走进珠宝集市，所有幻觉便一扫而空。这是一条昏暗而偏僻的小路，两侧是外观破败的小店，不会有人觉得里面真的藏了什么无价之宝。惊喜被封存在橡木的匣子里。这种匣子被铁条缠绕覆盖，放在店铺的前面，由商人看管。商人是年老的土耳其人或犹太人，留着长长的胡须，目光锐利，仿佛能刺穿口袋、扎破钱包。有人站在他们的窝棚门口，一旦你经过他身边，此人先是死死地盯住你，随即飞快地将一块高康达的钻石，或霍尔木斯的蓝宝石，或贾姆希德的红宝石，递到你跟前。只要你流露出一点点否定的表态，他就会像取出来时一样敏捷地将其收起来。有些人踱着缓步，把你堵在路中央，在用多疑的目光四下打量后，他从怀里掏出脏兮兮的布，把它摊开，给你看一块巴西黄玉或美丽的马其顿绿松石，并用不怀好意的诱惑眼神盯着你看。还有些人只是投来探究的目光，在判断你不是大主顾后，懒得给你看任何东西。即便你长了张老实的面孔或摆出富翁的派头，也不会有人作势打开小匣子。猫眼石项链、祖母绿花朵和星星、镶嵌俄斐珍珠的新月和冠冕、一堆明晃晃的海蓝宝石和金绿宝石、砂金石、玛瑙、石榴红宝石、天青石无情地隐藏在身无分文的好奇者，尤其是一位意大利作家的眼皮底下。更过分的是，他竟还壮着胆子询问一条太斯比（tespi）——也就是琥珀、檀香或珊瑚制成的念珠的价格。土耳其人在指间拨弄它，以便在不得不从事的工作的间隙打发光阴。

* * *

要想找点乐子，就得走进欧洲布商的铺子，那里出售形形色色的皮包。你刚一踏足，身边立马围了一圈不知道从哪儿冒出来的人。孤身一人绝对应付不来这种场面。在商贩、商贩的合伙人、掮客、帮腔跑腿的家伙当中，总有六七个这样的人：即使这个不来折腾你，那个也一定会狠狠收拾你。没有什么法子能避免倒霉的结局。没人能说清他们要了怎样的花招，付出怎样的耐心，投入怎样的固执，以及玩弄怎样的狡计奸谋才让你买下他们想让你买的东西。他们先是开给你一个高得离谱的价格，你随即还价到三分之一。他们垂下双臂，意思是极为沮丧，或者拍拍脑门以示失望，然后不答应你；或者滔滔不绝地说出一大串情绪激动的话，以求打动你的情感："您不讲情面""您想逼我们关门""您想让我们一贫如洗""您一点儿也不同情我们的孩子""您不明白这么对待别人有多糟糕"。当他们告诉你一件东西的价格时，附近店铺的掮客马上对你耳语："别买！他们欺诈您呢！"你相信这人诚实可靠，可实际上他和商贩是一伙的。他告诉你他们用披巾骗人，目的是赢得你的信任，好在一分钟后猛宰你一刀，建议你买地毯。

当你察看布料的时候，他们打手势，用眼神、碰肘、双关语互相示意。要是你懂希腊语，他们就说土耳其语；要是你懂土耳其语，他们就说亚美尼亚语；要是你懂亚美尼亚语，他们就说西班牙语。可无论如何，他们总能互相弄明白并捉弄你一下。如果你强硬，他就奉承你。他称赞你说他们的语言说得多流利啊，你的举止多么绅士啊，他们永远不会忘记你那俊美的仪态；他们同你谈论你的国家，自称在那里生活了很久，因为他们什么地方都去过；他们给你端上咖啡，自告奋勇提议在你离开时陪你去海关，以免有人滥用职权，也就是说他会欺骗你、海关和你的旅伴，如果你有旅伴的话。他们把整个铺子弄得乱七八糟，如果你什么都不买就离去，他们不会甩给你难看的脸色：即使你当天不买，总有一天会买的。你肯定会再回到集市，他们的猎狗认得你。如果你没有上他们的钩，也会上合伙人的钩；即使作为商贩没能敲到你的竹杠，他们也会作为掮客刮你的皮；要是没能在商铺里逮到你，那就准会在海关里“帮你的忙”。圈套是不会落空的。他们属于哪个民族？没人知道。他们反复说各种语言，早已丢掉了本来的乡音。由于挤眉弄眼地逢场作戏，他们改变了自己原先种族的面部特征。他们想成为哪国人就是哪国人，想干什么职业就干什么职业。他们当口译员、导游、商贩、高利贷者。说一千道一万，他们在欺骗世人的本领方面，是谁都及不上的高手。

穆斯林商人给人的观感则完全不同。他们当中仍然有一些老派的土耳其人，这类人在如今君士坦丁堡的街道上已经很少了。他们仿佛是苏丹穆罕默德和巴耶济德那个时代的化身，古老奥斯曼大厦活生生的孑遗。自从马哈茂德改革[1]以来，这座大厦就一天接着一天、一块石头接着一块石头地倒塌和变形。只消来到大巴扎并紧盯最偏僻小巷尽头最昏暗的小店，就能找到戴着苏莱曼时代清真寺圆顶形状巨大缠头巾的老者。他们面无表情，眼神浑浊，长着鹰钩鼻，留着长长的白胡子，身穿古老的橙色和紫红色卡夫坦长衫，腰系有无数层褶皱的宽松长裤，脚蹬硕大的鞋子，他们保留这个古老的统治民族倨傲而忧愁的态度，脸庞因为吸鸦片而麻木，或者因为热烈的信仰而光彩焕发。他们待在自己的角落，抱着双臂，叉着两腿，纹丝不动，庄严肃穆，浑若雕像，一言不发地等待命中注定的买主。如果生意不错，他们就轻声嘀咕“Mach Allà！”——赞美真主！如果生意不景气，就说“Olsun!”——就这样吧！并顺从地低下头。有的人在读《古兰经》；有的人在用手指拨弄太斯比的珠子，心不在焉地默诵真主的一百个名称；有的人刚做成一笔好买卖，用土耳其人的话来说，正在“喝水烟”，用迷离和充满困意的眼神打量四周；有的人佝偻着身子，双眼半睁，额头紧皱，仿佛陷入沉思。他们在想什么呢？或许在想殒命于塞瓦斯托波尔城墙下的爱子？或许是自己失散的商队？或许是一去不回的乐趣？或许是先

1　苏丹马哈茂德二世（1808—1839 年在位）发起的近代化改革“坦志麦特”。

鞋市

知许诺过的永久乐园？在乐园里，他们将在棕榈树和石榴树的凉荫下，与从未被凡人或天神冒渎过的黑眼睛少女成婚。

所有这些人都有其古怪之处，所有人都充满画面感。每间店铺都像一幅色彩丰富、思想深邃的油画的外框，令人们的头脑中瞬间冒出一整段惊险而美妙的故事。那个干瘦的古铜色男子外表刚毅，他是阿拉伯人，亲自牵引载满宝石和雪花石膏货物的骆驼，从遥远家乡的尽头一路走来，沙漠强盗的子弹曾多次贴着他的耳朵呼啸而过。另一人戴着黄色缠头巾，相貌威严，他骑马穿越孤寂的叙利亚，带来推罗[1]和西顿[2]的丝绸。有个黑人头缠古旧的波斯围巾，前额伤痕累累，那是巫师为了救他性命留下的；此人来自努比亚，头颅高高昂起，好像仍在观看底比斯[3]巨像的脑袋和金字塔的尖顶。一个漂亮的摩尔人有着苍白的面庞和黑眼睛，裹着一袭白得要命的长袍，从阿特拉斯山脉[4]的西部边陲带来他的地毯。那个缠着绿头巾、面容疲惫的土耳其人今年刚刚完成正朝，曾眼睁睁看着亲人和朋友因干渴死在无边无际的小亚细亚平原；他在生命行将结束时来到麦加，步履蹒跚地绕行克尔白七圈，并在激动地亲吻黑石的时候晕厥过去。那个壮汉脸孔

1　推罗（Tiro），古代腓尼基人的城市，位于地中海东岸，今属黎巴嫩。

2　西顿（Sidone），历史名城，位于今天的黎巴嫩。

3　古埃及首都，卢克索神庙、国王谷等著名古迹都在那里。

4　在北非马格里布一带，横跨今天的摩洛哥、阿尔及利亚、突尼斯三国。

白皙、眉毛隆起、目光如电，整个人都洋溢着雄心与骄傲，更像战士而非商贩，他从高加索北部一带运来毛皮，此人年轻力壮时曾让老家的好几个哥萨克对他俯首帖耳。还有那个可怜的羊毛商，他面孔扁平，眼睛又小又歪，粗犷壮实得像个运动员，不久前还在守护帖木儿陵墓的巨大圆顶底下做礼拜。他自撒马尔罕出发，穿越名城布哈拉的沙漠，从一大群土库曼人中间经过，横渡黑海，躲过切尔克斯人的子弹，在特拉布宗的清真寺里感谢真主，又来到伊斯坦布尔碰运气。待到年老后他将从伊斯坦布尔出发，回到一直魂牵梦萦的鞑靼故乡。

* * *

鞋市可能是最繁华也最异想天开的巴扎。它由两排艳丽的店铺组成，使得街道具有王宫大厅或阿拉伯传说里金叶珠花园林的气派。这里的鞋子配得上亚洲和欧洲各国宫廷里各式各样的纤足。墙上覆盖天鹅绒、毛皮、锦缎、绸子拖鞋，颜色极为奔放，款式极为独特，装饰金银丝，镶嵌闪光片，点缀丝织的穗子和天鹅的羽毛，用金银线绣上星辰花卉图案，再包上完全遮住布料的繁复阿拉伯式花纹，蓝宝石和祖母绿熠熠生辉。店铺里既有给船夫的新娘穿的简靴，也有为苏丹的佳丽置备的朱履。每双的价格从 5 里拉到 100 里拉不等。

有踩着佩拉的鹅卵石路面的摩洛哥革小鞋，有在后宫的地毯上滑行的土耳其鞋，有叩在王室浴场大理石上发出回声的木屐，有印着帕夏热吻的白色缎面拖鞋，或许还有一双镶珠嵌玉的便鞋，每天早上都等候睡在御榻之侧的格鲁吉亚美人醒来。但什么样的脚才能与那样一双土耳其鞋般配呢？有的鞋似乎是照着天女仙姬的脚裁剪的，有百合花叶片那样长，玫瑰花瓣那样宽，娇小得令整个安达卢西亚的妇女自愧不如，纤巧得让人想入非非。它并不是简简单单的一双土耳其鞋，而是值得摆在梳妆台上的珍宝，可用来珍藏甜品或情书的小盒子。无法想象世上有一双能穿得进去的小脚。

这个集市是外国人往来最多的。常常能见到一些欧洲青年拿张小纸片，上面画着或许令他们自豪的意大利人或法国人的小脚尺码，在发现这尺码远比他们相中的某双小小的土耳其鞋来得大之后，做出惊讶或恼火的手势；另一些人刚问过价格，忽然听到一阵枪响，立刻话也不敢多说，当即逃之夭夭。

这里也有穆斯林妇女光顾，也就是戴着宽大白色面纱的夫人（hanum）。当这些妇女经过时，往往能听到她们和商贩大段对话中的只言片语，用清晰和甜美的声音念出她们那美丽语言中一些悦耳的语词，就像曼陀林的声音轻抚耳朵：Buni catscia verersin（这个东西多少钱）？ Pahalli dir（太

武器集市

贵了）。Ziadè veremèm（我不买）。[1]随后就听到一阵孩子气的爽朗笑声。

* * *

武器集市最为奢华和富丽堂皇。它并不只是一座集市，更是一间博物馆，遍地宝藏，充满回忆和场面，传达来自历史之地和传说之境的奇思妙想，唤醒一种难以名状的惊异与愕然之情。从麦加到多瑙河，为了捍卫伊斯兰教而挥舞过的所有最古怪、最可怖、最凶狠的武器全都在那里被人陈列和擦拭，就好像刚刚才被苏丹穆罕默德和塞利姆士气高昂的部下们悬挂起来似的。你仿佛在利刃之间目睹令人生畏的苏丹、桀骜不驯的禁卫军、斯帕西骑兵、阿扎卜轻骑兵（azab）、羽林军（silidar）[2]血红的眼睛，他们曾无情且无畏地纵横小亚细亚和欧洲，到处斩落敌首、撕裂敌肢。那里有著名的弯刀，能从空中砍断羽毛，削掉不听话的使节的耳朵；有沉重的阿拉伯剑（cangiari），一击就能斩碎脑壳、劈开心脏；有砸开塞尔维亚和匈牙利头盔的狼牙棒；有镶嵌象牙、缀满紫水晶和红宝石的亚塔干（yatagan）护柄短剑，其锋刃上仍然

1 现代土耳其语写作“Buni kaça verirsin”“Pahalı dır”“Ziyade veremem”。

2 苏丹的辅助部队，字面意思为“持兵仗者”。现代土耳其语作 silahtar。

刻着它剁下来的人头数目；有裹着银鞘、绒鞘和绸鞘的短剑，套着玛瑙和象牙护柄，用石榴红宝石、珊瑚和绿松石装饰，绘有金字《古兰经》经文，剑刃弯折扭曲，似乎在寻找敌人的心脏。谁知道在这琳琅满目、令人望而生怖的武器库里有没有奥尔汗[1]的弯刀，或者武士游方僧阿卜杜·穆拉德（Abd-el-Murad）巨臂一挥就割下好几颗头颅的木剑，或者苏丹穆萨将哈桑从肩膀劈到胸膛的那把亚塔干名刀，或者第一个在君士坦丁堡城墙上架起梯子的保加利亚大汉的巨刃，或者穆罕默德二世在圣索菲亚的穹顶下用来喝止贪婪士兵的狼牙棒，或者斯坎德培在斯维蒂格拉德（Stetigrad）[2]城下将费卢兹帕夏（Firuz-Pascià）砍成两截的大马士革花纹宝剑？奥斯曼历史上最果决的斩杀和最骇人的死亡浮现在人们心头，似乎鲜血还凝结在剑芒上，躲在店铺里的那些土耳其老人仿佛曾在厮杀的战场上收聚兵仗和死尸，至今仍在某个阴暗的角落里守护支离破碎的骸骨。在武器当中，你也可以看到猩红色和天蓝色的天鹅绒马鞍，上面绣满金线和珠线的星辰新月图案，以及插着羽毛的额饰、镶嵌乌银的银制马嚼子、皇袍一般华贵的马衣。《一千零一夜》式的马具是为了让精灵之王凯旋并进入梦想世界的金色城池而打造的。这些无价之宝上方的

1 即奥尔汗一世，奥斯曼国家的第二任统治者，1323—1364 年在位。

2 在今天的北马其顿共和国，1448 年斯坎德培曾在这里抵抗奥斯曼大军。

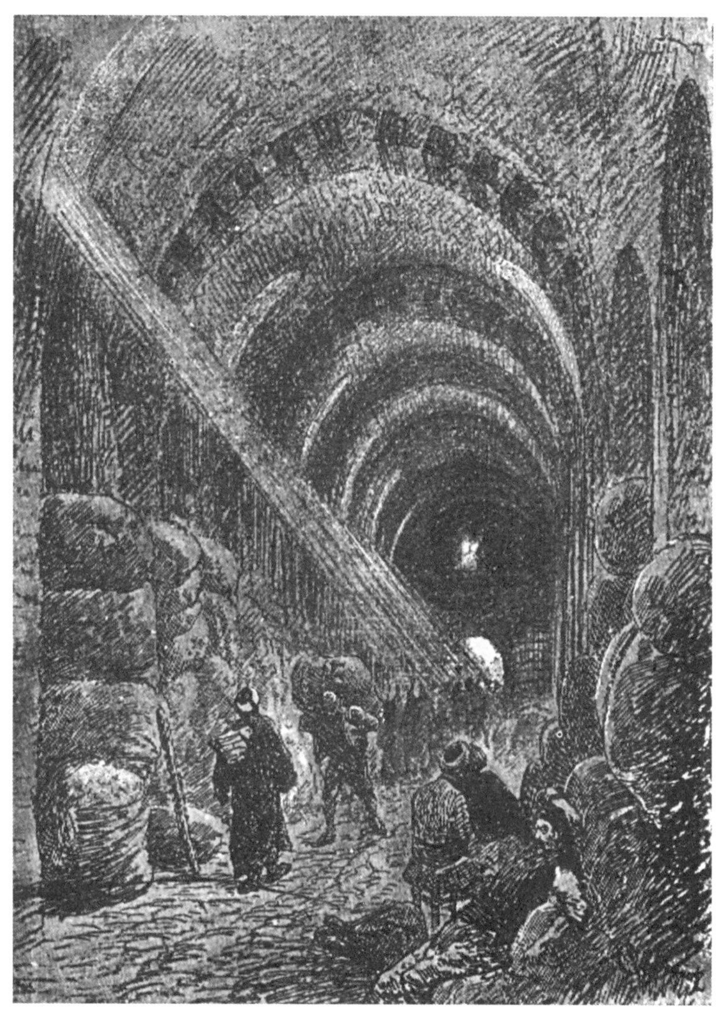

棉花集市

墙面挂着带有转轮和导火索的滑膛枪，巨大的阿尔巴尼亚手铳，精雕细刻有如珠宝的阿拉伯长步枪，乌龟壳与河马皮制成的古盾，切尔克斯鳞甲，哥萨克盾牌，莫卧儿头盔，土库曼弓，刽子手的大砍刀，形状不祥的尖刃。每一件似乎都揭露一桩罪行，让人联想到临死前的极度痛苦。大巴扎里最典型的土耳其商人盘着腿坐在这堆狰狞而又壮丽的兵刃当中。其中年纪最大的那批人外表阴郁，消瘦有如隐士，但高傲不逊苏丹。他们是属于另一个纪元的人物，穿着伊斯兰历初年的服装，活像是从坟墓里复活，只为呼吁混血的子孙们恢复这个古老种族的质朴。

* * *

另一个值得一看的场所是旧衣集市。伦勃朗会在这里定居，而戈雅会花掉他最后一个比塞塔。谁不曾见识过东方旧货商的店铺，就没法想象怪诞的碎布、斑斓的颜色、强烈的反差，兼具狂欢、悲伤和恶俗特征的戏剧如何代表这座市廛和破衣烂衫的渊薮。后宫、兵营、法庭、戏院丢弃的所有垃圾全都汇集到这里，等待离经叛道的画家或饥肠辘辘的乞丐令其重见天日。他们从钉在墙上的长杆子上取下陈旧的土耳其军装、燕尾服、高官的大袍、德尔维什的长衫、贝都因人的兜帽，一件件全都油腻、破败、百孔千疮，活像被子弹射成了筛子，让人想起陈列在刑事法院桌上的、不吉利的遇害者遗物。在这堆破衣烂衫中间仍然到处闪耀着金色的奇异图案，晃荡着老旧的丝绸腰带、松散的缠头巾、被撕坏的华丽围巾、天鹅绒上半身女装（看上去像是被恼怒的盗贼连着绒毛和珍珠一块儿扯下来的）、或许属于某个异教徒美女（她正长眠在博斯普鲁斯海底的麻袋里）的短裤和头巾，以及其他妇女的衣物和装饰品。它们色彩庞杂，夹在肥大的切尔克斯卡夫坦袍和锈迹斑斑的子弹带之间，夹在犹太人的黑色长袍之间，夹在粗糙的哥萨克上衣和沉甸甸的斗篷之间，天晓得里面藏过多少次强盗的步枪和刺客的短刃。夜晚时分，在从穹顶的孔洞透进来的神秘光亮照射下，所有这些悬挂的衣服影影绰绰，像是被吊死的尸体；当人们在一排店铺的尽头看到一个犹太老人闪烁着狡黠的目光，用钩状的手挠着前额的时候，很可能会觉得正是这只手收紧了绞索，于是惊恐地向巴扎的大门瞥去，唯恐它已经关上。

如果想看遍这座古怪“城市”的所有小巷，只转悠一天是不够的。那里有个非斯帽集市，能找到所有国家的非斯帽，从摩洛哥到维也纳应有尽有，帽子上装饰着用来驱逐邪祟的《古兰经》经文；有士麦那的希腊美女戴在头顶的帽子，就是戴在她缠着钱币的黑亮辫结上面的那种；有土耳其妇女的红色小帽；士兵、将领、苏丹、纨绔子弟的非斯帽；有红得深浅不一、各种形状的帽子，从最初奥尔罕时代的简陋便帽到苏丹马哈茂德的雅致高帽，后者既是改革的象征，也遭到守旧穆斯林的厌恶。

还有个毛皮集市，那里出售一度只有苏丹或大维齐尔才能穿的贵重黑狐裘；裹在盛大场合穿的卡夫坦袍外面的貂皮；有苏丹们为之豪掷千金的白熊皮、黑熊皮、蓝狐皮、阿斯特拉罕毛皮、白鼬皮、紫貂皮。

刀剪商集市也值得一看，如果只是为了在手上揣一把巨大的、镀金青铜刃上绘有美妙花鸟图案的土耳其剪刀的话。剪刀狠狠叉开，当中留出一道缝隙，足以容下心怀恶意的评论家的脑袋。还有金丝缫工的集市、刺绣工的集市、小摆件的集市、裁缝集市、餐具集市，彼此在外观和采光方面各不相同。但它们在一点上全是一样的：既见不到妇女叫卖，也见不到妇女劳作。至多也不过是某个在裁缝店前坐了片刻的希腊女子怯生生地递给你一条刚刚刺绣完的手绢。东方式的嫉妒禁止女性踏足店铺，仿佛那里是卖弄风情的学校和阴谋诡计的巢穴。

但在大巴扎里，如果没有商贩或掮客陪同的话，有一些外国人不应冒险涉足的地方。这座独一无二的集市被划分成若干区域，险地就位于这些区域内部的偏僻角落，周围是人来人往的小巷。如果说在小巷里有迷路风险的话，那么在更靠里面的地方就不可能不晕头转向。走廊比一个人宽不了多少，必须弯下腰才不会撞上拱顶。它通向地窖那么大的小厅，

凳子集市

里面堆满箱子和大捆货物，照明全靠微弱的光线。你踩着木头窄梯摸黑下行，重新经过其他用灯笼照明的院子，再次走到地下，然后朝着日光往上爬，低头穿过又长又曲折的门厅，头上是潮湿的拱顶，两侧是黑乎乎的墙壁和长满青苔的板条，通向秘密的柱廊，又从那里意想不到地返回出发的地方。到处都是忽明忽暗的阴影、盘踞在角落里一动不动的幽灵，以及搬运商品或数钱的人。还有明灭不定的小灯，不知道从哪里响起的急促声音和步伐，冷不丁挡住去路却无人知晓是什么东西的障碍物，前所未见的怪光，可疑的邂逅，诡异的气味，你好像是在迷宫般的女巫洞府里打转，迫不及待地想要逃到外面。

通常，掮客们带外国人进入这种地方，以便领他们去最偏僻的店铺，那里什么东西都出售一点：好比是个微型的巴扎、高档旧货商开的商行，看上去极为新奇，但却十分危险，因为里面有太多奇特而稀罕的玩意儿，以至于能让铁公鸡掏空钱包。不消说，这些什么都卖一点的商贩个个是十足的滑头鬼，他们和外面一大帮伙计一样能说多种语言，常常用专门的戏剧性手法来引诱主顾，这法子特别好玩，而且鲜有失手。他们的商铺几乎全都是堆满箱子和衣柜的昏暗小房间，里面需要点灯，空间狭小，堪堪可以转身。在给你看过某个镶着象牙和珍珠母、有些年头的小东西，比如一件中国瓷器或一只日本花瓶之后，他会说还有某个特别的东西要给你，于是拉出抽屉，当着你的面把一堆小饰品倒在桌上，比如孔雀羽毛扇子、土耳其古币串成的小臂环、塞了骆驼毛的小垫子，绣着苏丹的金字花押、绘有《天堂秘典》场景的波斯小镜子，土耳其人用来吃糖水樱桃的玳瑁刮刀，又粗又旧的奥斯曼尼耶勋章（ordine dell'Osmaniè）[1]绶带。你一件都不中意？于是他倒出另一只抽屉，这个抽屉可是专为你保留的。里面有一截折断的象牙、一只像是一缕银发的特拉布宗臂环、一尊小小的日本偶像、一把麦加的檀香木梳子、一个装饰有阿拉伯式图案和镂空刺绣的土耳其大勺子、一柄绘有历史故事的银制镀金旧水烟杆子、几粒圣索菲亚的马赛克碎片、一束曾插在塞利姆三世缠头巾上的苍鹭毛。这个商贩向你保证，他可是正人君子。你还是没找到称心的东西？于是他又倒出一只抽屉，里面掉出一颗森纳尔[2]鸵鸟蛋、一块波斯砚台、一枚大马士革钢指环、一张明格列尔[3]弓以及配套的驼鹿皮箭筒、一顶切尔克斯双角头盔、一串碧玉太斯比念珠、一只珐琅金香炉、一件土耳其护身符、一柄赶骆驼的人用的驼刀、一方玫瑰精油小瓶子。“老天哪，您还是无动于衷？您没有礼物要送？没考虑过您的亲戚？不在乎您的朋友？不过，也许您热衷布料和地毯？即使在这方面，我也会像朋友一样为您效力：瞧，这个，是库尔德斯坦的条纹斗篷，我的阁下；这个，

1 苏丹阿卜杜·阿齐兹创设于1861年的奥斯曼帝国军事荣誉勋章。

2 森纳尔（Sennahar），在今苏丹共和国东南部，曾是丰吉苏丹国首都。

3 明格列尔（Mingrelia），格鲁吉亚人的一个分支，主要生活在该国西部。

是一张狮子皮；这个，是带钢钉的阿勒颇地毯；这个，是三指厚的卡萨布兰卡地毯，传了四代人，我敢保证；这个，喏，尤其是这个，是老式褥垫、老式缎子腰带和老式丝绸盖脚被，它们有点褪色和虫蛀，但您瞧这刺绣，如今已经没人这么刺绣了，花大价钱也买不来。至于您，骑士大人，您是我当成朋友领过来的，这根老式腰带五个拿破仑金币我给您，我宁可吃上一个星期的面包和大蒜也要做成这笔买卖。”

如果其中没有一件让你感兴趣，那么他就会凑上来耳语，说可以卖给你令人生畏的绳子，也就是塞拉里奥宫的哑仆绞死穆罕默德三世的大维齐尔纳苏赫帕夏（Nassuh Pascià）时用的那根。如果你当着他的面哈哈大笑，告诉他自己不吃这一套，那么他就会像聪明人那样放弃此计，转而往你跟前丢来一根马尾巴，就是在帕夏的身前身后都会携带的那种；另外还有他父亲拿回来的禁卫军大锅，上面仍然残留血迹，是在著名的大屠杀当天溅上去的；带有银新月的克里米亚旗帜的碎片；缀满玛瑙、用来洗手的花瓶；挂着贝壳和小铃铛的单峰驼项圈；阉仆的河马皮鞭子；烫金装订的《古兰经》；呼罗珊围巾；女式软拖鞋；用鹰爪制成的烛台……以至于你心血来潮一时兴起，脑子里只有一个疯狂的愿望，那就是把钱包、怀表和大衣全扔在那儿，然后大喊一声：“全都卖给我吧！”这时的你就需要像个明智的儿子或老练的父亲那样抵抗住诱惑。在离开那里时，有多少艺术家如同约伯[1]一般损失惨重，又有多少富翁着实亏损了一大笔财富！

但在大巴扎关门前，还是得再去转转，看看它在最后一个钟点的光景。人群移动得越发匆忙，商贩们打着更坚决的手势互相招呼，希腊人和亚美尼亚人的胳膊上搭着一根围巾或一张地毯，在街上边跑边叫。人们凑成圈子，赶忙谈妥价格，圈子随即解散，又在更远的地方聚集起来。马匹、马车、驼畜朝出口方向排成长长的直线队列。此时，所有你曾与之争执、没有做成买卖的店主都跟蝙蝠一样，在昏暗中绕着你盘旋。你看到他们从柱子后探出脑袋，与你在转角处相遇。他们截住你的去路，装作心不在焉地踩到你的脚，以便用自己的出现提醒你某块布匹，某件小东西，从而让你重燃购物的愿望。有时候，你发现身后有一伙人：如果你停下，他们就停下；如果你拐弯，他们就拐弯；如果你掉头往回走，就会见到十来双瞪得老大、一眨不眨的眼睛，仿佛要活吞了你。然而随着灯光暗淡下去，这伙人也便走开了。在隆起的长拱廊下面回荡着某位看不见的穆安津的声音，他从一座木制的宣礼塔上宣告日落的来临。一些土耳其人在铺子前摊开地毯，默默做着黄昏的礼拜。其他人在水池边洗手濯足。武器集市的老者已经关上了高大的铁门。较小的集市人去屋空，

1 《圣经·旧约》里的先知，遭到家破人亡的痛苦考验。

走廊隐没在幽暗中，街道的出入口仿佛山洞的洞口，负重的骆驼冷不丁朝你走来，卖水人的声音消失在远处的穹隆之下，土耳其妇女加快脚步，阉仆眯起眼睛，外国人赶紧离开，门板合了起来。一天结束了。

此刻，我听到四面八方的人都在问："圣索菲亚呢？""古老的塞拉里奥呢？""苏丹的宫殿呢？""七塔城堡呢？""阿卜杜·阿齐兹苏丹呢？""博斯普鲁斯呢？"我将全心全意地描述这一切。但首先，我仍然需要较为自由地畅游君士坦丁堡，在每页中都改变话题，就好像在那里每走一步都会改变想法。

君士坦丁堡的生活

光

首要的是光！我在君士坦丁堡最大的乐趣之一就是在皇太后桥[1]上看日出日落。在秋天黎明时分，金角湾几乎总是被薄雾笼罩，从雾气后面只能影影绰绰地看到城市，好像是为了隐藏一出精彩大戏的道具而落下的舞台幕布。于斯屈达尔被遮得严严实实，只见得到暗淡而模糊的丘陵轮廓。大桥和两岸渺无人迹，君士坦丁堡睡得正沉。孤寂和沉默让这出戏剧越发显得庄严。于斯屈达尔群岭后面的天空逐渐被染上金

1 加拉太桥。

色。广袤的公墓里，柏树树梢一根接一根被映射到这根发光的条带上，棱角分明，漆黑如墨，有如高坡下列阵的巨人部队。从金角湾的一头到另一头闪烁着一条极为轻盈的光束，好比这座大城市醒来后打的第一个寒战。接着，亚洲海岸的柏树后面跃出一轮火焰巨眼，圣索菲亚的四根宣礼塔的白色塔尖立刻被涂成玫瑰色。片刻之间，一个个山丘、一座座清真寺，直至金角湾的尽头，所有的尖塔都接二连三地染上红霞，而所有的圆顶也接二连三地镀上银辉。赤光落到一间间阳台上，光束越来越宽，巨大的帷幔垂落，整个伊斯坦布尔显出真容。高坡上的部分红灿灿、明晃晃，沿着海岸的部分蓝汪汪、紫郁郁，澄净鲜明，有如从水中升起。随着太阳升高，最初的柔和色泽让位于明丽的曙光，万物掩在一层白光之中，直至入夜时分。于是，神圣的戏剧再度开演。天气分外晴朗，以至于连卡德科伊尽头极远处的一棵棵树木都一览无余。整座伊斯坦布尔的宏伟侧影与天空截然分开，它的线条极为分明，颜色极为醒目，从塞拉里奥角到艾尤普公墓，高坡上所有的宣礼塔、尖顶、柏树都可以被一一细数。金角湾和博斯普鲁斯沾上一抹奇异的群青色。天空呈东方紫水晶的颜色，在伊斯坦布尔后方烧得通红，给地平线涂上无边无际的玫瑰色和红玉色亮彩，让人以为是创世的第一天。

傍晚时分，伊斯坦布尔陷入晦暗，加拉太金光万丈，被落日照射的于斯屈达尔玻璃般闪着反光，好似一座着火的城市。这是凝视君士坦丁堡的最佳时刻。浅金、玫瑰和淡紫等各种极为柔美的颜色快速地次第显现，在山脊和水面上晃动又消泯，每时每刻都赐予城市的一部分以超凡之美，随后又将其夺走，同时展露不敢在白昼强光下自显的千百处温婉的乡村美景。只见一些庞大而萧条的街区消失在山谷的阴影中；紫红色的小镇在高坡上微笑；无精打采的村庄和市廛像是失去了生机；有些村镇如同在火灾中窒息似的，一下子死寂下去；有些你以为已经死寂的村镇却突然浴火重生，在太阳的最后一丝余晖下还能兴旺上好一阵。随后，只剩下亚洲海岸上的两座高峰还在闪闪发光：布古鲁卢山的山巅和守望普罗蓬提斯海入口的岬角尖顶。它们起初像两顶金冠，接着成了两顶紫色小帽，接着又化作两颗红宝石。再往后，整个君士坦丁堡陷入阴影，一万座宣礼塔的顶端传来一万种声音，宣告黄昏的来临。

飞　鸟

君士坦丁堡有一份独特的欢乐和恩典，那就是不远万里飞到这里的各种鸟类，土耳其人对它们怀着强烈的喜爱与尊重之情。清真寺、树林、老墙、花园、宫殿，到处都在咕咕咕、唧唧唧、吱吱吱地鸣唱。到处都能听到振翅声，到处都是生机与和谐。麻雀大胆地闯进房子，从儿童和妇女的手中啄食；

燕子在咖啡馆的门上和集市的拱顶下筑巢；数不清的鸽群接受苏丹和私人遗产的供养，沿着圆顶的檐口，绕着宣礼塔的阳台，组成白色和黑色的圆圈；海鸥兴高采烈地在划艇左右盘旋，数以千计的小斑鸠在公墓的柏树之间欢叫。七塔堡四周是呱呱叫的老鸦和转圈子的秃鹰。翠鸟在黑海和马尔马拉海之间排成长列飞来飞去，鹳在孤坟的小圆顶上啾啾叫。对土耳其人来说，每一只鸟都具有高尚的情感或宽仁的美德：斑鸠保护自己的爱侣，燕子祛除筑巢之宅的火灾，鹳每年冬天都会去麦加朝圣，翠鸟将信士的灵魂带上天堂。就这样，土耳其人出于感激和宗教信仰保护并喂养它们，而鸟儿也在家宅旁、大海上和坟墓间向土耳其人致谢。在伊斯坦布尔的每个地方，嘈杂的鸟群都会飞过人的头顶，掠过人的身旁，盘旋在人的周围，把乡村的喜悦播撒在城市，不断激发灵魂中的自然情感。

往　事

没有一座别的欧洲城市的传说或历史名胜和古迹能像伊斯坦布尔这样活生生地激发想象，因为没有一座别的城市能让人记起如此晚近、同时又如此非凡的事件。在别的地方，要寻觅记忆的诗篇，就必须让思绪回溯到好几个世纪之前；可在伊斯坦布尔，只消回顾短短几年前即可。传说或具有传

苏丹艾哈迈德清真寺的大门

说性质和效力的东西是昨天才刚刚发生的事情：宰肉广场经历过禁卫军大屠杀；装着穆斯塔法宠姬尸首的二十只袋子被马尔马拉海冲上御花园的海岸；布兰科瓦诺[1]全家在七塔堡被处死；两位“宫门侍卫长”（capigì-basci）[2]双手搀扶欧洲大使面见王上，后者只露出半张脸，置身于神秘的光芒中。在古老的塞拉里奥宫墙之间，不可思议地交织着爱情、恐怖和荒唐的生活不复存在，它已经让我们觉得遥不可及。

你若是带着这样的念头游览伊斯坦布尔，在看到如此静谧，如此草木茂盛、色彩缤纷的城市时，肯定会体验到近乎惊诧的感觉。“唉，骗人的家伙！”你或许会说，“你们对这些人头山和那些喋血湖都做了什么啊？真的可能把一切都隐藏、清理、洗刷得那么彻底，以至于一点蛛丝马迹也找不到吗？”在博斯普鲁斯海峡，在如爱情纪念碑一般从水中升起的莱安德罗塔[3]的对面，在塞拉里奥花园的墙下，仍然可以看到不忠的奴婢被推下海去的斜坡；在赛马广场（At-meidan），蛇柱上仍然残留征服者穆罕默德劈砍过的著名痕迹；在马哈茂德桥，仍然标记着暴躁的苏丹将当面痛斥他的

1 康斯坦丁·布兰科瓦诺（Constantin Brâncoveanu），瓦拉几亚大公（1688—1714 年在位）。

2 现代土耳其语作 kapı başı，字面意思即“宫门长官”。

3 意大利语作 Torre di Leandro，土耳其语称“少女塔”（Kız Kulesi），是海峡上的一座灯塔。

鲁莽的德尔维什挥刀砍死的地方；在巴勒克勒古教堂的蓄水池，仍然游动着那些曾预言帕列奥列格王朝之城陷落的神奇鱼类[1]；在亚洲淡水镇的树下，仍然能发现一些秘所，某位荒淫的太后曾在那里向宠臣们求取片刻的爱情，这爱情最终以血光之灾收场。每扇门、每根塔、每座清真寺、每个广场都能提示奇观、屠戮、爱情、秘密、帕迪沙的英勇或某位后妃的任性。万事万物都有自己的传奇，几乎在每个地方，周遭的事物、远处的景观、空中的气味和沉寂都共同承载外来客的想象。后者沉浸在那些往事中，魂魄摆脱自己的时代、当下的城市和自我神游天外，以至于在伊斯坦布尔常常发生这样的事情：某个人倏忽惊醒过来，头脑里一下子冒出“该回旅店了”的怪念头。“什么？”可他不禁想到，“哪有什么旅店？”

似曾相识

最初几天，对东方文学还觉得新鲜的我到处都能看到和历史上、传说中的著名人物对得上号，能让我联想到他们的

1　这座教堂位于伊斯坦布尔城西。相传1453年，有人在教堂中煎鱼，当君士坦丁堡陷落的消息传来，此人不信，称若消息属实，那么锅中之鱼便能跳出。言毕此鱼果然跳入水池中游了起来。参见后文《城墙》一章的相关叙述。

活人形象。有时候，一些人和我设想的样子是如此相似，以至于我不得不停下来细看他们。我好几次抓住朋友的胳膊，指着某个路人对他说："是他，就是他！你没认出来吗？"在皇太后广场，我频频见到有人酷似从尼西亚城墙上把石块砸在布永[1]的士兵头上的土耳其大汉；我在一座清真寺前见到麦加的老恶妇乌姆·杰米勒（Umm Dgiemil），她曾将荆棘和荨麻撒在穆罕默德的家门前；我在书商集市遇到胳膊下夹着一卷书的杰马勒丁（Digiemal-eddin），他是布尔萨的大智者，凭记忆通晓了整本阿拉伯语词典；我从先知心爱的妻子阿伊莎（Aiscié）身旁经过，她睁着明亮和湿润的眼睛盯着我，"就像井中的星辰"；我在赛马广场上认出被乌尔班大炮的弹丸炸死在蛇柱下的可怜希腊美女；我在法纳尔区的一条小巷拐角处邂逅卡拉·阿卜杜拉赫曼（Kara Abderrahman），也就是奥尔汗时代最俊美的土耳其青年；我发现穆罕默德的骆驼喀斯瓦（Coswa）；我找到苏丹塞利姆的黑马"玄云"（Karabulut）；我见到可怜的诗人费加尼（Fignani）[2]，他写了一行对句讥刺目空一切的大维齐尔易卜拉欣，结果被绑在一头驴子身上，绕着伊斯坦布尔城游街；我在一间咖啡馆见到肥胖的苏莱曼，他是壮硕无比的海军统帅，四个强壮

1　指戈弗雷·德·布永（Goffredo di Buglione，1060—1100），第一次"十字军东征"的领袖之一。

2　16 世纪奥斯曼诗人，卒于 1532 年。

的奴隶才勉强能把他从长沙发上抬下来；还有大维齐尔阿里，在整个阿拉伯都找不到一匹能驮得动他的马；勒死苏莱曼大帝之子的凶残大力士马赫穆德帕夏；只会说“Kosc！Kosc！”[1]的蠢货艾哈迈德二世（他就蹲在巴耶济德广场附近缮写员集市的大门口）。所有《一千零一夜》里的人物，阿拉丁们、祖拜迪们（le Zobeidi）、辛巴达们、古纳尔们（le Gulnare），拥有魔毯和神灯的老年犹太商贩，他们都在我跟前列队前进，如同鬼魅的游行。

服 饰

当下确实是观察君士坦丁堡穆斯林人群的最佳时期，因为他们在上个世纪穿得过于单调，到了下个世纪很可能还是会穿得那么单调。此刻，我们发现这个民族正处于转型中，因此呈现出惊人的差异性。改革者追求进步，守旧派顽固抗拒，两种极端之间的大众游移不定、折中妥协。一言以蔽之，新老土耳其之间斗争的所有特点都忠实地反映在千差万别的服饰上。固执守旧的土耳其人仍然戴缠头巾，着卡夫坦长袍，蹬黄色摩洛哥皮的传统鞋子。越是墨守成规的老派人戴的缠头巾就越是肥大。革新派的土耳其人上身穿黑色长大衣，纽

1 意为“很好！很好！”，现代土耳其语作“hoş！ hoş！”。

扣一直排到下巴颏，下身穿有松紧带的深色裤子，除了非斯帽，不保留任何土耳其特色。然而，这群人中更大胆的青年已经抛弃了黑色长大衣，改着敞露的西服背心、浅色裤子，配上气派的短领带、小装饰品，还用上了手杖，戴起了胸花。这伙人和那伙人、穿长袍和穿大衣的人之间存在一道鸿沟。除了名字之外没有什么共同之处。他们是两个截然不同的民族。戴缠头巾的土耳其人仍然坚定地相信随拉特（Sirath）桥[1]，这座桥横跨在火狱上面，比头发丝还细，比弯刀还锋利。他们按时洗濯小净，并在太阳下山时回家；穿大衣的土耳其人笑话先知，让人给自己拍照，说法语，夜里上剧院看戏。介于两类人之间的是动摇派，其中一些仍然戴缠头巾，但尺寸很小，所以他们可以不引起哗然地戴上非斯帽；另一些依然照着古礼穿衣，但不再系腰带、趿土耳其拖鞋、穿艳丽的颜色。他们将来会一点点把剩下的一切丢掉的。只有妇女还完整保留着古老的面纱和掩盖体形的宽袍。但面纱变得透明，让人依稀瞧见插着羽毛的小帽，而宽袍底下遮住的往往是一件照着巴黎的模特剪裁的衣服。每年都会有上千件卡夫坦长袍被脱下，上千件大衣被换上；每天都会有一个守旧的土耳其人逝去，有一个革新的土耳其人诞生。报纸取代太斯比念珠，雪茄取代水烟，红酒取代糖水，马车取代牛车，法语语

1　穆斯林信仰中末日审判时的一座桥，通过者方能进入乐园。

法书取代阿拉伯语语法书，钢琴取代弹拨尔（timbur）琴，石屋取代木屋。一切都在改变，一切都在转型。或许不到一个世纪之后，就必须去小亚细亚最遥远省份的尽头才能找到旧土耳其的残余，就好像去安达卢西亚最偏僻的村庄才找得到旧日的西班牙。

未来的君士坦丁堡

当我从皇太后桥上注视君士坦丁堡之际，有个念头频频闪现：一或两个世纪后，这座城市将会是什么样？唉！文明对美犯下的大规模屠戮肯定已经实现了！我预感到，那座未来的君士坦丁堡、东方的伦敦将在世间最壮美之城的废墟上抖擞它咄咄逼人、令人痛心的威风。丘陵将被夷平，小树林将被连根拔除，色彩斑斓的小房子将被推倒；地平线将被楼房、车间和工厂长长的、僵硬的线条遮蔽，无数高耸的厂房烟囱和金字塔般的大厦将矗立其中；笔直且单调的长街将会把伊斯坦布尔分割为上万个巨型的平行六面体；电报线将会像巨大的蜘蛛网一样，在喧闹都市的屋顶下互相交叉；从皇太后桥上将只能看到黑压压的柱状帽和小圆帽；塞拉里奥的神秘山丘将成为动物园，七塔堡将成为监狱，赫布多蒙（Hebdomon）则将被辟为一间自然史博物馆；一切都将变得坚实、严谨、实用、灰暗、丑陋，一大片阴云将长久盖住色雷斯的晴朗天空，在其笼罩下，不会再有信士的祈祷、恋人的眼眸、诗人的谣曲。一想到这幅景象，我顿时感到一阵心悸，但随即自我安慰地想："谁知道呢，或许下个世纪某位来此度蜜月的意大利新娘会惊呼：'倒霉！倒霉！我无意间在奶奶的衣柜里找到一本被虫啃坏的 19 世纪旧书，君士坦丁堡根本不是书上描写的那样！'"

狗

到那时，君士坦丁堡最最稀罕的一道风景也将消失，那就是城里的狗。我想就此多费一点笔墨，因为这个话题实在值得写一写。君士坦丁堡是间巨大的狗舍，所有访客刚一到就会马上注意到这一点。狗是这座城市数量第二多的居民群体，虽不如第一大群体那么声势浩大，但在古怪方面却不相上下。世人都知道土耳其人有多么喜欢狗、爱护狗。我不知道他们这么做是出于《古兰经》所推崇的怜悯动物的情感，还是因为他们相信狗就像某些鸟类一样能带来好运，又或者因为先知喜欢狗，又或者他们的神圣经典里提到过狗，又或者像有些人猜测的那样，伴随征服者穆罕默德通过圣罗马诺门的壕沟胜利入城的，还有一大群充当侍卫的狗。实际上，它们确实颇受怜爱，许多土耳其人在遗嘱中留下一大笔钱供它们吃喝。当苏丹阿卜杜·马吉德将它们全部送到马尔马拉

城里的狗

岛上时，百姓十分不满。当这些狗归来时，人们专门盛情迎接。政府为了不招惹怨恨，从此任由它们自由自在地生活。然而，据《古兰经》记载，狗是不洁的生物[1]。每个土耳其人在款待它们的时候，都相信它们会弄脏屋子。因此，君士坦丁堡的无数条狗都没有主人。它们全体加在一块儿，组成一个庞大的逍遥流浪共和国，没有项圈，没有名称，没有官署，没有家园，没有法律。它们在街上无所不为，挖小洞、睡觉、吃东西、生小狗、奶小狗、死去。没有人去骚扰它们的活动和休息，至少在伊斯坦布尔没有。它们就是道路的主宰。在我们的城市里，狗得给马和人躲闪让道，而那里却轮到人类、马匹、骆驼、驴子为了不惊扰狗而兜上很大的圈子。在伊斯坦布尔最繁华的地方，四五条狗蜷成一团，在马路正中央睡大觉，让整整一个街区的人花了半天工夫绕道而行。同样的事情也发生在佩拉和加拉太，尽管在那里，人们不是出于尊重才任由它们游荡，而是因其数量实在太多，完全无法把它们从脚边赶开，除非在从狗离窝到回窝的时间里一个劲儿地揍它们。

哪怕看到平坦的街道上有一辆风驰电掣、来不及拐弯的四驾马车逼近，它们也很难被惊扰。它们直起身子，却并不动弹。只有到了最后一刻，当马蹄和脑袋相距仅仅一线的时

1 《古兰经》并无这样的经文。

候，出于挽救生命的迫切和必要，它们才懒洋洋地挪到稍远些的地方。懒散是君士坦丁堡狗群的标志性特点。它们趴在路中间，五条、六条、十条排成一行或围成圆环，蜷缩成一团，看上去不像是动物，而成了一堆粪便。它们就这样在熙熙攘攘的人群和震耳欲聋的噪音里睡上一整天，水也好，阳光也好，寒冷也好，什么都无法吵醒它们。下雪了，它们就躺在雪下；下雨了，它们就陷在漫到脑袋下面的泥沼中，以至于随后站起来的时候，活像白垩土里的粗坯狗雕像，连眼睛、耳朵、口鼻都分辨不清。

然而，由于觅食不易，佩拉和加拉太的狗不像伊斯坦布尔的那么怠惰。在伊斯坦布尔膳宿全包，但在佩拉和加拉太就只能自力更生。它们是马路上的活扫帚，猪都不吃的东西是它们的美味佳肴，除了石头什么都吃，吃到刚好不会饿死的分量，它们就回去蜷在地上重新睡觉，直至又饿醒。它们几乎总是在同一个地方睡觉。君士坦丁堡的狗居民就像人类居民一样，被划分为不同的街区。每个街区、每条道路都有一定数目的狗定居甚至占领，它们交亲结戚、呼朋引伴，从来都不会远离那里，也不会任由外来者进入。它们执行某种警戒活动，有自己的警卫队、“前哨站”和岗亭。它们会巡逻和探查。如果另一个街区的狗受饥饿所迫，冒险溜进邻居的领地，那可就有它好看的了！一大群张牙舞爪的恶狗向它猛扑过来，抓住它，收拾它。如果没能抓住它，就会恶狠狠地追赶它，直至街区的边界。就到边界为止，不会越过一步。敌人的国土几乎总是受到尊重和敬畏。人们无法想象为了争夺一根骨头、一条母狗，或者侵犯领地，会引发怎样的战斗和混乱。狗群乱糟糟地结成错综复杂的团伙，消失在一阵尘云之中。它们的吠叫嘶吼之声足以扯裂聋子的耳朵。狗群随即一哄而散，在扬起的尘土中，只见混战的受害者四仰八叉躺在地上。爱情、嫉妒、决斗、流血、断腿和裂耳是每时每刻都在发生的事情。有时候，许多条狗会聚集起来，在一家小店前狂欢，而店主和伙计被迫用棍棒和凳子当武器，绞尽脑汁发动一场扫清街道的军事突围。那时能听到打破狗头、折断狗脊发出的声音，以及空气中弥漫的哀嚎。

尤其是在佩拉和加拉太，这些可怜的生灵被虐待得那么厉害，习惯了一见到棍棒就会挨打，以至于一听到雨伞或小手杖敲打石子的声音，就会要么逃之夭夭，要么准备逃之夭夭。即使在看似睡觉的时候，它们也几乎总是保持一只眼睛半开半闭，瞳孔留出一条难以察觉的细缝，极为敏锐地关注任意距离内所有看上去像棍子的物体的最轻微动向，哪怕连续盯上一刻钟。它们对人类的善待十分陌生，以至于每当有过路人爱抚一条狗，就会有另外十条蹦跳着、低吠着、尾巴摇晃着奔过去，陪着好心的保护人一直走到马路的尽头，眼中满是高兴和感激。

在佩拉和加拉太，狗的待遇还不如荷兰的一只蜘蛛，而蜘蛛是整个动物王国中受迫害最深的。在看到狗的时候，人们不得不相信，即使是它们也享有死后的善报。就像君士坦丁堡的其他存在一样，狗也在我心中唤醒了一段历史往事，但却堪称辛辣的讽刺：巴耶济德豢养的著名猎狗曾穿着绛色的小衣、套着王家项圈在奥林波山的御林中奔跑。社会地位的反差有多大啊！它们的不幸命运部分归咎于其丑陋。这些狗大多属于马士提夫犬（mastino）[1]或狼犬，长得有点像狼或狐狸，或者什么都不像。它们是意外杂交的糟糕产物，颜色五花八门，个头有所谓的屠夫犬那么大，瘦得从二十步开外就能数清肋骨。

除了瘦，大多数的狗因为断打而沦落到这样一种地步，要不是看到它们走路，还以为是被宰杀的狗尸。只见它们尾巴断了，耳朵豁了，脊背秃了，脖子烂了，瞎一只眼，瘸两条腿，伤痕累累，浑身爬满苍蝇。它们沦落到一条活着的狗所能沦落的最悲惨的地步，是挨过饿、打过架、憧憬过情爱的一副残躯。尾巴可以说是一件奢侈品，君士坦丁堡的狗极少有过了两个月的公共生活还能保持尾巴完整的：可怜的生灵！它们能让铁石心肠也生出怜悯。然而，有时候你会看到它们被撕扯和啃咬成相当怪异的样子，走起路来是如此装腔作势、摇头摆尾，如此滑稽地晃个不停，以至于无法忍住不

1 英语作 mastiff，又称英国獒犬，一种大型斗犬。

笑。它们最深重的灾难不是饥饿，不是打架，也不是棍棒，而是一种在加拉太和佩拉流行了若干时日的残酷习俗。性情温和的佩拉人常常在半夜里被一阵狂暴的喧闹声从床上惊醒：他走到窗边，见到下面的马路上有一大群声势骇人的狗，它们跳得极高，拼命翻筋斗，狠狠地一头撞到墙上。次日黎明，街上便到处都是犬尸。原来，街区里的年轻医生或杂货商习惯于在夜间学习，为了不被犬吠声打扰，于是花了一个星期的时间，悄悄分发有毒的肉丸。这样和那样的原因使得佩拉和加拉太的犬只数量持续减少。但又有什么用呢？与此同时，伊斯坦布尔的狗繁衍生息，日益壮大，直至在土耳其城里再也找不到食物，于是它们就会一点点迁徙到对岸，这个庞大的族群将会填补厮打、饥荒和毒药造成的缺口。

阉　仆

但在君士坦丁堡，还有其他一些生灵比狗更让人同情，他们就是阉仆。尽管《古兰经》的律条明文谴责这种扭曲自然的丑恶行为，但他们还是被引进土耳其人当中。虽然近来的法律禁止买卖阉仆，但他们依然存在，因为让人铤而走险的邪恶贪欲和有利可图的冷酷私心比法律更加强大。在街上每走一步都能遇到这些可怜人，就像历史上的每时每刻一样。在任何一幅土耳其历史画卷的深处，都会冒出这样一个手中攥着阴谋之线的不祥之人。此人穿金戴银或满身鲜血，要么是受害者，要么是宠臣，要么是刽子手，或隐或显，令人生畏，像王座阴影下的鬼魂一般肃立，或者像一扇神秘之门的孔眼那样浮现。今日的君士坦丁堡也是如此。在集市热闹的人潮之间，在淡水镇喜气洋洋的民众之中，在清真寺的廊柱下，在马车旁，在汽艇里，在小舟上，在所有庆典当中，在所有人群当中，都能看到此类人的身影。这一可悲形象的存在本身就给东方生活一切愉快的方面沾上阴郁的污点。随着宫廷专制权威的削弱，他们的政治影响力也下降了。随着东方式嫉妒心的松懈，他们在私人家庭的重要性也衰落了。因此，他们的身份所具有的优势一落千丈，只能极为费力地在金钱和权势中弥补自身的不幸。再也找不到为了当上白人太监的首领而甘心自残的加赞费尔阿迦（Ghaznefer Agà）[1]了。如今所有的阉仆肯定都是受害者，而且是毫无慰藉的受害者。他们本是在阿比西尼亚或叙利亚买来或偷来的儿童，只有三分之一能从那把无耻的利刃下生还。幸存者被以比公开贩卖更可恶的方式虚伪地秘密转卖。

不需要他人指认，光从外表上就能辨认出阉仆来。他们的个子几乎都很高，肥胖，柔顺，脸上没有胡须，萎靡不振，

1　土耳其语作 Gazanfer Ağa，“阿迦”是头衔。加赞费尔阿迦去世于1602/1603年。

上身短，腿和手臂特别长。他们戴非斯帽，身穿很长的深色大衣，足蹬欧式鞋履，手持一根象征其职位的河马皮鞭子。他们走路迈着大步，脚底很软，像是大孩子。他们走路或骑马陪同女士，行进在马车前和马车后，有时一个人，有时两人一起。他们总是向四周投去警觉的目光，若过路人有一丝一毫不恭敬的眼神或举止，他们就会露出凶狠的愠怒表情，让人害怕和厌恶。其他时候他们的面容要么完全不动声色，要么流露出对一切都无比厌倦的表情。我不记得见到哪个阉仆笑过。一些人明明很年轻，看上去像是已经五十岁了；有些虽然上了年纪，却酷似一夜之间变得苍老的青年；有的特别肥胖、圆润、软绵绵、油光光。所有人都穿着精致、干净和香喷喷的衣服，好似浮夸的富家子弟。有的冷酷之人从这些可怜人身边经过时会打量并取笑他们。这些人或许相信，既然他们从童年起就是这副模样，他们肯定不会明白自己是多么不幸。实际上我们知道，他们是明白的，而且我们能感同身受。即使我们并不知道，难道不会感到疑惑？阉仆徒具男子的外表，却不属于任何性别；他们生活在人们当中，却自认为格格不入；他们觉察到周围的生活像大海一样汹涌，但自己只能像礁石一样一动不动，孤零零地置身其间；他们感到自己的思想和情感被一道铁箍勒得死死的，任何人类美德都无法将其打破；他们的眼前始终有一幅人人都渴望、追求、装饰并吸取灵感的幸福景象，但又深感它遥不可及，于是跌落幽冥与空旷寒冷的虚无，有如被上帝诅咒的造化。他们守护别人的幸福，是好妒的男子安置在一己之欢与外人之间的屏障、保卫主人房门的支柱、遮盖主人宝物的碎布。他必须生活在脂粉当中，身处诱惑、青春、美色、盛典之间，脸上露出羞赧，心中怀着愤怒，受人鄙视，遭人讥嘲，无名无姓，无家无室，无父无母，没有温情的回忆，与人性和自然相隔绝。唉！这必定是一种人类理智无法理解的痛苦，好似匕首插在心脏上的彻骨之痛。

这种丑事至今仍未被杜绝，这些可怜人仍在一座欧洲城市的街道上行走，生活在人们当中，不呼号，不咬人，不杀人，不往眼睁睁看着他们受苦却脸不红泪不流，反倒筹建起国际猫狗保护协会的懦夫脸上吐唾沫！他们的人生只是持续的苦刑罢了。当妇女发现他们不服从自己的密谋时，就会像恨狱卒和间谍一样恨他们，并残酷地摆出风姿绰约的样子折磨他们，直至他们怒火中烧或失去理智，正如《波斯人信札》里把女主人放进浴池的可怜黑人阉仆[1]。对他们来说，一切都是嘲讽，人们用香水和花卉的名称给他们起名，以便暗示其守护的贵妇：他们是“风信子的所有者”“百合花的园丁”“玫瑰和紫罗兰的看守人”。

然而有时候，这些不幸的人也会动情。因为在他们身上

1　事见孟德斯鸠《波斯人信札》的第九封信。

熄灭的只是激情的效力而不是其原因。他们会妒忌，会烦恼，会流下血泪；有时候，当发现有人放肆地盯着他们的女主人看，而女主人也加以迎合时，他们就会丧失理智、大打出手。克里米亚战争期间，曾有个阉仆朝着一位法国官员的脸抽了一鞭，后者随即一刀劈开他的脑壳。谁能说清楚他们承受了些什么呢？美色使其悲痛，轻抚使其心碎，微笑刺穿他的脏腑；当耳边传来接吻的声音，他们有多少次攥紧了匕首的刀把！不奇怪的是，在他们无比空虚的内心往往只能生长出仇恨、报复和野心等冷漠的激情，只能孕育尖刻、歹毒、搬弄是非、畏葸和凶狠；要么像野兽似的愚忠，要么成为诡计多端的叛徒。当太监有了权势，就会千方百计报复冒犯过他们的人。不过，尽管他们十分忧伤，心中却总是会感到对妇女的强烈需求；由于无法与她们相爱，太监就寻找女性友人。太监会娶亲，会和孕妇结婚，以便拥有心爱的小娃娃，例如易卜拉欣一世的大宦官孙布卢（Sunbullù）；像艾哈迈德二世的大太监这一类的宦官会罗致少女，开设私闺，至少可以在表面上享受美色与宠爱、缠绵的拥抱与爱情的幻觉；他们收养女孩子，以便在年老时能将头枕在女性的怀中，不至于不知爱抚为何物便死去，并在一生中听惯了讽刺和蔑视的大笑后，终于在晚年听到深情的柔声。这样的阉仆也不少见：他们在宫廷或豪宅里兼任太监头头和大管家，从那里聚敛一大笔钱，待上了年纪，就在博斯普鲁斯海峡边购买一栋漂亮的小别墅，沉湎于庆典和飨宴带来的欢愉，从而忘掉和平息自身的不幸。别人告诉我许多有关这些苦恼人的事情，其中有一件令我记忆犹新，比其他东西记得更牢。这是佩拉的一位年轻医生对我讲述的故事。他是这么反驳那些相信阉仆并非受罪之人的观点的："一天夜里，"他对我说，"我去一位有钱的穆斯林的家里。他有四个妻子，其中一人有心疾。那天是我第三次上门诊治。就和进门时一样，有个阉仆陪我离开宅子。此人一如既往地吆喝：'请妇女回避！'提醒夫人和奴婢，私闺里有个男人，她们不该让人看见。阉仆将我留在院子里就走了，于是我只得一个人朝大门走去。就在我开门之际，察觉有人碰了碰我的胳膊并打量我。我往前一看，只见半明半暗之中站着另一个阉仆。他是个十八岁或二十岁的小伙子，样子和善，眼泪汪汪地盯着我。我问他想干什么。他踌躇片刻没有作答，随后双手抓住我的手，一边紧紧握着，一边用发抖的、让人感到莫名哀伤的声音对我说：'大夫！您什么病都能治，您难道不知道有什么法子能治好我的病吗？'我不知道该怎么表达这简单几句话在心中产生的震撼。我正欲回答，却作声不得，既不知该做什么，也不知该说什么，便一把推开门溜走。但整整一晚以及接下来的许多天里，我都仿佛见到那位青年，听到他说的那些话，我好几次拼命忍住，不让自己掉下同情的泪水。"

慈善家、公共人士、部长、大使，还有你们，伊斯坦布尔议会里的衮衮诸公和佩戴新月奖章的参议员们啊！请以上帝的名义大声疾呼吧！好让这种血腥的耻辱和人类尊严的可怕污点在20世纪绝迹，只留下有如保加利亚大屠杀一般的恐怖回忆便罢！

军　队

尽管我在来君士坦丁堡之前就知道，在这里找不到往昔盛世大军的遗迹，然而刚一抵达，我还是怀着极为强烈的好奇心，想要探索一直以来都对之报有好感的士兵。遗憾的是，我发现现实比预期要糟糕。我见到的不是宽大、美观和骁勇的古老戎装，而是紧身的黑色制服、红裤子、窄巴巴的外套、迎宾员式的饰带、学童式的短腰带。从苏丹到普通士兵，人人头上都戴着拙劣的非斯帽。除了幼稚和小家子气（尤其当戴在肥胖的脑袋上的时候），这帽子还是无数眼疾和偏头痛的病因。土耳其军队既不复以前的强盛，也还不具备欧洲军队的华丽。我觉得这些士兵萎靡、肮脏、士气低落。他们或许很勇敢，但并不讨人喜欢。至于他们所受的教育，光举出几个例子就足以见微知著：我见过下士和军官在马路中央擤鼻涕；我在禁止吸烟的桥上见到值守的士兵从一名副领事口中夺下雪茄；而在佩拉街的旋转舞托钵僧清真寺[1]里，另一个士兵为了让三位欧洲绅士明白应当脱帽，一把将他们的帽子拍了下来。我还了解到，若是在类似情况下提高嗓门，最起码的下场是像一堆破布似的被人拦腰抱住，随即被强行拖进警卫室。出于这个原因，在君士坦丁堡逗留期间，我总是对当兵的表现出深深的“敬意”。另一方面，在亲眼见识到这些人穿上制服之前是什么模样之后，我就不再对他们的举止感到惊讶了。一日，我在于斯屈达尔的街上见到百来个很可能来自小亚细亚内陆地区的新兵经过。他们让我既同情又厌恶。我仿佛见到了疯子哈桑[2]手下那帮凶神恶煞的匪徒，他们曾在16世纪末从君士坦丁堡出发，后来在佩斯（Pest）[3]的平原上被奥地利人的霰弹枪击杀。我还见到阴沉的面容、一绺绺长发、文着花绣的半裸身子、粗陋的装饰品，并闻到街上弥漫的兽穴般的臭味。保加利亚大屠杀最早的消息传来时，我立刻就想到他们。“肯定是我在于斯屈达尔的那帮朋友干的好事。”我自言自语。然而，他们就是土耳其士兵留给我的唯一生动印象了。想想在达乌德帕夏（Daud-Pascià）的原

1 今称“加拉太梅夫拉维道堂”，始建于1495年，自1975年成为博物馆。该教团最知名的修行仪式就是跳旋转舞，演奏有神秘色彩的音乐。

2 疯子哈桑（Deli Hasan），16—17世纪初小亚细亚“杰拉里起事”（Celâlî isyanları）的领袖之一。

3 即今天的匈牙利首都布达佩斯。

野上列阵的巴耶济德、苏莱曼和穆罕默德的雄师！每当士兵从象征胜利的埃迪尔内门前经过，往昔的那支雄师就如同明朗的幻影一般在我心头浮现。我停下来凝视城门，仿佛担任帝国军阵传令官的先锋帕夏随时都会现身。

真实的历史中，先锋帕夏走在军队前头，高举象征其品秩的双尾大纛[1]。从他身后老远就能看到一片极为耀眼的强光，那是固定在八千名禁卫军缠头帕上的八千柄汤匙。鹭鸟的羽毛在军阵中飘扬，将士的铠甲熠熠生辉，一大群背着武器和生活用品的仆役紧跟其后。禁卫军后面是一小队志愿兵和侍从，他们内穿丝织衬里，外披铁甲，头戴发亮的头盔，一班乐师在左右随行。侍从后面是炮手和用铁链锁在一起的火炮。再后面又是一小队阿迦、侍从、内官、从封地上征召的士兵，他们稳稳地骑在披着盔甲、饰有羽毛的骏马上。这还只是前锋部队。密密匝匝的队列上方飘扬着上千种颜色的旌旗，马尾大纛猎猎招展，长枪、利剑、强弓、箭囊、火绳枪互相碰撞，从这番阵容中只能隐约瞧见在干地亚和波斯的战场上被烈日晒得黝黑的脸。战鼓、长笛、军号、铜鼓、禁卫军随行歌手的声音，军械的叮当声，铁链的嘈杂声，还有“安拉！”的呼喊声震耳欲聋，汇聚成喜悦而又撼天动地的巨响，从达乌德帕夏的军营一直传到金角湾对岸。

1　马尾装饰的象征权威的旗帜，土耳其语称“秃克”（tuğ）。

画家和诗人们啊！你们曾情真意切地研究过那个一去不返的美好东方，请帮助我把穆罕默德二世的辉煌大军从伊斯坦布尔的古城墙里完整地召唤出来吧！

前锋军走了过去。又一支光彩夺目的部队向前开拔。是苏丹吗？不，这位神君或许尚未离开他的御殿。来者只是得宠的维齐尔的行列罢了。四十名阿迦穿着貂皮，骑四十匹身披天鹅绒马衣、头罩银鞍辔的骏马，身后紧跟一大群衣着华贵的侍从和马夫，他们手牵另外四十匹战马，全都披金戴银，驮载盾牌、狼牙棒和弯刀。

另一队兵马大步上前。苏丹仍未亮相。这群人是御前会议的成员、塞拉里奥宫的高官显宦和大司库，跟随其左右的是一批乐师和成群的志愿兵，后者头戴装饰鸟羽的紫红圆帽，身着裘衣、肉红色的塔夫绸、雪豹皮、匈牙利羊皮兜帽，配备用丝布包裹、套着花环的长枪。

从埃迪尔内门又涌出另一股威武的骑兵巨浪。苏丹仍未现身。这次是大维齐尔的行列。起首是骑马的火绳枪手、军需官员以及王上宠幸的阿迦，随后是大维齐尔麾下的另外四十名阿迦，他们周围是由一千两百名侍从紧握的一千两百根竹枪组成的丛林；大维齐尔麾下的另外四十名侍从身穿橙色服装，配备镶嵌黄金的弓和箭囊；又有两百名分成七色七列的青年，其中有骑马的各省总督和宰相家属，他们身后是马夫、官吏、仆役、侍从、身穿金衣的阿迦、擎着丝绸旗帜的骑手；最后是后宫总管或内务大臣，他身边有十二名监军[1]，也就是行刑吏，身后跟着大维齐尔的乐队。

又一批军士冲出城墙。苏丹还是没有亮相。他们是身穿华服的行刑吏、军需官、吏员，将教法学家、毛拉和教师护卫在当中。他们身后是掌管猎鹰、秃鹫、雀鹰和鸢鸟的总驯鹰师；跟着的是一队骑士，他们的鞍子上伏卧着打猎用的豹猫；以及猎鹰的、掌马的、宰牲的、管雪貂的、吹号的，和穿着衣服、戴着珠宝的狗群组成的行列。

随后出现了又一队人马。拥挤的观众们匍匐致敬：该是苏丹来了吧！不，并不是他。登场的不是军队的头脑，而是其心脏：象征勇气和高贵义愤的炉灶、神圣的棺椁、穆斯林的战车（它的周围将躺满尸骨、血流成河），以及最最崇高的麾旌——从苏丹艾哈迈德清真寺取下的先知绿旗。这面旗在一大堆身披熊皮和狮皮的德尔维什当中飘扬，由一圈外表庄重、裹着骆驼皮长衫的宣教长老簇拥。旗帜左右是排成两行的埃米尔们，他们是穆罕默德的后裔，头戴绿色缠巾，齐声发出惊天动地、势不可挡的欢呼、怒吼、祈祷和战歌。

随即出现另一波人马的洪流。依然不是苏丹。这是一群行刑吏，他们挥舞镀银大棒，为君士坦丁堡教法官和亚洲与欧洲的总教法官开道，这二人的巨大缠巾高高隆起，比众人

1　现代土耳其语作 çavuş。

高出一大截；随后是苏丹垂青的维齐尔和掌理民政的副省督（caimacan）以及御前会议维齐尔，绘有花纹、悬于红蓝枪尖之上的马尾大纛在他跟前飘扬；最后是军法官和数不清的跟班，都是些穿豹皮服装、配备短剑的仆人，以及侍从和随军商贩。

一团炫目华丽的色彩宣告另一支队伍的到来：终于该轮到苏丹了吧！不，不是他。来人是大维齐尔，他身穿貂皮内衬的紫色卡夫坦袍，骑一匹被铁甲和黄金覆盖的骏马，身后跟着穿红色天鹅绒外套的仆役，左右是一大批高官和禁卫军将领。一袭白袍的穆夫提在人群中格外显眼，好似一众花孔雀中的白天鹅。这群人身后是两列身穿金色紧身上衣的长矛兵和两列插着新月状羽饰的弓箭手，中间夹着华丽的宫廷马夫，他们手牵成群的阿拉伯、土库曼、波斯、卡拉曼等地的名驹，这些马配有天鹅绒鞍子、金银刺绣的穗子、黄灿灿的笼头、精雕细刻的马镫，马身驮载盾牌以及闪烁着红宝石和祖母绿光芒的武器。最后是两峰神圣的骆驼，一峰驮着《古兰经》，另一峰驮着克尔白的圣物。

大维齐尔的行列走过去之后，喇叭与战鼓突然奏出一阵高亢的乐声，大炮鸣响，旁观者四散躲避，一队开道兵冲出门外，手中挥舞弯刀。一人置身长枪、羽饰和宝剑的密林之间，身处闪耀的金银兜鍪光阵之列，头顶锦缎云旌，他就是众王之王、苏丹中的苏丹、世上列王的加冕者、真主在地上的影子，黑白两海[1]、鲁梅利亚与安纳托利亚、杜尔卡迪尔[2]、迪亚巴克尔、库尔德斯坦、阿塞拜疆、阿贾姆[3]、沙姆[4]、阿勒颇、埃及、麦加、麦地那、耶路撒冷、阿拉伯与也门的一切地方，以及其他被杰出的先王和英伟的前人所征服，或者因其煊赫常胜之剑而臣服于奥斯曼兵威之下的所有省份的帝王与君主。庄严盛大的行列缓步前行，吸引人们时不时偷窥上一眼。随后，王上缠巾上的三根镶嵌珠宝的羽饰，他苍白而凝重的面容，以及闪耀钻石光芒的胸膛隐约映入眼帘。接着阵形闭合，骑兵队走远，吓人的弯刀垂下来，受惊的看客重新抬起头，刚才的景象消失了。

跟在君王行列之后的是一大群宫廷官员，其中一人头顶苏丹的脚凳，一人举着他的佩刀，另一人捧着他的缠巾，再一人托着他的斗篷，第五个人端着他的银咖啡壶，第六个人端着他的金咖啡壶。此后走过去又一列侍从，走过去成群的白人宦官，三百名骑着马、穿纯白卡夫坦袍的宫廷内侍；三百辆车轮镀银的后宫马车，由鲜花装饰的牛或披挂天鹅绒的马拖行，两侧另有大批黑人宦官；三百列驮着宫廷细软和

---

1 土耳其人称地中海为白海。

2 杜尔卡迪尔（Dulkadir）是位于小亚细亚东南部的突厥人侯国，建立于1339年，1515年被奥斯曼帝国吞并。

3 Agiem，即波斯。

4 西亚地理区，包括今天的叙利亚、黎巴嫩、约旦和巴勒斯坦等地。

珍宝的骡子；一千头运水的双峰驼，一千头运载生活用品的单峰驼；一支由伊斯坦布尔的矿工、枪炮匠和工匠组成的大军，陪同他们的是一班小丑和变戏法的；最后是精锐的作战部队——连营结帐的禁卫军、黄衣的羽林军、紫衣的阿扎卜轻骑兵、红色旗号的斯帕西骑兵、黄色幡旗的外籍骑士、负责投掷大理石块和发射铅块火炮的来自三大洲的采邑兵、来自帝国边缘省份的粗野志愿兵。战旗如云，羽饰如林，缠巾如洪流，铁甲如坚壁，他们将会像上帝的诅咒一般降临到欧洲头上，留下一片遍布冒烟废墟和骷髅金字塔的荒漠。

闲　暇

尽管君士坦丁堡在白天的若干个钟头里似乎十分忙碌，但实际上，它或许是欧洲最慵懒的城市。在这方面，土耳其人和法国人可以互相握手致意。人们尽可能迟地起床。哪怕在夏天，在我们的城市已经完全开动起来的钟点，君士坦丁堡仍在沉睡。太阳升得老高之前，很难找到一家开门营业的店铺，连一杯咖啡都喝不上。客栈、办事处、集市、银行全都打着欢快的鼾声，恐怕就算开炮也惊动不了它们分毫。别忘了还有五花八门的节日：土耳其人的星期五、犹太人的安息日、基督徒的主日，以及希腊人和亚美尼亚人日历上数不胜数、被一丝不苟地遵行的圣人诞辰。尽管所有这些节日分

从窗帘缝隙看到的城市一角

别只属于一部分人，但与此无关的另一部分人却也借机无所事事。据此可以大致明白君士坦丁堡在一周时间里可以做多少工作。有些办事处七天之中的开门时间不超过二十四小时。每一天，这座大城市的五个主要民族里总有一个穿着节日盛装在街上闲逛，除了消磨时光，没有别的念头。土耳其人是这一行里的能手。他们有本事花半天时间泡在一杯两块钱的咖啡里，或在公墓的柏树底下一动不动待上五个小时。他们的闲暇雷打不动，死亡只当是打盹儿，是一切身体官能的深度休息，所有尘欲凡思至此方休。这是欧洲人闻所未闻的一种生存方式。他们甚至懒得去散步。在伊斯坦布尔并没有刻意为之的散步，如果有，那么土耳其人就不会去。这是因为，为了活动腿脚而专门前往一个特定的地方，这对他们来说相当于一种劳作。他步入出现在面前的第一座公墓或第一条马路，漫无目的地迈开腿就走，蜿蜒的小径把他领到哪里，拥挤的人群把他推到哪里，他就去哪里。他很少为了观赏一个地方而去那里。伊斯坦布尔有些土耳其人从没有离开过卡瑟姆帕夏，有的穆斯林绅士的足迹从未超出王子群岛（他在那里有朋友）和博斯普鲁斯海峡（他在那里有别墅）的范围。对他们来说，心灵和身体的怠惰就是最大的福气。因此，他们把需要花费精力、奔波和出差的大型实业交给不安分的基督徒打理；自己则仅限于可以坐着经营、更多靠眼睛看而非脑筋想的小买卖。在我们那里，工作支配并调整人生中所有其他的志业，而在这里，工作才是次要的志业，要服从于各种方便与舒适。在欧洲，休息只是暂停工作罢了，而在伊斯坦布尔，工作意味着打断休息。无论付出什么代价，头等大事是花上好几个小时打瞌睡、做梦、抽烟，接下来才会为了谋生，在零散时间里做些活计。土耳其人概念中的时间和我们的完全不是一回事。对他们来说，日、月、年的效益只有其在欧洲的价值的百分之一。你就一件极简单的事情询问一位土耳其部长的职员，要想获得任何答复，最短时间为几个星期。勤勉劳作，以便获得完成一件事情的喜悦，对他们而言是陌生的。除了搬运工以外，伊斯坦布尔的街上从来见不到一个行色匆匆、忙忙碌碌的土耳其人。人人都迈着同样的脚步走路，好像应着同一面鼓的节奏测量自己的步伐。对我们来说，生活是一股澎湃的洪流；对他们来说，只是一潭深眠的静水。

夜　晚

白昼的君士坦丁堡是欧洲最壮丽的城市，而到了夜晚却成了最黑洞洞的地方。稀稀拉拉的提灯彼此隔得老远，勉强刺破主干道上的幽暗，而别的道路则黑得像洞穴，没人敢不提着灯就出门。随着夜幕降临，城市变得一片荒芜。只见得到守夜人、成群的野狗、鬼鬼祟祟的歹人、几伙从地下酒肆钻出来的青年，以及明灭不定、在小巷和公墓里不时闪烁的神秘灯光，仿佛鬼火一般。此时你应该来到佩拉和加拉太的高处，从那里俯瞰伊斯坦布尔。无数亮闪闪的小窗、船灯、金角湾的反光以及群星，在四哩的地平线上形成一大片摇曳的火点，港口、城市和天空在其中浑然一体，有如整个苍穹。有时天空多云，皎洁的月光从云层狭窄的缝隙里射出来，正当此刻，在一片昏暗的伊斯坦布尔城、树林和花园的浓黑斑点上方，只见帝国清真寺白光闪闪，而城市显露出好似巨人族陵寝的景象。但在没有星星和月亮的夜晚，万灯熄灭之际的君士坦丁堡甚至更加优美庄严。那时，人们只能见到从塞拉里奥角绵延至艾尤普街区的一大团黑斑，在这无边无际的表象中，丘陵有如山峰，没有尽头的峰尖则呈现出森林、军队、废墟、城堡、岩石的奇幻样貌，使得心灵沉陷于梦的国土。在这些黝黑的夜晚，从高高的阳台凝望伊斯坦布尔并纵情于自己的遐思，不啻为一件美事：不妨任由思绪穿透这座幽深的大城，掀开无数间光线暗淡的私闺，一睹欢笑的宠姬、痛哭的弃妇、耳贴小门微微发抖的太监，追随夜晚的恋人走过迷宫般的山径，游览大巴扎沉默的拱廊，漫步荒废的大墓，迷失于地下水宫数不清的立柱之间，想象自己被孤身关在宏伟的苏莱曼清真寺，在晦暗的大殿里一边发出恐慌与害怕的呼喊，一边狠狠扯自己的头发，祈求上苍的慈悲。随即我突然惊呼："可是，我正站在好友桑多罗家的阳台上呢！楼下的大厅里有一顿豪华大餐正在等着我，而且还是在佩拉最和蔼可亲的先生们的陪伴下！”

欧洲人的生活

每天晚上，我的好友桑多罗府上都会云集许多意大利人，有律师、艺术家、医生和商人，我曾与他们一起共度极为美妙的时光。谈话是多么难忘啊！要是我有速记员的本领，定能每晚都编纂出一本令人颇为愉快的书呢。不久前去私闺出诊的医生，在博斯普鲁斯海峡上给一位帕夏画肖像的画家，在法庭上打官司的律师，缔结了一桩跨国姻缘的逍遥汉，分别讲述自己的冒险，每个人的讲述都堪比一幅相当典雅的东方习俗风情画。每时每刻都能听到新鲜事。一人问：“你们可知道今天早上的大事？苏丹往财政大臣的脑袋上扔了墨水瓶！”另一人道：“听说消息了吗？政府在三个月后终于向官吏们支付薪酬，加拉太已是钱满为患啦！”第三人加入进来，说某个糟糕的法国律师给一件毫无根据的案件辩护，他的拙劣理由激怒了土耳其人庭长，后者于是当着全体听众的面，如此将其恭维：“亲爱的律师，为了让案子看上去合理，您舌敝唇焦，然而……”——他字正腔圆地道出康布罗内[1]说过的那个词——“终究是……不管怎么反复搅动它。”他又说了一遍那个词。当然了，对我来说，谈话所涉及的地理空间是全新的。就像我们频频谈论巴黎、维也纳、日内瓦的人与事一样，那里也屡屡提及第比利斯、特拉布宗、德黑兰、大马士革的人与事。某人在那儿有个朋友，另一人去过那里，而第三人正打算前往。我觉得自己置身于另一个世界，周遭的一切打开了新的视野。有时候，我遗憾地想到，有朝一日自己终将重回日常生活的狭窄圈子里去。我怎么还能再适应——我自言自语——曾经习以为常的话题和事情呢？

君士坦丁堡的所有欧洲人都体验过这种情感。对于过惯了这样日子的人来说，任何其他的活法肯定都显得单调而平庸。君士坦丁堡的生活比欧洲任何其他城市都更加简便、惬意、朝气蓬勃。居住在那里就好比在异域安营扎寨，身边持续不断地发生古怪难料的事件，最终沉浸于某种世事反复无常莫要挂怀的情感中去，颇似穆斯林的宿命论信仰，给人带来冒险家式的无忧无虑的宁静。一位诗人说过，土耳其人活在一种天生亲近死亡的氛围中，他们认为人生就是一场朝圣，在这场朝圣当中，既不存在时间，也不需要制定投入漫长辛

1　康布罗内（Cambronne），滑铁卢战役中抵抗至最后的法国将领。联军要求其投降，他回复：“大便！”随即全军覆没。《悲惨世界》对此有浓墨重彩的描写。

劳才能实现的宏伟目标。他们的这种禀赋也慢慢吸引了欧洲人，使其满足于日常起居用度，无须过分发挥自身潜力，尽可能地以旁观者的身份成为这个世界简单平静的一员。如果你与如此迥异的人民打交道，并且多多少少用他们的方式思考和讲话，那么灵魂就会得到一定程度的舒缓，仿佛一下子就将大量感受和观念弃之不顾似的。而在自己本国，我们反过来想要让世界顺应这些感受和观念，为了获得终不可得的东西殚精竭虑。

除了持续引发好奇和观察的人民，君士坦丁堡还是一出每天上演的大戏，让人们头脑轻松，摆脱无数的思绪和牵挂。君士坦丁堡的格局也远比我们的城市更有利于这一点。在欧洲城市里，视线和思想几乎总是被禁锢在狭窄的街道或圆周中，而在君士坦丁堡，心灵与双眼每时每刻都能找到一条出路，投向壮阔而光明的远方。最后，由于习俗的巨大差异，这里的生活享有不受限制的自由，什么都能做，做什么都不奇怪。在这盘价值理念的大杂烩中，任何离奇的消息甫一问世便会被人遗忘。此间的欧洲人好像生活在由多个共和国组成的联邦之中。人们享受着在任何一座欧洲城市的喧嚣时刻所能享受到的自由，犹如没有尽头的化装舞会或停不下来的狂欢节。因此，君士坦丁堡除了是一座绝美之城，还是一座你在住了一段时间后，没法不怀着近乎思乡的感情追忆的城市。于是欧洲人爱它爱得发狂，并在那里深深扎根。因此，不妨像土耳其人那样，恰如其分地称呼君士坦丁堡为“有一千名爱慕者的女仙”，或者用他们的谚语来说，谁喝过托普哈内（Top-hané）的水——这水无药可解——谁就会害一辈子的相思病。

意大利人

意大利侨民聚居地是人口最多的君士坦丁堡街区之一，但却不是最繁华的。那里富人少、穷人多，找不到工作的意大利南方工人尤其多。当地也是期刊周报笔下最不堪的聚居地——如果有报刊报道它的话，因为它自己的报刊总是办不长。我在的时候，人们正在期待《黎凡特人》（*Levantino*）的问世。[1] 此前已经出版过一期特刊，历数总编的学术头衔和专长，总计有七十七项之多，但不包括谦逊。

不妨在周日早上去佩拉街上散步，那会儿是意大利家庭出门望弥撒的钟点。他们讲五花八门的意大利方言，我对此感到由衷高兴。但并不总是如此。有时候，当我见到如此之多没有国家的同胞（其中许多人肯定是因为天晓得什么悲惨或离奇的遭遇而流落至此），不禁感到怜悯：一些老人也许再也无法重睹意大利；儿童的名姓只能唤起心爱但却遥远

1 黎凡特人泛指在地中海东岸，尤其是奥斯曼帝国境内定居的意大利裔人群。

的故土的模糊印象；许多女孩子大概和异国男子结了婚，组建了家庭，除了母亲的名字和记忆之外，没有留下一丝意大利特征。我见到一些漂亮的热那亚少女，她们仿佛刚从阿夸索拉（Acquasola）[1]公园走下来；可爱的那不勒斯小脸蛋；还有那些淘气的小脑袋，我似乎曾经在波河边的柱廊或米兰的拱顶街下上百回地遇到过他们。我真想把这些小脑袋两个两个地用玫瑰色的丝带牵在一起，把他们带上船，以每小时十五节[2]的速度一路开回意大利。出于好奇，我还想带上一份用我在佩拉听到的、出生在聚居地的意大利人说的意大利语印刷的期刊回国。尤其是第三代或第四代人的口音，要是被秕糠学会[3]的学究听到了，非得气得卧病在床不可。这种方言是他们自己的意大利语混合了皮埃蒙特门房、伦巴第马车夫以及罗马涅[4]搬运工的乡音后形成的。我相信，它不如金角湾沿岸说的意大利语那么粗俗。后者是一种已经很不地道的意大利语，夹杂了另外四五种本身就杂糅不纯的语言。有意思的是，纵然置身于无穷无尽的俚言鄙语当中，仍然能时不时从有一定文化的人那里听到佳词妙句，比如“堪能”（puote）、“是故”（imperocchè）、“推步之间”（a

1 热那亚市中心地名。

2 航海速度单位，1 小时航行 1 海里的速度是 1 节。

3 Accademia della Crusca，1583 年成立于佛罗伦萨的意大利语言学会。

4 历史地区，位于意大利中北部。

ogni piè sospinto）[1]、“厥有”（havvi）、“凡能”（puossi）等，让人想到那种许多可敬的同胞在业余时间阅读、试图借此重新操起“托斯卡纳雅言”的文学选集。用切萨里（Cesari）的话来说，这些人相比其他人，不枉口舌灵便的名声。

一日，忘了在哪里，有个十六七岁的意大利小伙子陪同我出行。他出生在佩拉，是一位朋友的朋友。我们在路上开始闲聊。我觉得他不愿多开口。他压低嗓子，耷拉着脑袋，红着脸，说话有气无力，像是得病的样子。“您怎么了？”我问道。“我……”他叹着气回答，“我说得多糟糕呀！”我们继续交谈。我注意到，他结结巴巴地讲一口古怪的意大利语，全都是生造的、莫名其妙的单词，和所谓的通用语十分相似。这种通用语，就像某位法国幽默作家形容的，包含一定数量的意大利语、西班牙语、法语、希腊语词汇和表达方式，一个个单词极快地蹦出来，直至听者最终能够大概明白意思。但在佩拉和加拉太，人们极少需要这么做，因为在那里，几乎所有人都能听懂和说一点意大利语，包括土耳其人在内。不过，那种语言——如果能称之为语言的话，几乎仅限于口头交谈，如果能称之为口头交谈。能够被普遍理解的书面语言是法语。意大利语文学是不存在的。我只记得某天，我在加拉太一间挤满商贩的咖啡馆里，在一份半是法语半是

1 “推步之间”是这一短语的直译，转译为每时每刻、无时无刻不。

意大利语的商业小报底端的证券新闻下面，见到过八行吟咏西风、群星和叹息的忧伤诗句。唉，可怜的诗人！我仿佛亲眼见到他被葬在一大堆货物底下，与这几行诗一道咽下最后一口气。

戏　院

在君士坦丁堡，肠胃健旺的人士晚上不妨去戏院，可以从形形色色的简陋剧场中加以挑选，其中不少既带花园，又出售啤酒。有的戏院里总能发现意大利喜剧，甚至还有一批意大利演员，他们的表演常常让人很希望看到舞台变成一座巨大的蔬果市场。然而，土耳其人优先光顾的，是那种涂脂抹粉、袒肩露背、放浪轻浮的法国女演员在拙劣乐队伴奏下演唱小曲的剧院。其中一家是位于佩拉大街的“阿尔罕布拉宫”，一间总是人满为患的大厅，从舞台到大门全都是红色的非斯帽。那些小曲究竟唱的什么内容，而豪放的女士们又是用怎样的动作令土耳其人明白其中隐藏的含义，实在不得而知，也想不出来。只有在马德里的洛斯·卡佩亚内斯（los Capellanes）剧院会看到和听到类似的表演。坐成长排的土耳其人一听到粗俗的俏皮话，一见到淫猥的动作就哄堂大笑，惯常的一本正经的面具从他们的脸上掉落，暴露出其内心深处的天性，以及耽于肉欲的人生的全部秘密。

然而，土耳其人日常隐藏得最小心的，恰恰是其天性与生活中的声色之娱。在大街上，男人从来没有女子作陪，极少打量她们，更罕见与其交谈。若有人打听他妻子的消息，他会认为这无异于羞辱。光从外表判断，你们会觉得他们是世界上最清白、最严肃的民族。然而，被人问到妻子时面红耳赤的同一个土耳其人，却送其年幼的儿子和女儿观看极其庸俗的皮影戏（Caragheus）[1]，这种戏会在他们的感官觉醒前就打破其美好的幻想。土耳其苏丹常常为了可耻的欲望而忘记后宫的甜蜜，这方面的头一个例子就是“雷霆”巴耶济德，而力行改革的马哈茂德苏丹很可能不是最后一个。无须多言，光皮影戏就足以既生动呈现同时又有力证明隐藏在一些人不苟言笑外表下的伤风败俗。这是一种很大的人像，代表中层土耳其人的漫画形象，类似中国皮影戏。人像会在一张透明的布后面摆动它的胳膊、腿和头，总是在一些特别滑稽可笑、主题通常为爱情阴谋的短剧中担当主角。主人公有点像低俗版本的意大利鸡仔戏人物[2]：愚蠢、奸诈、玩世不恭，淫荡如色鬼，粗鲁如泼妇，会用各种插科打诨、双关语和怪诞的动作惹得观众大笑，甚至兴奋地大叫，其中通常隐含或公然表

1　土耳其语作 karagöz，字面意思是“黑眼睛”，是皮影戏最常见的主角的名字。

2　即 Pulcinella，流行于那不勒斯的传统滑稽剧，演员常戴黑色长鼻面具。剧种名称 pulcinella 来自 pulcino 一词，意为“小鸡”，故译为“鸡仔戏”。

露色情内容。当你们明白皮影戏的剧情类似鸡仔戏，而模样类似普里阿普斯[1]时，就不难想象都是些什么样的内容了。在审查机构大力限制其不受约束的自由前，皮影戏时不时以这副面目登台表演，往往整出戏都围绕着这位体面的主角进行。[2]

土耳其菜

我还想对土耳其菜略加研究，于是让佩拉的几位好朋友专程领我去了一间饭馆，那里能尝到任何东方菜肴，从最美味的塞拉里奥宫廷大餐，到按照阿拉伯风味烹调的骆驼肉，再到土库曼特色的马肉，应有尽有。我的朋友桑多罗从餐前冷盘到餐后水果点的全都是地道的土耳其菜，我想到许多为科学献身的杰出人物，于是壮着胆子，一声不吭地把每样菜都咽了一点。端上桌的有二十多道菜。和其他东方民族一样，土耳其人在这方面像小孩子似的：他们更喜欢从大量食物中分别尝上一点儿，而不是只吃种类很少的东西果腹；他们昨天还是牧羊人，在变成城里人后，就像鄙视乡巴佬的穷酸一样摒弃了简朴的饮食。我无法准确记清共有几道菜，因为我对其中的许多道只剩下不甚美好的模糊记忆了。我记得有道

1　希腊神话中的生殖之神。

2　作者的批评失之偏颇。2009 年，土耳其皮影戏被列入联合国教科文组织非物质文化遗产名录。

烤肉，是用大火炙烤的小块羊肉，辅以调味的胡椒和丁香花蕊，摆在两块又软又腻的饼子上（这道菜给犯有轻罪的人吃倒是不错的）。我有时还能回味米饭和羊肉制成的抓饭（pilav）的味道，它在所有正餐中不可或缺，可以说是土耳其人的招牌餐食，就好像通心面之于那不勒斯人，古斯米（cuscussù）之于阿拉伯人，炖肉汤（puchero）之于西班牙人。我还想起蒸水果（rosh'ab）[1]，它是我唯一津津有味地记得的东西。它在宴席的最后端上来，用勺子喝，由干葡萄、苹果、李子、樱桃和其他水果制成，和大量糖一起放在水中烧煮，再喷洒香精、玫瑰水或枸橼水。还有其他很多羊羔肉和公羊肉的菜，这些肉被切成碎片再煮开，以至于几乎没有什么滋味；浮在油中的鱼；葡萄叶卷起来的小饭团；糖水煮过的南瓜；黏糊糊的小盘色拉；糖渍水果和果脯；各种香草混杂而成的酱汁，琳琅满目（值得补充在刑法典每项条文的末尾，以供累犯之徒享用）。最后还有一大盘甜品，是某位阿拉伯糕点商的拿手绝活，里面有一只很小的糖果汽船，一头幻想出来的糖果狮崽，还有一栋带有微型窗格子的小糖屋。

总的来说，我觉得自己吃下肚去的似乎是一间便携式药铺，要不就是见到了孩子们玩闹时置办的那种宴席，他们用碎砖、捣烂的草叶、压扁的水果装满小盘子，摆满一桌，远

1　现代土耳其语作 hoşaf，源自波斯语“甜水”一词。

远看去还挺诱人。侍者每次都飞快地端上来四五道菜，土耳其人用手捞菜，除了刀和勺不用别的餐具。一只高脚杯供所有人使用，有人不断往里倒蒸馏水。但是，在我们旁边用餐的土耳其食客并不是这样吃的。他们肯定非常喜欢舒适快活，以至于把拖鞋摆到了桌上。人人都有自己的饭菜，他们灵活地使用刀叉，不顾清规戒律，一个劲儿地猛灌烈酒。我还注意到，他们不像虔诚的穆斯林那样在开始吃饭前先亲一下面包，而且毫不犹豫地时不时向我们的酒杯投来贪婪的一瞥，尽管根据教法官的判决，盯着酒瓶看也是一种罪过。

此外，这种号称“丑行之父”、光一滴就足以给穆斯林招来“天上地下众仙使的诅咒”的饮品，却日复一日地在土耳其人当中赢得信徒，甚至可以说，只是出于对他人残存的尊重，他们才没有公开向其表示敬意。我相信，如果哪天君士坦丁堡上空冷不丁降下一大团黑影，一小时后阳光乍现之际，定会有五万个正叼着酒瓶的土耳其人被逮个正着。苏丹们在这方面也恶名昭彰，正如奥斯曼王室的许多其他劣行一样。让人称奇的是，正是这样一个王朝统治着视饮酒为冒犯真主之举的民族。在历史记载中，奥斯曼王族的酒鬼或许是所有欧洲王朝中最多的。对于真主在地上的影子[1]来说，这颗禁果显得分外香甜。据说，巴耶济德一世首开没完没了的宫

1　指奥斯曼统治者。

廷豪饮的先河。就像原罪一样，头一个这么做的也是女人：巴耶济德本人的妻子、塞尔维亚国王的女儿首先向丈夫奉上贵腐酒的酒杯。后来，巴耶济德二世沉醉于塞浦路斯和设拉子的美酒。再后来，曾在君士坦丁堡的港口将满载红酒的船只付之一炬，并将熔化的铅灌进饮酒者口中的苏莱曼一世，于微醺之际被一名弓箭手[1]杀死。然后是塞利姆二世，此人外号 messth[2]，“醉鬼”的意思。他曾烂醉三日，在其统治期间，执法者和宗教人士都公开酗酒。穆罕默德三世镇压这“恶魔唆使的秽物”却白费力气。艾哈迈德一世摧毁伊斯坦布尔的所有酒肆、打破所有酒桶，可依然徒劳无功。穆拉德四世在刽子手的随侍下巡视全城，闻到谁口中有酒气就砍下谁的脑袋。这个残酷的两面派本人却像个光顾下等酒馆的老百姓似的，在塞拉里奥宫的台阶上趔趔趄趄。在他之后，酒瓶有如小巧怡人的黑精灵一般在宫廷里泛滥开来，人们在集市商铺里追逐它，士兵往枕头底下藏匿它，美人的沙发下面隐藏着它银色或紫红色的脑袋。它甚至还冒犯了清真寺的门槛，倾洒其亵渎的汁液。

1　苏莱曼一世病逝于匈牙利战场。作者记载的此事不见于正史，或许为道听途说之言。

2　现代土耳其语作 mest。

斋　月

我在君士坦丁堡的时候，正逢土耳其历法的第九个月，也就是穆斯林的斋戒月。每天晚上我都目睹值得描述的戏剧性场面。在整个斋戒期间，土耳其人从日出到日落不能吃饭、喝水、吸烟。几乎所有人都在那之后彻夜大吃大喝。可一旦太阳微露，他们就几乎全都遵守起宗教戒律，没有人敢公然逾规越矩。一日早晨，我和我的朋友去探望一位熟人。他是苏丹的侍从武官，一位思想开明的青年官员。我们在王宫底层的一间屋子里找到他，当时他正端着一杯咖啡。永克问他："您怎么敢在日出后喝咖啡呢？"官员耸耸肩，解释说他不把斋月和斋戒当一回事。可就在这当口，突然有人开了门，于是他飞快地藏起杯子，把一半咖啡都洒在了脚上。从这件事就能明白，整天都在他人眼皮底下的人得多么严格地克制自己。

就拿船夫为例吧。要想看个究竟，就得趁太阳隐没前的几分钟，从皇太后桥上观察他们。只见那一带有上千人，或近或远，有的呆立不动，有的奋力划桨。他们全都从黎明以来就守着斋戒，饥肠辘辘。小舟上已经备好简餐，他们的眼睛在太阳和晚饭之间来回打量，又是激动又是焦急，像是等待王宫里宰肉分食的庆典。一声炮响宣告太阳落山。在这渴望已久的时刻之前，没有一个人往嘴里塞一片面包、喝一口水。有几次，我们在金角湾的角落里怂恿给我们划桨的船夫吃点什么，他们总是回答“Jok！ Jok！ Jok！”（“不！不！不！”），并用敬畏的手势指指太阳。当太阳大半落到山下后，他们开始拿出面包，贪婪地摸一摸、闻一闻。当太阳只剩一条细细的光弧时，呆立的和划桨的，横渡金角湾的，在博斯普鲁斯海峡上行船的，在马尔马拉海上泛舟的，在亚洲海岸最偏僻的峡湾休息的，所有人全都面朝西方，一动不动地盯着太阳，张着口，手中的面包悬在半空，眼神中充满喜悦。当只见得到一丝光点的时候，成千上万块面包就已经贴到成千上万张嘴边。最后光点熄灭、大炮鸣响，与此同时，三万两千颗牙齿立刻大口啃咬起上千块面包。可是，怎么可能只有上千人呢？同一时刻，同样的事情在所有屋子、所有咖啡店、所有饭馆里发生。才短短几分钟，这座土耳其城市就变成一头长着十万张嘴狼吞虎咽的巨兽了。

往昔的君士坦丁堡

遥想奥斯曼盛世之际，这座城市该是怎样一番光景啊！我无法从头脑中驱散这个念头。当年的博斯普鲁斯海峡处处白帆，绝对不会升起黑烟玷污湛蓝的天空与水面。在港口和马尔马拉海的峡湾，古老战舰的船尾雕梁画栋，船体装饰银色新月、紫色旌旗和金色灯笼，樯橹间漂浮着热那亚、威尼斯和西班牙桨帆船破碎而血腥的残骸。金角湾上并无桥梁。

无数奢华的小船在两岸间往来不绝地游动，船缝中映出远方塞拉里奥宫的纯白御船。垂着金穗子的猩红顶帐覆盖船身。驾船的桨手遍身绫罗。那时的于斯屈达尔还只是一个小村落，从那里放眼加拉太，只能见到稀稀落落的乡下房屋。佩拉山丘的峰顶尚未兴建起大型宫殿，城市面貌并不如今日这般宏伟。但它的东方风情却更为浓郁。规定房屋颜色的法律仍然有效，从颜色中可以辨别居住者所信奉的宗教：除了雪一样白的公共和宗教建筑，伊斯坦布尔全都是黄色和红色；亚美尼亚街区呈浅灰色，希腊街区深灰色，犹太街区大理石色。人人酷爱鲜花，有如身在荷兰。花园仿佛一大捧风信子、郁金香和玫瑰。山丘上葱茏的草木尚未被夷为平地，以给新的街区腾出空间。此时的君士坦丁堡是一座隐藏在密林中的城市。城中只有窄巷，但画卷一般的人群将这些窄巷装点得煞是好看。

当年，你还只见得到戴宽大缠头巾的人们，它给男性平添雄壮和华贵的气质。除苏丹母亲之外的所有女子都遮得严严实实，光露出一双眼睛。她们构成默默无闻、神秘莫测的独特人群，给全城罩上谜一般的光晕。曾有法律严格规定所有人的衣着，从缠头巾的款式和卡夫坦袍的颜色，可以辨别人的出身、品秩、官职、年龄，因此君士坦丁堡又像一座庞大的宫廷。在那时，马几乎是“人们唯一的骑乘”，数以千计的骑马人在路上奔驰，军用双峰驼和单峰驼排成长列，穿行在城市的四面八方，赋予这座古老的亚洲大都会以粗犷和豪迈的特征。牛拉拽的金色四轮车、装饰着精湛绘画的轿子，以及极为轻便的塔利克（talike）[1]交错而过。这些塔利克会根据乘客的身份披挂不同颜色的布，例如是宗教学者就披绿布，是军法官则披红布，车窗还会悬挂绸子帘布。从波兰到埃塞俄比亚的各国奴隶成群结队地经过，把战争强加给他们的镣铐弄得铮铮作响。

在十字路口、广场上、清真寺的院子里能见到一群群衣衫破败的骄傲士兵，他们的衣服下露出残缺的手臂和尚未愈合的疤痕，这伤是在维也纳、贝尔格莱德、罗德岛、大马士革落下的。说书人声如响雷、手舞足蹈地在一圈穆斯林权贵中间讲述军队从伊斯坦布尔出发后行军三个月的战斗事迹。帕夏、贝伊、阿迦、贵人，数不清的爵爷和高官穿着戏服似的华裳，在一大堆仆役的服侍下，劈开在他们过路时俯身行礼的人流，好似一阵风吹过稻田。前来求和或结盟的欧洲各国大使和王公的行列一同经过；装满非洲和亚洲国王赠礼的大篷车整队前行；大批趾高气扬的羽林军和斯帕西骑兵挎着沾有二十个人血迹的马刀招摇过市；塞拉里奥宫里俊美的希腊和匈牙利侍从穿得像小国的君主，傲慢地从恭顺的百姓中走过，而人们也尊重他们王上的癖好。在大门前，到处都能

1　马拉的小型车。

看到一堆手持粗糙棍子的家伙：他们是禁卫军的巡逻队，当时负责城内的警戒。你们会遇到抬着被处决者的遗体前往博斯普鲁斯的犹太人。你们每天早晨都能在鱼市上见到几具躺在地上的死尸，脑袋垂在右臂的腋下，胸口上压着判决书，判决书上又压了一块石头。在路上能目击被吊死的贵族，刽子手一找到挂钩或房梁就急匆匆地对其行刑；你们在夜里会被某个倒霉鬼绊倒，这家伙被人用大棒敲断手脚后从刑房里扔出来；正午的烈日下，因弄虚作假被抓的商人被人用钉子穿过耳朵，钉在他自己的店铺上。

那时还没有法律约束墓葬方面的无限自由。每日每时都能看到人们在花园、小巷、广场、房门前挖掘坑穴，埋葬死者。在新生儿诞生和割礼的场合，庭院里能听到用来祭献真主的公羊和羊羔被割喉时发出的惨叫。时不时有一群大呼小叫吓唬人的太监疾驰而过，道路被清空，大门被关上，窗子被合起来，整个街区似乎死了一般：随后驶过一列马车，车上是王上的妃嫔，空气中弥漫她们的香气与笑声。有一次，某个宫里的人在穿过一条熙熙攘攘的街道时，见到六个外表平凡的老百姓走进一家店铺，他顿时脸色煞白。这六个老百姓其实是苏丹、四名官员和一名刽子手，他们在商店里微服私访，检查商品的重量和计量用具。

兴奋和热切的生活从君士坦丁堡的庞大身躯中迸发。宝库装满玉石，兵械库堆满武器，营房挤满战士，客栈住满旅人；

奴隶市场有如美女、商人和高官的蚂蚁窝；饱学之士云集于清真寺的藏书馆；精力充沛的维齐尔为将来的一代代人撰写卷帙浩繁的帝国编年史；从塞拉里奥宫领取薪俸的诗人在浴场聚会，吟咏战争和宫廷的爱情；大批保加利亚和亚美尼亚工人勤奋劳作，搬运一块块埃及花岗岩和帕洛斯[1]大理石，用来筑造清真寺；爱琴海群岛的神庙柱子通过海路运抵，佩斯和奥芬[2]的教堂战利品则从陆路送来；港口里，舰队扬起三百张风帆整装待发，势必要给地中海沿岸带去恐怖；七千名驯鹰师和七千名猎手组成的马队绵延于伊斯坦布尔和埃迪尔内之间，而在兵变、对外战争以及一夜间烧毁两万座房屋的大火间隙，为期三十天的庆典在非洲、亚洲和欧洲各国的全权使节面前举行。

此时，穆斯林的热情演变为狂欢。巨大的节目用棕树上尽是飞鸟、水果和镜子，为了腾地方，拆掉了不少房屋和墙壁；穿着银色锦衣的马匹驮着成排的糖狮子和糖美人鱼；帝国各地和各国朝廷献上如山的皇家贺礼。就在这些奇景中间，当着苏丹及其宫廷的面，禁卫军的仪式性战斗、德尔维什的癫狂舞蹈、基督徒囚犯的血腥扭打、一万道古斯米大餐的公众宴会交替上演。大象和长颈鹿在赛马场上跳舞，狗熊在人

1　爱琴海中部的一个岛屿，今属希腊，以盛产大理石著称。

2　即匈牙利的布达城，奥芬（Ofen）是其德语名称。

群中被解开锁链，烟花拴在狐狸尾巴上，讽刺哑剧之后是风流的舞蹈、盛大的假面舞会、精彩的游行、赛跑、模拟花车、游戏、喜剧、喧嚣。随着夜幕降临，庆典一点点蜕变为混乱的吵闹，五百座闪着灯光的清真寺在城市上方形成一轮巨大的光晕，向亚洲群山的牧羊人和普罗蓬提斯海的水手宣告新巴比伦的极欢尽乐。这就是伊斯坦布尔，宛如一位高高在上、纵情声色、放纵不羁的女苏丹。与那时相比，今天的这座城市只是一位患上忧郁症的老太后罢了。

亚美尼亚人

由于一直关注土耳其人，我理所当然地无暇过多研究亚美尼亚人、希腊人和犹太人等其他民族；另一方面，这种研究需要耗费很长时间，因为如果这三个民族多少还保留了自身特征的话，那么他们的外部生活则像薄纱一样全都沾上了穆斯林的色彩，这层色彩如今已在欧洲文明的浸染下逐渐褪去。因此，观察这三个民族的难度就有如欣赏一幅活动的、变色的绘画。

尤其是亚美尼亚人，他们“精神上和信仰上是基督徒，但在出生地和血脉方面却是亚洲的基督徒”，不但很难从内部研究，而且也难以用肉眼将其和土耳其人区分，因为尚未换上欧洲服饰的那部分人仍然穿戴土耳其式衣冠，只有极其细微的差异；他们几乎不再戴古代的大高毡帽——这种颜色独特的帽子是他们民族特有的标志。他们的外貌也和土耳其人相差不大。亚美尼亚人普遍长得很高，结实魁梧，肤色白皙，举止稳重，脸上流露出他们特有的两种品质：一方面，他们开朗、活泼、勤勉、固执，因此特别适合经商；另一方面则十分安静，别人或许会称之为柔懦驯顺。凭借这种品质，他们能够在从匈牙利到中国的各地安家落户，尤其令自己易于被土耳其人接受，作为听话的臣民和顺服的朋友赢得土耳其人的信任。他们在本族内外都既不好战，也不逞英雄。或许，他们古时候在亚洲老家时并非如此，有人甚至说，他们至今还定居在那里的同胞与其截然不同。但是，从博斯普鲁斯海峡对面迁移到这里来的亚美尼亚人确实是一个柔顺和谨慎的民族，生活低调，除了做生意别无大志，据说宗教上比君士坦丁堡别的任何民族都更为虔诚。土耳其人称之为“帝国的骆驼”，欧洲人说亚美尼亚人个个天生会算账。这两种说法很大程度上得到事实的验证，因为亚美尼亚人靠强健的体魄和机敏灵巧的才智，除了培养出一大批建筑师、工程师、医生、娴熟有耐心的工匠之外，还为君士坦丁堡提供了大批的搬运工和银行家。搬运工负重，银行家积聚真金白银。

但是乍一看，没有人会意识到君士坦丁堡还生活着亚美尼亚人。俗话说得好，草木也会沾上泥土味。由于亚美尼亚人的家庭几乎和穆斯林一样严格地不对外人开放，因此他们

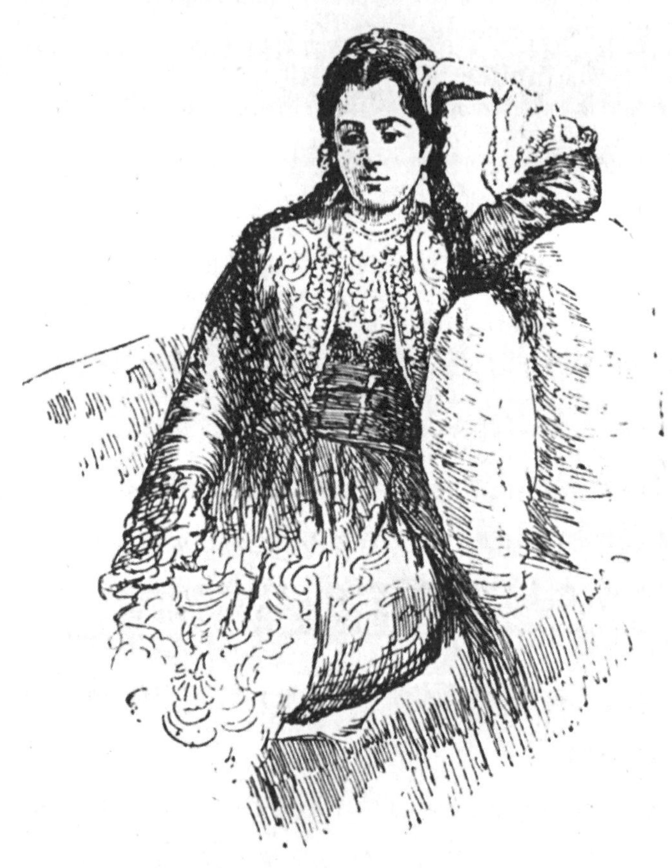

亚美尼亚女性

的妇女也打扮成土耳其人的样子，只有眼光特别精明的人才能将她们从穆斯林当中分辨出来。她们一般来说也白皙肥胖，有着东方式的鹰钩鼻、大大的眼睛和长长的睫毛。不少妇女身材高挑，体态端庄，头戴缠头巾，活像俊美无比的长老。几乎所有的妇女都既威严又内敛，如果说有什么美中不足的话，那就是少了希腊女性脸上洋溢的性灵之光。

希腊人

有多难一眼认出亚美尼亚人，就有多容易辨别希腊人，哪怕不考虑装束也是如此。希腊人的性格和外表，同帝国的其他臣民，尤其是土耳其人差异很大。要发现这种差异甚至是对立，只消观察咖啡馆或汽船上彼此挨近坐下的土耳其人和希腊人即可。两人出身和年纪差不多，都穿着欧式服装，外貌也十分相似，但绝不可能把他俩搞混。土耳其人一动不动，整个人都沉浸在一种无忧无虑的安详中。即使他的表情反映出思考的迹象，看上去也肯定和他的身体一样滞止。他不看任何人，也不做出察觉到有人看他的示意动作。他的态度表现出对周遭的所有人与事都满不在乎。他的脸上流露出某种奴隶式听天由命的悲伤，以及暴君一般的冷漠骄横。此人严厉、闭塞、固执，足以一下子让打算说服他干件什么事情或激励他下决心的人却步。总的来说，他长了一副硬汉子

希腊女性

希腊女性

的模样，让人觉得无法和这样的人共处，除非服从他或命令他；不管和他一起生活多久，都不能对其彻底了如指掌。

相反，希腊人极为活跃，眼神和嘴角动个不停，一下子暴露出心里所有的念头。他像一匹野马似的猛晃脑袋，脸上显出朝气蓬勃的，有时候甚至是孩子气的傲慢。如果发现有人看他，就装腔作势一番；如果没人看他，他就会刻意引人关注。他似乎总是渴望或空想什么东西，整个人都透出算计和雄心。他惹人同情，哪怕长了一副坏蛋的模样。即便你不放心把钱包交给他，也会与他握手。

你凑近看这两个人就会明白，二人当中的一个肯定觉得另一个粗野、傲慢、专横、残酷；而另一个肯定也断定这一个轻浮、虚伪、胡闹、不怀好意。

在希腊女性和其他黎凡特女性身上也能观察到同样的差异。不难怀着惊奇之感，从漂亮、健壮但是更多地触动感官而非心灵的土耳其和亚美尼亚女性当中辨别出希腊人来。希腊女性容貌典雅纯净，一双亮晶晶的眸子装满心事，每一个眼神都值得吟哦一行颂诗。她们的体格既魁伟又轻盈，激发拥抱她们的念头，但更多是出于尊崇。你在她们当中能见到那些仍留着旧式发型的女子，波浪式的长发一绺绺垂下来，脑袋上绑着一根冠冕状的宽大头箍。她们是这么美丽、这么高贵、这么古典，以至于你会把她们当作普拉克西特列斯和利希普斯[1]的雕像，或者经过二十个世纪的光阴，在拉科尼亚的某处偏僻山谷或爱琴海某个被人遗忘的小岛上重见天日的不朽少女。当然，哪怕在希腊女性当中，绝色美人也是极为罕见的，而且只有在沉寂忧伤的法纳尔街区（昔日拜占庭的灵魂在此栖身）的帝国老贵族里面，才能找到个中典范。在那个地方，有时候仍然可以见到某位风姿绝代的女子出现在带栏杆的阳台或特别高的铁架子窗框后面。她定睛注视着空荡荡的街道，举手投足宛如一位被囚禁的女王。当帕列奥列格和科穆宁王族后代的仆役们没有在门前闲逛的时候，你们若是偷眼瞧她，就必定会在片刻间相信，自己从一朵祥云的缝隙见到了奥林匹斯山女神的御容。

土耳其浴

游览完犹太人聚居区巴拉特后，用佛罗伦萨人的话来说，去洗个土耳其浴也不赖。从外面就能认出浴池的模样：都是些没有窗户的建筑物，形状像小清真寺，顶上是圆屋盖和高高的、一直在冒气的锥形烟囱。但在进去之前，一定要三思而行，问问自己 quid valeant humeri[2]，因为并不是所有人都

1 二人都是古希腊著名雕塑家。

2 拉丁文，意为“肩膀能承受多重的分量”，语出贺拉斯《诗艺》（*Ars Poetica*），I. 40。

能承受得了在那几堵疗养墙之间经受“粗手粗脚的照料”。我得坦白，在听到人们的谈论后，我有点忐忑地进了浴场。读者将会明白，我实在值得同情。再度回想，我只觉额角渗出的两滴细汗，将要趁我写得入神之际淌落脸颊。我这可怜人的遭遇便是如此。

我胆怯地走进去，来到一间大厅。我犹豫片刻，不确定这是一家剧院还是医院。大厅中央是一座鲜花环绕的喷泉。一排木制楼座紧贴墙壁，几个土耳其人躺在褥垫上，从头到脚裹着雪白的亚麻布。他们或在熟睡，或在睡眼蒙眬地吸烟。正当我四下环视寻找浴场老板时，不知从哪里冒出两个身材壮实、半裸身子的穆拉托人[1]，像幽灵似的杵在我跟前，二人齐齐瓮声瓮气地问我：“Hammamun？”（找浴室吗？）我细声细气地回答“Evvet”（是的）。二人示意我跟着他们走，带我走上木梯子，来到一间铺满草席和垫子的房间，叫我在这里除去衣服。他们在我腰间系上一匹蓝白色的布，给我穿上两只很大的木鞋，把我当成醉汉似的挟在胳膊下，领着我，或者不如说拖着我，进了另一间热腾腾的、半明半暗的大厅。他们将我平放在一张毯子上，双手叉腰，等待我的皮肤松软下来。周遭的器具活像拷问场的刑具，令我顿生不安。当两名行刑吏碰碰我的额头，交换一下眼色，示意“他会挣扎”时，

1　黑白混血人。

不安转化为一种很不体面的情绪，仿佛他俩在说："架到轮子上"[1]。二人再度用胳膊挟着我，陪我来到第三间大厅。我在这里生出一种极为怪异的感觉，浑如置身一座海底神庙。透过水蒸气的白帘，我隐约见到几堵高耸的大理石墙壁、立柱、拱廊、一座有窗户的圆顶穹隆，从里面射出玫瑰色、天蓝色和绿色的光线，几个白色的幻影贴着墙四处游荡。在大厅中央，半裸的男子尸体似的躺在地板上，其他几个半裸男子朝他俯下身，摆出医生解剖尸体的姿势。大厅温度很高，以至于我一进去就感到浑身大汗淋漓，觉得自己出去时准保已经像阿瑞图萨的恋人那样，化作了一条小河[2]。

那两个穆拉托人架着我来到大厅中央，让我躺在一张像是解剖桌的东西上面。那其实是块很大的白色大理石板，从地板上突起，底下生着炉子。石板烧得滚烫，让我眼冒金星。但既然来了，只能咬牙忍着。两个穆拉托人哼着一首惨兮兮的小调，开始了"活体解剖"。他俩拧我的胳膊和腿，压我的肌肉，把关节捏得咔吧作响，又抹，又挤，又搓。他俩让我转过脸，接着干活。他们把我翻过来，从头搓揉；捏泥人似的把我抻平，再使劲按压，想要按照心中的念头给这团泥人塑造形状，但无能为力，于是发起怒来。他俩喘了几口气，

1　中世纪的车轮酷刑。

2　希腊神话故事，少女阿瑞图萨（Aretusa）因炎热在河中沐浴时，河神阿尔甫斯（Alfeo）心生爱慕，化作小河接近她。

随即重新拧啊，挤啊，捏啊，其手法之重，让我害怕这是人生中的最后一刻钟。终于，我浑身汗水，活像一块被挤过的海绵。他们见我皮肤充血，意识到我再也挺受不住。到了这时，他俩才将我的肢骸从那张刑床上拖起来，带我来到角落处小小的凹壁前。那里有两根铜水管往大理石水盆中倾注热水和凉水。可是老天哪！在这个地方又开始了一轮折腾。我遭了如此的罪，以至于一点不开玩笑地自问，难道不该往右边狠揍一拳，往左边猛拍一掌，然后从那里逃之夭夭？其中一个酷吏戴上一只骆驼皮手套，开始擦我的背部、胸部、胳膊和腿，手法温柔有如给马梳毛。这番梳洗整整持续了五分钟之久。

梳洗结束后，他俩往我背上泼温水，重新松了口气。我也松了口气，感谢上苍，终于结束了。可哪里结束了啊！恶狠狠的穆拉托人摘下手套，重新赤手推拿起来。我发了火，做手势要他停下。而他呢，他摊开手，令我十分惊讶地表示还得继续揉。揉完后，又是泼水，又是推拿。二人双双手持吸饱了干地亚肥皂的填絮抹布，从头到脚给我抹肥皂。抹完后，一大盆芳香水泼来，随即又是填絮抹布的擦拭。但这次，上帝保佑，抹布是干的。他俩给我擦干后，重新缠住我的头，给我裹上罩衣，披上浴巾，再度领我来到第二间大厅。歇息几分钟后，二人带我重回第一间大厅。我在这里找到一只温热的垫子，有气无力地躺在上面。两位“刽子手”给我最后捏了捏，以便让四肢的血液循环都保持通畅。做完这一切，二人往我的脑袋下垫了一只绣花枕头，身上盖了一条白色被褥，嘴里塞了一根烟杆，身边放了一杯柠檬水，随即把凉丝丝、轻飘飘、香喷喷的我晾在那里。我头脑松爽，心中欢喜，只觉人生是如此一尘不染、朝气蓬勃，犹如维纳斯从海沫中诞生一般脱胎换骨，又仿佛听到脑袋下传来小天使的振翅之声。

塞拉斯凯拉特塔

当感到自己如此“清净而准备再睹群星”[1]之际，没有什么比攀上那座名为塞拉斯凯拉特塔的砖石巨物的顶端更美妙的了。我相信，如果恶魔要再度用万国的王权试探谁的话，他肯定会把握十足地将受害人带到这座塔尖。[2]此塔建造于穆罕默德二世统治时期，坐落于伊斯坦布尔最高的丘陵，位于国防部相当宽广的庭院中间，土耳其人称此地为城市的肚脐。塔身大部分由白色的马尔马拉大理石筑成，其平面为规整的十六边形，巍然耸立，险峻纤长有如圆柱，比不远处苏莱曼清真寺的巨大宣礼塔还要高出一大截。光线从寥寥几扇正方

1　但丁《神曲・炼狱篇》的最后一句，原文为：puri e disposti a riveder le stelle。

2　据《圣经・新约》记载，恶魔为了试探耶稣，曾带他到山顶，向其指点万国的荣华。事见《马太福音》4:1—11，《马可福音》1:12—13，《路加福音》4:1—13。

塞拉斯凯拉特塔

形窗户射进螺旋式的阶梯，拾级而上，透过窗子，时而瞥见加拉太，时而瞥见伊斯坦布尔，时而又见到金角湾的街区。还没走到一半高度，往外一瞧，已经恍如置身云雾之中。有时候，人们在登高时会听到头上传来轻微的响声，几乎同时会看到有幻影倏忽而过，随即消失，像是有什么东西掉落，而不是有人走下来。塔顶的岗哨上昼夜都有一名警卫看守。此人若是从远处地平线上发现一股可疑的烟云，就会立刻向城防司令传警。

阶梯约有两百级，通向一座圆形阳台，阳台上方封闭，四周装着玻璃，里面总是有一名警卫巡逻，他会向访客端上咖啡。初次步入这只有如悬在天地之间的透明笼子，见到周遭无垠的蓝色虚空，听着狂风呼呼作响，拍打玻璃，撞得板条吱吱嘎嘎，你几乎头晕目眩，不敢再看。但在见到倚着屋顶小窗的楼梯后，你又恢复勇气，心脏怦怦直跳，一直往上走，随即发出惊奇的喊声。那一刻实在美妙绝顶。你呆立不动，如遭雷击。整个君士坦丁堡跃入眼帘，环顾一周就能将全城尽收眼底：你见到从七塔堡直至艾尤普公墓的伊斯坦布尔所有山丘谷壑；你的视线落在整个加拉太和整个佩拉上面，就像一根笔直的铅线；于斯屈达尔好似就在眼皮底下；城市、树林和舰船组成三排景观，沿着三处迷人的海岸延伸，直至视野尽头；另有无数条状的村庄和花园曲折蜿蜒地消失在内陆。金角湾一动不动，晶莹剔透，泊满数不清的小舟，有如漂浮的小虫子；博斯普鲁斯海峡看去好似被海岸两侧一座座突出的丘陵阻截，呈现湖泊连绵的景象，每个湖都好似被一座城市环绕，而每座城市又被一圈花园装点；在博斯普鲁斯海峡的另一头，湛蓝的黑海与天空交融。对面则是马尔马拉海、尼科米底亚湾、王子群岛、欧洲海岸，以及村庄闪着白光的亚洲海岸。马尔马拉海的另一头是达达尼尔海峡，熠熠发光，有如一条狭长的银练；达达尼尔海峡再往南，只见一片模糊的白色波光，那是爱琴海；又有一道昏暗的弧湾，那是特洛伊港湾。于斯屈达尔后面是比提尼亚奥林波山；伊斯坦布尔后面是孤零零的色雷斯，地势起伏，色泽淡黄。两处港湾，两条海峡，两陆两海，二十座城市，外加千千万万的银穹和金顶，一派色彩与光明的壮景，直让人怀疑这究竟是我们这颗星球上的风光，还是属于上帝更为钟爱的另一个天体。

东方颂诗

伫立塞拉斯凯拉特塔，我就像在加拉太塔、古桥和于斯屈达尔时一样，上百次地问自己："我怎么会爱上荷兰呢？"——不只是荷兰，还有巴黎、马德里、塞维利亚，它们在我心目中都成了晦暗阴郁的城市，在那儿连一个月都生活不下去。随即我又想到自己那拙劣的描摹，于是遗憾地自言自语："唉，倒霉鬼！你多少次滥用美丽、辉煌、辽阔等字眼？如今你该如何称赞这般奇景？”然而我已经觉得，关于君士坦丁堡，自己连一页纸都写不出来。

朋友罗萨斯科对我说：“你干吗不试一试呢？”我答道：“可我没什么好写的！”有时候——信不信由你——在特定的钟点、特定的情绪下，我会有那么几秒钟觉得这景色微不足道，近乎惊慌失措地大喊：“我的君士坦丁堡在哪里啊？”而在别的时候，我一想到虽然自己饱览丽景壮色，可我的母亲却生活在一个小房间里，从那里只能见到逼仄的庭院和一小片天空，便感到悲从中来。这似乎是我的过错，我本该加以留心，揽着我亲爱的老母，领她去参观圣索菲亚。然而，日子几乎总是过得又愉快又短暂，仿佛喝醉了一个小时。我和朋友们极少有心情不佳的场合，即便有也总有办法化解摆脱。我们走下加拉太，登上港口里最色彩斑斓、金光灿灿的两条双桨扁舟，高呼：“去艾尤普！”转瞬之间，我们已身处金角湾中段了。我们的桨手分别叫穆罕默德、巴耶济德、易卜拉欣和穆拉特。他们都是二十岁，生着一双铁臂，划起桨来你追我赶，互相吆喝，加油鼓劲，孩子似的放声大笑。天气晴朗，海面澄澈，我们转头向后，大口大口地呼吸充满芳香的空气，又把手伸进水里。扁舟疾驰，亭榭、宅邸、花园、清真寺从眼前飞逝。我们只觉腾云驾雾，仿佛正在穿越一个魔法世界。一想到自己能够于青春正盛之际身处伊斯坦布尔，便感到难言的喜悦。永克唱起歌来，我则背诵维克多·雨果的东方颂诗[1]。我似乎见到斑斑白发衬托的一张慈爱脸庞从天空中时左时右、时近时远地闪现，他的嘴角洋溢着极为甜蜜的微笑，好像在说："高兴吧，小伙子！我祝福你，我陪伴你！"

1 指《东方集》（*Les Orientales*），出版于1829年。

圣索菲亚

写到这里，如果一名拙劣的旅行作家也能召唤诗神缪斯的话，我定会双掌合十向她祷祝，因为我的头脑“在直面崇高的事物”时迷失了，眼前拜占庭大教堂的宏伟线条令我战栗，它有如汹涌的水面上映照出来的一幅画。请缪斯激励我，求圣索菲亚启迪我，但愿查士丁尼皇帝饶恕我。

十月里的一天早晨，在意大利领事馆的一名土耳其侍卫（çavuş）和一名希腊人通译的陪同下，我们终于参观了“凡尘的天堂、第二座苍穹、众天使的车辇、上帝的尊荣宝座、地上的奇迹、仅次于圣彼得大殿的世界最大圣堂”。其中最后一个称号不是我册封的——布尔戈斯、科隆、米兰和佛罗伦萨的朋友们请知悉，何况我也不敢将其据为已有，而是和其他几个称号一道援引自别处，因为这是热忱的希腊人最神圣的赞誉之一。希腊通译一路上一直向我们重复这点。我们特意在年老的土耳其侍卫之外挑选了年老的希腊通译，希望能从他俩彼此有分歧的解释和故事中，听到两种宗教、两个民族的两种版本（最终没有失望）。他俩当中的一人向我们盛赞这座教堂，另一个人夸耀这座清真寺，从而让我们明白该如何看待圣索菲亚：你的一只眼必须从基督徒的视角观看，另一只眼则需要从土耳其人的角度打量。

我在访问前抱着迫切的期待和十分强烈的好奇。然而，我走在路上时的想法和现在的想法一致，那就是，任何一处古迹，无论其本身有多么名副其实，它在人的内心激发的冲动，都不及前去参观途中感受到的那种生动的、纯粹的喜悦。如果我非要从目睹过伟大事物的日子里选一小时重新经历的话，我会选从我说“走吧”直至别人告诉我“我们到了”的那段时间，也就是旅行中最美好的时刻。

走着走着，我感到自己的精力充沛起来，好似装满了不久后将会涌起的激赏之情。我想起少年时期种种宛如梦境的愿望。我似乎又见到了教地理的老教师，他先是往欧洲地图上标出君士坦丁堡，随后用手指间的一撮鼻烟凭空勾勒出大教堂的线条；我见到了房间和小壁炉，我将在来年的冬天，在这只壁炉跟前，对着一圈惊奇和镇静的脸庞讲述当下的一刻。我听到内心、脑袋、耳朵里都响起圣索菲亚的名字，就像某个正在等待我们、呼唤我们、向我们揭晓大秘密的活人的名字。头脑里不自觉地浮现出那座直插云霄的辉煌建筑物的拱券和柱子。当目的地近在咫尺的时候，我再度感到难言的喜悦，想要停下来看看卵石，瞧瞧溜走的蜥蜴，讲讲笑话，消磨一点时间，把已经渴望了二十年并将被终生铭记的那一刻推迟几分钟。如果有谁要夺去在此之前和在此之后的感触，那么寻奇览胜的喜悦就所剩无几了。我们几乎总是先耽溺痴想，随后经历轻微的幻灭，随即又固执地从幻灭中生出其他种种痴想。

圣索菲亚清真寺正对古老的塞拉里奥宫的主入口。

然而，抵达塞拉里奥宫前的广场时，吸引目光的第一件物事并非清真寺，而是著名的苏丹艾哈迈德三世水池。

它是土耳其艺术中最地道、最富丽的古迹之一。但它不只是古迹，更是一串大理石项链，由一位风流的苏丹在热恋之际安放在他的伊斯坦布尔跟前。我相信，只有女子才能出色地描述这座池子。我的文笔不够精细，难以描摹其状。第一眼望去，很难说它是一座水池。其外形如同一座四方小庙，上面覆盖中国式的顶子，波浪状的檐片越出墙壁许多，使之略具宝塔的样式。四角上有四座圆形的矮楼，上面有带格栅的小窗，或者毋宁说是四座形状十分典雅的小亭，亭顶上对应同样的四个小圆盖，每个圆盖上都安插一根精巧的尖顶。一个更大的圆盖被四个小圆盖围在中间。四堵墙上都各有两个华丽的凹龛。凹龛之间是一道尖拱，尖拱下面是一个往小水槽里淌水的水龙头。建筑物四面刻着如下铭文：“这座水池记载如下诗句，向尔等讲述苏丹艾哈迈德的时代：你当转动净泉的钥匙并奉真主名号，/饮用无尽的清水并为苏丹祝祷。”

这座小型建筑通体由白色大理石制成，墙面覆满繁复的装饰物，几乎完全盖住了大理石本身：小拱、小凹龛、小立柱、圆花窗、多边形、饰带、大理石雕花、蓝底上的镀金、圆盖周围的穗子、顶子下的嵌花纹理、上百种颜色的马赛克、上千种形状的花叶饰，这些东西牢牢地吸引目光，激发近乎钦佩的情感。没有一个巴掌大的空间不被雕琢、镌刻和装潢。这是一件集雅致、富贵与耐性于一体的杰作，值得拿水晶罩子盖起来。它似乎不光是为了用眼睛看，而且也肯定是为了用鼻子闻而打造的，说不定还有人想要吮吸一口呢；它好似一只宝匣，让人真想打开看看里面到底有何物事，是一位稚气的女神，一颗巨大的珍珠，还是一枚魔法指环？由于时间的流逝，上面的镀金部分变淡，颜色有些浑浊，大理石稍许发黑。当这件硕大的珠宝在一百六十年前被首次揭开，以熠熠生辉的崭新面貌出现在博斯普鲁斯的所罗门[1]面前时，该是什么模样？但即便如此老迈和黝黑，它仍然占据君士坦丁堡所有小型奇观中的头名。不仅如此，它还是如此纯正的土耳其古迹，以至于只消看上一回，就会在若干景象中脱颖而出，牢牢地印在记忆中。而在此后，但凡你听到伊斯坦布尔的名

1　这里用所罗门王借代奥斯曼苏丹。

字，这些景象就会全部在头脑中涌现，构成一幅永远令我们神魂颠倒的东方绘画的底色。

从水池可以看到位于广场一侧的圣索菲亚清真寺。

它的外观一点也不显山露水。唯一吸引目光的是四根极高的白色宣礼塔，它们立在房屋一样大的基座上，耸立于建筑物的四角。著名的圆顶看上去很狭小，似乎和那座铺展在蓝天下，从佩拉、博斯普鲁斯、马尔马拉海以及亚洲的丘陵上都能看到的圆顶是同一个东西。圆顶扁扁的，侧面有两只半圆顶，包着铅，围着窗户，靠四堵墙承重，墙体绘有很宽的白色和粉色条纹。墙本身又被巨大的扶壁支撑，扶壁周围凌乱地分布着许多其貌不扬的小型建筑物——浴室、学校、陵墓、收容所、赈济穷人的饭堂——它们掩盖了大教堂的古老建筑样式。能见到的只有一座厚重、不规则、颜色单调、像城堡一样光秃秃的庞然巨物，其外观并没有大到让不了解它的人断定里面就是壮阔的圣索菲亚大殿。真正属于古教堂的只有圆顶，然而它也已失去了（据希腊人记载）一度可以从奥林波山的顶峰目睹的银辉。其余部分都是穆斯林兴建的。征服者穆罕默德二世造了一根宣礼塔，塞利姆二世造了另一根，其余两根由穆拉德三世添加。同一个穆拉德还在 16 世纪末搭建了扶壁，以便支撑被地震撼动的墙体；又在圆顶尖端安放了一轮硕大的铜新月，光是给它镀金就耗费了五万杜卡特。古代的前厅消失不存；洗礼堂被改成穆斯塔法和易卜拉欣一世的陵墓；其他曾经附属于这座希腊教堂的小型建筑物几乎全都或被拆毁，或被新墙体遮蔽，或被改造得面目全非。清真寺从各个部位挤压、威迫、掩盖教堂，后者只有顶部还保持自由。然而即使是顶部，也还是有四根宣礼塔像四个巨人卫兵一般监视着它。东侧有一道用六根斑岩和大理石立柱装点的大门；南侧是另一道大门，人们从这道门走进庭院。庭院被低矮和各不相同的建筑物环绕，正中是一座用来洗小净的水池，上面覆盖一张隆起的顶子，由八根小柱子支撑。从外面看，无法将圣索菲亚和伊斯坦布尔的其他大清真寺区分开来，除了它不那么白、更轻盈一些之外；更不大可能把它当作“仅次于圣彼得大殿的世界最大圣堂”。

向导领我们穿过建筑物南侧旁边的窄径，来到一道顺着门轴缓缓转动的青铜大门处，随即进入门廊。

这条门廊其实是一间特别长、特别高的大厅，嵌有大理石，古代的马赛克依然处处闪耀。门廊通向大殿，可以从东侧经九扇门入内；而在对面的一侧，这条门廊经过五扇门通向另一条门廊，后者再通过另外十三扇门与中庭相通。

一跨过门槛，我们就向头裹缠巾的圣所司阍（kapıcı）出示许可入殿的诏令，换上布鞋，朝向导打个手势，诚惶诚恐地走进东侧中间正敞开等待我们的大门。

圣索菲亚内部

* * *

甫一踏足大殿，我俩便双双呆住。

第一印象着实宏伟雄奇。

一眼瞥去，只见浩荡虚空。这是一座由仿佛悬浮空中的半圆顶、粗大柱子、巨型拱券、立柱、宽阔走廊、讲台、拱廊——光线的洪流透过上千扇大窗倾泻其上——组成的奇伟建筑，不只是圣堂，更兼具戏院和王宫的特征。它是宏伟与力量的炫示，凡尘典雅的吐息，古典、蛮荒、怪诞、傲慢、辉煌的杂糅；它象征巨大的和谐，轻柔低回的东方赞歌，查士丁尼和希拉克略宴席上的喧嚣乐曲，异教歌谣的回响，一个娇弱和疲惫民族的嘶哑声音，汪达尔人、阿瓦尔人、哥特人的遥远呼喊，全都融入由立柱与巨拱组成的、叫人想起北欧大教堂的雷鸣般骇人的音符当中；它是受损的庄严，不祥的赤裸，沦肌浃髓的和平；它虽比圣彼得座堂体量更小，装潢更简朴，但比圣马可座堂[1]更魁伟、更荒疏；它是神庙、教堂和清真寺的前所未见的混合物，面貌威严，装饰稚气，器物或古或新，色彩全然不同，配饰陌生诡异。总而言之，它是一出唤起惊愕与遗憾的大戏，令人霎时间心神恍惚，犹如正在穷搜尽索能够表达并确认所思所想的词汇一般。

1　即威尼斯的圣马可（San Marco）教堂。

这座建筑物营造于一个几乎等边的长方形之上，大圆顶悬于正中，由四个巨拱支撑。后者落在四根极高的、如同整座大教堂骨架的柱子上。一进门就能看到两个拱券，靠在上面的是两只庞大的半圆顶，它们盖住整个圣堂，每个半圆顶又张开另两个更小的半圆顶，从而组成大殿内的四个圆形小殿。入口对面一侧的两个小殿之间敞开一间后殿，也被四分之一球形的穹隆覆盖。因此总共有七个半圆顶环绕着大圆顶，两个在大圆顶下面，另外五个又在这两个的下面，没有明显的支撑点，以至于所有半圆顶同时呈现出不可思议的轻盈，看上去确实就像一位希腊诗人所说，是被七根线挂在天穹上的。这几个圆顶全都被拱形的、对称的大窗照得通明。四根巨柱在大教堂中部构成一个正方形，在它们之间，进门处的左侧和右侧，耸立着八根绿色角砾岩的奇特圆柱，柱子支撑雕有精致叶片的弧拱，在大殿两侧构成极为雅致的拱廊，将两条宽敞的过道高高擎起，而廊道另有两种精雕细刻的圆柱和弧拱样式。第三条过道与前两条相通，它完全沿入口的一侧伸展，在大殿上张开三个大拱，由成对的圆柱支撑。其他几条较小的廊道则由斑岩圆柱支撑，将位于大殿远端的四个小殿隔开，并扶持其他几根圆柱，而讲坛就落在上面。

以上是属于大教堂的部分。属于清真寺的部分散落在深处，附着在墙壁上。窑殿（Mirab）——指明麦加方向的壁龛——是从后殿的一根柱子上凿出来的。其右边高处悬着四条拜毯中的一条，据说穆罕默德曾在上面礼拜。一座演讲台从距窑殿最近的后殿角落处突起，它位于一条特别陡峭的阶梯——它的侧面是两排用精细的工艺雕成的大理石栏杆——的顶端，一座奇形怪状的圆锥形顶子下方，同时还处在穆罕默德二世的两面胜利大旗之间。拉提卜[1]登上此台诵读《古兰经》，他手握一把出鞘的弯刀，象征圣索菲亚是一座被征服后改建的清真寺。苏丹的席位在演讲台对面，被镀金的格栅覆盖。其他几座讲台（或者说是某种安装了抽丝镂花栏杆，由大理石小柱子和装饰奇异图案的穹顶支撑的阳台）贴着墙壁四处延伸，要么就朝大殿中部突出。入口处的左右两边有两只巨大的雪花石膏瓮缸，它们是在帕加马的废墟中被发现的，由穆拉德三世运到君士坦丁堡。几块硕大的绿色板子从柱子的高处垂下，板上书写金字《古兰经》经文。在其下方，几块硕大的斑岩牌匾挂在墙上，上书真主、穆罕默德和前四位哈里发[2]的名号。在支撑圆顶的四个穹拱形成的角落中，仍能看到四大天使的巨型马赛克翅膀，天使的脸则被镀金的圆花饰盖起来了。从圆顶的穹隆上垂下来无数根丝绳，几乎有整座大教堂那么高，上面拴着鸵鸟蛋、精雕细琢的铜灯和水晶球。到处都能见到X形的木制经架，架子镶嵌珍珠母和黄

1 Ratib，阿拉伯语，清真寺中诵读《古兰经》并领拜的宗教人员。

2 哈里发是伊斯兰国家对担任政治、军事、司法、宗教首脑的人物的称谓。

铜，上面摆放着《古兰经》的手抄本。地板上铺着地毯和席子。墙体裸露，呈白色、淡黄色、深灰色，在一些地方仍装饰着掉色的马赛克。总的来说，景象颇为愁惨。

清真寺首屈一指的奇观就是巨大的圆顶。从大殿正中往上瞧，用斯塔尔夫人描述圣彼得教堂圆顶的话来说就是，好像看到一道深渊悬在我们头顶。圆顶极高，圆周大得异乎寻常，而深度却只有直径的六分之一，使之显得更加恢宏。底部有一个小露台，露台上方是围成一个圈的四十扇拱形窗。顶端书写着穆罕默德二世于攻陷君士坦丁堡之日在教堂大祭坛前勒住战马时说的一句话——“真主是天地的光明”[1]，以及一些写在深色背景上的白色字母，长度达九米。众所周知，这一空中奇景是无法用普通材料筑成的。穹隆用漂在水上的浮石和罗德岛砖石建造，五块这种石头的分量只相当于一块普通的砖头。每块砖头上都刻着大卫的警句：“Deus in medio eius non commovebitur. Adiuvabit eam Deus vultu suo”[2]。当时的工人每铺设十二层砖，就会把一块圣徒的遗骸砌在拱顶里。工人一边劳作，祭司一边歌唱，身穿亚麻长袍的查士丁尼在一旁观看，浩荡人潮发出惊叹。若是你们想到，这座至今仍非同寻常的“第二天穹”建造工程堪称史无前例的6

1　语出《古兰经》24章35节。

2　拉丁文，语出《旧约·诗篇》46:5：“神在其中，城必不动摇；到天一亮，神必帮助这城。”

世纪壮举时，就不会对此感到奇怪。庸夫相信，它是靠魔法悬在半空的；而在征服过去很久之后，前来圣索菲亚清真寺礼拜的土耳其人肯定还是需要强迫自己面朝东方，才不至于抬头仰望这片“石头天空”。事实上，圆顶遮住了半个大殿，以至于主宰并照耀整个建筑，从任何一个地方都能见到它的一部分。无论走到哪里，人们最终总是会站在它下面，上百次地收回目光和思想，放任其在圆顶内飘荡，因为喜悦而剧烈地哆嗦，好似腾云驾雾一般。

* * *

观赏大殿和圆顶只是参观圣索菲亚的开始。谁但凡对历史有一丝好奇，就不妨花上一小时考察圆柱。圆柱上残留了世界所有庙宇的遗痕。支撑两条大型廊道的绿色角砾岩圆柱是由以弗所的政务官赠送给查士丁尼的，它属于被埃洛斯特拉托焚毁的狄安娜神庙[1]；立柱之间八根两两排列的斑岩圆柱属于太阳神神庙，由奥勒利安在巴尔贝克兴建[2]；其他的圆柱

1　或称阿尔忒弥斯神殿，是古代世界七大奇迹之一，位于小亚细亚的以弗所（Efeso），焚毁于公元前356年。

2　奥勒利安（Aureliano，214—275），罗马皇帝。巴尔贝克，历史古城，在今黎巴嫩。

属于基齐库斯[1]的朱庇特神庙、帕尔米拉的赫利俄斯神庙，忒拜、雅典、罗马、特洛伊、基克拉泽斯[2]、亚历山大里亚的神庙。它们在大小和颜色方面存在无穷的差异。在圆柱、栏杆、底座和一直属于古代墙体敷层的薄板之间，可以见到来自爱琴海群岛、小亚细亚、非洲和高卢所有采石场的大理石。点点黑斑的白色博斯普鲁斯大理石与布满白色纹路的黑色凯尔特大理石相映成趣；拉科尼亚的绿色大理石倒映在利比亚的蓝色大理石上；在埃及打过孔的斑岩、帖撒利亚的星状花岗岩、带有红白条纹的雅西[3]山巨石、斑驳暗淡的卡利斯托[4]铁石将自身的颜色同弗里吉亚大理石的紫色、辛那达[5]大理石的玫瑰色、毛里塔尼亚大理石的金色，以及帕洛斯大理石的雪色掺在一起。除丰富的颜色之外，还得补充柱楣、檐口、圆花饰、栏杆柱、风格特异的科林斯柱头上难以描述的多样形状，动物、叶片、十字架、异兽全都混掺在一起。其他圆柱不属于任何样式，造型奇特，大小不等，被异想天开地组合在一起。另有一些装饰怪诞雕塑的柱身和底座，数个世纪来饱经时间的侵蚀和弯刀的砍斫。一切都显得光怪陆离，充斥混乱与蛮荒的壮丽，

1 Cizico，小亚细亚古城，在今土耳其西北部。

2 Cicladi，希腊东南部的爱琴海群岛。

3 Iassi，城市名，在今罗马尼亚。

4 Caristo，在雅典东部。

5 Synada，希腊时期古城，在今土耳其西部。

圣索菲亚内景

无视所谓的健全品位，但却教人无法将视线移开。

然而，在大殿里是无法领略这座清真寺的体量之宏大的。大殿实际上只是其中的一小部分。支撑侧面廊道的两座圆拱本身已经是雄伟至极的建筑物，甚至可以将其改建为两座神庙。每座拱廊都被分为三个部分，由极高的拱顶分隔开来。此处的圆柱、下楣、立柱、穹隆也都十分巨大。在这几座拱廊下穿行，只能从以弗所神庙的圆柱缝隙间勉强看到大殿，仿佛身处另一座大教堂之中。从廊道的位置也能体验同样的效果，要到达那里，需要经过微微倾斜的螺旋形阶梯，或者毋宁说走一段上坡路，因为并无梯级，人们可以轻松地骑马登上去。廊道或称“女殿”（gineceo），也就是教堂里专门留给妇女的部分。忏悔者留在门厅，而普通信众前往大殿。每条廊道都可以容纳君士坦丁堡一个街区的人口。我觉得不再置身于一间教堂，而是在一座大得异乎寻常的剧院的敞廊上行走，耳边时不时会突然响起成千上万种声音汇成的歌唱。

要想观赏清真寺，需要将身子探出栏杆，随即全貌便展露无遗。穹隆、拱券、立柱，一切都硕大无朋。绿色的圆板看似只有胳膊那么长，实际上能盖住一间房屋；窗户有宫殿的正门那么大；天使的羽翼相当于船帆的尺寸；讲坛有如广场；圆顶让人觉得天旋地转。若是将目光放低，则会体验另一番异象。你想不到自己竟会登上如此的高度。大殿的底层好似陷进深渊的尽头，而宣道台、帕加马古瓮、席子和灯火

伊玛目

好像被缩得特别小。比起下方，从这个位置可以更好地看清圣索菲亚清真寺一个特别有趣的地方：由于大殿的方位并没有准确地朝着穆斯林礼拜的麦加方向，因此所有的席子和地毯都是以相对于建筑物的线条呈倾角的方式摆放的，于是给肉眼造成一种严重透视错误的效果。从上方能将整个清真寺的面貌看得清清楚楚，想得明明白白。有的土耳其人跪在席子上，前额触地；有的如雕像一般纹丝不动，手摊在脸前，如同端详手掌上的纹路；有的人盘着腿坐在立柱底座上，仿佛在树荫下乘凉；有的蒙面纱妇女在僻静的角落里跪着；几个老者坐在经架前读《古兰经》；伊玛目向一群青年诵读神圣的经文；在远处的弧拱下和廊道间，伊玛目、拉提布、穆安津、奇装异服的清真寺仆役一声不吭地走来走去，仿佛并不是踏在地板上。诵经者和祈祷者发出的低沉单调之声形成的晦涩旋律、上千盏怪异的油灯、明亮均衡的光线、荒僻的后殿、沉默的廊道、辽阔的空间、久远的回忆，这一切都在人的心灵中留下恢宏、神秘的印象，语言无法将其表达，时间无法令其磨灭。

* * *

但正如我已经说过的，归根结底，此地给人的印象是愁惨的。有位大诗人所言不虚，他把圣索菲亚清真寺比作“巨墓”，因为从那里的任何地方都能看到可怕的破坏迹象。而且一旦想到它曾经的样子，憾恨之情要比看到它现在的样子油然而生的赞叹更为强烈。最初的惊奇平静下来后，人的思绪不可遏制地向过去投射。即使时隔三年，哪怕到了今天，每当大清真寺浮现在我的脑海中，我都迫使自己把它当成一座教堂。我想移开讲道台，弄走油灯和古瓮，摘下圆板和斑岩牌匾，重新打开被砌上的大门和窗户，刮掉覆盖墙壁和穹顶的灰泥，恢复原原本本、焕然一新的大教堂，正如十三个世纪前查士丁尼的感叹："万赞归于上帝，赖他圣裁，只有我才配完成这件作品！所罗门啊，我已胜过了你！"

无论将目光转向哪里，一切都光彩熠熠、明辉朗照，好似传说里的魔法光线。镶嵌贵重大理石的高墙反射黄金、象牙、坚钢、珊瑚、珠母的光泽；大理石上数不尽的细纹呈现王冠和花环的样貌；当太阳光照在墙上，无穷的水晶马赛克便赋予其钻石银壁的外观。柱头、大门、弧拱的中楣由镀金的黄铜打造；拱门和廊道的穹隆涂着彩绘，画的是黄金原野上的天使与圣徒巨像。立柱前、小拜堂中、大门旁、圆柱间，遍布大理石和黄铜的雕像、实心金制大烛台、摊在辉煌有如王座的经架上的巨幅福音书、高大的象牙十字架和珠光宝气的器皿。从大殿尽头只能见到像是许多东西燃烧发出的模糊亮光。唱诗台的栏杆是镀金的黄铜所铸；讲道台镶嵌了四万磅白银，相当于埃及一年的贡赋；七位祭司的法椅、大牧首的宝座、皇帝的御座，金光闪闪、精雕细琢、镶珠缀玉、争奇斗艳，当光线直射其上时人们难以注目。除了这些璀璨的物事，后殿的光芒更加瑰奇。那里是祭台的所在，四根金柱支撑的祭桌由银、金、锡与珍珠的混合物铸成，华盖则由四根纯银的圆柱支撑，其上是一块实心金顶，尖端为一只球体和一副重达两百六十磅的金十字架。祭台后面耸立象征上帝圣智的巨像，它足踏地板，头部触及后殿的穹顶。所有这些珍宝的上方闪耀着七只覆盖水晶和黄金马赛克的半圆顶和大圆顶，其上铺陈众使徒、四福音书作者、童贞女和十字架的巨像。整个大圆顶镀金绘彩，异彩纷呈，有如珠宝和鲜花的穹隆。圆顶、柱子、雕像、烛台倒映在波光粼粼的普罗科内苏斯大理石[1]地板上，从四道主门处看过来，有如四条大河被风吹起阵阵涟漪。

以上就是大教堂的内景。但值得描述的还有被圆柱和马赛克墙壁环绕，装饰着大理石喷泉和骑马者小雕像的宏大门厅；三十二钟齐鸣、巨响传遍七丘的钟楼；由浮雕和银色铭文点缀的一百道青铜大门；主教会议大厅；皇帝寝宫；囚禁祭司的监牢；洗礼池；宝藏充溢的圣器室；以及迷宫般的门廊、餐室、过道和位于建筑物侧方、通往讲坛或机密祈祷室

1　原文作 marmo proconnesio。普罗科内苏斯岛（Proconnesus）位于马尔马拉海中，盛产大理石。今称马尔马拉岛。

的隐藏阶梯。此时此刻你们可以想象，在这样一座大教堂里举行庄严的皇家婚礼、主教会议、加冕典礼该是何等盛况。试想，皇帝从诸恺撒的大皇宫出发，行经上千根圆柱列于两侧、桃金娘与鲜花遍布其间的御道，置身于用贵重花瓶和丝绸挂毯装点的屋宇之间，周遭是蓝党和绿党[1]两派，耳边充斥诗人的颂歌和传令官的呐喊，他们用帝国的所有语言高呼万岁。皇帝来到大教堂跟前，头戴顶端饰有十字架的三重冕，浑身珠光宝气，宛如一尊偶像。他端坐于两匹白骡牵拉的黄金车辇之上，垂下紫色的帷幔，被波斯君王的队列围在中间。服饰鲜丽的神父在大教堂的门厅觐见。熙熙攘攘的朝臣、侍从、财政官、课税官、千夫长、王室总管、宦官将军、巧取豪夺的总督、卖官鬻爵的政务官、厚颜无耻的勋贵、懦弱无能的元老、奴隶、弄臣、诡辩家、来自五湖四海的雇佣兵、位尊权重的恶棍、金玉其外的弊政，统统冲破二十七道大门，一股脑儿涌入被六千支蜡烛照得通明的大殿。沿着唱诗台的栏杆，只见拱廊下、讲台上人潮汹涌，浑如黑压压的脑袋和紫红色的袍服搅动的巨浪，抑或宝石圆帽、金项链、银护甲发出的光丛，人们对彼此报以客套礼节，互致鞠躬和微笑，虚情假意地拖着丝绸长裾和奢华的利剑。空气中弥漫温润的香

1　查士丁尼统治时期，君士坦丁堡的赛车竞技观众分为蓝绿两党，争斗不休，最后在 532 年引发“尼卡”暴动。

气，一大群胆小鬼发出的喜悦的呼喊和庸俗的喝彩，回荡在穹拱之间。

* * *

在清真寺里默默地转上好几圈后，我们请向导讲解，他们便开始指点我们观看位于廊道下面的小礼拜堂。那里被除去了原先的一切物品，就和大教堂的其他部分一样。其中一些充当起金库，像是帕台农的后殿，出远门或害怕盗贼的土耳其人会把他们的钱币和贵重物品放在那里，一存就是好几年，任由老天看守；另一些被封在墙后，成为医疗室，无法治愈的病人或白痴在那里等待痊愈或死亡，他们的悲呼或痴笑时不时在清真寺中回荡。

从那里出发，他们又领我们来到大殿中央，希腊通译介绍起大教堂的种种奇观。它的设计者实际上是特拉莱斯的安泰米乌斯和米利都的伊西多尔[1]，但最初启发二人灵感的却是一位天使。建议查士丁尼打开后殿三扇窗户的也是一位天使，以此分别代表三位一体的三个位格。同样地，教堂的一百零

1 特拉莱斯的安泰米乌斯（Antemio di Tralles）和米利都的伊西多尔（Isidoro di Mileto）是活跃于公元 5—6 世纪的拜占庭数学家和建筑师。特拉莱斯今称艾登（Aydın），在土耳其西部；米利都在安纳托利亚西侧地中海沿岸。

穆罕默德二世进入圣索菲亚

七根圆柱代表支撑圣智之家的同等数目的柱子。必要的建筑材料花了七年才全部凑齐。一百名监工头督促施工，同时一万名工人劳作，五千人在一边，五千人在另一边。墙体刚刚盖到高出地面寸许之时，就已经耗费超过四百五十担的黄金。光建筑物本身的开销就高达两千五百万里拉。奠定第一块石头的五年十一个月又十天后，大牧首给教堂祝圣，查士丁尼在这一场合下令祭献、庆贺、分发金钱和生活用品，典礼整整持续了两周。

此时，土耳其侍卫开口说话，示意我们看一根柱子。苏丹穆罕默德二世作为胜利者进入圣索菲亚时，曾在此柱上留下右手的血印，好像给他的征服盖章留念似的。接着他又指给我们看窑殿旁边所谓的“冷窗”，那里不断吹来极寒的冷风，启发伊斯兰教的硕学鸿儒做出十分精彩的宣教。他让我们看另一扇窗子，即著名的“闪耀之石”，那是一块惨白的大理石薄板，当太阳照在上面，它就会像水晶一样闪闪发光。他让我们触碰南大门入口处左侧的“汗柱”，这根圆柱包着铜，透过敷层的窄缝，可以看到长年湿漉漉的大理石。最后，他指给我们看一块从伯利恒运来的凹陷大理石，据说刚刚出生的“麦尔彦之子、真主的使者、从真主发出的洁灵、在今后两世都有福的”尔萨先知[1]曾被安放在上面。但我觉得，土

1 麦尔彦即马利亚，尔萨即耶稣。此处土耳其向导从伊斯兰教的角度叙述耶稣的地位。

耳其人和希腊人对此都不太相信。

走到廊道一堵围墙门前的时候，通译再次开口，讲起某位主教的著名传说。这一次，他的语调非常坚决，即使并不坦诚，好歹掩饰得不错。他说，当土耳其人攻入圣索菲亚教堂时，一位希腊主教正在大祭台上主持弥撒。他一见到入侵者便抛下祭台，登上廊道，在敌兵的追捕下，从这扇小门里消失，一堵石头墙瞬间将门封住。士兵们用力敲打石墙，但只能在上面留下几道武器的划痕。他们召集泥瓦匠，后者在用鹤嘴镐和凿子忙活了整整一天后，放弃了这项工作。后来，君士坦丁堡全城的泥瓦匠都来此处尝试，但全都在这堵神奇的墙壁前精疲力尽、无功而返。但是，这堵墙最终将会敞开。它会在遭到亵渎的大教堂重新被用来敬拜基督的那一天敞开，到了那时，消失的希腊主教会从里面走出来，身着法袍，手持圣餐杯，从被中断的地方重新主持那场弥撒。那一日将开创君士坦丁之城的新纪元。

在离去的一刻，直到此时一直晃晃悠悠、打着哈欠跟随我们的土耳其看门人给了我们一把他刚刚从墙上剥下来的马赛克碎块，而通译在门前止步，开始向我们讲述圣索菲亚遭受的玷污，但我们打断了他。

然而，我不希望任何人打断我，既然对大教堂的描述足以在我心中唤醒当时场景的细节。

* * *

大约早上七点，土耳其人攻破城墙的消息刚一传开，一大群人就躲进圣索菲亚避难，人数约莫一万。他们是落荒而逃的士兵、修士、祭司、元老、上千名从修道院里逃出来的少女、携带财宝的高门贵族、国家重臣以及皇亲国戚，他们在廊道和大殿上跑来跑去，把这座建筑物的所有角落都挤得水泄不通，和底层平民、奴隶、从监狱和囚牢里溜出来的歹徒不成体统地混在一起，整个大教堂充斥骇人的喊声，好似一座人满为患、大火熊熊的剧院。当大殿、所有廊道和门厅都塞满了人，大门就被闩上，并用障碍物堵住。初时的嘈杂过去后，人群随即陷入可怕的死寂。许多人仍然相信，胜利者不敢亵渎圣索菲亚教堂；一些人不切实际地等待众先知曾预言过的天使的出现，他会在敌人的先头部队抵达君士坦丁柱之前就歼灭穆斯林大军；一些人登上大圆顶内的露台，从窗户观测危险的临近，朝着从廊道和大殿向上仰望的一万张惨白的脸打手势。从那上面可以看到城墙被一大片白云遮住，自布拉赫奈一直到金门[1]；城墙内有四条闪烁的带状物，它们像四股熔岩巨流一般在房屋间挺进，于烟与火之中扩张和咆哮。它们是土耳其军的四个突击纵队，正在追击眼前溃不成

1 拉丁语称 Porta Aurea，希腊语为 Xruseía Pulé，位于狄奥多西城墙最南端的城门。

军的希腊人残部，一边劫掠和纵火，一边朝圣索菲亚、赛马竞技场和皇宫汇合。

当纵队先锋抵达第二丘时，号角的轰鸣突然响彻教堂，被吓坏的众人立刻俯身跪倒。哪怕到了这一刻，许多人依然坚信天使将会现身，另一些人则指望敬仰与畏惧之情会令侵略者在这座献给上帝的宏伟巨物跟前止住脚步。但是，就连这最后的幻象也很快消散了。号角的轰鸣越来越近，兵器与嘶喊混合的喧哗从上千扇窗户中涌入，灌满大教堂。一分钟后便响起奥斯曼利斧第一下劈砍门厅青铜大门发出的隆隆声。人群顿时感到一阵濒死的严寒，个个都向上帝祝祷起来。大门被劈碎或被拆毁，大群凶悍的禁卫军、斯帕西骑兵、蒂马尔军士[1]、德尔维什、校尉出现在门槛上，他们浑身沾满尘土和鲜血，面容因为战斗、抢劫和掳掠的狂怒而扭曲变形。一见到奇珍异宝闪闪发光的大殿，他们立时由于惊讶和喜悦发出极为高亢的呼声，随即像怒潮一般涌入。一些人扑向少女、命妇、显贵和价值不菲的奴隶，后者吓呆了，本能地给自己套上绳索和锁链；一些人向教堂的财宝冲去，圣体龛被洗劫一空，雕像被推倒，象牙的十字苦像被打碎。军士们相信马赛克由宝石制成，于是挥舞弯刀将其劈得粉碎，再用卡夫坦长袍和敞开的斗篷接住亮晶晶的石雨；器皿上的珍珠被匕首

1　原文 timmarioti，奥斯曼帝国从采邑（蒂马尔）上招募的士兵。

的尖端抠下来，在地板上蹦跳，士兵们像追逐活物似的追逐它们，牙咬刀砍，你争我抢；大祭台被肢解为上千块金银的残骸；法椅、御座、讲道席、唱诗台的栏杆消散一空，好像被泥石流轧碎。同时，亚洲大军继续如嗜血的波涛一般冲入教堂。简言之，只见成群结伙醉醺醺的强盗，打扮成头戴三重冕、身披祭司法袍的样子，将圣餐杯和圣体显供架[1]抛向空中，用牧首的镀金腰带拖拽被捆成一堆的奴隶。他们置身于满载战利品的骆驼和马匹当中，牲畜用蹄子狠踏堆满雕像碎片、撕坏的福音书和圣徒骸骨的地板。一场疯癫与亵渎的狂欢上演，伴着令人毛骨悚然的聒噪，胜利、威胁、嘶鸣、大笑、少女的喊叫和号角的呼啸之声此起彼伏，直至一切突然陷入沉寂，穆罕默德二世骑着马出现在最大一扇门的门槛上。他被王公大臣和将领环绕，威风凛凛，容色冷峻，宛如劫数的真实化身。他立在马镫上，用雷鸣般的声音，向大教堂投去新宗教的第一句祷词："真主是天地的光明！"

1　原文 ostensorio，英文称 monstrance，用于保存圣体的祭具，呈光线放射状，又称圣体匣、圣体光座等。

多马巴赫切宫

苏丹会在每个周五去君士坦丁堡的一座清真寺做礼拜。

一日，我们见到他前往阿卜杜·马吉德清真寺[1]。该寺位于博斯普鲁斯海峡的欧洲海岸，距多马巴赫切（Dolma-Bagcé）皇宫不远。

要从加拉太前往多马巴赫切，需要穿越人口稠密的托普哈内街区，该街区位于一座很大的铸炮厂和一间占地广阔的兵械库之间；随即经过整个穆斯林街区芬德克勒（此地占据古代的阿伊安特翁［Aianteion］的位置）；再来到一座向海边敞开的广场。从那里沿着博斯普鲁斯海岸往前，便是苏丹居住的著名宫殿。

1　此处指多马巴赫切清真寺，由苏丹阿卜杜·马吉德一世在 1855 年为其母亲建造。

从塞拉里奥的丘陵到黑海的出海口，所有倒映在海峡上的大理石建筑中属它最为宏伟。要想一眼睹其全貌，除非乘着扁舟驶到它跟前。宫殿的外立面延伸大约半哩[1]，面朝亚洲，从老远就能看到这座白色的宫殿醒目地矗立在湛蓝的海面和岸边深绿色的丘陵之间。严格来说，它不是一座整全的宫殿，因为不遵循统一的建筑理念。各个部分并无条理，阿拉伯、希腊、哥特、土耳其、罗马、文艺复兴风格交互错杂，组成一锅前所未见的大乱炖，兼具欧洲王宫的宏伟与塞维利亚和格拉纳达的摩尔式御殿近乎女子气的典雅。与其称之为“宫殿”，不如管它叫“王城”，有如中国皇帝的禁宫。它的形制而非体量显示，此宫似乎不应只由君主一人独处，还可以让王上的十位兄弟或朋友同住，在那里消磨闲暇与欢愉的时光。

一排排戏院或圣堂的外立面绵延于博斯普鲁斯海峡两岸，其上装潢着丰盈得难以描述的饰物，用一位土耳其诗人的话说，它们出自疯子的手笔，教人联想到那些繁复至极、瞧上一瞧就会眼目疲累的印度宝塔，仿佛是生活在宫墙间的放荡王侯无限绮思遐念的具象化体现。一根根多里安式和爱奥尼亚式圆柱轻盈有如矛杆；窗户镶嵌在垂花饰窗框和带凹槽的小柱子之间；拱顶雕满叶片和花朵，缠绕在花绣覆盖的房门

1　约926米。

上方；雅致的阳台带有镂空雕刻的栏杆；此外还有胜利纪念柱、圆花窗和藤状须饰；花环互相交叉和纠缠，飞檐上方、窗户边沿以及所有浮雕周围全是密密麻麻的大理石项链；网状的阿拉伯风图案从大门延伸到三角墙，繁盛、奢华、细腻的楣饰与建筑大观令每一座小殿——它们组成样式庞杂的主殿——平添鬼斧神工的样貌。最初的构想似乎不应出自一位低调的亚美尼亚建筑师[1]，而应来自一位钟情的苏丹，他在最雄心勃勃的情人的臂弯之间酣睡，于梦中目睹此情此景。

正前方的白色大理石纪念柱一列铺开，由镀金的栅栏连在一起，以极为巧妙的方式牵缠在一起的树枝和花朵点缀其间，远远望去好似一条条花边帘幕，一阵风就能将其刮跑。长长的大理石台阶从大门一直往下延伸到岸边并隐匿在海中。一切都是那么白皙、鲜艳、光洁，仿佛昨天才刚刚建成。一位艺术家可能会看到上千处比例与品位方面的失调，但这座巨宅整体上却是富丽堂皇的。成排的馆阁洁白胜雪花，斑斓似珠宝，绿意盎然，倒映于涟涟水波之中，第一眼就给人留下盛大、神秘和可爱的印象，几乎令古老的塞拉里奥丘陵黯然失色。

曾有幸深入宫墙之人声称，内部的景观呼应外立面的风

1　多马巴赫切宫的设计师是亚美尼亚族的加拉贝特·阿米拉·巴利安（Garabat Amira Balyan，1800—1866）及其子尼科奥斯·巴利安（Nikoğos Balyan，1826—1858）。

格。一长列厅堂里绘着壁画，题材奇特，色彩明快；大门由雪松和桃花心木雕成，以黄金装饰，朝着没有尽头的过道敞开。过道的光线极为柔和，通向被紫红色的水晶小圆顶映得火红的其他厅堂，以及似乎是用一整块帕洛斯大理石凿成的浴池。经此处可登上空中阳台，它悬在神秘的花园和香花翠木的树林之上，从那里能看见一长排摩尔式拱廊尽头的湛蓝大海。窗户、阳台、凉廊、小亭子全都花团锦簇，到处都有泉水喷涌，像雨雾似的洒落在草木和大理石上。从任何位置都能饱览博斯普鲁斯的绝佳风景，清冽的海风吹来，新鲜空气弥散在巨大宫室的角角落落。

面朝芬德克勒的方位有一道宏伟的宫门，门上的饰物穷妙极巧：苏丹必须从这道门出发并经过广场。

世上没有别的哪一位君王是从如此漂亮的广场上庄严地离开寝宫的。站在山丘底下，从一侧可以见到宫殿的大门，如同一位女王的凯旋门；另一侧则是华贵的阿卜杜·马吉德清真寺，它面朝博斯普鲁斯海峡，左右各有一根秀气的宣礼塔。从此处放眼望去，只见亚洲的丘陵郁郁葱葱，其中间杂亭榭、宅邸、清真寺、村落的无穷色彩，好似一座过节前装扮已毕的大都市。更远处是气象万千的于斯屈达尔及其环状的阴郁柏树。在两岸之间，木帆船、悬挂旗帜的战舰、满载旅客好似塞满鲜花的蒸汽渡轮、形状老旧怪异的亚洲舢板、塞拉里奥的快艇、体面的轻舟、掠过水面的鸟群来来往往：一派洋溢着欢乐与生机的美景。等待王上车辇出巡的外国人不能不把苏丹想象得俊美如天使、纯洁如孩童。

就在半小时前，广场上曾有两队身穿祖阿夫制服、给苏丹开道的士兵，以及成千上万的好奇看客。没有什么比通常这种场合下聚集起来的人群更古怪的了。到处都停着窗门紧闭的漂亮马车，里面是“高门大户”的土耳其女子，由骑马的魁梧太监护送，他们在车门边一动不动；一些英国妇女乘坐租来的敞篷马车；形形色色的旅行者斜挎望远镜。我从他们中认出搞垮了拜占庭旅店的那位小爵爷。哎呀！他此来或许是为了以胜利者的身份，狠狠地瞪视他的有权有势但却倒了大霉的对手。人群中有好几个头发蓬乱的家伙，胳膊底下夹了本画册，我猜他们是画家，偷偷画下王室成员的素描草图。

乐队旁有位非常漂亮的法国女士，穿着略有些怪异，外表坚毅，举止豪迈，她站在众人跟前，想必是位周游列国的冒险家，来此是为了吸引苏丹注意，因为我能从她的脸上读到“宏图伟略的焦虑喜悦”[1]。有几个土耳其人属于那种老派人，作为狂热而多疑的臣民，他们从不错过苏丹的出行，因为渴望亲眼确认象征世间尊荣与繁华的陛下御体康泰。苏丹每周五都会出行，向他忠实的臣民证实自己无恙，因为就像

1　原文为“la trepida gioia d’un gran disegno”，出自亚历山德罗·曼佐尼名诗《五月五日》。

多次发生过的那样，宫廷里的密谋分子可能对他的自然死亡或暴卒秘而不宣。在场的还有乞丐、纨绔子弟、无所事事的太监，以及一些德尔维什。我从这些人中注意到一位又高又瘦的老者，他眼神冷峻，表情阴郁，目不转睛地盯着宫门。我猜他是在等苏丹，以便站在他跟前，就像《东方集》里的德尔维什斥责特佩莱尼的阿里帕夏[1]那样当面朝他高呼："你只是一条狗，一个该死的家伙罢了！"然而，在著名的马哈茂德屠杀后，无人胆敢展现这般大无畏的勇气。

此外还有几群站在一边的土耳其少女，看上去像是狂欢节的面具队伍；以及有如舞台丑角的一大帮人，他们是君士坦丁堡的百姓。博斯普鲁斯海峡的湛蓝水面上映衬着一颗颗脑袋，一张张嘴很可能也在说着千篇一律的话。

恰在此刻，人们开始议论阿卜杜·阿齐兹统治时期的荒唐行径。关于他对金钱永不满足的贪婪，已经流传了好一阵子。人们说："马哈茂德嗜血，阿卜杜·马吉德好色，阿卜杜·阿齐兹贪财。"他还是皇子的时候，曾一拳打死一头牛，并说"我会像这样消灭暴行"。不过，当时寄托在他身上的所有希望早已烟消云散。他在其统治的最初几年曾流露出生活简朴严苛的倾向，据说那时他只爱一个女人，并毫不留情

1　特佩莱尼今天位于阿尔巴尼亚境内。阿里帕夏（Ali di Tepeleni，1741—1822）是19世纪初奥斯曼帝国辖下的巴尔干地方统治者。

地压缩塞拉里奥的庞大开支，但如今已成久远的回忆。或许他实际上也已多年不曾钻研立法、军事和欧洲文学，他曾极为热衷这些东西，仿佛其中蕴含了振兴帝国的全部希望。很长时间以来他只顾自己。每时每刻都会听到他冲着财政大臣怒吼，因为后者既不愿也无力全数奉上他想要的金钱。每逢有人反对，陛下就把手中抓着的随便什么东西扔到这个倒霉鬼身上，声嘶力竭地背诵起古老的帝国誓言："奉创造天地的真主、奉先知穆罕默德、奉《古兰经》的七种读法、奉真主的十二万四千名先知、奉朕的皇祖与皇考的英灵、奉朕的皇子与宝剑，汝当速速筹齐款项，如若不然，朕定当悬汝之首于伊斯坦布尔高塔之巅。"以这样或那样的办法满足了愿望后，他要么把索要来的金钱聚敛起来，像个乡下守财奴似的小心翼翼地看管，要么大手大脚地将其挥霍在孩子气的胡思乱想当中。今天想要狮子，明天想要老虎，并派使者去非洲和印度弄来；接着整整一个月里，他教御花园里的五百只鹦鹉说同一句话；接着他对马车和钢琴大发雷霆，想把钢琴架在四个奴隶的背上弹奏；接着他迷上了斗鸡，兴致勃勃地观看比赛，亲手把奖牌戴在胜利者的脖子上，又把失败者流放到博斯普鲁斯海峡的另一头；接着他热衷于赌博、庭院、画画。宫廷似乎回到了易卜拉欣一世的时代。但可怜的君王没能获得平静，只是从无聊透顶过渡到焦虑不安。他心中烦乱，愁闷难言，似乎预感到不幸的结局正在等待他。有时候，他固执地认为自己肯定会被毒死，于是有一阵不信任任何人，只吃煮鸡蛋；有时候，出于对火灾的恐惧，他弄走房间里所有的木制物品，甚至镜框也不例外。恰在那一阵，传言说他由于怕火，晚上凑在一根固定在水桶里的蜡烛旁读书。

据说，这些荒唐事的首要原因不言而喻，尽管如此，他仍然完全保持了为所欲为的专制力量，深谙如何让最勇敢的人服从和害怕。唯一令他有所顾忌的人是他的母亲，她傲慢而虚荣，曾于儿子统治的初年，在他前往清真寺的道路上铺满锦缎地毯，又在次日将所有地毯都赐给前去收拾的奴隶。然而，阿卜杜·阿齐兹在他动荡一生的混乱时刻，在一次又一次大规模的心血来潮之间，也有一些无伤大雅的随性之举，例如他想在某扇门上绘一幅静物壁画，但必须是特定的水果和花卉，且必须以特定方式摆放。他严格地向画家规定每件事物，并长时间待在那里看他作画，仿佛对世界再无他念。

这些怪事经过塞拉里奥宫里无数张嘴的添油加醋后传遍全城，或许始自阴谋最初萌芽的时候。这场阴谋在两年后将他推翻。[1] 用穆斯林的话来说，他的倒台是命中注定的，他本人及其统治随着倒台被盖棺定论。他的判词和近世几乎所有苏丹没有太大不同。当他们还是皇子时，由于接受过肤浅但庞杂广博的教育，再加上青年人渴望革新和建立功业的冲动，

1　阿卜杜·阿齐兹于 1876 年 5 月 30 日被废黜。

所以倾心于欧洲文明，在登上王位前矢志干一番除旧布新的大事业，坚决而坦率地决心一辈子献身于这一目标，过勤政刻苦的奋斗生活。但在经历了数年的统治和徒劳的斗争后，他们深陷千难万险，受阻于传统和习俗，不孚众望，政事不利，被此前没有预料到的这项事业的艰巨吓倒，于是灰心丧气。既然无力赢取荣誉，何不纵情享乐，从此一点点沉溺于声色犬马的生活中，就连早前的决绝和羞愤之心也全都舍弃了。每逢新苏丹登基，人们总是作出并非毫无根据的乐观预测，然而随之而来的始终是幻灭。

阿卜杜·阿齐兹没有让人久等。规定的时辰一到，号角齐鸣，乐队奏响战争进行曲，士兵们亮出兵器，一队长矛突然从宫门里涌出。苏丹骑马驾到。他缓缓前行，身后跟着随扈。

他在我跟前咫尺之遥的地方走过，我有足够的时间仔细打量他。

我颇感失望。

这位王中之王，挥金如土、异想天开、专横跋扈的苏丹——他时年四十四岁——外表有如一位十分和善的土耳其人，好像不知道自己是苏丹似的。他粗壮肥胖，面庞英俊，双眼安详，满脸都是已经斑白的短须，神情开朗温顺，举止相当自然，几乎不引人注目。他的目光镇定迟缓，眼神中没有对盯着他的千百双眼睛流露出一丝一毫的在乎。他骑一匹身披金鞍、体态极为优美的灰马，两个衣着鲜丽的马夫牵着缰绳。随扈远远地跟着他，只有从这一点上才能判断出他是苏丹。他的服饰相当低调，头戴一顶朴素的非斯帽，上身一袭深色长外套，扣子一直扣到下巴颏，下身穿浅色的裤子和摩洛哥皮靴子。他走得特别慢，带着一种介乎亲切和疲倦之间的表情环视周围，似乎想对观众们说：“哎！但愿你们知道我有多厌烦！”穆斯林深深鞠躬，许多欧洲人脱下帽子。他并未向任何人还礼。他在我们跟前走过去时，瞧了瞧一位正在用弯刀向他行礼的高个子官员，又瞧了瞧博斯普鲁斯海峡，随即打量了一会儿两位正在马车上看他的英国年轻女士，二人被他瞧得脸红起来，活像两颗草莓。我注意到他的手又白又细，他会在两年后用这只右手在浴室里割腕。从他身后走来一群骑着马的帕夏、廷臣、高官。几乎所有贵人都留着浓密的黑胡子，穿得并不气派，沉默寡言，心事重重，闷闷不乐，像是护送出殡的队伍。接下来是一伙手牵高头大马的马夫。随后是一队步行的官员，胸前覆盖金绶带。他们走过去后，士兵放下武器，人群四散在广场上，而我一动不动地留在那里，眼睛盯着布古鲁卢山，思考伊斯坦布尔的苏丹极为独特的处境。

我心想，他是一位穆斯林君主，却在屹立于头顶的基督教城市佩拉的脚底下拥有一座王宫。他是世界上最辽阔帝国之一的绝对君主，却在距王城不远处邻近塞拉里奥的宏伟大殿中任由四五个礼数周到的外国人操纵，这几个人将长久的威胁隐藏在恭敬的语言背后，令他战栗不已。他手握无限的权力，主宰上百万臣民的财产与性命，掌握能满足他最疯狂欲望的手段，却不能改变所戴帽子的样式。他被廷臣和侍卫的大军包围，这些人亲吻他的脚印，由于担心自己和子嗣的性命而不停发抖。他坐拥千百个世上最美的佳人，但在帝国所有穆斯林男子当中，唯独他不能与自由女性结合，只能和奴婢生下孩子，而他自己也被同一批称他为“真主的影子”的人唤作“奴婢之子”。从鞑靼的边陲直至马格里布的极境，他的名字令人又敬又怕，而在他自己的王城，他对越来越多、数不胜数的人毫无权威，这些人反过来嘲笑他本人、他的力量和他的信仰。在他的大帝国各处，在最遥远省份的最不幸的部落中间，在最蛮荒之地的最偏远的清真寺和道堂里，都有人虔诚地为他的寿数和荣誉祈祷。但在本国，他每踏出一步就会深陷憎恨他、祈求神明降灾于他的敌人当中。对于王宫前的所有平民来说，他是天地间最威严、最令人生畏的君主之一；可在宫里头的人看来，他却是最软弱、最卑微、最可怜的家伙，白白戴了一顶王冠。有一股与君王权势的性质和传统截然相反的思想、意愿和力量的洪流涌到他身下，漫到他身边，将他裹挟、淹没，无视他的存在，在他自己都没有发觉的情况下更改法律、习俗、信条、人员和一切。他坐镇欧亚之间，身处海滨的庞大宫室，宛如置身于一条即将扬帆的船只，身边是华丽的庆典和无穷的惨状，既非此又非彼，不再是正宗的穆斯林，但也还算不上真正的欧洲人。他统治着一个已经被部分改变的民族，首鼠两端有如双面神，既像神明一般被服侍，又像奴隶一样闭目塞听，被监视，被崇敬，被暗害。每过去一天，他的光环就减色一分，他的王座就被挖掉一块基石。如果我是他，既然厌倦了这种举世独一无二的处境，享尽了欢愉，听腻了奉承，受够了猜忌，并对脆弱、徒劳、混乱莫名的君权感到愤怒，那么这时候，我会趁着巨大的塞拉里奥沉沉入睡，像逃亡的划桨奴隶一般跳进博斯普鲁斯海峡游泳，跑到加拉太的某家小饭馆里过夜，和一帮水手混在一起，手上端着啤酒，嘴里叼着石膏烟管，一边哼唱《马赛曲》。

半小时后，乘坐封闭马车的苏丹再次迅速经过，身后跟随大批步行的官员，然后这出戏就结束了。整出戏当中让我印象最深刻的当属那些身穿宽大制服的官员，他们蹦跳着跑来跑去，活像跟在王室车辇后面的一群奴才。我从未见过身穿军装的人能卑躬屈膝到这个地步。

苏丹出巡的表演如今变得颇为寒酸，这一点有目共睹。往日的苏丹们气派十足地外出，身前身后是如云的骑士、奴隶、花园侍卫、宦官、内侍，用心情激动的编年史作者的话来说，远远望去，这批人有如“巨大的郁金香花坛”。相反，今日的苏丹们似乎回避排场，就像回避在舞台上炫耀失落的辉煌。我常常问自己，如果早期的君主们暂时从他们位于布尔萨的陵寝或伊斯坦布尔的圆顶墓穴里复活，目睹自己的 19

世纪后裔罩着一件黑色外套，不戴缠巾，不挎利剑，不佩宝石，身处一堆目空一切的异邦人中间，该作何评论。我相信，他们会因恼怒和羞愧变得面红耳赤，为了表示极度的蔑视，会像苏莱曼一世对待哈桑那样挥舞弯刀割掉不肖子孙的胡子。这是奥斯曼人所能遭受的最残酷的侮辱了。说实话，今日的苏丹和那些生活在12世纪至16世纪之间、威名如滚雷般响彻欧洲的早期苏丹的差异，与今时的奥斯曼帝国和最初数百年里的奥斯曼帝国的差异是相同的。后者身上集中了他们这个种族的青春、俊美与活力，不只是本民族的生动写照、美好的象征与伊斯兰之剑的明珠，而且本身就凝聚了一股真正的力量，以至于没有人能够否认，奥斯曼势力惊人增长的原因之一是他们的个人品质。王朝的少年阶段是最美好的时期，也就是从奥斯曼到穆罕默德二世的一百九十三年。这一时期英主辈出，就时代与民族的状况而言，除个别例外，统治者普遍严厉、睿智，深受臣民爱戴。他们往往十分残酷，但罕有不公，即使对敌人也常常慷慨仁慈。众所周知，他们全都是本民族出身的君主，外表英俊威严，性情猛如狻猊，他们的母亲称其“咆哮起来令大地颤抖”。

然而，阿卜杜·马吉德、阿卜杜·阿齐兹、穆拉德、哈米德之流和这些超逸绝伦的少主比起来，只是帕迪沙的幽灵罢了。后者是十五岁的母亲和十八岁的父亲相结合的产物，承袭鞑靼的血脉和希腊、波斯、高加索的美貌。他们十四岁就统帅军队、治理行省，从母亲那里获得和她们自己一样美丽热情的奴婢作为奖赏。他们在十六岁时已经当上父亲，到了七十岁还能拥有子嗣。但爱情并未消磨其极为强健的心灵和肢体。用诗人的话来说，他们的灵魂是铁打的，体格是钢铸的。他们全都具有共同的特征，但那些特征后来在退化的子孙身上消失了：高耸的额头，波斯人一样隆起的连眉，草原之子的淡蓝色眼珠，紫红色阔口上的鹰钩鼻子，“好似樱桃上的鹦鹉喙”，以及十分浓密的黑须，宫廷诗人们绞尽脑汁，为这副相貌寻找秀气或威严的类比。他们拥有“托鲁斯山雄鹰的视觉和沙漠之王的力量”；公牛脖、宽肩膀以及突起的胸膛，“能容纳全体子民的好战怒火”；长长的手臂、强壮的关节、短而弯曲的腿足以让性子最烈的土库曼马发出痛苦的嘶鸣；多毛的巨手像摆弄芦苇似的摆弄狼牙棒和士兵的青铜大弓。他们的外号实至名归：摔跤手、斗士、雷霆、碎骨者、倾血者。战争是排在真主之后的头等大事，死亡则是末等小事。他们并无伟大统帅的天才，但个个具备果断的决心（几乎总能弥补其短处）和顽强的执着（常常收到同样效果）。他们如长了翅膀的狂飙一般驾临战场，远远就露出插在纯白缠巾上的长长的苍鹭羽毛，以及纹金绣紫的宽大长袍。当上千名凶狠监军的牛筋鞭子再也无能为力时，是他们的狂怒咆哮激励部队冒着塞尔维亚人和德意志人的霰弹冲锋。苏丹纵马泅渡过河，在水上挥舞淌血的弯刀；一边行军一边扼住懒散或怯懦的帕夏的咽喉，将其拖下马背；在溃败时从马上一跃而下，将闪烁着红宝石光芒的匕首狠狠插进逃兵的后背；一旦受了致命重伤，便按住伤口，登上军营的高处，向禁卫军展露其苍白但依然强横威武的脸庞；直至倒下，发出的都是愤怒而非痛苦的吼声。

战场上的某个夜晚，当刚刚出幼的切尔克斯或波斯姬妾，在紫红色的帐篷下第一次见到既吓人又高傲、沉醉于胜利和鲜血的苏丹出现在自己面前时，会做何感想呢？但真到了那一刻，他们却变得既温柔又钟情，伸出因为持剑而仍在抽搐的巨手，紧握她们的纤臂，从禁苑的花朵、匕首上的珍珠、御林中最美的飞鸟、安纳托利亚和美索不达米亚最灿烂的晨曦丽色中搜刮上千种意象，只为称赞颤抖奴婢的美貌，直至她们回过神来，用自己那动人而绮丽的语言回答："我头上的冠冕！我生命的荣耀！我甜蜜而勇猛的君主！但愿您的面容始终白皙，普照亚洲与欧洲两界！但愿战马奔驰之处，胜利长随您的左右！但愿您的影子笼罩大地！妾身愿化作玫瑰，只为在您的缠巾之巅散发芳香，或化作蝴蝶，在您的额头振翅！"她们随即用低沉的声音，向心满意足地在其怀中打瞌睡的伟大恋人讲述关于祖母绿宫殿和黄金山峰的少女故事，而在帐篷周围血腥而昏暗的战场上，凶猛的大军正在酣睡。但苏丹随即在后宫的门槛上抛下所有柔情蜜意，从最炽热猛烈的爱情中走了出来。他们在后宫里温柔，在战场上勇猛，在清真寺里谦卑，在王座上不可一世。作为君王，他们操着一种充满了惊人的夸大和雷霆般威胁的语言，他们的每句话都不可更改,要么宣布开战,要么将某个人提拔至幸运的顶点，要么砍下脑袋，令其滚落在王座底下，要么在叛乱省份的上空掀起一股铁或火的旋风。从波斯到多瑙河，从阿拉伯到马其顿，他们就这样威震四方，在战斗、大捷、狩猎、爱情中度过少年,度过最冲动、最无畏的盛年,然后进入怀中的美人、胯下的战马、指间的剑柄都难以察觉的老年。不只是在老年，甚至在年轻时都发生过这样的事：他们被自身的煊赫威势压垮，在胜利与大捷的狂喜中突然被超乎常人的责任感吓倒，陷入高处不胜寒的恐惧，于是全身心地敬拜神明，在花园的阴暗角落里夜以继日地撰写宗教诗篇，或者在海边沉思《古兰经》，或者跳起德尔维什的狂乱舞蹈，或者躲进老隐士的洞穴，过上褐衣蔬食的苦行生活。

就像活着的时候一样，他们在寿终时也几乎全都向臣民展现出或可敬或可畏的形象，不管是以国家元首的身份像圣贤似的安详死去，还是如同奥尔汗那样背负多年的光荣与悲伤，又或如穆拉德一世死于叛徒的匕首，又或如巴耶济德饱尝流放的绝望，又或如穆罕默德一世平静地与一众贤哲诗人对话，又或如穆拉德二世经历失败的痛苦。可以肯定地说，他们咄咄逼人的亡魂就是沾满血色的奥斯曼历史地平线上最伟大、最诗意的遗泽。

土耳其妇女

如果你先是频频听说土耳其妇女饱受奴役，然后才到君士坦丁堡，那么你定会因为处处能见到妇女，有如置身任何一座欧洲城市而大感惊讶。似乎恰是在当下，这些笼中燕第一次被允许飞翔，开始了穆斯林女性的自由新纪元。第一印象是极为引人入胜的。外国人在看到所有妇女都戴着那种白色面纱和身着颜色花哨的长斗篷时不禁自问，她们究竟是假面舞会的舞者呢，还是修女。由于连一个由男子陪同的女人都见不到，你会觉得她们肯定不归任何人管辖。你在头几天里不会相信，那些虽然彼此相遇和接触，但从不互相观看从不互相陪伴的土耳其男女之间有任何共同点。每时每刻，你都不得不停下来观察这些古怪的人，思索这种十分古怪的习俗。莫非千百位诗人往我们脑袋里灌输的“征服心灵的佳人”“欢乐的源泉”“玫瑰的嫩叶”“早熟的葡萄”“起死回生的娇娥”“皎洁的明月”等美誉，指的就是这些妇女？她们就是年方二十，在花园凉荫下阅读维克多·雨果诗集的贵妇（hanum）和神秘的姬妾？我们可是把她们当作另一个世界的造物梦想过很多次的啊，光是她们的一个拥抱就能耗尽我们全部的青春活力。她们就是被窗格掩藏，受阉仆看管，与世隔绝，像幽灵似的活在世上，发出喜悦和痛苦呼声的不幸美人？让我们来看看，在所有的诗篇中，有哪些东西依然名副其实。

* * *

首先，土耳其妇女的面容不再是秘密，因此围绕她们写下的很大一部分诗篇已经消亡。亚什马克（jasmac）[1]是两块宽大的白色纱巾，其中一块像绷带一样缠在头上，遮住前额直至眉毛，在后面打结，盖住头发，系在后颈上方，并分段垂在后背上，直至腰部；另一块遮住整个脸的内侧，和外面的一块系在一起，看上去似乎是一整块面帕。虽然这两块面帕必须是平纹细布，缠得只露出眼睛和脸颊最突出的部分，但实际上是相当宽疏的薄纱，而且特别松弛，以至于别人不

1 土耳其语作 yaşmak，即英语的 yashmak，曾流行于奥斯曼帝国的双层覆帕。

但能看到脸，还能看到耳朵、脖子和发辫，往往还能看到装饰羽毛和鲜花的欧洲式遮阳帽——“移风易俗”的女士戴这种帽子。因此就出现了和过去截然相反的事情。旧时的中年女性可以更多地露出面容，而女青年则被要求更严格地遮脸。现如今，女青年，尤其是漂亮的女青年更多地展现自己，而老妇则戴上严严实实的面纱。因此，小说作家和诗人们曾讲述过的无数有趣的秘密与美好的惊喜，现下已断无可能发生。这其中就有新郎在婚礼之夜才第一次见到新娘容貌的传奇。但除了面容之外，其他的一切还是被隐藏着。费列杰（feregé）十分严密地隐藏一切。这是一种女朝觐者穿戴的长斗篷，相当宽大，袖子特别长，没有婀娜的曲线，就像一件长衫似的从肩膀垂到脚底，夏衣用布匹做成，冬衣用丝绸做成，只有一种颜色，但几乎总是十分鲜艳：时而赤红，时而橙黄，时而碧绿。不同年景流行不同颜色，款式保持不变。但是，尽管裹成这样，由于亚什马克的剪裁技艺是如此繁多，以至于美人显得更美，丑人也不失典雅。说不清她们是怎么处理这两块面纱的，靠何等的巧思将其打理成冠冕或缠巾，缠绕和折叠成何等宽疏和气派的褶皱，又是何等妥帖和优雅地任其漫不经心地松开和垂落，使之在同一时间里能够展示、隐藏、许诺和迷惑，并意外地揭开若干小小的惊喜。有些妇女的头上好像飘着一朵透明的白云，势必随着呼吸而消散；有些妇女看似戴了一圈百合与茉莉的花环；她们的肤色仿佛全都异

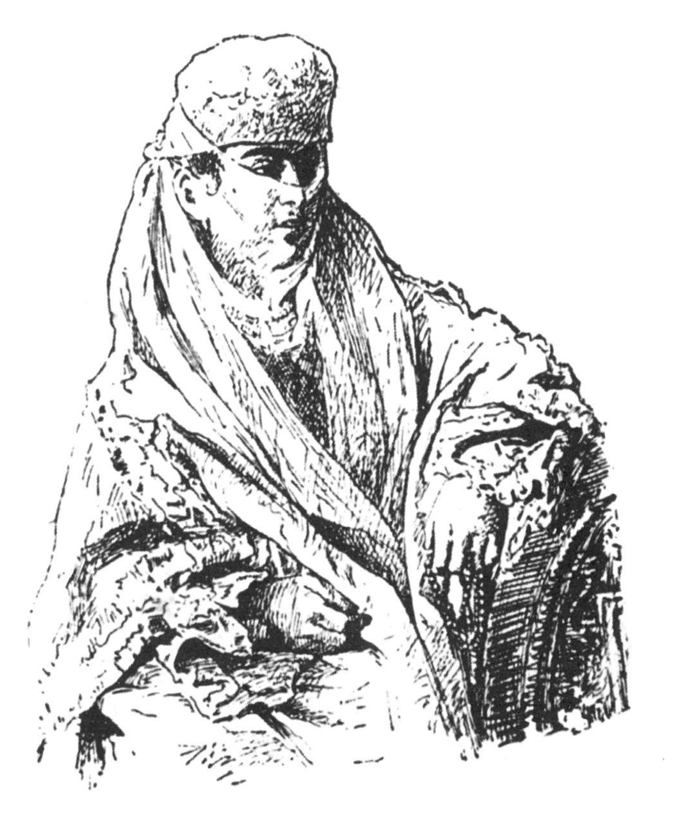

土耳其女性

常白皙，从面纱中获得雪一般的色泽，柔顺和清纯的外表，令人一见倾心。这种服饰兼具朴素和活泼，既有几分祭司袍的模样，又不失少女的特色。在这身衣服下，似乎只应生出端庄的念头和无邪的遐思……

* * *

很难给土耳其妇女的美貌下个定义。不妨这么说吧，当我思索这个问题的时候，眼前出现的是一张异常白皙的脸蛋，两颗乌黑的眸子，紫红的嘴唇，以及甜美的表情。然而，几乎所有妇女都涂脂抹粉。她们用杏仁和茉莉的药膏把脸抹得煞白，用中国油墨画粗眉毛，给眼皮上色，朝脖子上敷粉，在眼睛周围涂上黑圈，再往脸颊上贴几颗假痣。但她们打扮的仪态十分得体，不像非斯的美女，后者施起粉黛来好似刷墙工。

大多数女性长着鹅蛋形的俏脸，略微隆起的纤鼻，饱满的嘴唇，圆润的下巴，以及小酒窝。漂亮的脖子圆润细长；手很小，可惜几乎总是被斗篷上的袖子遮住。几乎所有妇女都很丰腴，许多人比寻常女人要高。像我国那类干瘦扁平的女性在此间极为少见。如果说她们有什么共同的缺陷，那就是走路时佝偻着背，有点儿不雅，就像突然长大的小孩似的没精打采。据说这要归咎于她们肢体的柔软，其原因是洗浴过多，另外也部分归咎于不称脚的鞋。实际上，你会看到一些特别优雅的女子，她们的脚肯定很小，但却穿着男式的便鞋，或者又长、又宽、又皱的靴子，哪怕欧洲的乞丐都对这样的鞋子不屑一顾。但在这种糟糕的步态中蕴含了某种孩子气的丰姿，你若是加以留意，就不会感到不悦。见不到一个昂首阔步、宛如女帽商店模特的妇女，而这样的女子在欧洲城市中司空见惯，她们迈着木偶一般的碎步，活像在棋盘上蹦跳。土耳其妇女尚未失去东方步态的凝重和天然的漫不经心。假如她们失去了，或许会变得更威严，但不再温婉。你能见到俏丽无比的佳人和千娇百媚的绝色，因为她们掺混了土耳其、切尔克斯、阿拉伯和波斯的血脉。有些三十来岁的贵妇，身材颇高，费列杰难以尽掩其富态，生了一双大大的黑眼睛，厚嘴唇，大鼻孔，这类夫人只消瞪一眼，就能让一百名奴婢瑟瑟发抖。你若打量她们，定会觉得夸口要结四次婚的土耳其绅士着实又可笑又鲁莽。

另一些女性生得娇滴滴、胖乎乎，什么都是滚圆的——脸蛋、眼睛、鼻子和嘴——她们的气质是如此安详、如此和善、如此稚气，一副听天由命的样子，仿佛一切无外乎消遣和娱乐，以至于当你经过其身边时，忍不住想将糖果塞进她的口中。还有一些身形苗条的少女，年方十六，刚刚婚配，胆大活泼，眼里充满任性和机敏，让人一想到约束她们的老爷和看管她们的倒霉阉仆，就生出怜悯之心。

可以说，这座城市为妇女的美貌及其衣着提供了上好的背景。不妨瞧一瞧戴白色面纱，穿紫色费列杰，坐一叶扁舟置身于湛蓝的博斯普鲁斯海峡的身影，或躺在公墓绿草地上的美人。要不然就观察一下从伊斯坦布尔的陡峭和偏僻的小径走过，消失在高大悬铃木尽头的妇人。其时刮起大风，面纱和费列杰飘舞，露出脖子、纤足和袜子。我可以保证，如果苏莱曼大帝宽仁的法律——谁吻了别人家的妻子和女儿就必须缴纳一个银币的罚款——依然生效，那么就连阿巴贡[1]都会不再悭吝。

* * *

她们看东西和发笑的样子起初会让你感到错愕，足以驳斥任何冒失的论断。当欧洲青年死死盯着某个土耳其妇女瞧的时候，哪怕是地位很高的女子也会频频报之以和蔼的目光或开朗的微笑。也不乏坐在马车里的美丽夫人注意到一位法国小伙子爱慕她，于是就趁阉仆不注意，朝他亲切地挥手问候的例子。有时甚至会有离经叛道的土耳其女子在公墓或僻静的街道上，边行走边大胆地抛出一朵鲜花，或任其掉落在地，其用意显然是希望某位跟在她身后的英俊异教徒将其拾起来。因此，糊涂的旅行者就很可能产生巨大的错觉，也确实有若

1　莫里哀戏剧《悭吝人》中的主人公。

干欧洲傻瓜蛋在君士坦丁堡待了一个月后，充满自信地认为，自己已经偷走了上百位红颜的芳心。无疑，此类行为确实体现了单纯的好感，但其中更多地蕴含叛逆精神。这是所有对自己的卑下地位感到不满的土耳其妇女心中共同的念头，只要有可能，她们就通过小小的恶作剧来发泄，只是为了偷偷地让她们的主子难堪。这么做更多是出于小孩子脾气，而非打情骂俏。不过，她们若是真的打情骂俏起来，其方式却又十分独特，很像姑娘家在意识到有人打量她们时的初步试探。她们会大笑，会张着嘴仰头观看以示惊讶，会假装头疼或腿疼，由于讨厌让她们难堪的费列杰而做出某些行为，像小学生一样胡闹，似乎更多是为了让人发笑而不是引诱。她们从不会摆出沙龙或照相姿态。用托马塞奥[1]的话说，她们并没有太多面纱需要丢弃；她们也不习惯漫长的调情，不习惯像朱斯蒂[2]笔下难以理解的妇女那样，“被一批批的人围着转”。她们情有所钟之时，不会一直干站着长吁短叹、眼珠乱转。若是能够表达自己的情感，她们甚至会说：“我喜欢你！”由于无法亲口说出来，所以她们会用“露出两排闪亮的珠齿”，也就是朝男子面露笑靥的方式，坦诚地表明心迹。毕竟她们是矜持的鞑靼美人。

1 尼科洛·托马塞奥（Niccolò Tommaseo，1802—1874），意大利诗人。

2 朱塞佩·朱斯蒂（Giuseppe Giusti，1809—1850），意大利诗人和作家。

* * *

她们自由自在。这是外国人刚一来这里就能亲身体验到的真相。蒙塔古夫人声称她们比欧洲妇女更自由是言过其实，但是，任何在君士坦丁堡生活过的人，若是听到别人声称她们“形同奴隶”，就无法不笑出声来。女士们打算外出，就吩咐阉仆准备马车，无须征得任何人同意便出门，想什么时候回家就什么时候回家，只要是在天黑之前。曾几何时，没有阉仆或奴婢或女性友人陪同的妇女是不能外出的。即使胆子最大的妇女，如果不愿意别的什么人做伴，那么起码也得带一名小男孩外出，以示尊重他人。要是有女子在偏僻之处被人看到孤身一人，那么城市警卫或随便哪个为人严谨的土耳其老者就会拦住她质问：“你这是要去哪里？你从何处来？为什么没人和你在一起？你就是这样尊重丈夫的吗？快回家去吧！”

但现下有成百上千的妇女独自出门，每时每刻都能在穆斯林街区和欧洲人城镇的街道上看到她们。她们从伊斯坦布尔的一头前往另一头探望女友，在浴池里消磨半天，乘小船远游，星期四前往欧洲一侧的淡水镇，星期五去于斯屈达尔的公墓，其他日子去王子群岛、塔拉比亚、比于克德雷、卡伦德尔[1]，结成八人到十人的小圈子，和奴婢们一起喝下午茶；她们去帕迪沙和苏丹的陵墓祈祷，访问德尔维什的道堂，参观婚礼嫁妆的公开展览，不但没有男子陪同或跟随，而且当孤身一人时，甚至没有男子胆敢指责她们。要是在君士坦丁堡的街道上见到一名土耳其男子停下来片刻，和一位“蒙面女子”交谈（不是手挽手，而是肩并肩），即使能一目了然看出他们是夫妇，大家仍然会觉得这是件顶顶奇怪的事情，甚至是闻所未闻的丑事，就好比一男一女在我国的街道上高声发表爱情宣言。就这方面而言，土耳其妇女确实比欧洲妇女更自由。说不清她们有多享受这种自由，也说不清她们有多么狂热地向往喧嚣、人群、亮光和户外。不过，当她们待在自己家里时，就只见得到一个男人，窗户和花园都像修道院似的。她们走出家门，怀着被释放的囚徒的喜悦，在城中漫游。远远地跟着随便哪个妇女，看她如何将闲逛的乐趣掰碎揉匀、细嚼慢咽，是件很有意思的事情。她去最近的清真寺做礼拜，在庭院的拱廊下和一位女友絮叨上一刻钟；接着去集市，为了买一件小玩意儿逛上十家店铺，并把其中两三家翻得底朝天；接着她乘坐有轨马车，在鱼市下车，过桥，停下来注视佩拉街理发店里的各种辫子和假发，走进一处公墓，在墓地上吃甜食，回城，重新走下金角湾，一边拐过曲

1　塔拉比亚（Tarabya）、比于克德雷（Büyükdere）和卡伦德尔都在今天欧洲部分的萨勒耶尔（Sarıyer）区，位于黑海和博斯普鲁斯海峡之间。

折的小巷，一边用眼角余光瞟各种东西——橱窗、报刊、告示、过路的女士、马车、招牌、剧院大门——她买了一束花，喝了卖水工的一杯柠檬水，施舍穷人一点钱，乘船再次渡过金角湾，重新出发游览伊斯坦布尔；接着她又一次乘上有轨马车，到达家门口后，她还能往回走，在一排排小房子周围散个步。如此这般，就像第一次独自外出的小伙子。在这短短的一个小时自由里，她们盼望什么东西都观赏上一眼。胖乎乎的倒霉老爷跟在妻子后面，想追查她有无出轨，却在半路上就走不动了。

* * *

要观察土耳其妇女，你得趁着大型庆典的日子前往金角湾尽头欧洲一侧的淡水镇，或者前往亚洲一侧阿纳多卢-希萨尔（Anaduli-Hissar）村附近的淡水镇。这是两座很大的公园，覆盖着极为茂盛的树林，中间有两条小河流经，咖啡馆和喷泉四处散布。在那里一处长满青草的宽阔平地上，胡桃树、松树、悬铃木、埃及榕树形成连绵的绿色大帐篷，一丝阳光也照射不进来。只见数以千计的土耳其妇女在树影下一群群、一圈圈地坐着，周遭是奴婢、阉仆和儿童，他们在熙熙攘攘的无穷人流中喝下午茶，做游戏，度过半天时光。你刚到那里时一定会迷惘不已：不可胜数的白色面纱和紫色、黄色、绿色、灰色的费列杰；身穿上千种服色、成群结队的奴婢；一大群戴着小面具的孩童；铺在地上的士麦那大地毯；被递来递去的金银餐具；身穿盛装，端着水果和冰淇淋四处跑的穆斯林咖啡馆老板；跳舞的吉卜赛人；奏乐的保加利亚牧人；穿金戴绸，被拴在树上用力蹬蹄子的马；帕夏们，贝伊们，沿着河岸奔走的年轻先生们；远处如原野的山茶和玫瑰花浪一般翻滚的人潮；五彩缤纷的扁舟；络绎不绝地前来，为这片色彩的海洋增添新辉的华丽马车；以及歌曲、长笛、风笛、响板、儿童的叫喊掺混而成的声音，一切全都充溢于美好的绿意和凉荫之间，处处都能瞥见远方明媚的景致。这出大戏是如此快乐和新颖，以至于你刚瞧上一眼，立时就情不自禁地鼓掌欢呼“精彩极了！”，仿佛身处戏台一般。

* * *

即使在这种场合，尽管闹哄哄的，土耳其男女也极少发生眉目传情，或者互致微笑、互打手势的事情。不存在我国那样的“当众”献殷勤。没有忧伤的哨兵在窗下徘徊，也没有紧张的“后卫”踏着情人的足迹走上三个小时。爱情仅限于家中。有时候，如果你在一条僻静的街上偶然撞见土耳其男青年仰望一张格栅小窗，而窗后有一双黑色的俏目闪烁，或有一只白皙的小手伸出，那么你几乎可以断定，这名男青

亚洲一侧的淡水镇

欧洲一侧的淡水镇

年是女子的未婚夫，因为只有未婚夫才被允许逡巡和陪同，以及从事正式爱情中的所有其他幼稚行为，例如利用一朵花、一根带子，或借助衣服和围巾的颜色远远地互诉衷肠。土耳其女子是这方面的行家。她们有成百上千的道具，包括花朵、水果、青草、羽毛、石头在内，其中每一件都具有特定含义，代表一个形容词、一个动词或者一整句话，以至于一小束花草就能拼凑出一封信，装满琳琅满目、看似随机组合的小物品的提包或篮子就足以传达千言万语。由于每件物品的意思一般都是用一行诗表达出来的，因此每个恋人都能在五分钟里写就一首情诗，或者任何格律的辞赋。一小捧丁香、一小张纸片、一小片梨子、一小截肥皂、一根火柴、一缕金线、少许的桂皮和胡椒，代表的意思分别是："我爱你好久了""我有如火烧""我受尽折磨""我爱你爱得快死了""给我一点希望吧""不要拒绝我""就回答一个字吧"。

除了爱情，还有别的方式可用来传达无数种其他意图：谴责、建议、告诫、通知，等等。少女在情窦初开时花很大精力学习这些象征性的暗语，并向梦寐以求的二十来岁的俊美苏丹写去长长的书信。土耳其人也使用肢体语言，其中一些特别有意思。比方说，男子作势用匕首剖开胸膛，意思是"我被爱情的冲动撕得粉碎"；女子将双臂垂在身体两侧，使得费列杰往前敞开一点，以此作为回应，意思是"我向你张开双臂"。但或许从来没有欧洲人见过这些手势。一方面，

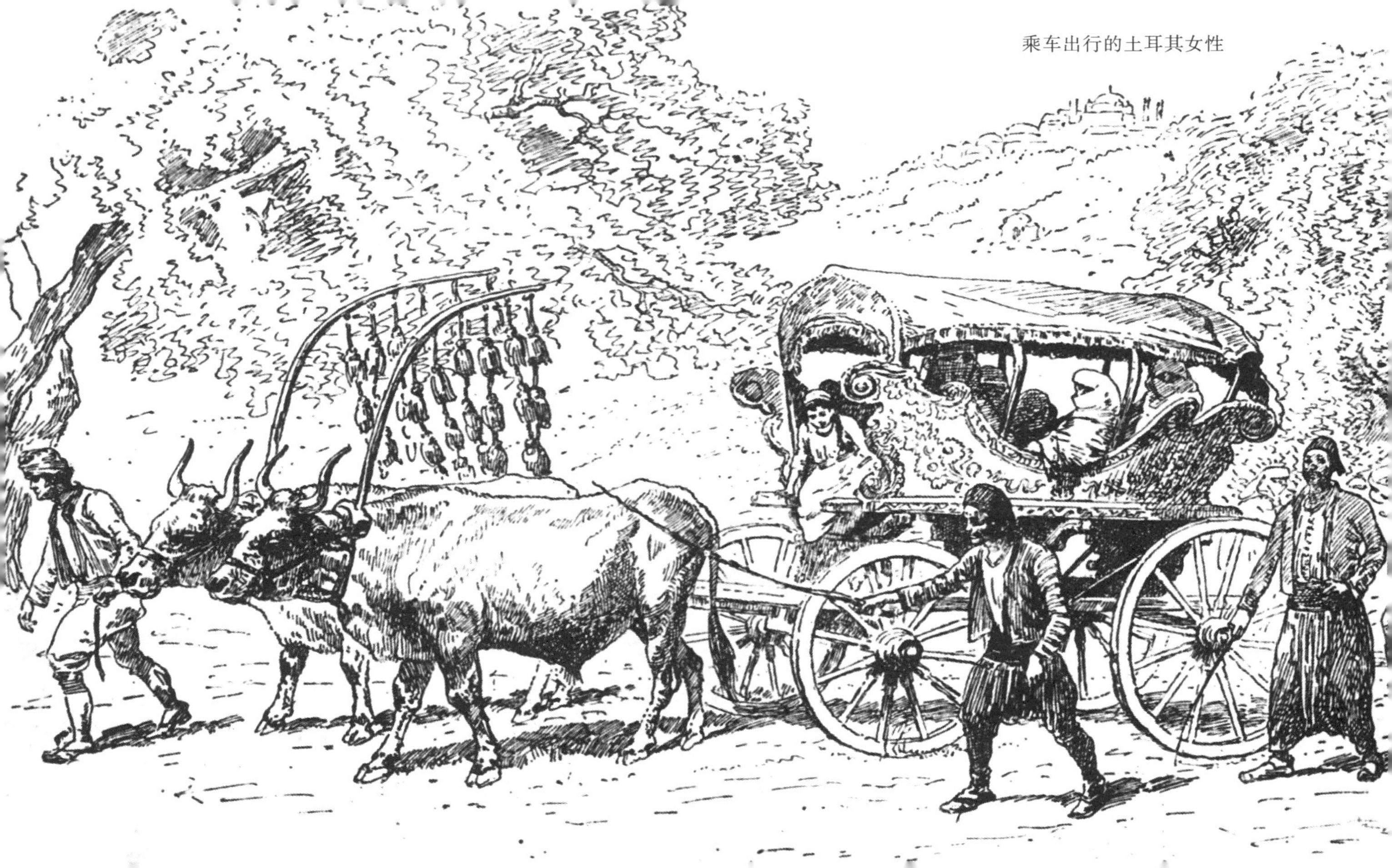

乘车出行的土耳其女性

它们已经是过去的传统而非现实的习俗了。另一方面，一提起这种事情就脸红的土耳其人是不会告诉你的，但你可以从一些直言不讳的夫人那里听说，因为她们会向自己的基督徒女友吐露。

* * *

也是通过这种途径，人们得以了解土耳其妇女在私闺里的着装样式，人人都对那种奇特而浮夸的漂亮衣服略知一二，它使得每位女性都获得公主般的尊严和孩童般的可爱。然而，除非时尚将其带到我国，不然我们将永远无缘得见。这是因为，即使有朝一日土耳其女性抛弃费列杰，她们到时候也会改穿欧洲服饰。这真是画家的磨难和众人的不幸！

想象一下这么一位土耳其美人，身段“标致有如松柏”，容色秀丽好似“玫瑰花瓣上的种种色泽”；她戴一顶稍微偏向右侧的红色天鹅绒或银色布料小帽，黑色的辫子垂到肩上，穿一身刺金的白色绸缎衣服，袖子鼓起，裙裾拖得极长，向前敞开，以至于看得见玫瑰色丝织长裤；满是皱褶的裤子一直垂到两只弯曲的中国式小鞋子上；她的腰上束着一根绿色缎带，项链、别针、手镯、搭扣、辫子、圆帽的穗子、鞋子、衬衣领子、腰带上和前额一圈都嵌有钻石；她从头到脚都像西班牙大教堂的圣母像一般光彩照人，摆出孩童式的姿势，

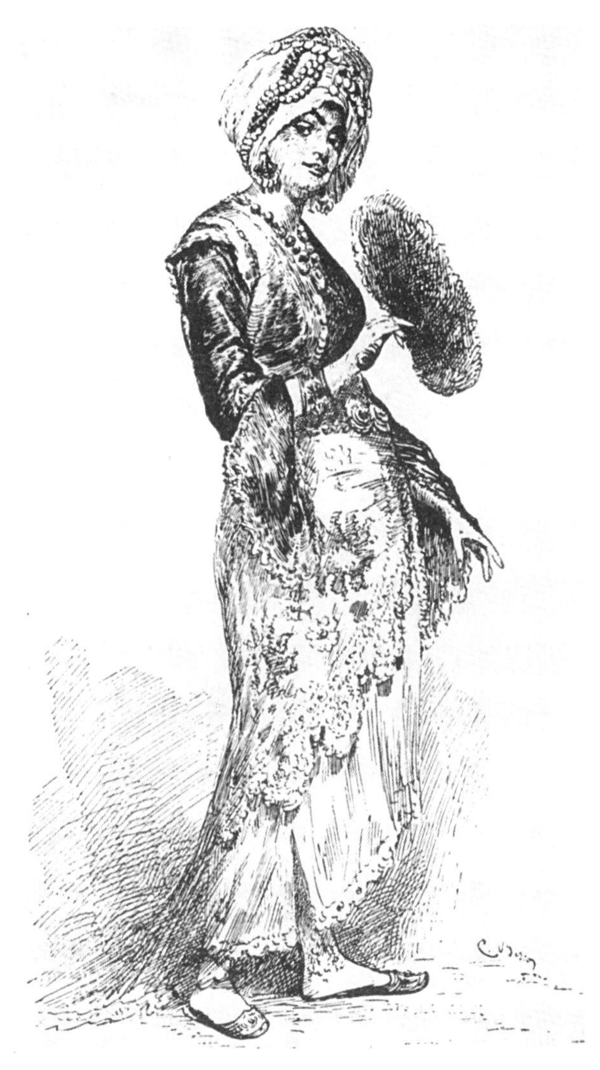

深闺中的土耳其女性

躺在一张大沙发上，身边簇拥着美貌的切尔克斯、阿拉伯和波斯奴婢，她们就像古代雕像一般被裹在飘逸的大袍里。或者请想象一位“白皙如奥林波山之巅”的新嫁娘，她身穿淡蓝色锦衣，整个人都被一张金线绣成的巨大纱巾盖住，坐在一张珠光宝气的土耳其式沙发上；她面前的新郎匍匐在德黑兰地毯上，正在做揭开他的珍宝之前的最后一番礼拜。要么再设想一位钟情的宠姬，正在后宫最隐秘的房间里等待她的君王；她身上只穿祖阿夫外套和短裤，柔软身段的所有妙处都被突显出来。

但是，这种家常的行头紧跟变幻莫测的时尚。无所事事的妇女把时间消磨在探索新颖的发饰上。她们戴上浮夸奢华的饰物，往头发里插羽毛和系带，头绑束带，脖子和手臂缠上皮草。她们从所有东方服饰中采撷长处，将欧洲风格和土耳其风格混在一起，戴假发，把头发染成黑色、金色、红色，纵情于千百种时髦当中，彼此争奇斗艳，就像欧洲大城市里最不拘一格、最敢于尝试的妇女。假如有谁能在某个节日施展魔法，让淡水镇里所有的费列杰和面纱都消失的话，那么你们很可能会看到，一些土耳其女性穿得有如亚洲的女王，或如法国的制帽商，或如一身舞会行头的贵人，或如排场阔绰的富商，或如随军商贩，或如马术师，或如希腊人，或如吉卜赛人：你们在皇太后桥上见到的男装有多千姿百态，她们穿得就有多千姿百态。

* * *

在某种程度上，这些漂亮且有钱的穆斯林妇女居住的公寓与她们迷人而离奇的服饰相吻合。供女子居住的房间一般地段良好，从那里可以饱览乡村或大海的壮丽景色，或者俯瞰大半个君士坦丁堡。屋子下面是高墙围起来的小花园，种满爬山虎和茉莉。屋子上方是阳台，几间突出的、装有玻璃的小室设在面朝街道的位置，很像西班牙房屋的观景阁（miradores）。屋内陈设很是别致，几乎都是小房间：地板上铺着中国草席或地毯，天花板绘着水果和花卉，宽敞的沙发贴墙摆放，居中是一口大理石小喷泉，窗边摆着花瓶，光线清幽，十分温馨，具有十足的东方家庭特征。怎么说呢，就好比树林、修道院和神圣庄严之地的那种光亮，要求我们踮着脚走路，放低声音交谈，且只能说谦卑和甜蜜的话语，只能讨论爱情或神明。这股微光，以及花园的芳香，水流的潺潺声，像影子一般走过的奴婢，笼罩整个屋子的寂静，亚洲的群山，透过格栅的缝隙以及从缠绕于窗户四周的金银花枝条之间眺望到的蓝色峰顶，足以在首次造访的欧洲女子心中唤起难以抑制的甜蜜和感伤之情。大多数这种私闺的装潢十分简单，近乎朴素。但其中也有一些特别华丽的，其墙面覆盖阿拉伯式图案金丝锦缎，天花板由雪松制成，格栅镀上一层金，家具格外考究。从家具能推断出主人的生活。只见扶手椅、有大有小的土耳其长沙发、小地毯、搁脚椅、小板凳、形状各异的枕头，以及披肩和绸缎覆盖的褥垫等，一套细软舒适的家具诉说千言万语：“坐吧！躺吧！爱吧！睡吧！做梦吧！”到处都能发现一些手持的小镜子和宽大的鸵鸟羽扇。墙上挂着精雕细琢的奇布克烟管，窗边悬着鸟笼，房间中央摆着香炉，案几上是音乐时钟，各式各样的玩具和小饰品暴露了无所事事的少女在烦躁时会像小孩子一样心血来潮。奢华不仅仅体现在一目了然的东西上面。在有些家里，所有桌子都是镀金的银制品，芳香水瓶壁是实心的黄金，绸子餐巾用金丝镶边，刀叉、咖啡杯、罐子、烟管、裱糊纸、扇子上都镶着钻石和宝玉。其他大多数屋子的摆设不难想象，自从古老的帐篷或鞑靼人的棚屋（他们把所有物什都负在骡背上，随时准备穿越亚洲，踏上新的朝圣之路）时代以来，它们就没有或几乎没有什么变化。在正宗的、简朴的穆斯林家庭，凡是到了出发的时刻，就只能听到族长平静的声音：“Olsun！”（“听天由命吧！”）

* * *

众所周知，土耳其人的屋子分为两个部分：私闺（arem）和外宅（selamlik）。外宅专供男子起居。他在此处办公、进食、会客、小憩，当妻妾“不许他进入”时，他晚上也会在这里就寝。

吸水烟的土耳其女郎

女子从来不会擅入其中。外宅是男人说了算的地方，而私闺则由女人主宰。她享有管理和统治的大权，除了接待男子，可以在里面想干什么就干什么。当她不愿接待自己的丈夫时，甚至可以礼貌地请求他改日再来。一般来说，隔开外宅和私闺的是一扇简单的房门和一条短小的走廊。尽管如此，它们有如彼此相距甚远的两间屋子。男子会见先生们，女子接待夫人们，彼此不相见也不相闻，大多数时候，他们互不认识。仆人是分开的，厨房几乎也总是分开的。夫妻各自取乐，各自花费。丈夫极少与妻子一同进餐，尤其是当他不止一个妻子的时候。除了就寝的床榻外，他们没有什么东西是共用的。男子几乎从来不会以丈夫的身份——也就是作为伴侣和子女的教育者——进入私闺。他只会作为爱人踏足。他在跨过门槛的时刻尽可能地抛下一切干扰他寻求欢愉的想法。除了当下的欲念，他不考虑任何自身的事务。他去那里是为了忘却白日的牵挂或痛苦，更准确地说是为了抚平内心中的此类情感，而不是为了向宁静的头脑寻求开导，向温柔的心灵寻求慰藉。这也不是妻室的本分所在。丈夫甚至懒得向妻室表现出自己具有任何高超的才智、广博的学问或煊赫的权势等本可使他更值得爱戴的品质。就算这么做了，又有什么好处呢？他就是这座圣殿的神祇，崇拜他乃是妻子的义务，无须自我夸耀。丈夫偏爱自己寻觅的女人，这足以令妻子怀着近似爱情的感激，回报他所渴望的爱抚。对他来说，“女人”意味着“欢愉”。提到女人，他就往这个意思上想，女人和这个意思甚至就是一回事。因此，他认为将这个词宣之于口是可耻的，故而从来都不会说出来。如果他非得说“我有女儿了”，他会说“我有戴面纱的了，我有不出门的了，我有外来户了”，等等。于是，夫妻之间并不存在真正的亲密，因为彼此间总隔着一道感官的帘子，这道帘子把灵魂中最隐秘的无数沟壑都隐藏起来，无从得睹，除非长期知根知底、心心相印。

此外，女人总是准备好迎接丈夫的来访，她的穿戴和举止几乎都是为了这一刻，其目的始终是打败争宠者，或确保自己总是岌岌可危的优势。女人必须克制自己，以便整日对夫君微笑相待，哪怕她心中悲伤，也不得不向其展露幸福、快乐的女人的笑脸面具，好教他不至于心烦意乱，拂袖而去。因此，丈夫极少把她当成妻子去了解，就像他不可能视其为女儿、姐妹、友人甚至母亲一样。她无法彰显或珍视自身的高贵品质，而是一点点地任其凋零。她只习惯于关心别人要求她关心的事情，常常心甘情愿地压制内心和灵魂的声音，以便在兽性生活的某种困乏中觅得和平，如果不是幸福的话。她确实以子女为慰藉，丈夫会来找他们，并在她的面前拥抱他们。但是，一想到丈夫在一小时之前或许刚刚亲吻过另一个女人的孩子，而在一小时之后或许会吻第三个女人的孩子，数小时后又可能会吻第四个女人的孩子，她就转喜为悲。恋人的钟情、父亲的慈爱、友谊、信任全都被分割得支离破碎，各有各的钟点、注意事项、分寸和礼节，因此一切都变得冷冰冰的。

* * *

然而，根据丈夫的财力，夫妻生活的状况有很大的不同，即使不考虑无力维持一个以上妻子的人被迫只娶一妻的事实。富绅可以在住房和精神方面都同妻子分开，这既是因为他可以为她维持单间公寓，甚至提供独栋房屋，也因为当他想要接待朋友、客商、溜须拍马的人，不欲他们拜访或搅扰妻子的时候，不得不彼此拥有单独的房屋。土耳其的中等人家出于经济原因，和妻子住得更近，见面更频繁，生活得更亲密。至于贫穷的土耳其人，他被迫生活在狭小的空间，尽可能地省吃俭用，和妻儿一起吃饭、睡觉，度过所有自由支配的时光。富者离心离德，贫者同心同德。对穷人家而言，基督徒家庭的生活和土耳其家庭的生活并无真正的差别。买不起奴婢的妇女自己劳动，而劳动提高她的尊严和威望。妻子跑到咖啡馆或小饭馆，将流连忘返的丈夫揪出来，用布鞋赶他回家的事情并不少见。夫妻平等相待，在家门前彼此依偎着过夜。在最偏僻的街区，他们常常为了家庭共同购物。在孤零零的公墓里，经常能看到夫妻在某位亲属的石碑旁边一起野餐，身边是他们的孩子，就像我国的工人家庭一样。这一幕之所以特别感人，是因为它绝无仅有。你见到此景，一定会感到，在这种灵魂与肉体的结合，在这个充满爱意的独特团体中，存在某种必然的、永恒且美好的东西，容不得其他人涉足。多余的注脚势必破坏或毁掉这种和谐。即使说得再动听，做得再漂亮，但一个有序、公正的社会的首要力量、必要元素以及奠基石都一定是家庭。情感和利益的其他任何形式的结合都背离其本性。这才是家庭的本质，舍此无非是畜群；这才是家庭的模样，舍此不过是娼寮。

……

着火了！

早上五时许，我正在拜占庭旅店的房间里胡思乱想着一段散步，在半睡半醒之际仿佛见到远处的苏佩尔加山丘[1]，于是开始对梦中的旅伴女士诉说："科莫湖的这条支流夹在两条连绵不断的山脉之间，向南流去……"正在此时，我的朋友永克身着"白衣"[2]，提着油灯出现在我跟前，十分惊讶地问道："这一晚的伊斯坦布尔是怎么回事？"

我竖起耳朵，听到街上传来一阵低沉而混乱的喧嚣，以及急促上楼梯的脚步声，连绵不绝，有如低吼，似乎转到了白天。我凑近窗子往下瞧，从夜色中看到一大群人朝金角湾奔去。我跑到楼梯平台上，抓住一名急匆匆下楼的希腊侍者，

1　苏佩尔加（Superga）山丘，位于都灵市区的一座小山，山顶有苏佩尔加圣殿，埋葬着萨伏伊家族的大多数成员。

2　指睡衣。

问他怎么回事，他挣脱着说：“上帝啊，着火了[1]！您没听到喊声吗？”随后他一边逃跑，一边补充道：“您快看加拉太塔的塔顶！”我们回到窗边，往加拉太塔那边打量，只见这座高塔的整个顶部都闪着极为醒目的紫红色光芒，附近房屋上升起一大团火星四溅的黑云，很快笼罩了星空。

我们立刻想到君士坦丁堡的若干起重大火灾，尤其是四年前那场骇人听闻的祝融之祸[2]。我们的第一反应是恐慌和同情。但随即——我并不讳言，但深以为耻——另一个自私且残酷的念头（出于画家和作家的好奇心）占了上风，我们——对此我也不讳言——露出了多雷[3]很可能会迅速捕捉下来并画到他那些但丁式恶魔脸上去的微笑。要是当时有人剖开我俩的胸膛，势必只会发现一只墨水瓶和一块调色板。

我们穿上衣服，慌忙下楼，走上佩拉大街。

幸运的是，我们的好奇心没能得到满足。还没走到加拉太塔，大火就差不多已被扑灭。只有两间小房子被烧毁。人潮开始退去。街上到处是水泵喷出的水，家具和床垫堆满一地，穿着衬衣的男女在清晨灰蒙蒙的暗影中走来走去，冷得直打哆嗦，操着上百种语言发出震耳欲聋的叫嚷，暴露人们

1　此处原文为土耳其语 Ianghen var，现代土耳其语作 yangın var。

2　指 1870 年 6 月 5 日的君士坦丁堡大火，有九百人命丧火海。详见下文。

3　古斯塔夫·多雷（Gustave Doré，1832—1883），法国插画家，曾为但丁《神曲》创作插图。

残存的惊悸，并将在大灾消退后给闲谈增添趣味。见一切行将结束，我们便走上桥，以便在初升的朝阳下安抚罪恶感。

我们在此处见识的景色，其戏剧性不亚于火灾。

天空刚刚开始从亚洲的群峰背后显露出来。不久前还被火灾的第一声警讯惊吓的伊斯坦布尔，现在已重归黎明前的庄严宁静。海岸和大桥空无一人。整个金角湾正在酣睡，盖着一层极为轻薄的雾气，沉浸在深深的寂寥当中。没有一条船在移动，没有一只鸟在飞翔，没有一棵树在摇曳，听不到一声呼吸。这座无垠的蓝色城市沉默而朦胧，如同绘在空气中的一幅画，仿佛只要谁发一声喊，城市就必定消失。君士坦丁堡从未向我们展现过如此空灵和神秘的一面，从未如此生动地酷肖东方历史上那些奇幻城市。朝圣者眼睁睁地看着这样的城市在他们跟前猛然拔地而起。当他入城后，却发现一动不动的非人[1]，他们是遭了精灵之王的报复被化作石头的，但仍保持着忙碌而欢乐的生活中的百态千姿。

我们倚在桥墩上，注视这番壮丽的场面，没有再想着火的事情。然后我们听到金角湾另一头首先传来嘶哑杂沓的声响，像是有人在求救，随即爆发极为高亢的大叫："真主啊！真主啊！真主啊！"喊声突如其来地回荡在锚港巨大沉寂的

1　巴利语，指人之外的众生，通常有天、龙、夜叉、阿修罗、鬼等，有时也专指祸害人类的鬼怪。

空旷地带。与此同时，对岸冒出一伙喧闹而不祥的人，他们冲向大桥，汹汹然朝我们奔来。

“Tulumbadgi！[1]”一名大桥看守喊道。

我们赶忙退到一旁。

这是一股半裸身子的落魄人潮，没戴帽子，敞着怀，汗津津，有老人，有青年，有黑人，有侏儒，有壮汉，有披头散发的，有剃光脑袋的，个个一脸杀人犯和盗贼的面相。其中四人肩扛一架像是儿童棺材的小水泵。他们携带长长的钩棒、绳索、斧子和鹤嘴锄，从我们身边走过——这些人又喊又喘，双眼滚圆，头发凌乱，破衣随风飘舞，挤作一团，又急又凶，扑面散发出一股恶臭的汗味——随即消失在加拉太街上，从那里传来最后几声嘶哑的“真主啊！”，然后重归沉寂。

当沉睡的大城陷入神秘的安宁之际，冷不丁冒出这么一伙乱哄哄、急匆匆的家伙，我不知该如何表达自己的感受。我仿佛在一瞬间看到并领悟了发生在遥远时空的无数异族入侵、大肆劫掠、惊恐万状的场面，直至我穷尽想象，欲将其生动再现而不可得。我自问此城是否为真，此桥是否为实；欧洲各国大使、身着巴黎款式服装的夫人，以及售卖法国报纸的小贩，白昼时分是否真的曾在此桥上往来。

1　意为“消防队”，现代土耳其语作 tulumbacı。

灭火队来了

一分钟后，金角湾的肃穆寂寥再度被远处的呼啸打破，另一伙衣不蔽体、失魂落魄的人从我们面前经过，有如一阵旋风席卷过桥，轰隆作响，掀起喧嚣扰攘，其中混杂了呼喊、粗气、喘息和沉闷不祥的大笑。悠长而悲恸的呼唤真主之声再一次消散在加拉太的街头，随之是死一样的寂静。

片刻后又涌来一股人潮，接着是第四股，接着又是两股。最后过来的是佩拉的那个疯子，他从头到脚一丝不挂，被冻得半死，发出极为尖利的喊声。一群土耳其顽童在后面追他，连同消防队一道消失在欧洲人街区沿岸的房屋后面。清晨的第一缕金光映在这座大城上，至高的寂寥重又主宰一切。

太阳很快升起来，穆安津出现在宣礼塔上，舟船扬帆，港口苏醒，人们开始过桥，城市生活的窃窃私语开始四处传播，我们也朝佩拉走回去。但酣睡的大城、发白的天空、庄严的静谧、粗野的人群，这些情景如此之深地烙在我们心里，以至于时至今日，每当我俩见面，都必定要怀着惊愕与恐惧的混合情绪再度回忆，好似往昔的一幅伊斯坦布尔风情画，又如一场醉梦。

* * *

也就是说，我并未真的目睹过君士坦丁堡的大火。不过，虽然我未曾用肉眼看到过，但我却认识许多见证了 1870 年那场将佩拉烧毁的大火的目击者。我汇总了如此详尽的传闻，以至于可以夸口来说自己用心眼将其目睹，我的描述或许并不逊色于亲身经历。

* * *

六月五日，正值君士坦丁堡许多富人去博斯普鲁斯度假的时节。火苗最先从佩拉的费里迪耶（Feridié）街一间小房子里蹿起来。午后一点是城中包括欧洲人在内的几乎所有居民闭户午休的时间。费里迪耶的那栋房子里只有一名年老的女仆。一家人一早就出发去了乡下。老妇人一发现着火，立马冲到街上，边跑边喊："着火了！"附近人家反应过来后，登时提着水桶、扛着小水泵——禁止在城防司令部官员赶到前灭火的不合理法律已被废除——像往常那样奔向最近的喷水池打水。运水人会在特定的钟点从佩拉的喷水池里汲水，送给街区的各户家庭。给水完成后，所有水池都会被锁起来，看守的吏员没有当局准许不得开启。当时，喷水池旁边正好有一位佩拉市政厅的土耳其看守，此人的兜里有钥匙，可他却在那里镇定自若地看着火势。焦急的人群围住他，命令他打开水池。他以没有收到命令为由回绝。人们挤他，威胁他，抓他。他反抗，争辩，嚷嚷说除非踏着他的尸体，不然休想拿到钥匙。与此同时，大火吞噬了整间房子，开始蔓延到周边住宅。火灾的消息传遍每个街区。加拉太塔和塞拉斯凯拉特塔顶端的卫兵看到烈焰，就把代表火灾的紫红色巨筐挂到外面。所有城市警卫队人员都在街上疾驰，一边用长长的棍子敲打铺路石，一边高呼噩耗：“着火了！”兵营里的上千名鼓手报之以低沉和急速的鼓声。托普哈内的大炮鸣响三声，向辽阔的城市通报危险，回声从马尔马拉海一直传到黑海。

城防司令部、塞拉里奥宫、各国使馆，整个佩拉和加拉太都乱成一锅粥。短短几分钟后，国防大臣、一众官员、消防员大军立刻赶到费里迪耶街，马不停蹄地开始工作。但就像几乎每一次都会发生的那样，最初的救援徒劳无功。街道太狭窄，无法自由进出；水泵难以奏效，喷出的水太少、太远；消防员一如既往纪律散漫，为了便于浑水摸鱼，他们非但没有减轻，反而还加剧了混乱；雪上加霜的是，缺少搬运东西的脚夫，因为当天他们大多去了贝伊科兹（Beykoz）参加亚美尼亚人的民族节日。此外还应该指出的是，那时的木制房屋比现在多得多，即使石屋和砖屋，也和木屋一样，屋顶十分脆弱，上面盖着稀稀拉拉的瓦片，因此很容易被烧着。失火街区也不具备穆斯林人口占多数的优势，因为穆斯林在厄运面前笃信宿命，处变不惊，不会被火灾的骇人场面吓倒，这一点即使对灭火帮助不大，至少不会因为自己陷入癫狂而妨碍他人施救。相反，那一带住的几乎全是基督徒，他们立刻失去理智。当大火还只烧毁少数房屋的时候，周围的所有街道就陷入难以形容的混乱，人们从窗户往下扔家具，哭喊声震天，人人惊慌失措，处处举步维艰，威胁、武力、刀枪都无济于事。距离第一缕火苗过去才一小时，整条费里迪耶街就已经陷入火海，官员和消防队员迅速撤往各处，留下满地的死者和伤员，将大火扼杀在萌芽状态的希望就此丧失。

更不幸的是，那天刮起一阵强风，把着火房屋的烈焰吹到邻舍的屋顶上，形成一道水平的火网，有如一张张起伏的火帘，旋即从屋顶自上而下地波及所有房屋，就像倒扣过来的火山。火势蔓延得如此迅速，以至于留在室内、相信仍来得及把一部分财物搬出去的家庭突然就被砸落的屋顶压住，几乎无法逃出生天。房屋像是涂漆似的一间挨着一间烧起来，从无数窗子里立刻吐出长长的、直直的、摇曳多端的火舌，宛如迫不及待捕食的蟒蛇，它扭动身子，搜寻受害的人类，直至舔遍几乎整条街道。大火不是在跑，而是在飞，先是包拢，然后吞没，有如汪洋大海。火势从费里迪耶街猛扑塔拉巴舍（Tarla-Bascì）街，再从那里杀回来，似一道激流席卷米斯（Misc）街，随即如同点燃干燥丛林似的烧遍阿迦清真寺（Aga-Dgiami）街区，然后是萨克兹阿哲（Sakes-Agatsce）[1]街，然后是卡勒永居库鲁乌（Kalindgi-Kuluk）[2]街，然后是

1 现代土耳其语作 Sakızağcı。后同。

2 Kalyoncu Kulluğu。

一条又一条街，笼罩整个耶尼谢希尔（Yeni-Sceir）[1]山坡。烟风和火焰纠缠在一道，咆哮嘶吼着沉降到佩拉大街。人们面对的不只是上千处待扑灭的火情、上千个必须击败的敌人，更要面对一支大军发动的埋伏和猝然偷袭。这支军队受同一个狡诈意志的指挥，只为令全城都陷入火网，不放过任何一人。那么多股熔岩洪流汇聚纵横，汹涌而下，抢在任何救援之前，迅速扩散成火湖。不到三个小时，半个佩拉都烧了起来。无数道朱红、硫黄、白、黑各色的烟柱贴着屋顶飞快地冒出来，沿各处山丘蔓延，一眼望不到边，令金角湾广袤的街区陷入昏暗，充斥种种不祥的颜色。灰尘和火星的强烈气旋到处吹拂，狂风猛刮低处街区尚未被波及的房屋，倾泻炭屑和余烬的冰雹，摧残街巷如同霰弹齐射。着火街区的道路沦为巨大的火窑，上方的浓烟形成一座密实的火宅，伴着可怕的巨响，用来搭顶梁的黑海松木、藤架的细椽、带玻璃的阳台、小清真寺的木制宣礼塔都在这座凶宅中被掀到高处，旋即摔落下来，仿佛被地震弄得粉碎。

在尚能通行的街上，只见人群在地狱般的火光映照下，如鬼魅般来往奔走。士卒骑马飞驰，将城防司令部的命令传达到四面八方；塞拉里奥宫的官员光着头，制服被熏得焦黑；士兵坠下马来，马匹挣脱束缚；大批脚夫身负家具；狗群狂

1 Yenişehir。

吠不止；逃跑的人流呼天喊地，在山坡底下的伤员、死尸和瓦砾之间踉跄摔倒，像遭到诅咒的军团似的消失在烟与火当中。有那么一瞬间，阿迦清真寺街区一条着火街道的出口处赫然出现了苏丹阿卜杜·阿齐兹。他骑着马，在随扈的簇拥下一动不动，面色苍白有如死尸，瞪大双眼盯着火情，仿佛在心中重复塞利姆一世的名言："这就是受难者们的炽热吐息！我深感它将摧毁我的城市、我的宫殿和我自己！"随后他便被廷臣们硬拉着消失在尘云之中。君士坦丁堡的军队和数不清的消防员全都投入救灾。他们或成群结队，或排成长长的人链，或组成覆盖整个街区的巨大半圆，接受维齐尔、宫廷官员、帕夏、乌里玛[1]的监管和指挥。在有的地方，为了将街道和大火隔开，他们展开殊死奋战。短短几分钟里，一栋栋房屋就在幽暗的浓雾中倒塌。屋顶上密密麻麻挤满了近距离直面大火的勇士。有人头朝下跌落在他们脚下的深坑里，其他人前仆后继地顶替上去，就像接力战似的。他们发出粗犷的咆哮，在赤红的烟雾中挥舞烧焦的非斯帽。

纵然射去千股水流，可大火还是一路奏凯，猛地蹿上广场、花园、庞大的石结构建筑物、小型公墓，迫使四面八方的消防员、士兵和市民退后远避，如同驱散一支溃败的大军，并朝他们背后掷去雨点般的炽热火炭。即使在如此可怕的混乱

1 伊斯兰教教职称谓。

中，仍然涌现出勇气与人性的壮举。许多地方的房屋废墟中，都能看到仁善修女会（Suore di Carità）的白色头巾飘舞在垂死之人身边；许多土耳其人扑向大火，随后用擦破皮的手臂抱着基督徒儿童重新现身；在着火的房屋前，有的穆斯林在陷入绝望的基督徒家庭当中抱手而立，发出悬赏——谁能救出困于火中的欧洲青年，他就会不动声色地给他一百土耳其里拉；有的人沿街收留迷路儿童，给他们系上缠巾的布条，以便随后将其交还给亲生父母；有的人向衣不蔽体的逃难者敞开自家大门；不止一人堪称勇气与蔑视尘世财物的表率，尽管自己的房子在燃烧，他们仍然铺开毯子坐在路中央，镇静自若地吸着水烟，随着大火逼近，才极为漠然地从那里一点点挪开。

可是，勇气和洒脱在凶焰面前已无济于事。有时候，随着风力的减弱，大火的威力似乎有所收敛；但旋即又开始刮风，势头更加猛烈，火情刚一重振，便再度横冲直撞，像箭矢似的舞动其笔直的、难以平息的火刃，激起一阵阴郁和狂暴的扰攘。堆满油料的药房和屋子里发出瓦斯爆炸的巨响，一道道熔化的铅水从破损的管道里泄漏出来，屋顶像被雪崩压垮似的突然倒塌。花园里的柏树被烧得弯折扭曲，一下子爆裂开来，腾腾的树脂雨滴般喷溅；木制老房子着火后噼啪作响好似烟花，释放巨大的白色火束，仿佛一百座厂房的鼓风机在轰鸣。碾压、倒塌和肆无忌惮的破坏似乎是由火灾、洪水、地震和兵燹在同一时刻协力造成的。从未有人目睹过或梦到过类似的惨状。人们好似疯了一般。佩拉的街道上到处是令人眩晕的乱象和癫狂的呼喊，有如海难时的舰桥。家具散落满地，军官拔出寒光闪闪的利剑，脚夫和运水工彼此吆喝冲撞，帕夏骑着马，大批消防员一路奔跑，碰到什么就撞翻什么。意大利人、法国人、希腊人、亚美尼亚人的家庭，穷人和富人，女人和小孩，迷途者和茫然无措者，他们在人群中摸索着互相寻找，哭喊着对方的名字，被浓烟呛得窒息，被火星溅得失明。走过去的有各国大使，他们身后跟着一大群抱着文件和书籍的仆人；有在人群中高举耶稣苦像的修士；有怀中抱着私闺最贵重物品的土耳其妇女。人群在教堂、剧院、学校和清真寺的残骸下拐弯。灰蒙蒙的巨大烟云借助疾风，将一切笼罩在阴影中，平添恐慌与混乱。像是嫌这场灾难还不够骇人似的，虽然有人一如既往地趁火打劫，但那天的乱象尤胜往昔，从君士坦丁堡的所有巢穴里钻出来无数盗贼，他们心照不宣地拉帮结派，穿着脚夫、绅士或士兵的衣服，冲进房屋大肆抢劫，随即成群结队地跑到卡瑟姆帕夏和塔塔乌拉存放赃物。士兵追捕匪类，排列成警戒线，巡逻攻打，随即爆发战斗、溃逃和追击，使得人们越发惊恐。

消防队员、脚夫、运水工在自家亲属的支持下，结成类似匪帮的团伙，当着房屋遭到焚毁的绝望家庭的面，停下救援，索取继续开工的价格。家具堆放在狭窄的街道两侧，由家属们看守。一群歹徒持械向其发起突袭，随后又像街垒似的保护其不受另一伙盗匪攻击。大批携带家什的逃亡者在狭窄的通道里遭遇，为了抢先通过争吵不休，留下一地窒息或受伤的人群。但就在火灾发生的最初四小时后，火情变得如此地险恶，以至于极少有人再关心自己的财物，所有人都更关心如何逃生。三分之二个佩拉都烧了起来，火焰越来越迅猛地扑向四面八方，几乎片刻之间就烧遍广阔的区域。里面的人猝不及防，数以百计的倒霉鬼挤成一团，为了夺路而逃，朝羊肠小道乱冲乱撞，但一股浓烟烈火的狂飙却在转角处突然迎面袭来，逼得人群退避，狂躁地寻找其他出口。整群整群的家庭——其中的一个家庭就有二十二个人——在瞬间就被围困、窒息、灼烤、烧焦。陷入绝望之人躲进地窖，在那里缺氧而死；跳进水井和水池，在树上自缢，或徒劳地躲在家中最隐秘的储物间，随后因丧失理智而从那里钻出来，奔向烈焰，葬身其中。从佩拉的高处打量下方的山丘，只见许多陷入重重火圈的家庭跪在阳台上，双臂张开，手拉着手，由于对尘世已不抱希望，便向苍天祈求援助。只见一大群人狂奔着跑下佩拉的山冈，四散于加拉太、托普哈内、芬德克勒和低矮处的公墓。他们面色惨白，头发散乱，惊恐万状，像是被大火追着似的，仍在寻找藏身之处；儿童浑身是血，妇女衣衫褴褛，头发烧焦，怀中紧搂着死去或失明的婴儿；脸上破相、臂上挂彩的男人因剧烈的痛苦在地上扭来扭去；

老人像孩子一样大哭；沦为赤贫者的富绅用头撞墙；神志不清的小伙子摔倒在金角湾的岸边；家属搬运着焦黑的尸首；被吓疯的可怜人拖拽被绳子绑住的座椅，或在胸前死死地捧着一把碎瓦片或碎布，冷不丁发出悲伤的呼喊或歇斯底里的狂笑。

与此同时，一营营军官、一群群盗贼、一队队消防员、将领、德尔维什、宫廷信使、回来寻找失散亲人的家属、抢匪和英雄，一切灾厄、义举和罪孽继续从低矮的街区、特尔萨内和托普哈内的兵工厂、军营、清真寺、苏丹的宫殿往上登攀，在灰烬和火星的旋风之间冒出炽热的浓烟密雾，沿堆满燃烧的木头和废渣的街道，像是冲锋似的飞奔，大喊“着火了！”和“真主啊！”。杂乱无章、惨不可言的人群一边往上爬，一边发出有如海上风暴的轰鸣，被巨大火窟的反光照得红彤彤的。

距离这个活地狱不远处，端庄安详的伊斯坦布尔和春日般艳丽的亚洲海岸一似往常，倒映在满是静止船舶的马尔马拉海和博斯普鲁斯海峡上。黑压压的人群遍布两岸，沉默地、不动声色地旁观这场恐怖的演出。穆安津拖着舒缓的长调，从尖塔的阳台上宣告太阳落山；鸟儿欢快地绕着七丘的清真寺打转；于斯屈达尔绿油油的高坡上，土耳其老人坐在悬铃木的阴影下，声音镇静地低语着谶言：“苏丹之城的末日号角吹响了！命定的日子来临了！真主的判决实现了！”

所幸，火灾并未延续至夜间。晚上七点，最后一栋建筑物——英国大使馆官邸被烧毁。在这之后突然停止刮风，各地的大火要么自行止熄，要么被人扑灭。

三分之二个佩拉在六小时里被夷为平地，九千间房屋化为灰烬，两千人死于非命。

1756年奥斯曼三世统治时期的一场著名火灾摧毁八万间房屋，荡平三分之二个伊斯坦布尔。从那之后，从未发生过如此可怕的灾难；自打攻占君士坦丁堡以来，从未有一场火灾造成如此重大的伤亡。

* * *

次日，佩拉的景象不那么吓人了，但悲惨程度不亚于火灾肆虐之时。但凡烈焰波及的地方都沦为一片废墟，暴露出高大山丘赤裸而不祥的轮廓。视野和光线呈现全新的面貌，灰尘盖满大片空间，其中只剩下被熏黑的烟囱塔楼，看上去很像墓碑。整片街区荡然无存，仿佛被飓风刮跑的贝都因人营地。本是街道和十字路口的地面上只残留冒烟的黑色遗迹，上千名衣衫残破、瘦骨伶仃的灾民在其间游荡，向往来的士兵、医生、各宗教的僧侣和修士、各级别的官吏乞讨。后者一边分给他们面包和金钱，一边指挥装满褥垫和被毯的长长车队。这些车队是政府派来救援无家可归者的。政府也分发士兵的帐篷。塔塔乌拉高地和庞大的亚美尼亚公墓遍布宿营地，里面住着密密麻麻的人。到处可见层层叠叠、堆得高高的家具，上面坐着一个个又疲乏又麻木的家庭。在占地广阔的加拉太公墓，沙发、床铺、枕垫、钢琴、绘画、图书、破损的马车、系在树上的受伤马匹、金灿灿的大使轿子、私闺的鹦鹉笼七零八落地堆在小径旁和墓穴间，好似一座底朝天的集市，由一群仆役和黑得像炭、昏昏欲睡的脚夫看管。前所未见、数不胜数的污秽穷人在街上游荡，从瓦砾堆里寻找钉子和门锁，小心翼翼地跨过士兵和消防员。他们被夜间的辛劳弄得精疲力尽，索性睡在地上。到处可见人们利用帐篷和板条，在自家废墟上忙碌地搭建临时棚屋；一些家庭跪在没有屋顶的教堂里，面朝被焚毁的祭台，在熏黑的墙壁间祈祷；成群的男女气喘吁吁地跑过来，低着头，仔细打量一长串不成人形的焦尸的面孔，一旦辨认出来，就号啕大哭，发出撕心裂肺的呼喊；置身于担架和棺木的行列、密集的尘土、炽热的空气、焦肉的臭味、火星的烟云之间，常有人如遭雷击一般跌倒。挖掘工人挥舞铁锹和十字镐，蓦地扬起一阵尘灰，随即掉落在拥挤、迟缓、沉默、木然、从君士坦丁堡各地涌来的人群头上。面色苍白凝重的各国领事和大使在十字路口勒住马，四下环视，被灾难的破坏程度吓得呆住。

* * *

一如常例，灾难尽管规模巨大，却立刻被遗忘。四年后，除了位于佩拉尽头、塔塔乌拉高地前面的空地上还有一些残痕之外，我已见不到任何火灾的迹象。人们谈起火灾，就像在说很久以前的事。有一阵子，虽然灰尘尚未冷却，但报纸已经要求政府采取如下措施：重新组建消防队，更换水泵，确保水量更充足，规划房屋重建。但政府充耳不闻，而欧洲人则晏安逸乐，继续像土耳其人一样生活，也就是说，信赖仁慈的上帝，依托美好的命运。

* * *

这么一来，由于什么都没有改变，或几乎没有改变，因此可以肯定，1870 年的祸事绝非最后一场“命中注定的”、每隔若干年就要将苏丹之城付之一炬的大规模火灾。诚然，如今佩拉几乎所有的房屋都是砖石砌成的，但多数房屋盖得很糟，建筑师缺乏能力和经验，不受政府监督，而且建造者常常是新手，以至于许多房屋还没盖完就坍塌了。即使挺立不倒，也无法抵御任何火灾。受制于可耻的垄断，水总是短缺，尤其在佩拉；因此用水大多来自罗马人建造的贝尔格莱德村庄蓄水池，当春秋季节降雨不多的时候就会彻底断水。于是，有钱人花大价钱买水，而穷人只能喝劣质水；消防员与其说是纪律严明的工人团体，不如说是作奸犯科之徒麇集的大型匪帮，由五湖四海之人组成，名义上而非事实上隶属于城防司令部，他们只是从那里领取一点薪俸罢了。这帮人经验匮乏，纪律败坏，偷鸡摸狗，人们对其又恨又怕的程度不亚于他们无力扑灭的烈火；人们甚至不无理由地怀疑，他们盼望发生火灾，视之为捞好处的良机。水泵倒确实不缺，土耳其人以此为豪，觉得这种设备十分奇妙。但水泵实际上只是可笑的摆设，里面装了十二升水，喷出的水柱细得要命，比较适合浇灌花园而不是灭火。然而，如果只存在这些小毛病，而其他更严重的弊端已被革除的话，倒也不失为一件幸事。

当然了，许多人仍然相信的谣言——政府为了拓宽道路故意引发火灾——是毫无根据的，因为同收益相比，这么做的损失与风险实在过大；过去那种“反对派”为了恐吓苏丹，在君士坦丁堡城区纵火，或者军队为了涨薪而焚毁街区的事情不会再发生。但是，比如“许多火灾是由那些能够从中渔利的人制造的”这样的猜疑始终盛行，事实往往证明，猜疑并非凭空捏造。有鉴于此，人们生活在持续的焦虑中。他们害怕运水工、脚夫、建筑师、木柴和石灰商贩，对仆人更是怕得要死，他们是君士坦丁堡最糟糕的群体，大多都和盗贼有瓜葛，后者反过来被安插进各种协会和委员会，其他的秘密社团从他们那里购买偷来的东西，借助各种手段为犯罪提供便利。地方警察对待这些人即使说不上纵容，至少也是软弱，几乎起到同谋共犯的效果。从来没有一个纵火犯被处刑。火灾后，很少有盗贼被捉拿和惩处。警察将扣留物品还给原主的事情就更稀罕了。更有甚者，由于君士坦丁堡是各国歹徒的渊薮，因此司法审判频频遭到五花八门的国际条约阻碍。领事要求自行审判本国的不法之徒，诉讼旷日持久，许多罪犯逃之夭夭，对刑罚的恐惧几乎完全无助于震慑恶行。而且趁火打劫差不多被认为是一种得到当局默认的特权，就像往昔的军队有权洗劫被攻陷的城市。职是之故，“火灾”这个词对君士坦丁堡人来说仍然意味着“一切的不幸”，而“着火了！”始终是那么恐怖、严重、致命，一听到这喊声，整个城市都会陷入骚动，哪怕最幽深的角落也概莫能外，仿佛上帝宣布天罚似的。谁知道呢，当欧洲文明将其大旗插在多马巴赫切皇宫之前，这座大都会还要被焚毁多少次，然后在灰烬上重新耸立？

* * *

过去，每当君士坦丁堡发生火灾，如果苏丹当时身在后宫，那么就会有一位从头到脚都穿着赭衣的宫女向他禀报警讯，无论苏丹在什么地方，她都受命觐见，哪怕他正在最心爱的宠妃怀中。这名宫女只能在门槛上觐见，火红的衣服颜色无声地宣告祸事。那么，有谁会相信，在我想到君士坦丁堡大火时脑海中浮现的大量可怖的景象当中，也包括这位宫女的身影呢？她极为真切地触动了我全部的艺术神经。我真想化身为一名画家，好画下这幅场景，我还要恳求所有画家一起来施展丹青妙手，直至发现其中一人钟爱这个题材，那时我将终生感激此人。他会这么画：在帝国后宫的一间铺着锦缎、灯光十分柔和的房间里，冷酷的苏丹塞利姆一世躺在一张长沙发上，浑身珠光宝气，身边是一位十五岁的金发切尔克斯少女。他蓦地挣脱宠姬的怀抱，瞪大双眼盯着那位沉默、不祥，像雕塑似的笔直站在门槛上的赭衣宫女。后者面色苍白，暴露内心的崇敬与恐慌，仿佛在说："万王之王！真主正在召唤您，悲痛的人们正在等待您！"然后她掀开门帘，登上阳台，在蓝汪汪的大海映衬下指向远处正在冒烟的大城。

城墙

我想独自在伊斯坦布尔的古城墙周围漫步，并建议所有将要来君士坦丁堡的意大利读者效仿我，因为这座孤零零的宏伟遗址的景色无法给你留下真正深刻和持久的印象，除非你完全准备好接受它，并且能够放任思想在寂静中自由奔走。你需要沿着荒废的道路，在阳光下步行大约十五哩。“或许，”我对朋友说，“我走到一半就会陷入孤寂的哀伤，而你肯定会像圣徒似的给我打气。纵然如此，但我还是想独自去那里。”

我减轻了钱包的分量，免得城郊的窃贼万一想窥探里面的东西，我就得“往那贪婪的咽喉”里丢进去点什么，并在随后自言自语：“住口，你这恶狼！”[1]我在早晨八点向皇太

1 典出《神曲·地狱篇》6：27和6：8。

后桥走去。昨晚下过细雨，此时的天空一碧如洗。

我计划经布拉赫奈街区的城门出伊斯坦布尔，从金角湾沿城墙一直走到七塔堡，然后顺着马尔马拉海岸折返，这样就能环绕整个呈巨大三角形状的穆斯林城区走上一遍。

过桥后，我折向右边，来到广阔的“伊斯坦布尔·德沙热”[1]，即伊斯坦布尔外城。这是一段很长的条状地带，位于城墙和港口之间，那里全都是小房子和油料木材仓栈，曾多次被大火烧毁。在窄巷和金角湾海岸——岸边分布了一排小码头和停满小舟货船的港湾——之间是熙熙攘攘的脚夫、驴子和骆驼，面貌古怪的人和肮脏的货物往来不绝，难以理解的呼喊让人想到印度和中国的繁忙海港，东西半球的不同民族和商品在那里交汇。

残存的城墙始自城市的这一头，它有五个人那么高，筑有雉堞，每隔一百步就有四边形的小型城楼把守，大多都已倾圮，但这一段是最不值得留意的，不管从艺术还是从伊斯坦布尔城墙的历史记忆而言。我横穿法纳尔区，经过挤满水果贩、糕点贩、茴香酒和露酒贩，以及露天陈列着饭菜的岸边。我的身边是一群漂亮的希腊人水手，其体态就像他们那些古老神明的雕像；我在占地特别广阔的巴拉特犹太区兜兜转转；

1 İstanbul Dışarı。

君士坦丁堡的古代城墙

我走过寂静的布拉赫奈区，最终从名叫“埃热卡帕”[1]的大门出了城，那里距离金角湾岸边不远。

这一切写起来很快，但走起来要花一个半小时，有时上坡，有时下坡，绕过泥潭，脚踩硕大的鹅卵石，途经长得没有尽头的小巷，头顶阴暗的穹隆，穿过孤零零的大片空地，除了塞利姆清真寺的宣礼塔尖之外，没有任何向导。有那么一阵子，我再也看不到欧洲人的脸孔和服饰，随后欧洲式的小房子也消失了，再接着鹅卵石路、商铺的招牌、道路指示牌、一切的劳动喧嚣都荡然无存。越往前走，就有越多的狗斜眼瞪视我，土耳其顽童大胆地盯着我，平民女子小心翼翼地遮起脸，直至我置身于彻底的亚洲荒郊中。两个钟头的散步仿佛两天的旅行。

* * *

出了埃热卡帕，我转向左边，忽然看到一段雄伟非常的城墙。那便是著名的伊斯坦布尔陆墙[2]。

尽管时隔三年，但我一回想起当时，惊异之情还是油然而生。我不知道东方有哪个地方集中了如此恢宏的人力、煊

1 Eğrıkapı。

2 拜占庭时期在君士坦丁堡分别修筑陆墙和海墙，从海陆两方面保护城市。

赫的声势、悠久的辉煌、庄严的追忆、残破的忧愁、天然的壮美。此情此景同时激发赞叹、崇敬和畏惧，值得荷马为之咏哦。当你第一眼望去，必定脱帽顶礼，惊呼“了不起！”，有如面对无休无止、断手折足的巨灵神行列。

墙体与巨大的塔楼绵延至视线的尽头，依照地势的高低起起伏伏。低陷处有如地底，隆起处好似山巅。废墟形态各异，难以计数，汇聚千百种凝重的色泽，从近乎黑色的钙灰，直至近乎金色的暖黄。茂密的暗绿色草木覆盖其上，或沿墙体攀缘，或从城堞和洞眼垂落，形成花环，或笔直地矗立在塔尖，或层层叠叠堆成高耸的金字塔，或像瀑布似的从护墙上挂下来，或填满缺口、裂缝、城壕，或一直蔓延到大路。三道城墙组成废墟的巨大台阶：内墙最为高大，两侧是间隔很短的等距方形塔楼；中间的城墙由矮小的圆塔加固；外墙最低，没有塔楼，凭借又深又宽的壕沟防护。在古代，人们从金角湾和马尔马拉海引水注入沟中，如今则密布杂草和树丛。所有三道城墙都和君士坦丁堡被攻陷之日的模样几无二致，因为穆罕默德和巴耶济德二世没有进行过多少修复。墙上仍然能见到被乌尔班巨炮轰出的缺口，攻城锤和弩炮撞击的余痕，地雷炸出的裂缝，以及最猛烈的进攻和最殊死的抵抗留下的痕迹。中墙的圆塔被毁得差不多仅存地基；内墙的塔楼几乎都还屹立着，但藤蔓缠身，棱角尽消，顶部只剩光溜溜的塔尖，活像被斧子劈过的大树树干，又像被大海磨蚀的礁石，头上开裂，底下凹陷。从护墙滚落下来的巨大碎石堵塞中墙、外墙的平台和壕沟。小径在瓦砾和芜草间蜿蜒，消失在高高的草木暗影中，周遭是墙体倒塌后裸露出来的碎岩和崖壁。两座塔楼间每道城垛的轮廓都有如一幅精彩绝伦的废墟与绿草的绘画，充满雄浑堂皇的气象。整个城墙巍峨、荒蛮、粗犷、慑人，同时又具有华美与忧伤的特征，令人不禁肃然起敬。你看到的仿佛是连绵不绝的封建堡垒的残骸，又或是横亘东亚传奇大帝国的长城遗址。

蓦地，19 世纪的君士坦丁堡无影无踪，出现在你面前的是君士坦丁们的都城。你呼吸着十四个世纪的空气，一切思绪都回到了城池陷落的那个日子。你想得出神，发了好一阵子的呆。

* * *

土耳其人管我出城的那道门叫“埃热卡帕”，过去是著名的卡利加里亚门（Caligaria），查士丁尼曾从此处凯旋入城，后来阿历克塞·科穆宁也从这里入城夺取皇位[1]。在它跟前是一片穆斯林公墓。在土耳其人攻城的头几天，乌尔

1　可能指拜占庭皇帝阿历克塞一世（1081—1118 年在位）。此事发生在 1081 年 4 月 1 日。

班巨炮就架设在此处，其周围有四百名炮手施工作战，一百头公牛费劲地拖拉军械。城门的防守者是狄奥多罗·迪·卡里斯托（Teodoro di Caristo）和约翰·格兰特（Giovanni Greant）[1]，他们迎击一直排列到金角湾的土耳其军左翼。从此处到马尔马拉海，既没有居民区，也没有房屋群。街道笔直穿过城墙和田野之间。没有任何东西妨碍我观看废墟。我迈步而行，在两块公墓间走了好长一段路。左侧那块是基督徒的，位于墙脚；右边那块是穆斯林的，面积很大，掩映在柏树丛中。烈日炎炎，我面前延伸了一条白花花、孤零零的道路，它逐渐抬升，直至高丘的坡顶，犹如一条直线将晴朗的天空切成两截，半边是一座连着一座的塔楼，另半边是一块紧挨一块的墓地。我只听得到自己有节奏的脚步声，时不时还有附近树丛中四脚蛇的窸窣。我就这样走了很久，直至意外来到一堵漂亮的四方大门跟前，门上有一个很大的尖拱，两边是两座粗大的八角形塔楼。这是埃迪尔内门，即希腊人的波吕安德里亚门（Polyandria）。625年皇帝希拉克略在位期间，这道门曾挡住了阿瓦尔人的凶猛冲锋，后来博基亚尔迪（Bochiardi）兄弟三人保罗、安东尼诺和特罗伊洛在此抵御穆罕默德二世，再后来成了穆斯林军队出发和凯旋入城的

1 或作John Grant，德国人或苏格兰人。在1453年君士坦丁堡之战中负责摧毁奥斯曼军的地道。

大门。前方和四周都没有任何活物。忽然，两位土耳其骑士疾驰而出，掀起一股烟尘将我笼罩，随即消失在埃迪尔内大道上。然后一切重归沉寂。

* * *

我背对城墙，沿埃迪尔内大道前进，往下走到狭窄的吕科斯河谷，再登上一处高坡，便来到达乌德帕夏平原跟前。此处广袤干燥，地势起伏，穆罕默德二世在围攻君士坦丁堡期间于此扎下他的营盘。我一动不动地伫立片刻，手搭凉棚环顾四周，就像在寻找君王的大帐，想象1453年的春末，这里上演了怎样一出怪诞盛大的戏剧。当时，整支大军齐聚于这个有如其心脏的地方，牢牢围住垂死的城市。雷霆般的命令从这里发出，指挥上万名工人奋臂劳作，将两百艘战船从贝希克塔什[1]湾拖到卡瑟姆帕夏湾，在大地深处埋伏亚美尼亚工兵，派出成群的传令兵前往各处，通报进攻的时刻，并在人们拨弄念珠的时候布好三万张强弓，拔出三万柄弯刀。在这里，君士坦丁十一世面色苍白的使者遇上加拉太的热那亚人（他们前来贩卖油料，用以润滑乌尔班大炮）和穆斯林哨兵（他们巡视马尔马拉海岸，侦伺地平线上是否有欧洲人的

1 Beşiktaş。

船只，以防其向君士坦丁们的最后堡垒送来基督教的最后援兵）。这里麇集了变节的基督徒、亚洲的冒险家、年老的谢赫、憔悴的德尔维什，个个都被漫长的行军弄得衣衫褴褛、精疲力尽，气喘吁吁地奔波于一万四千名禁卫军营帐四周，身边是鞍辔齐整的无数马匹，一动不动、排成长列的高大骆驼，弩炮和破碎的投石机，炸裂的大炮残骸，巨大的花岗岩炮弹堆成的金字塔。他们和风尘仆仆的士兵阵列互相交错，后者两个两个地将扭曲的死尸和呻吟的伤员从城墙处抬到开阔的田野。色彩斑斓的宫廷大帐在禁卫军的营盘之间升起，其中最高大的那顶便是穆罕默德二世的朱红王帐。每天早晨日出之际，他都会笔直地站在王帐的出入口，由于夜间难以入眠而脸色惨白。他头戴装饰黄羽的硕大缠巾，身披血色卡夫坦长袍，目光如鹰，紧盯着面前的雄城，一只手捻着浓密的黑须，另一只手紧握弯刀的银柄。他身边有发明巨炮——那尊巨炮在短短几天后就会爆炸，将发明者炸得粉身碎骨，残骸被一路抛撒到赛马广场的平地——的乌尔班；有海军司令巴尔塔奥卢（Balta-Ogli），他被失败的预感弄得十分烦恼，若真的败了，王上定会挥舞黄金大棒狠砸他的脑壳；有鲁莽的攻城塔（Epepolin）指挥官，攻城塔是一种可以活动的大型碉堡，顶端安装塔楼，覆盖钢铁，后来在圣罗马诺城门前被烧成灰烬；有一大群身经百战、肤色被烈日晒成古铜色的法学家和诗人；有一伙浑身都是伤疤、长袍被箭射穿的帕夏；有一队紧握出鞘利剑的魁梧禁卫军和手持钢杖的监军，他们随时准备砍下叛军和懦夫的首级，将其身体剁成碎片。这支无边无际的亚洲劲旅的精英战士充满朝气、勇武和力量，很快就会像铁与火的洪流一般摧毁拜占庭帝国的老朽残躯。

全体将士一动不动有如雕像，被第一缕晨光染成玫瑰色。他们紧盯地平线处先知预言之城的上千座银色圆顶。其时，软弱的市民正在那下面祈祷和啜泣。我好像见到了他们的面容、举止、匕首、斗篷和长袍的褶皱，以及大炮和碉楼的车轮在地面投下的巨影。倏忽间，我将目光投向一块半埋在地里的大石头，读起那上面漫漶的铭文，于是心中的那幅大型画卷就像幻影似的消失了。我似乎又见到荒芜的平原上遍布成群活泼的万塞纳（Vincennes）猎兵、祖阿夫骑兵和红裤子步兵；我听到普罗旺斯和诺曼底的歌谣；我目睹圣阿尔诺（Saint-Arnaud）、康罗贝尔（Canrobert）、福雷（Forey）、埃斯皮纳斯（Espinasse）、佩利希耶（Pelissier）等人[1]；我从记忆中认出自孩提时期就十分喜爱的一千张面容和一千种鲜明的颜色……我怀着难以名状的惊奇和欢喜，思索着这块墓志铭，上面写的是："欧仁·萨卡尔，第22轻步兵团下士，1854年6月16日。"[2]

1　他们都是拿破仑三世时期的法国元帅。

2　原文为法语："Eugéne Saccard, caporal au 22°　léger, 16 Juin 1854"。

* * *

我从此地出发，再度经过吕科斯河谷，回到城墙旁边那条始终孤零零的，始终在废墟和公墓之间蜿蜒的道路。我走到如今已被封砌的古老军事城门潘普提（Pempti）跟前；我又一次蹚过从此处流入城中的吕科斯河，最终到达以乌尔班巨炮来命名的大炮门[1]，当年的巨炮就架设在此门跟前，穆罕默德大军的最后进攻就是对此门发起的。我抬头仰望墙顶，瞧见雉堞后面有若干黑乎乎的吓人面孔，他们头发散乱，满脸惊讶地看着我。后来才知道，有个吉卜赛人部落躲藏在那里，他们在护墙和塔楼的缝隙间搭建自己的棚屋。在这个地方，战斗的痕迹着实显眼和惊人：墙体肠穿肚烂，千疮百孔，沦为残砖破瓦；塔楼被削去一半，不成形状；平台被掩埋在如山的废墟下面；枪眼被扯裂；地面上乱糟糟的；壕沟里填满大件废料，看上去有如山体滑坡滚落的巨石。激烈的大战仿佛昨天才爆发，遗迹比人类的语言更淋漓尽致地讲述它亲身见证的可怖杀戮。

沿着整段长墙，所有城门讲述的故事都大同小异。战斗始于破晓。奥斯曼军分成四支壮盛的纵队，当先的是一万名志愿兵，他们组成必死无疑的庞大先头部队。这些炮灰其实

1　土耳其语“托普卡普”（Topkapı），另有同名皇宫。

全都是纪律很差、有勇无谋的鞑靼人、高加索人、阿拉伯人、黑人。谢赫指挥这群乌合之众，德尔维什激励士气，一众监军挥鞭驱赶他们往前冲锋。光是这群携带土块和柴捆发起第一轮攻击的先锋就形成了一条人链，从马尔马拉海绵延到金角湾，发出震天吼声。他们刚抵达城壕边上，便被一阵铁与石的暴雨拦住，遭到大肆杀伤。成百成百的人倒下，被巨石砸死，被乱箭射死，被弹丸轰死，被炽热的臼炮烧死，无论老人、少年、奴隶、窃贼、渔夫还是强盗；下一波士兵在身后的另一波士兵的挤迫下又填了上来。不一会儿，沟渠和侧墙就堆满了密密麻麻的尸首、抽搐的残肢、血淋淋的缠头巾、弓箭和弯刀。又一股武装的洪流踏着死尸，咆哮着涌上来，他们冲到护墙和塔楼底下，随即陷入更密集的矛枪阵和飞石雨，在笼罩城墙、守军、死者和街道的浓烟中丧命喋血，直至上千根奥斯曼号角发出粗野的鸣响，盖过战场的喧嚣，召唤损失过半、血迹斑斑的先锋队从城墙的各条战线混乱地撤回。穆罕默德二世随即派出他的精锐进攻。三支大军有如三股激流，在一百名帕夏指挥下，高擎一千面大纛，前进，散开，漫上高坡，淹没谷地，直冲而下，鼓角齐鸣，刀剑碰撞，发出惊天动地的喧嚣，人人狂吼“万物非主，唯有真主！”——有如霹雳，自金角湾至七塔堡轰鸣不绝。众兵将发足狂奔扑向城墙，好似风暴中的海潮拍击陡峭的悬崖。

此时大战正式开始，也就是说，城门、缺口、壕沟、平台、护墙根，从数世纪的君士坦丁堡坚壁的一头到另一头，发生着一百场战斗。一万只射击孔喷吐死亡，断送二十万条性命。巨石、檑木、装满土的桶、点燃的柴捆从护墙和塔楼的高处滚落下来。挤满进攻者的云梯塌了，攻城塔的吊桥断了。弩炮冒着火光。一排排士兵冲上去，被炮火击中，倒在瓦砾间，倒在沟水里，倒在浓烟中，倒在战友的武器上，处处都被希腊火[1]突如其来的烈焰照得通明。霰弹狂暴地呼啸，地雷接连爆炸，残废的伤员发出哀号，穆罕默德的十八座炮台从高处轰击城市，响声震天。战斗时不时松弛下来，像是为了喘一口气。此时，透过变得稀薄的烟雾，可以从圣罗马诺门的宽大缺口上短暂地见到君士坦丁飘舞的紫袍，朱斯蒂尼亚尼和弗朗切斯科·迪·托莱多[2]闪亮的盔甲，以及三百名热那亚弓箭手躁动的身影。战火随即重燃，烟雾再度掩盖缺口，云梯再度搭上城墙，埃迪尔内门、金门、塞林布里亚（Selymbria）门[3]、特塔尔泰（Tetarté）门、潘普提门、汝西翁（Russion）门、布拉赫奈、赫普塔普尔季翁（Heptapyrgion）[4]重又上演废墟层叠、死尸枕藉的场面；一群群武装大军像是从地底爬

1　一种可在水上或水里燃烧的液态燃烧剂。

2　乔万尼·朱斯蒂尼亚尼（Giovanni Giustiniani）是城防司令，热那亚援军的首领；弗朗切斯科·迪·托莱多（Francesco di Toledo）是卡斯蒂利亚军官。

3　即今锡里夫利门（Silivrikapı）。

4　希腊语，即七塔堡。

出来似的，前仆后继地冲向城墙，填平壕沟，翻越头几道护墙，倒下，再爬起来，攀上瓦砾堆，在尸体上匍匐，乱箭、流弹和火云从头顶掠过。最终，进攻者损失惨重、精疲力尽，后退，撤军，溃散，而城墙上传来高亢的胜利欢呼和庄严的圣歌合唱。

圣罗马诺门对面的高地上，穆罕默德二世在一万四千名禁卫军的簇拥下观察战局，他迟疑了一阵，不知是该重新进攻，还是放弃围困。但是，在打量了一眼死死盯着他、因为不耐和愤怒而颤抖的士兵后，他威风凛凛地立在马镫上，再度发出战斗的呼喊。上帝的报应终于来临了。一万四千名禁卫军像一个人似的发出呼喊作为回应；纵队投入战斗；大批德尔维什分散在营地里激励低落的士气，监军拦截逃兵，帕夏重组队列，苏丹挥舞铁锤，在弯刀和强弓的寒光之中、在缠头巾和头盔的海洋之间一马当先；圣罗马诺门上重新倾泻冰雹一般的箭矢和枪弹。朱斯蒂尼亚尼身受重伤，失踪不见；意大利人泄了气，阵势大乱；魁梧的禁卫军战士乌鲁巴特的哈桑[1]第一个登上城头；君士坦丁皇帝在和最后的摩里亚勇士们并肩战斗时从城垛上摔下来，但仍继续在城门下作战，直至倒在死人堆中……东罗马帝国灭亡了。传说君士坦丁的遗体是在一棵大树下被发现的。但我没有见到任何蛛丝马迹。在曾经流淌血溪的废墟里，地面长满白色的雏菊和伞科植物，

1 此人的土耳其语名为“乌鲁巴特勒·哈桑”（Ulubatlı Hasan）。

一群蝴蝶飞舞其上。我在吉卜赛人惊讶的注视下，摘了一朵花作为留念，然后继续前行。

* * *

我跟前的城墙始终一眼望不到头。城市完全隐没在高墙后面，以至于不清楚这点的人绝对想不到，这些孤单寂寥的废墟后面竟是一座古迹遍地、人口稠密的大都会。而在比较低矮的地方，城垛后面赫然出现宣礼塔的银尖、圆顶的顶盖、希腊教堂的屋顶、柏树的树梢。我透过护墙的缝隙，处处都能瞥见城市的一鳞半爪，就好像一扇倏忽间打开又关上的门：恍如废宅的房屋群，荒芜的山谷，菜畦，花园。更远处，伊斯坦布尔曼妙的轮廓在正午晴朗的白光中若隐若现。

我来到被砌封的特塔尔泰城门前，除了两座相距很近的塔楼，这道门没有别的标记。这段城墙保存得较为完好。可以看到很长一段狄奥多西二世护墙，几乎未受损害；禁卫军长官安泰米乌斯（Antemio）和皇帝奇若·君士坦丁（Ciro Costantino）[1]时期的典雅塔楼经过十五个世纪，仍然高昂着

1 安泰米乌斯即弗拉乌斯·安泰米乌斯，狄奥多西城墙即由他于5世纪初督建。参考下文，此处“皇帝奇若·君士坦丁”或为禁卫军长官弗拉乌斯·君士坦丁（Flavus Constantinus）之误。此人任职期间，于447年修复被地震损坏的城墙。

城墙遗迹

坚不可摧的头颅，像是要挑战新的进攻。几处平台上有一些农民的棚屋，因为盖得特别脆弱狭窄，意外反衬出城墙的坚固宽阔，好似悬在陡峭山腰处的鸟巢。右边始终是公墓、高低起伏的柏树丛，以及墓碑林立的灰色谷地。近处有一座德尔维什的道堂，半掩在悬铃木之间；远处是一间孤单的咖啡馆；再远处是一处柳树荫蔽下的喷泉；过了小树林，白色的小径消失在高处的干燥田野里。头顶是耀眼的天空，盘旋着几只秃鹰。

* * *

又走了十五分钟后，我来到人称耶尼·梅夫拉维哈内[1]的城门前，它得名自前方一间著名的德尔维什道堂。此门很低，其中嵌入四根大理石圆柱，门侧是两根方形塔楼，上刻447年奇若·君士坦丁的铭文，以及查士丁二世及其皇后索菲亚的铭文，但皇帝的名字拼写错了——有趣地证明5世纪的愚昧无知。我朝门里、墙上、道堂四周和公墓张望，没发现一个活人。我靠在横跨城壕的小桥桥墩上休息片刻，然后重新上路。

1 Yeni Mevlevihane，字面意思是“新梅夫拉维道堂”。

* * *

就这样，我一个人在两排无止境的遗迹和墓地之间行走，头顶烈日，身处强烈的孤单和无限的宁静当中，当时所体验到的深沉独特的情感无以名状。我只能追记君士坦丁堡最美丽的景色之一，聊以向读者传达。在人生中的不幸日子里，我有好多次出神遐思，渴望置身于神秘和沉默的人们组成的商队，永远地走啊走啊，造访陌生的国度，直至未知的终点。诚然，这条路满足了我的渴望。我真希望它永无尽头。但我并不感到忧伤，相反，内心充满安详与勇气。花草郁郁葱葱，城墙宛如独眼巨人，地面宽广的线条好似动荡的海浪，在大城边上的死寂中，尽是帝王、军队、大战、消失的人群、亡故的世代的庄严记忆——只有当老鹰从塔顶起飞，划破天空发出的强劲振翅声才会将其打断——在我心中奔腾，唤醒瑰丽的奇想与无边的欲望，使我的人生感触加倍敏锐。我真想再长高两拃，披上萨克森大选侯的华丽甲胄——我曾在马德里的阿尔梅里亚（Armeria）王家武库见过——重新踏足于那片寂静，就像中世纪戟士军团整齐的踏步。我真想拥有提坦巨神的威力，用双臂举起雄伟城墙的巨大废墟。我昂着头，蹙着眉，右手握拳往前走，吟诵诘责君士坦丁十一世和穆罕默德二世的长篇无韵诗，陷入某种尚武的迷醉，整个灵魂都沉湎于过去。我感到头脑和躯体都是多么年轻，能够孤身一人是多么幸运，又是多么羡慕那种充满活力的离群索居，以至于连最亲近的朋友都不愿意遇到了。

* * *

我走到古老的军事城门特里忒（Trite）门前。今天正好关闭。损毁的护墙和塔楼证实，这段城墙前肯定架设过几尊乌尔班大炮。然而，据信那里是穆罕默德二世在总攻前一天向军队提及的三处大型缺口之一。当时他说："我已打开三处缺口，你们可以从那里骑马攻入君士坦丁堡。"我从这道门走到另一道敞开的城门前，两侧有两根八角形塔楼。我根据一座有三个桥拱的金色小桥，认出这是锡里夫利门，通往塞林布里亚（Selymbria）城的大道从这里出发，土耳其人将此城更名为锡里夫利，城门由此得名。穆罕默德围攻期间，防守此门的是热那亚人毛里齐奥·卡塔奈奥（Maurizio Cattaneo）。这条路还保留了一点查士丁尼铺设的垫路石。前方是一座很大的墓地，过了墓地就是著名的巴勒克勒修道院（Baluklù）[1]。

1 土耳其语作 Balıklı。

***

刚进入墓地，我就发现一处僻静的所在，那是掩埋著名的约阿尼纳[1]帕夏——特佩莱尼的阿里的头颅的地方。此外还有他的儿子特里卡拉总督维利（Velì）、阿洛尼亚司令穆赫塔尔（Muctar）、勒班多司令萨利赫（Saalih），和孙子德尔维纳[2]司令（也即维利之子）穆罕默德的墓地。墓上有五根石柱，顶部凿成缠头巾的形状，去世年份全都是1827年。另外还刻有十分简单的铭文，由可怜的德尔维什苏莱曼撰写。他是阿里的童年好友，这五颗脑袋在塞拉里奥宫被乌鸦啄食之后，他将其买了下来并亲手埋葬。阿里的石碑位于中间，铭文写的是："约阿尼纳桑贾克[3]总督、名闻天下的特佩莱尼的阿里的首级安葬于此。他为了阿尔巴尼亚的独立殚精竭虑五十余载。"这说明，即使在他的墓碑上，仍写着可悲的谎言。我停了一会儿，寻思这方寸之地竟掩埋了一颗叱咤风云的头颅，不禁想到哈姆莱特对约里克的骷髅发出的追问。伊庇鲁斯的雄狮啊，你的帕里卡尔兵[4]安在？你的阿尔纳武特[5]勇士，

1　意大利语作 Giannina，土耳其语作亚尼亚（Yanya），位于今天希腊西北部。

2　特里卡拉（Tirhala）、阿洛尼亚（Alonia）、勒班多（Lepanto）都位于今天的希腊；德尔维纳（Delvina）在今天阿尔巴尼亚南部。

3　桑贾克是奥斯曼帝国的行政单位，"副省"的意思。

4　Palicari，为土耳其帕夏效力的希腊人和阿尔巴尼亚人雇佣兵。

5　Arnauti，土耳其人对阿尔巴尼亚人的称呼。

你枪炮林立的官邸，你倒映在约阿尼纳湖中的漂亮亭榭，你埋在岩石间的财宝，还有你的瓦希丽基[1]的迷人双眼，安在？

于是我想到了那位浪迹于君士坦丁堡街头，一贫如洗，被幸福与体面的记忆弄得悲伤不已的绝色美人。就在此时，我听到轻微的窸窣，转头看去，只见一名又高又瘦的男子，身穿宽大的深色僧袍，光着头，用迟疑的神色盯着我。他朝我比画，我弄明白此人是巴勒克勒的希腊修士，想让我看看奇迹之泉，于是我便与他同行前往修道院。他领我走过一间静悄悄的庭院，打开一道小门，点燃蜡烛，让我跟着他，在潮湿昏暗的拱顶下，沿着阶梯往下走，然后停在某一类蓄水池跟前。他一只手拢住微弱的火光，一只手示意我看水里游的红鱼。我正瞧着，他对我嘟哝起一段听不懂的话，大概说的是著名的奇迹之鱼传说。

当穆斯林对君士坦丁堡城墙发起最后总攻时，这座修道院的一位希腊僧侣正在煎鱼。另一名僧侣突然出现在厨房的门边，惊恐至极地大叫："城池失陷了！"另一人答道："什么！我才不信呢，除非亲眼看到这些鱼从锅里跳出来。"话音刚落，锅里的鱼一跃而起，因为只煎了鱼身的一侧，它们半边棕褐半边焦红。这几条鱼被郑重其事地放回捕捞它们的池水中，至今还在那里游动。絮叨完之后，修士往我的脸上

1 库拉·瓦希丽基（Kyra Vassiliki，1789—1834），阿里帕夏的妻子，希腊人。

洒了几滴圣水，这几滴水随即化作几文钱，重新回到他手上。在陪我走到门口后，他睁着百无聊赖、睡意惺忪的小眼睛，盯着我看了一会儿，直至我走远。

* * *

道路一侧始终是连绵的城墙和连绵的塔楼，另一侧始终是多荫的墓地，时而出现绿地，时而是葡萄园，时而是紧闭的房屋，再往前就是一片荒芜。有时候我从低处观察城墙，似乎能看到其尽头的轮廓；但登上稍微高一点的地方，我就重新见到无边无际的城墙在眼前伸展，每走一步，远方的塔楼就映入眼帘，三三两两，一座挨一座，好似匆忙赶路，好去看看是谁打破了荒僻的寂静。那一段的草木特别引人入胜。繁茂的大树笔直地立在塔上，仿佛被插入巨大的花瓶；红黄相间的花丛以及爬山虎和金银花的花冠悬空挂在雉堞上；下方是纠缠拧结的一大堆杨梅、乳香木、荨麻、荆棘，其中生长着几株悬铃木和柳树，树荫遮住城壕和侧墙。大段城墙被爬山虎覆盖得严严实实，藤条像一张大网似的攀缘在砖块和剥落的墙皮上，把缺口和枪眼堵得密不透风。城壕被挖成小片菜畦，山羊和绵羊在侧墙边吃草，放羊的希腊小伙子躺在树荫下乘凉；城墙里飞出一大群鸟；空气里弥漫着浓烈的野草气味；不知怎的，废墟洋溢着春日的欢愉，花草欣欣向荣，

城墙边

似乎是为了迎接哪位后妃的出游。忽然，我感到一股咸涩的气息拂在脸上，抬头往远处一瞧，只见蔚蓝的马尔马拉海。与此同时，我感觉耳边似乎传来低语声："七塔堡！"于是我在道路中间停下片刻，心头涌上莫名的焦躁。随后我重新上路，经过古老的德莱乌泰拉（Deleutera）门，穿过梅兰德西亚（Melandesia）门，来到七塔堡前。

* * *

这座不吉利的建筑物由穆罕默德二世在希腊人的古堡许克罗比翁（Cyclobion）的原址上建起来，以便在陆墙与马尔马拉海墙交汇之处保护城市。它本来的功能是保障伊斯坦布尔抵御外来的围困，但苏丹们的扩张使得这座城堡没有了用武之地，于是立即被改为国家监狱。如今的它只剩下城堡的骨架，由少数士兵把守，无异于一座受到诅咒的废墟，充满痛苦和可怕的回忆，与之相关的凶险传说在君士坦丁堡人人皆知，口口相传。一般来说，旅行者只会在前往金角湾的船头上匆匆瞥它一眼。土耳其人称之为耶迪库莱（Yedikule），对他们来说就好比法国的巴士底狱和英国的伦敦塔：这座纪念碑让人想起最残酷的苏丹暴政时代。

从道路上望过去，视线被城墙挡住，只能看到七座高塔中的两座。此堡由此七塔得名，其中只有四座保存完整。外墙处残留两根科林斯式圆柱，它们原属于古代的金门，纳尔塞斯[1]和希拉克略就是从此门凯旋入城。此外，穆斯林和希腊人都传说，基督徒作为胜利者重返君士坦丁之城的那天，也将从此门进入。入口的城门位于城墙内，在一座四方的小型塔楼处，塔前有个穿便鞋的哨兵在打瞌睡。此人几乎总是会在钱币落袋的那一刻放游人入城。

我走进去，只觉身处一间庞大的围场，气氛阴沉，好似墓地和监狱，令我不由得停下脚步。四周全是厚重的黑色巨壁，呈五边形，顶端是粗壮的四方或圆形塔楼，有的特别高，有的低矮，有的已经倒塌，有的保存完好。塔楼都盖了一层高高的圆锥形屋顶，上面包着铅。废墟里的阶梯难以计数，一直通向雉堞和枪眼。围场内部的植被又高又密，主要是一些柏树和悬铃木，树丛中藏着一座小清真寺，宣礼塔伸在树梢上方。低矮的草木间露出数栋棚屋的房顶，士兵就睡在里面。居中处是一位在城堡中被绞死的维齐尔的墓地。到处可见古代防御工事的断壁残垣。在树丛间沿着城墙的地方，有一些浅浮雕的碎片、残存的柱身和嵌进地里的柱头，半掩在乱草和水塘中。这是一幅诡异而悲哀的混乱景象，充满神秘和凶险，让人不愿意再走进深处。我四下环顾，犹豫不决。然后我小心翼翼地往前走，仿佛害怕一脚踏进一汪血池。棚屋锁着，

1 查士丁尼时代的宦官名将。

清真寺也锁着。一切都孤零零、静悄悄，有如置身于废弃的遗址。城墙一些角落还保留着希腊十字架的痕迹、君士坦丁花押字母的碎片、罗马鹰徽的断翅，以及因为年深日久而发黑的古代拜占庭建筑的中楣残余。我在几块石头上看到用小字草草刻成的希腊语铭文，几乎全都是君士坦丁十一世的士兵留下的，他们在君士坦丁堡陷落的前一天接受佛罗伦萨人朱利亚尼的节制，在他的指挥下在这座堡垒防守。这些顺服等死的可怜人乞求上帝拯救他们的城市免遭劫掠，家人免受奴役。

金门后面有两座塔楼，一座用来关押与苏丹交战的敌国大使，那里的墙上仍能读到不少拉丁语铭文，其中最晚近的一块是艾哈迈德三世时期被囚禁的威尼斯大使留下的，当时正值摩里亚战争；另一座塔楼十分出名，和城堡最阴暗的传说息息相关。这座塔无异于包藏恐怖机密的迷宫和活人的墓穴，在那里，维齐尔和宫廷高官一边在黑暗中祈祷，一边等待刽子手的出现，或者因绝望而发疯，在墙壁上用指甲抠、用脑袋撞，留下一道道血痕。其中一间墓穴里有一只很大的研钵，用来碾碎乌里玛的血肉骨骸。底层有间圆形的大房间，号称血囚室，囚徒在里面被秘密斩首，头颅被扔进一口号称“血井”的井里。至今仍能在不平整的地板上看到井口，上面盖着两块石板。往下是所谓的石窟，由一盏挂在拱顶上的灯照明。被判酷刑处死的囚犯会在那里被剥皮，行刑吏将滚烫的沥青灌进鞭打的伤口，或用狼牙棒将人的手足砸碎。当垂死者的可怕呼喊传入塔中其他犯人耳中时，已经细不可闻，像是微弱的呻吟。在围场的一角，普通囚徒在夜间被斩首的院子依然清晰可辨；院子旁边还有一道距今并不遥远的由人骨堆成的墙，高度几乎与城堡的平台相当。入口附近是奥斯曼二世的囚室，他是第一个被禁卫军害死的苏丹。正是在这间囚室中，年仅十八岁的不幸君主因绝望而力气倍增，奋力抵抗四名刽子手，直至一只冷酷怯懦的手——这只手专门被训练来阉割人——抓住他的“男人命根”。苏丹高声呼叫，随即被绞索扼死。在其他所有塔楼以及部分城墙中有若干纵横交叉的阴暗走廊、隐秘的楼梯、带铁制或木制门环的矮门，帕夏、亲王、总督、内侍、高官在矮门下最后一次低头。他们春秋正盛，权倾一时，却在转瞬间被夺走一切；他们的妻子还穿着盛装，在花团锦簇的私闺等待，可他们的头颅却已在城堡的外墙上淌血。双手沾满鲜血的士兵和刽子手在油灯的火光下，于半夜穿过滴水的走廊，踏上阴森森的阶梯，向仍抱着一线希望的死刑犯传达苏丹的最终判决。尸体的眼球弹出眼眶，脖子上缠着可怕的丝绳，被狱卒拖出去。后者在黑夜中和绝望发狂的犯人长时间搏斗，已经气喘吁吁、疲惫不堪。

伊斯坦布尔另一侧的尽头是塞拉里奥丘，骇人听闻的诏狱天牢就坐落其上。诏狱实际上是一台庞大的拷问机器，顶层是七间石头刑房。受害者会在月光下从海路和陆路被押送到那里，到了日出，就只剩骷髅和尸体；夜间的哨兵可以从这些人被处死的塔楼高处远远望见塞拉里奥宫张灯结彩的亭台。如今见到这座臭名昭著的城堡如此破败，我感到十分痛快，就好像所有受害者都活转过来，既然无法向人类寻仇，索性就报复城墙，用指甲和牙齿将其抓裂咬碎。这头巨鬼已是手无寸铁、老态龙钟，张开由枪眼和残破的大门组成的一百张大口打哈欠，沦为一具徒有其表的稻草人。数不清的老鼠、游蛇和黄蝎子像蛆虫似的，在它的腐躯里繁衍滋生，爬满它空洞的腹部和破碎的腰身，四周草木疯长，给它戴上花环，插满嘲弄的装饰。我走过各道大门，只见硕鼠慌张逃窜。随后我踏上莠草丛生的阶梯，走上西侧的一道护墙。此处是整座城堡的制高点，往下一瞧，只见无数废墟、塔楼、城垛、楼梯、平台杂乱无章地堆在一起，或呈微黑，或呈暗红，四周是大片大片的鲜绿色；往外是附属伊斯坦布尔东墙的其他塔楼和雉堞，其数目是如此之多，以至于你若半闭双眼，见到的似乎只是一整座异常广阔的废堡，朝马尔马拉海方向耸立。往左是伊斯坦布尔的大片城区，被好几条很长的蛇形道路分割。这几条路沿着古代拜占庭皇帝的凯旋大道延伸。凯旋大道从金门出发，途经阿卡迪乌斯广场和君士坦丁广场，直抵皇宫。这番景色雄浑壮阔，让我觉得脚下那堆不祥的废墟越发险恶。我在那里停留很久，倚在被太阳晒得烫人的城垛上，强光照得我睁不开眼。我低头打量这座被掀开顶盖的巨墓，心中怀着担忧而又猜疑的好奇，就像有人跑去观看刚刚发生凶案的地方。

到处沉寂无声。肥壮的蜥蜴在墙上奔跑，癞蛤蟆在底下的水渠里呱呱叫，塔顶盘旋着几只乌鸦，从废墟泥坑里飞上来一群昆虫，围着我的脑袋嗡嗡转，一匹死马躺在堡外的沟里，有些不安的空气传来腐臭味。我感到一阵恶心和厌恶，然而，我又觉得自己被钉在那里，着了迷似的陷入某种困倦。我在正午那种死一般的宁静中半闭双眼，差点做起梦来。在昆虫单调的嗡鸣中，我好像听到头颅被扔进井里的扑通声，濒死之人在地牢中的惨叫，以及布兰科瓦诺幼子的哀鸣——绞索系颈的一刻，他只觉脖子一凉，旋即高呼："父亲啊！父亲啊！"

由于疲劳以及晃眼的强光，我闭上双眼，打了一会儿瞌睡。蓦地，所有的恐怖景象充斥心头，逼真得吓人。就在此时，一声尖利洪亮的呼喊将我惊醒。我往下看去，只见城堡清真寺的穆安津站上了小宣礼塔的阳台。彼时彼地，他那舒缓、温柔、庄严、赞颂神明的声音直刺我的灵魂深处！他似乎代表所有死在那里的人发言，似乎在说他们不会白白受苦；他们最后的眼泪已被收集；遭受的酷刑已得到补偿；他们已经宽恕，也应当宽恕；必须祈祷并信赖真主，哪怕世界遗弃他们；世上一切皆是虚妄，唯有无限的爱与虔敬之情永存……随即我便心情激动地离开城堡。

* * *

我沿伊斯坦布尔外墙，朝着大海重新上路。附近是埃迪尔内车站，数条铁路干线在城墙下交汇。我处在一长列破旧蒙尘的车身当中，里面空无一人。如果我是一个仇视欧洲新事物的狂热土耳其人，那么我肯定会把这些破烂一个个烧掉，然后毫无妨碍地扬长而去。我沿路边前行，担心会时不时听到看守凶狠的喝止。但并没有人找我麻烦。不多时，我就来到城墙尽头。我相信可以从那里进入伊斯坦布尔，不过失望了。陆墙在岸边与海墙会合，并没有城门的踪迹。于是我沿古老堤道的遗迹前行，坐在水中的一块岩石上。从那个方向我只看得见马尔马拉海、亚洲的群山，以及似乎离得很远的、于斯屈达尔的浅蓝色高地。海滩荒无人烟，仿佛天地间只有我孤身一个。海浪在脚下拍打，溅得我满脸是水。我在那里停留片刻，漫无边际地胡思乱想。我好像见到自己孤身从卡利加里亚门出来，沿着空旷的道路，在墓地和塔楼之间缓行。我追上仿佛是另一个人的自己，接着开始在偌大的城市里寻找永克。随即我驻足观察海浪前赴后继地扑来，潮水在岸边呢喃，然后又一波一波地消失在寂静中。我从海浪中看到了接二连三进攻拜占庭城墙的各个民族、各支军队的模样：保萨尼亚和亚西比德[1]的长枪阵，马克西米努斯和塞维鲁[2]的军团，波斯人的大队兵马，阿瓦尔人的营帐，斯拉夫人、阿拉伯人、保加尔人、十字军，米海尔·帕列奥列格和科穆宁的师旅，“雷霆”巴耶济德、穆拉德二世和征服者穆罕默德的战阵，一个接一个消失在死亡的无边寂静中。我体验到《节日之夜》中令莱奥帕尔迪[3]心悸的那种悲伤。当时，他听到工匠孤单的歌声一点点消逝，联想到古人的声音，于是觉得万事万物只不过是大地上的一场梦。

* * *

我转身折返，回到七塔堡的城门，然后走进城墙，沿马尔马拉海岸走遍整个伊斯坦布尔。我已经神困力乏，但在漫长徒步的某个当口，疲劳会催生一种动物般的执着，让人重新振奋起来。我仿佛看到自己仍在荒僻的道路上走啊走啊，

1　保萨尼亚斯（Pausania），斯巴达国王，于公元前 478 年从波斯人手中夺回拜占庭。亚西比德（Alcibiade，公元前 450—前 404），雅典将军、政治家，于公元前 408 年围攻拜占庭。

2　马克西米努斯（Gaius Julius Verus Maximinus，173—238），第一位出身蛮族的罗马皇帝；塞维鲁（Settimio Severo，193—211 年在位），罗马皇帝，于 194 年攻占拜占庭。

3　贾科莫·莱奥帕尔迪（Giacomo Leopardi，1798—1837），意大利诗人。《节日之夜》（*La sera del dì di festa*）是他创作于 1820 年的诗歌。

头顶骄阳，陷入妙不可言的昏睡，恍惚间，都灵的朋友们、小说的情节、其他国度的景色，以及有关人类生活和灵魂不朽的胡思乱想纷纷呈现在我跟前；随即一切都汇聚到拜占庭旅店那张闪烁灯光和水晶光泽的圆桌上，我从一座比伊斯坦布尔大上百倍，已经被夜幕笼罩的城市的另一头远远打量它。

我经过看上去空无人烟的穆斯林居民区，里面依然弥漫着七塔堡的忧伤；我走进希腊人和亚美尼亚人定居的庞大街区萨马提亚（Psammatia），那里也空荡荡的。我沿数不清的曲折小巷前行，从房屋之间往右看去，只见城墙上黑色的雉堞贴着湛蓝的大海伸展。我从萨马提亚门下经过，发现自己又一次置身于穆斯林居民区，周遭是格栅窗户、紧闭的房门、小清真寺、隐蔽的花园、多草木的水池、废弃的喷泉。我穿行于曾是古代公牛集市的空地，总是可以从右边看到城墙和塔楼，一路只遇到几条停下来注视我经过的狗，以及几个坐在地上的土耳其顽童，他们盯着我的脸，一准儿在想什么无礼的事情。有几扇窗子打开又突然关上，我冷不丁瞧见妇女的手或衣角。我绕着很大的乌朗加（Vlanga）公园转悠，那里曾是古代的狄奥多西港的最高处。我见到残留着新近火灾痕迹的一大片空地，几处似乎是城市乡郊的地方，德尔维什的道堂和希腊教堂，以及悬铃木掩映的神秘广场。几个老人指尖夹着水烟的烟管，在树下打瞌睡。

我继续前行，在一间小咖啡馆前停下，想喝一杯橱窗里展示的那种水。我喊了一声，敲敲店门，无人应答。我从希腊街区耶尼卡帕（Yenikapı）出来，来到另一个穆斯林街区。我又一次走进库姆卡帕（Kumkapı）的希腊人和亚美尼亚人街区，我的一侧始终是城墙的雉堞和蓝色的大海，我遇到的还是只有狗、乞丐和顽童。我听到高处传来穆安津宣告日落的声音。天色暗了下来，小房子、忧郁的清真寺、荒凉的十字路口、小巷的出入口继续接二连三地伸展。我开始感到疲惫不堪，真想一见到咖啡馆就扑到店门口的床垫上去。忽然，圣索菲亚这庞然大物耸立在我跟前。多么亲切的景观啊！我恢复了气力，头脑变得清醒，于是加快步伐，抵达港口，走过大桥，终于来到加拉太头一家咖啡馆映照下的旅店大门！永克、罗萨斯科、桑多罗，我的整个意大利小圈子笑意盈盈，张开双臂迎接我……我满足地吸了一口气，比任何一位绅士的呼吸都要来得更长、更深。

古时的塞拉里奥宫

就像没有参观过阿尔罕布拉宫就不算到过格拉纳达一样，在君士坦丁堡，没有深入过古老的塞拉里奥宫墙，就不算真的见识过什么。无论从城市和海洋的哪个地方，你每天都可以上千次见到那座郁郁葱葱，充满秘密和憧憬的山丘，它始终像新事物一般吸引目光，像谜似的激发想象，钻进人们的各种思绪，直至你最终等不及定好的日子，提前来到那里，与其说是为了寻找乐趣，不如说是为了摆脱折磨。

放眼整个欧洲，没有别的哪个角落，光是提到名字就能在头脑中唤醒比这更诡异的美好与恐怖交织的景象。有太多的人围绕此处思考、著述，试图猜个明白。它引发了太多模棱两可、自相矛盾的消息，仍然是太多难以满足的好奇心、轻率的偏见、绝妙的叙述的对象。时至今日，人人都能进去参观，许多人出来后并无强烈感触。不过可以肯定的是，哪怕几个世纪后，即使奥斯曼人在欧洲的霸权只剩下回忆，新城市的稠密街道在这座美丽的山丘上纵横交错，也绝不会有一位旅行者经过那里却不心驰神往地怀念古老的皇家亭榭，并心怀嫉妒地想到，19世纪的我们仍然能觅得奥斯曼大皇宫栩栩如生的记忆。天晓得将会有多少考古学家耐心地搜寻新建筑物庭院里的一道门或一堵墙的遗迹，又有多少诗人将会为海岸边四散的瓦砾写下篇章！又或者，许多个世纪后，这些城墙仍将被精心维护，学者、恋人和艺术家还是会去参观，人们在那里见到的一千四百年的奢华生活将会在大地表面的无数典籍和绘画中再度苏醒，重新扬名。

将世人的好奇心吸引到宫墙上来的并非建筑之美。塞拉里奥宫并非阿尔罕布拉宫那样伟大的艺术杰作，光是那座阿拉伯殿宇中的狮子庭院就顶得上土耳其禁宫里的所有亭台馆阁。相反，塞拉里奥的独一无二之处在于其非凡的历史意义，贯穿并反映奥斯曼王朝几乎全部的兴衰。它的石墙和古树的树干上写满帝国最隐秘、最不为人所知的所有事件。最近三十年和征服君士坦丁堡之前两百年的记载完好无缺。从给王宫奠基的穆罕默德二世，到迁居多马巴赫切的阿卜杜·马吉德，中间经历了整整二十五位苏丹。奥斯曼人刚一征服他们的欧洲大都会，就立刻长驻于此；他们在这里达到其声威的顶点，也是在这里开始走下坡路。它兼具宫殿、堡垒和圣所的功能，是帝国的大脑。它是一座城中之城，一块巍峨的巨岩，一个民族定居于斯，一支军队拱卫于斯，它的宫墙间容纳了数不胜数的建筑物、欢场与凶狱、城区与乡野、宫室、兵械库、校舍、衙署、清真寺。在这里，节庆与屠戮、宗教典礼与爱情、庄重的外交与疯狂的悖行交替上演；在这里，苏丹们降人世、登大宝、遭废黜、坐牢监、被缢杀；在这里，奸臣策划形形色色的阴谋，叛贼的号叫四处回荡；在这里，黄金河与最纯正的帝胤血河一齐流淌；在这里，剑柄紧握，长刀乱舞，寒芒悬照在千百人头上；在这里，焦虑的欧洲、不安的亚洲、惊恐的非洲注目凝视将近三个世纪，好像它是一座冒着热气、威胁大地的火山。

* * *

这座巨兽般的皇宫坐落于伊斯坦布尔最东边的山丘，此丘微微向马尔马拉海倾斜，朝向博斯普鲁斯海峡入口和金角湾，位于古代的拜占庭卫城、部分城区和宏伟的皇帝宫殿一侧所占据的空间中。它是君士坦丁堡最美丽的山丘，是欧洲所有海岸中最受自然眷顾的岬角。两片大海、两道峡湾汇聚于此，仿佛这里就是它们的心脏。东欧的军事和商业大道在此终结。拜占庭皇帝的水道将激湍引流至此间。色雷斯的丘陵挡住北风。海水从三面将其环绕：加拉太面朝港口一侧，于斯屈达尔位于博斯普鲁斯的一侧，比提尼亚的高山雪峰矗

从海上看到的皇太后清真寺

立在亚洲的天际线上。这是一座孤丘，几乎孤悬在大都会的尽头，极为强固也极为壮丽。大自然之所以将它创造出来，似乎是为了将其当成一个大帝国的柱石，保护近似神明的君主享受愉快和隐秘的生活。

整座丘陵在山脚处被一道带有雉堞的高耸城墙环绕，两侧是粗壮的塔楼。马尔马拉海边和金角湾沿岸的城墙充当宫垣；陆墙部分由穆罕默德二世兴建，将塞拉里奥丘和努里·奥斯曼尼耶清真寺所在的山丘隔开，在高门附近转过一个直角，经过圣索菲亚跟前，然后大幅度拐弯，直至和伊斯坦布尔的海墙会合。这是塞拉里奥的外墙。严格意义上的塞拉里奥位于坡顶，本身被高大的宫垣环绕，形成山丘巨型堡垒内部的核心要塞。

但是，描述塞拉里奥现在的样子纯属白费力气：铁路穿过外墙，1865 年的大火烧毁了大量建筑物，花园被严重破坏，建起了医院、兵营和军事学校，尚存的一些建筑物的外观和用途都已大不一样。尽管主墙保存完好，仍然能呈现旧塞拉里奥宫的完整样貌，但小规模的改变又多又彻底，而经过三十年的废弃后，即使未被损害部分的外观也发生了显著变化，以至于如果忠实地描述这个地方，那么最起码的期待也会落空。

对于作者和读者来说，倒不如重温塞拉里奥宫在奥斯曼盛世时期的辉煌。

当时，谁若能从最高的塔楼城堞，或从圣索菲亚清真寺的宣礼塔一眼望尽整个山丘，那么此人定会饱览美妙的景致。在湛蓝的大海、博斯普鲁斯海峡和港口之间，从船帆组成的庞大白色半圆圈后面，只见山丘绿荫连绵，城墙和塔楼环绕四周，顶端是大炮和哨兵。这团绿荫实际上是一片巨树构成的密林，迷宫般的小径在林间闪耀，千百座鲜艳的花坛欣欣向荣。绿荫后面的丘顶上横卧着极为开阔的长方形王宫建筑群，被分成三间大庭院，或者毋宁说是围绕三处大小不等的广场建造的三座小城，其上是眼花缭乱的彩色屋顶、栽满鲜花的阳台、镀金圆顶、白色宣礼塔、悬在半空的亭台尖顶、雄伟大门的穹隆，点缀花园和小树丛，半掩在枝叶之间。这是一座小小的白色大都市，光辉四射却又凌乱驳杂，轻盈有如帐篷营地，从里面飘出来不知道什么靡靡之音、田园牧歌或是铿锵战曲。它一方面藏着数不清的人物和故事，一方面又像死人城似的孤独和静默。整座王廷被阳光笼罩，染上金辉；它隐没在永久的阴影中，外人无从窥探；无数喷泉溅出欢乐的水流；上千处的明暗反差、鲜艳的色泽与微妙的差异装点宫室；柱廊的大理石和池塘的碧波倒映出银白和浅蓝的染料；成群的燕子和鸽子在头顶飞翔。

这就是王城的外观，从高处看去，并不十分广阔。但它的内部被层层区隔，纵横交错，以至于在里面服侍了五十年的仆人都做不到熟门熟路，而禁卫军哪怕第三次攻进去，还是会晕头转向。

苏丹艾哈迈德喷泉

* * *

不管过去还是现在，主门始终是胡马雍门（Bab'Umaiùn）[1]或至尊门，它面朝苏丹艾哈迈德喷泉所在的小广场，位于圣索菲亚清真寺背后。这是一道宽阔的黑白大理石城门，装饰丰富的花纹，上面盖了一座很高的建筑物，有八扇窗，屋顶檐壁突出。它属于阿拉伯和波斯风格的混合，堪称土耳其人在征服后的头几年尚未开始模仿拜占庭建筑时兴建的几乎所有古迹的楷模。入口上方的大理石牌匾仍镌刻着穆罕默德二世的铭文：

但愿真主保佑此殿之主永享尊荣；
但愿真主使他的殿堂强固；
但愿真主使他的柱础坚实。

每天早上，伊斯坦布尔人都会来大门前观看，昨日夜间有哪位国家或宫廷的大人物脑袋落地。头颅要么用钉子固定，悬挂在入口处一左一右两块凹壁里——凹壁几乎完好如初，至今清晰可见；要么陈列在一面银盆中，盆子旁边张贴罪状和判决。绞刑犯的尸体则被抛在门前的广场上。远道而来传

1 Bab-ı Hümayun。

塞拉里奥宫附近的亭子

达胜利喜讯的特遣队会在这里被拦住，等候进入塞拉里奥宫第一间围场的命令。他们在庄严的门槛上堆放兵仗、旌旗、敌酋的头颅，以及血染的荣耀战袍。大门由大批司阍看守，这些人都是贝伊和帕夏的儿子，服饰威严。他们从城墙高处和窗户侦伺络绎不绝地入内的队列，或者紧握宽大的弯刀，阻拦好奇而缄默的人群。人群来到这里，为的是透过墙洞，匆匆瞥一眼部分庭院和第二道大门的一角，好歹稍微领略一下这座巨大神秘的宫廷、无数人向往和害怕的对象。路过此门时，虔诚的穆斯林喃喃地为他们的王上祝祷；穷困但雄心勃勃的青年梦想有朝一日逾越门槛，入内接过马尾大纛；衣衫褴褛的美貌少女怀着不切实际的希望，幻想当上后宫娘娘的尊贵生活；罪臣的亲属浑身发抖，低三下四地垂下头来。整个广场弥漫着一片肃杀的寂静，只有圣索菲亚穆安津每天三次的洪亮声音才会将其打破。

* * *

走进胡马雍门，便来到所谓的禁卫军庭院，也就是塞拉里奥宫的第一间围场。

这间大庭院至今尚存，被不规则的建筑物环绕，极长极深，掩映在各种树影下，其中有棵人称“禁卫军”的巨大悬铃木，十个人都抱不住它的树干。入内后左侧是圣伊莱娜教堂[1]，由君士坦丁大帝建造，后被土耳其人改为军械库。再往里走，周围遍布塞拉里奥的医药局、公库、柑橘储藏间、王室马厩、膳房、司阍营地、铸币所、宫廷高官的宅邸。那棵巨树底下还保存着两根小石柱，犯人在柱下被斩首。所有参加底万[2]或谒见帕迪沙的人都要从这里经过。此处就像一间敞开的大号门厅，总是摩肩接踵，人人忙碌不休。一百五十名面包师和两百名厨师以及碗碟工在宽敞的膳房中劳作，为无数“吃王上的面包和盐”的家族准备伙食。对面挤满侍卫和仆役，他们假装生病，好被允许在阔气的医药房——那里有二十名医师和一大票奴仆——过清闲的日子。长长的骆驼和骡子商队给膳房带来补给，或者将败军的武器运到圣伊莱娜教堂。在这座教堂里，斯坎德培的弯刀和帖木儿的臂甲在穆罕默德二世的佩剑旁闪闪发光。税吏走过，身后跟着满载黄金、前往库房的奴仆。库房积聚了如此惊人的财富，用苏莱曼大帝的大维齐尔索库卢（Sokullu）的话来说，足以建造一支装备银锚和丝绸缆索的舰队；穆拉德四世的九百匹马在保加利亚马倌的牵引下，浩浩荡荡地奔驰而过，在实心银块的饲料槽边吃草。

1 Sant'Irene，字面意思“神圣和平”。

2 Divano，御前会议。

从早晨到夜晚，各种闪亮的制服在那里麇集，其中特别显眼的有禁卫军高耸的白色缠巾、左卫队[1]的苍鹭羽饰、信使（peyk）的银头盔。苏丹侍卫穿垂到腰部的金色外衣，系宝石腰带；垂辫斧兵[2]侍奉内廷官员，戴垂挂羊毛穗的帽子；贡卫队[3]持仪仗棍棒；斧兵手握利钺；大维齐尔的侍从配备装饰银链的鞭子；看守御园的苑卫队（bostancı）头戴紫红色帽子；五颜六色、佩戴上百种徽章的弓箭手、长矛手、府库侍卫、"剽卫队"、"莽卫队"、黑人宦官和白人宦官、随扈和监军、位高权重的人士聚集在这间香气缭绕的庭院，神态倨傲，充满宫廷威严。

在表面的混乱背后，精细和严格的时间表支配所有人的作息。在这间院子里，人人都像机床上的叶轮一样运动。日出时分，从伊斯坦布尔嗓音最柔美的歌手中挑选出来的三十二名穆安津现身宫廷，在塞拉里奥的清真寺宣礼塔上宣告黎明来临，随即与占星师和天文学家夹道相遇。后者刚从观测台上下来，他们一整晚都在那里研究天象，以便确定苏丹履职的吉时。接着，塞拉里奥的首席御医入内询问帕迪沙的健康状况；乌里玛学者前来向王室弟子传授惯常的宗教学

1 Solak，苏丹的仪仗卫队。因用左手持弓，故称"索拉克"（左撇子）。

2 Zülüflü baltacı，宫廷仆役和卫士，头部两侧留有下垂的辫发，故称"垂辫斧兵"。

3 Yasakçi，负责保护外国使节的卫队。

问；私人枢密向苏丹宣读夜间收到的申诉；教文艺和科学的师傅来到第三间庭院，给皇家侍从上课。人人都有其定时，所有服侍至尊的廷臣都从院子走过，前去请求他下达每日的命令。苑卫队长[1]是塞拉里奥和散布在博斯普鲁斯海峡和普罗蓬提斯岸边的苏丹别宫的总管，他前来探问王上，是否乐意去海边远足，因为他负责掌舵，而他的苑卫队享有划桨的殊荣；大狩猎长在大鹰猎官的陪同下，偕同白鹰猎队的首领、兀鹰猎队的首领、雀鹰猎队的首领，前来征询帕迪沙的心意；城市总长和掌管膳务、货币、草料、府库的一大群主事根据提前安排好的次序，一个接一个觐见，人人都有自己的记事簿、准备好的言辞、身穿独特服装的奴仆。稍晚，御穹大臣[2]前往底万，身后跟着一队文秘和家属。人们骑马、坐车、乘轿，纷至沓来，全都涌向只能步行通过的第二道宫门。所有这些人都可以根据缠巾的形状、袖子的尺寸、裘衣的质地、内衬的颜色、马鞍的装饰，是留络腮胡还是只留口髭，分辨其品秩高下。虽然人头攒动，但井然有序，分毫不乱。穆夫提着白衣，维齐尔着浅绿衣，内侍着绯衣；着深蓝服色的是六位首席法政大臣、众埃米尔的首领，以及麦加、麦地那与君士坦丁堡的法官；高级乌里玛着紫罗兰服色；太傅（müderris）

1　土耳其文作 bostancı başı。

2　土耳其文作 kubbe veziri，列席御前会议的重臣，也是大维齐尔的助手。

和谢赫着浅蓝服色；特别轻浅的蓝色是封地监军和维齐尔阿迦的标志；暗绿色是掌管王室马镫的阿迦和神圣军旗旗手的特权；苏丹武库的臣僚着惨绿色；军队将领穿红靴，高门官员穿黄靴，乌里玛穿深蓝靴。

鞠躬致敬的深浅程度对应各种服色。苑卫队队长是塞拉里奥的警务首脑，狱卒和刽子手的司令，人们一提到他的名字，听到他的脚步声，就会惊恐万状。当他经过庭院时，左右两排人叩首及地；太监总管是内廷和外廷的大总管，他经过时，各色兜鍪、缠巾、羽饰纷纷俯伏，犹如被一百只看不见的手按着似的；大施赈官在一千声恭敬的祝安声中走过。所有苏丹的近臣——管马镫的司厩长，给苏丹递鞋的首席仆役，擦拭武器的羽林军阿迦（silahtar Agà），在铺地毯之前用舌头舔舐地板的白人宦官，给苏丹倒小净用水、打猎时为他捧上火绳枪、掸去他宝石羽饰上的灰尘、管理他的黑狐皮大衣的侍童——受到表示好奇和尊重的特别礼遇；宫廷宣教师和锦衣总管在宫廷节庆的场合向人群抛掷钱币，众人在他们的行列前后发出一阵窃窃私语；每十天为众王之王理发的幸运穆斯林在羡慕的目光中走过；人群特别殷勤地为首席外科御医（他受命给众皇子行割礼）、首席眼科御医（他为后妃和姬妾准备眼药水）、花匠总管（他忙于应付上百位佳丽的订单，在长袍下夹了份金玫瑰点缀的诗韵公文）让道；首席御厨接受谄媚的问候；人们向看管鹦鹉和夜莺的侍臣露出礼节性微笑，因为他们可以踏足最幽深的亭榭。上千人按照严格的等级列队，遵守五十卷典籍上记载的礼仪，穿得花团锦簇、百态千姿。他们在宽阔的庭院里整队前进或环行，每一分钟都有新的人流涌入。在苏丹和宰相之间传话的卡拉库拉克[1]前去给大维齐尔送密信；司阍跑到受猜疑而失势的帕夏府邸处，带去要他立刻前往底万的命令；“报喜官”向帕迪沙宣布，盛大的商队已经顺利抵达麦加。往来于苏丹和国家高官之间的其他信使个个都拥有专门的头衔，一眼就能通过独特的服饰认出。他们奔跑着穿过人群，消失在庭院的两扇门之间；大批煮咖啡的侍者前往宫廷膳房；成群的皇家猎手被沉甸甸的镀金行囊压弯了腰；一队队脚夫满载布匹，走在向苏丹供应物资的大采办官前面；无数划桨手在奴隶的引领下，前去从事塞拉里奥最繁重的工作。

在此之后，碗碟工每天两次走出膳房，在悬铃木的树荫旁、拱廊下、城墙边搬运巨量的米饭和烤全羊，侍卫和仆人赶来，于是宽敞的庭院里开始上演军队就餐的精彩大戏。片刻后场景转换，一位外国大使在“两堵黄金和丝绸的墙壁”之间走上前来。苏莱曼大帝在写给波斯沙王的信中，称此处为“天下万方显贵汇聚”的所在。查理五世的大使和弗朗索瓦一世的大使并肩而立；匈牙利、塞尔维亚和波兰的使节与热那亚

1 Karakulak，字面意思“黑耳官”。

共和国、威尼斯共和国的代表联袂入内；负责接受馈赠的礼宾官[1]在胡马雍门的门口和外国商队相遇；背负金王座的大象、硕大的羚羊、笼中的猛狮、鞑靼的骏马，以及披着老虎皮、驮着大象耳朵盾牌的沙漠名驹，在上千人围观下迈步向前；波斯的使臣携来中国花瓶；印度苏丹的代表奉上装满珠宝的金盒；非洲诸王的大使带着从母驼腹中剥下来的骆驼胎皮地毯和镶银的锦缎，压弯了十二名奴隶的脊背；北欧各国的使节身后跟着成群的奴隶，满载兽皮和贵重的武器。

打了胜仗后，缧绁加身的敌将和沦为阶下囚的蒙面公主，连同他们手无寸铁、悲不自胜的随扈，以及年龄不一、肤色各异的大批宦官——作为战利品被俘获，或者由战败的王公作为礼物献出——走了进来，以便在帕迪沙的跟前展示。与此同时，凯旋的军官聚集在国库门前，存放他们从波斯的城市洗劫来的锦缎和镶珠嵌玉的佩剑，从埃及的马穆鲁克那里夺取的黄金和宝石，从罗德岛骑士团的宝藏中发现的金杯，掠自希腊和匈牙利的狄安娜与阿波罗雕像，以及各座城市和堡垒的钥匙。其他人引领掳自莱斯沃斯岛的少男少女来到第二庭院。形形色色的庞大资财从非洲、卡拉曼、摩里亚、爱琴海的港口汇聚塞拉里奥，它们全都在宫墙之间经过或停下，管家和文秘大军不停地忙着登记、付账、寄存、安排觐见、

1 Pîşkeşçi başı。

做出任命。布尔萨和特拉布宗的奴隶集市贩子站在第二道大门前，等待轮到自己入内。和他们一起的是来自巴格达、给苏丹念诗的诗人。失宠的总督带着装满金币的杯子，来这里赎买性命。他们身旁站着一位帕夏的使者，此行的目的是将一名年方十三的美貌少女献给王上——使者经过三个月的搜寻，才在安纳托利亚一间茅屋底下找到她。人们身处从帝国四境返回的探子之中，身边是为了讨回正义，从遥远省份赶来的疲惫家庭，周围是伊斯坦布尔最底层的妇女，她们被允许向底万申诉冤情。

在召开御前会议的日子里，只见叛乱省份的使节骑着马或驴，在好奇人群的嘲笑中走过。他们的胡子被剃得精光，头上被迫戴着女士圆帽；至于亚洲王公的傲慢特使，他们的鼻子被监军的弯刀削掉；国务大臣从殿中出来，带着大维齐尔送给某位远方总督的贵重披肩，没有察觉披肩的褶皱里藏了后者的死刑判决；这里有野心家的笑脸，他凭阴谋诡计，已经获得了一省的管辖权；也有落魄者的愁容，他在会议上听说了自己很快要失宠的隐晦威胁；信差带着至尊诏书[1]，像命运一样毫不留情地从这里骑马出发，前往三百哩以外，在总督的府邸中给他带去毁灭和死亡；令人生畏的宫廷哑仆从这里被派遣，前去扼死关在七塔堡地下的显赫囚徒。与这些

1 Hatt-ı şerif。

人擦肩而过的是乌里玛、贝伊、毛拉和埃米尔，他们听讼归来或是前去听讼，个个垂着头，眼睛盯住地面，双手藏在宽大的袖子里；维齐尔的口袋里装了《古兰经》，以便在必要时向死者诵读；专横的大维齐尔被刽子手监视，他在卡夫坦长袍下揣着自己的遗嘱，随时准备赴死。

所有人都整齐划一地往来，迈着缓步，一言不发，或者操着塞拉里奥宫独有的谨慎而端庄的语言轻声交谈。人们不断交换严肃和探询的眼色，手抚前额和前胸，伴以断续的低语、斗篷和便鞋轻微的沙沙声、弯刀沉闷的铿锵声，不知怎的生出一股肃杀和悲伤的气氛，同他们高傲骁勇的面容、鲜丽的服色、华美的兵器形成鲜明对比。从所有眼睛里可以读出同一种思想，从所有额头上可以见到对同一个人的恐惧。这个人高高在上，举世瞩目。人人在他跟前鞠躬、叩拜、屈服，似乎什么事情里都有他的身影，什么传言中都能听到他的名字。

* * *

从这间庭院穿过高大的平安门（Bab-el-selam），就进入第二庭院。此门位于两座巨塔之间，仍然保存完好。即使到了今天，若无诏令也不得阑入。旧时，两块粗重的门板从第一庭院处、另两块门板从第二庭院处将门合上，这样当大门完全关闭时，就能在里面腾出一间昏暗的大房间，房间下方是刽子手的单间，通过一条暗道和底万大厅相连。失势的高官显贵在那里等待自己的判决，常常在收到判决的同时就被处决。在别的时候，总督或失宠的维齐尔被以某种借口召至塞拉里奥。他们毫无防备地前来，从左边的拱门走过，进入底万，等来的是主子善意的微笑或温和的申斥，威胁日后再加惩处。告辞后，他放心地再次从门下走过，但突然感到腰部顶了一把利刃，或者喉咙上套了一根绞索。他来不及看清来人，做出抵抗，就重重地摔倒在地。听到垂死者的喊叫，一百张面孔在两座庭院里张望。随后，所有人都沉默地接受了此人的命运。罪臣的头颅被带到胡马雍门的凹龛，尸体被丢给圣斯蒂芬海滩的乌鸦，消息被禀报给苏丹，随即便一了百了。拱门下方右侧的牢房铁制廊道今日尚存。当临时取消死刑命令时，受害者就被投入其中，或许是为了延长他们的痛苦，或许是为了将其放逐。

* * *

从平安门底下出来，立刻来到第二庭院。

在这里，你开始更真切地感受到“两海与两洲”之主的神圣光环。第一次来这里的人，肯定刚一进门就会被恐惧和崇敬之情攫住，不由自主停下脚步。

这是一间异常广阔的不规则庭院，一处大得不成比例的露天厅堂，被雅致的建筑物和镶金镀银的圆顶环绕，相当挺拔的树木四散各处，高大柏树掩映的两条路径横穿其间。一道雅致的连廊贯通周遭各处，由精巧的白色大理石圆柱支撑，上覆包铅的飞檐屋顶。进去之后，左侧是圆顶熠熠闪光的底万大厅；往里走是会见大厅，厅前的六根马尔马拉大理石巨柱支撑硕大的屋顶，檐角呈波浪状。地基、柱头、墙壁、屋顶、大门、拱券全都精雕细刻、镶珠嵌玉、雕梁画栋、金碧辉煌、轻盈可人，有如一座宝石装饰的亭子，掩映在高大悬铃木的树影下。

另一侧是机要间、看管礼服的大厅、存放帷幔的仓栈、黑人大宦官的住宅、宫廷御膳房。掌管御膳房的大总管比御穹大臣还要忙碌，他辖制五十名副手，后者又统领一大票御厨和糖果匠，在盛大场合，还会有来自帝国各地的手艺人前来协助。召开底万的日子里，御膳房为维齐尔们烹制菜肴；在皇子行割礼和大婚的场合，那里为著名的甜食游园会准备糖鹳、糖老鹰、糖长颈鹿、糖骆驼，以及用作大变飞鸟魔术道具的烤羊。这些美食随即被隆重地搬运到赛马广场；形状和颜色各异的糕点在那里制作，然后融化在后宫无数饕餮的口中。

大型节庆期间，八百名工人在膳房旁集合，负责在塞拉里奥的花园中或博斯普鲁斯的小丘上搭盖苏丹和后宫的营帐。当巨大仓栈中的帐篷不敷使用，就会利用船帆和采伐自别宫御林的整株柏树修建凉亭。附近的大宦官住宅有如缩小的王宫，黑人宦官、女奴和男奴的行列在这间住宅和第三庭院之间穿梭不绝。各国大使经由这间庭院前去谒见苏丹。到了那时，所有连廊都装饰上朱红的衣袍，宫墙光华四射，地面被清扫得有如大厅的地板。两百名禁卫军、斯帕西骑兵和羽林军组成底万护卫队，服饰和兵仗胜似王侯，在柏树和悬铃木的阴影下整装列队；一大群白人宦官和黑人宦官衣着修洁，熏香傅粉，立于宫门两侧。第二庭院的这一切宣告王上行将到来。人们压低声音，收敛举止，听不到马匹的踏足，也听不到劳作的喧哗。奴仆和士兵静悄悄地经过。某种圣殿般的静谧支配整个围场，只有突然从树上传来的鸟叫，或司阍关闭大铁门时发出的吱嘎声才会将其打破。

＊＊＊

在庭院的所有建筑物中，我只关心底万大厅。它几乎完好无损，一如举行最高国务会议时的模样。这是一座很大的拱形房间，来自高处的摩尔式小窗提供光照，金色花纹点缀的大理石覆盖四壁。除了御前会议成员们就座的长椅，就没有别的摆设了。在大维齐尔的位子上方仍然有一扇被镀金木制格栅封闭的小窗，起先是苏莱曼大帝，后来所有其他帕迪沙都从窗后——或者人们相信他们会从窗后——听取会议，谁都见不到他。一条秘密走廊从这个隐秘的隔间一直通到第三庭院的皇家寓所。

一周当中，大臣们五次坐在这间厅堂里举行大朝会，由大维齐尔领衔，场面十分庄重。大维齐尔坐在正对入口大门的地方；他身边是御穹大臣和卡普丹帕夏（海军司令）[1]，以及安纳托利亚和鲁梅利亚的两位军法长官，二人代表亚洲和欧洲各省的司法官。帝国司库官站在一边，给苏丹诏书盖章的掌印官[2]站在另一边。再往外，两班乌里玛和宫廷内侍分列左右；角落里是监军、传令官、刑吏，他们聚精会神地留意每个手势和每个眼神。

面对这样的场面，就连最勇敢的人也会发抖，最无辜的人也会心虚。衮衮诸公站在那里，表情木然，交叉双臂，藏起两手。穹顶洒下的暗淡光线给白色的缠巾、凝重的面庞、静止的长须、华贵的裘衣、匕首的把柄染上淡金色。乍看过去，列席御前会议的臣僚仿佛一大群穿着衣服、涂着彩釉的雕像，呈现死一般的表象。由于铺了毯子，听不到出入之人的脚步声；空气中散发着裘皮的气味；庭院的树木的绿色映在大理石墙面上；会议陷入沉默之际，鸟儿的歌唱回荡在金碧辉煌的穹顶下；这间骇人法庭的一切都是如此温和安详。说话声次第响起，平静单调有如潺潺溪流，控告人或自我开脱之人笔直

1 Kaptan paşa。

2 Nişancı。

乌里玛

地站在大厅中央,难以察觉是谁开的口。一百只眼睛瞪得滚圆,死死盯住一个人的脸,从最轻微的神色变化中探究他的目光,权衡他的话语，猜测他的念头。死刑判决是在经过漫长的低声讨论后，于坟墓般的寂静中，用不带感情的措辞宣读出来的；又或者像霹雳似的猝然而至，绝望的灵魂在临终之际发出惊恐的话语，宛如判决词的回声。苏丹随即使个眼色，弯刀立时劈开罪人的背脊，鲜血溅上地毯和大理石；斯帕西骑兵和禁卫军的阿迦被捅得浑身是窟窿，倒地毙命；总督和抚臣[1]重重摔倒，脖子上套着绞索，眼球弹出眼眶。片刻后，尸首就被盖上绿布，抬到悬铃木树荫下。血迹被洗净，香氛被喷洒到空气中，刽子手退回原位，会议继续进行，人们不动声色，手藏在袖子里，声音平静单调，从摩尔式小窗照进来昏暗的光线,将高耸的缠巾和浓密的胡须染成浅金色。但是,当穆拉德四世或塞利姆二世对底万感到不满，挥拳将装满王室秘密的镀金格栅打得吱嘎作响时，终于轮到这些高傲的判官们坐立不安了！他们陷入漫长的沉默，用慌乱的眼神互相示意，随即重新召开会议，容色镇定，语声庄重。但他们冰冷的手却在宽大的袖子里久久颤抖，心中乞求真主的保佑。

1 原文 kaymakam，奥斯曼时期的一种高级官衔。

* * *

某种程度上，这间第二庭院相当于塞拉里奥的外交场所。在它的尽头敞开第三道大门，两侧是大理石圆柱，门上覆盖硕大的飞檐屋顶，门前是一大票日夜值守的白人宦官以及成群的司阍，个个配备了长剑和匕首。

这就是著名的极乐门（Bab-ı Saadet），它通往第三庭院。将近四个世纪以来，这道神圣的大门不对任何基督徒开放，除非奉国王或国家的名义谒见。成千上万的尊贵访客尽管满怀好奇，不断恳求，也只能抓着门，无可奈何；多少奇妙的故事和痛苦的传说，多少美丽与喜悦的幻影，多少爱之秘、血之谜的隐晦天启，以及无数警诗艳词的韵律，都从这道门里泄露并传遍世界；在王中之王的殿堂，人民怀着隐秘的恐慌情绪提及这道庄严的大门，好似它是魔法大厅的入口。凡夫俗子若是步入其中，必定化作石头，或者目睹人类语言无法描述的东西。时至今日，哪怕是最缺乏想象力和情感的游人，也会带着几分犹豫在它跟前止步，吃惊地打量着半开半闭的门板上方圆锥形的门楣。

* * *

即便如此，军队哗变时仍然会攻到这座庄严的大门前。

甚至可以说，从底万厅直至极乐门的大院子，这处角落正是叛军在塞拉里奥宫中犯下最放肆、最血腥罪行的所在。王上仗剑治理天下，然而又受制于利剑的号令。专制既然能拱卫大王宫的门庭，势必也能冒犯其堂奥。于是，当周遭的弯刀收刃回鞘，这座庞然巨殿所倚赖的脆弱柱础便暴露无遗！武装的大队禁卫军和斯帕西骑兵于深夜手持火把，挥利斧劈开第一和第二庭院的大门，一拥而入，提出剑尖上的请愿，索要维齐尔的人头，后者垂死的呼喊回荡在不可凌犯的宫墙之间，充塞于主君的神圣围场，一切陷入混乱与惊骇。从城墙高处白白扔下一袋袋金银钱币；穆夫提、谢赫、乌里玛和宫廷显贵乱作一团，一个劲儿说教和祈祷，试图好言劝解气势汹汹的叛逆放下武器，却于事无补；脸色惨白的太后从格子窗后面徒劳地展示无辜的幼子。乱军有如一千个脑袋的怪兽，盲目狂暴，一心要抓住它的猎物，也就是那些活生生的受害者，撕碎其皮肉，倾洒其鲜血，将其头颅挑在枪尖上。苏丹佩戴着无用的匕首现身城楼，在瑟瑟发抖的太监和侍臣簇拥下，壮着胆子来到大门壁垒处。他同众兵将一一争辩，又是许诺又是哭泣，以自己的母亲、孩子、先知、帝国荣光、世界和平的名义乞求开恩。乱军爆发一阵威胁和詈骂，令人眼花缭乱地晃动火把和弯刀，算是对苏丹软弱呼吁的答复。就在这时，司库、维齐尔、宦官、宠姬、将军摸索着从极乐门里挨个走出来，随即在这班嗜血的野兽当中倒下，被一百柄利刃砍成碎片，又被一百只脚踏成肉酱。穆拉德三世就这样交出他宠幸的鹰猎官穆罕默德，后者在他眼皮底下被乱刀分尸；穆罕默德三世就这样交出后妃总管奥斯曼[1]和白人宦官的头头加赞费尔（Gazanfer），并被迫在二人血淋淋的尸体前面问候这伙兵痞；穆拉德四世就这样啜泣着交出大维齐尔哈菲兹（Hafiz），十七柄匕首刺穿他的胸膛腰腹；塞利姆三世就这样交出他的底万里所有成员的人头。而当充满痛苦和耻辱的帕迪沙咒骂着重返自己的寝宫时，叛军却举着千百根火把在伊斯坦布尔街头狂奔，将尸骸照得通明，残躯在醉醺醺的人群中被拖行游街。

* * *

就像平安门一样，极乐门形成一条很长的厅道，出来后直接进入“太阳的兄弟”所居的神秘围场。

读者要想对这个地方有生动的印象，不妨在千回百转的柔靡音乐伴奏下阅读我的文字。这是一座小小的魔法城市，神秘精巧的建筑物七零八落，隐没在挺拔的柏树和悬铃木丛林中。巨树的枝条伸展到屋顶上，树荫覆盖错综复杂的花园

1 克兹拉尔阿迦（kızlar Agà，音译），官职名，由太监担任，负责保护王宫，招募和训练嫔妃等。

组成的迷宫，花园里满是玫瑰和马鞭草、拱廊环绕的小院子、两侧是凉亭和中国式楼阁的小径、草甸子、岸边栽种桃金娘的小湖，湖水映照白皙非常的小清真寺、庙宇和修道院形状楼房的镀银小圆顶，彼此由敞开的走道连通，由一排排轻盈的圆柱支撑走道；精雕彩绘的木屋檐高高伸展，下面是缀满花纹的拱廊，以及通往阳台的外梯，其上安装了巧妙的扶手。到处都是幽暗的景致，大理石喷泉在其中泛着白光，点缀在枝叶、小拱门和其他凉亭的小圆柱之间；从任何地方都可以透过松树和榕树的缝隙，看到遥远而浩瀚的马尔马拉海、博斯普鲁斯两岸、港口和伊斯坦布尔。这座人间天宫之上唯有茫茫苍穹。它不啻一座草木丛聚的小城，没有预先的规划，全凭一时一刻之所需或所愿，一点点建造起来，奢华脆弱有如戏台的布景，处处是精巧稚气的藏身处和怪诞的所在。既一目了然又无影无形，既熙熙攘攘又荒无人烟，古代奥斯曼君王的游牧和冥想精神似乎仍支配着这里；它有如石头打造的营盘，纵使华美壮盛，依然令人想到鞑靼流浪部落的帐幕；这座凌乱的巨型宫阙由上百间彼此隐藏的小殿组成，所有宫室全都弥漫着监牢的悲愁、庙宇的肃穆，以及乡野的闲趣。它是一出充斥帝王排场和蛮族率真的大戏，初来乍到之人目睹之下，不禁自问今夕何夕，此地何地。

这间庭院是塞拉里奥的心脏，君权的静脉于此处汇聚，帝国的动脉从此处流淌。

* * *

入内见到的第一栋建筑物是王座大厅，至今尚存，供人参观。这是一间不大的四方建筑物，周遭环绕漂亮的大理石柱廊，人们从一道华丽的大门进入，两侧各有一汪美观的喷泉。镀金花纹装饰的穹顶覆盖大厅顶部，墙壁镶嵌大理石和绘有对称图案的瓷板，居中有一大理石喷泉。光线从高处的彩色玻璃窗投射下来。大厅尽头是大床形状的王座，上覆珍珠穗子的华盖，由四根高耸纤细的镀铜圆柱支撑，四柱以花纹和宝石作为装饰，顶部有四颗金球，辅以四轮新月，其上悬挂马尾毛，象征帕迪沙的军功。王上在这里当着整个宫廷的面，举行隆重的陛见仪式；苏丹的兄弟和侄儿的尸体也被丢弃在这里，确保他的统治不受阴谋和背叛的困扰。

我刚一进去，马上就想到穆罕默德三世的十九位兄弟。就在轰隆的大炮向亚洲和欧洲宣布父皇驾崩之时，他们也在监狱的深处收到了死刑判决。塞拉里奥的宫墙边堆满尸首，陈列在王座前。不管什么年纪，从儿童到壮年，他们一个个叠在一起，眼珠突出眼眶，脸上和脖颈上留着谋杀犯的手印。金发儿童的小脑袋倚在成年人宽阔的胸膛上，头发灰白的头颅被十来岁幼弟的脚踩在地板上；绞索玷污粗劣的囚服和摇篮的襁褓，衣服裹着的肢体变得僵硬，面容变得扭曲。鲜血喷溅在有着漂亮金色花纹的亮晶晶的瓷砖上。塞利姆二世、穆拉德四世、艾哈迈德一世、易卜拉欣诸帝狂性大发，兴高采烈地观赏他们绝望的痛苦！在这个地方，大臣们的脑壳在大理石喷泉上撞得粉碎，倒在监军的脚下！从叙利亚和埃及被押解来的总督的头颅在这里滚落，被拴在阿迦的马鞍上！来到此处者若是有不祥的预感，就会在门槛上转身，向明媚的天空和亚洲的群峰道声永别；若能平安离开，则怀着劫后余生的情绪，再度向太阳致意。

* * *

人们能够访问的宫室不止这间王座大殿。从那里出来后，你会穿过几座花园和小院子，看到周遭环绕摩尔式拱门的小建筑物，由大理石小圆柱支撑。在那里，侍从们被集中在学府里接受教育[1]，并培养远大的志向，以便日后担任帝国和宫廷的高级职务。此地也是游乐大厅，仆从和师傅都是从帝国最博学的人士当中挑选的。建筑物中间有一排典雅的撒拉森式凉亭，带有敞开的柱廊式内院，里面就是图书馆。这些凉亭尚存一座，主要以其青铜大门著称，饰以碧玉和天青石浮雕，凿刻精美的花纹、星辰、叶片等各种形状的图形，巧妙繁复，简直非人力所能为。距图书馆不远处矗立着帝国府库

1　即著名的恩德伦学校（Enderûn Mektebi）。

所在的馆阁，通体瓷砖，闪闪发光。里面积存惊人的财富，很大一部分是缴获品、他人赠予苏丹的礼物或者苏丹在遗嘱中作为纪念而留下的武器，如雅善书法且引以为豪的马哈茂德二世遗留下的他那方缀满钻石的金砚台。时至今日，相当一部分珍宝被变卖为黄金，以便充实国库。但在帝国的极盛时代，这座馆阁藏满熠熠生辉的大马士革弯刀，其刀柄犹如一串珍珠和宝石；长长的枪支，枪柄处的钻石多达两百颗；价值抵得上某个亚洲省份一年收入的匕首；实心的银制狼牙棒或钢棒，棒头由一整块切割精细的镀金水晶组成。宝物中夹杂了穆拉德们和穆罕默德们珠光宝气的羽饰，在皇家宴席上盛过匈牙利美酒的玛瑙盏，一整块绿松石雕出来的杯子——曾经流入波斯王和帖木儿的宫殿，镶有卡拉曼核桃那么大钻石的项链，珠宝腰带，黄金马鞍，闪烁玉石光泽的地毯。这座大厅看上去像是着了火，蒙蔽人的理智和视觉。

距府库馆不远处，就在一座僻静的花园里，仍然保存着著名的“鸟笼”。自从穆罕默德四世以来，受帕迪沙猜忌的血亲手足都被囚禁其中。这些活死人就在那里指望禁卫军振臂一呼，拥立他们登基，或者等待刽子手来绞死他们。这座建筑物的形状像是小庙，墙壁厚重，无窗，光线从高处的一扇小铁门照进来，门上顶了一块巨石。从失位到死亡的短短几天里，阿卜杜·阿齐兹曾被幽禁在里面；奥斯曼的卡里古拉[1]易卜拉欣在这里迎来他可怕而凄惨的结局，外国游人一踏进这座活死人城就会想起此君。军队阿迦们将他从宝座上拖下来，像拽一条可怜虫似的将他拽进监牢。他宠爱的两位姬妾也被关在里面。经历最初的绝望愤懑后，他无可奈何，声称“此乃真主的命令，一切早就在我的额头上写定”。他曾富有四海，在庞大的后宫中流连了九个年头，但如今留给他的只有一间囚室、两名女奴和一本《古兰经》。可他还是坚信自己能苟全性命，安宁度日，抱有一线希望，幻想他在伊斯坦布尔酒馆和兵营里的党羽能够再度改变他的运数。但他却忘记了《古兰经》的法度：“如果有两个哈里发，你们当斩杀其中一个。”[2]当阿迦和维齐尔向穆夫提咨询时，后者便记起了这则判决。

末日那天，易卜拉欣坐在墓穴角落的席子上，向两位女奴诵读《古兰经》。这二人站在他跟前，双臂交叉于胸前。他身穿黑色卡夫坦长袍，腰系碎布披巾，头戴红色羊毛圆帽。穹顶上洒下一抹惨淡的光束，照亮他苍白憔悴但十分安详的面容。外面突然响起了喧哗声和脚步声。房门被打开，一伙凶神恶煞之徒挤在门槛上。他什么都明白了，于是抬眼向墙壁上方的栅栏高台看去，透过孔眼见到了穆夫提、阿迦和维

1　古罗马暴君。

2　《古兰经》中并无这样一节经文。

齐尔没有表情的脸，从中读懂了他们作出的判决。他陷入恐慌，口中吐出一连串讨饶的话：“可怜可怜我吧！可怜可怜帕迪沙吧！请饶恕我的性命！你们当中哪个吃过我的面包，就请他以真主的名义援助我吧！你，穆夫提阿卜杜·拉希姆，当心你要做的事情！你看哪，人们瞎了，疯了！我现在正告你一件事：优素福帕夏曾劝我把你当成逆贼杀掉，但我并未允准。如今你却要杀我！你像我一样读读《古兰经》，读读惩处辜恩悖信者的真主皇言吧！阿卜杜·拉希姆，请你留我一命，让我活！让我活！”战栗的刽子手抬头瞧向高台。但从僵硬宛如木偶的人群中传来干巴巴的声音：“卡拉阿里，动手！”刽子手按住易卜拉欣的肩膀。易卜拉欣大喊一声，跑到角落里，躲在两名女奴身后。卡拉阿里和监军随即赶上去将妇人打倒在地，扑向帕迪沙。只听一连串的诅咒和辱骂、身体倒地的响动、高亢的呼救、嘶哑的喘息，然后便是深深的静默。一小根丝线就了结了十九岁的奥斯曼王朝帕迪沙。

其他建筑，除了后宫和前文已述的那些，到处四散在花园和树丛之间。例如塞利姆二世的浴池，内有三十二间十分宽敞的大厅，全都用大理石、黄金和绘画装潢；八角形和圆形的馆阁，上部是圆顶和各种形状的屋檐，其下的大厅镶嵌祖母绿，装饰阿拉伯铭文，所有窗子上都挂着镀金的夜莺和鹦鹉鸟笼，浅蓝或玫瑰色的柔和光芒从彩色玻璃透进来；帕迪沙在几间亭榭里听年长的德尔维什朗诵《一千零一夜》；

年幼的皇子在其他亭榭中郑重地学习开蒙课程；有的亭子供人沉思，有的馆阁举行夜间会议，有的安乐窝和苦恼狱十分精美，是凭一时兴致建起或拆除的，从那里可以饱览黄昏时绯红的于斯屈达尔和月光下银白的奥林波山，并享受不断从博斯普鲁斯吹来的微风。此风芳香馥郁，几乎连尖塔顶上的金新月都被熏得晃动起来。最后，在后宫最隐秘的部分有一座保存先知遗泽的小殿，或称衮衣室，它仿照拜占庭皇帝的圣堂而建，被一扇银门锁着。里面藏有一领一年一度在整个宫廷庄严展示的先知长袍，先知的拐棍，银鞘包裹的长弓，天房的遗迹，以及备受敬畏的圣战大旗，此旗被缠在四十面丝绸织物当中。异教徒若是盯着它看，可能会如遭雷劈一般失明。种族最神圣、帝国最宝贵、王朝最钟爱和最神秘的东西全都收集在此，就在那多荫和平凡的围场、隐秘的小城深处。整个大都市似乎都朝此处聚拢，如同渴望俯伏敬拜的无数人群。

* * *

后宫位于这第三间围场的一角，也就是入口左侧密林成荫、泉水潺潺、鸟声嘤嘤的地方，仿佛是同禁宫隔绝的街区。它由许多白色的小建筑组成，上覆铅顶，掩映在伞状的橘子树和松树下，被爬满金银花和常春藤的花园院墙隔开，园中有若干小径蜿蜒，细碎的马赛克贝饰四散于道上，消失在玫瑰圃、乌檀和桃金娘丛中。一切都十分狭小封闭，一分再分：敞开的阳台，带格栅的小窗，被玫瑰色的帷帘遮住的连廊，彩色玻璃，铁门，没有出口的窄巷。到处都有十分柔和朦胧的光线，清新的树林，神秘安详、令人遐思的气息。塞拉里奥宫庞大的女眷家庭全都在这里周而复始地生活、恋爱、受苦、服侍。它其实是一间很大的修道院，以宗教为乐趣，奉苏丹为神明。王室寝殿位于此处，主上册封的四位爱妻就生活在那里，每个人都拥有自己的亭榭、自己的小宫廷、自己的高官、自己的披绸挂锦的御舟、自己的镀金车辇、自己的宦官、自己的女奴，以及自己的相当于一省收入的“鞋脚钱”；这里住着太后及其数不清的“师保”（usta）队伍，他们被分成二十组或三十组，每一组领受特殊的使命；这里有帕迪沙的全部家人，他的姑婶、姐妹、女儿、甥侄女，她们连同幼年和成年的男性亲王，组成宫廷中的宫廷；这里有近侍女官[1]，其中最美貌的十二位侍奉苏丹本人，每一位都享有专门头衔和职务；百名沙吉尔德（şagird）或学徒在此习练技艺，以便填补空缺的师保职位；国别、肤色、服饰各有不同的成群女仆经过千挑万选，充塞这座像蜂箱似的被分割成无数小隔间的巨大闺房，散发蓬勃的青春气息，以及来自亚洲和非洲的

1 Gedikli。

情欲浓香。这种香气上达君王，渗入他的柔思痴恋，随即飘散至帝国的角角落落。

* * *

多少回忆蓄含在花园的树木和白色小亭的墙壁之间！多少来自高加索与爱琴海群岛、阿尔巴尼亚与埃塞俄比亚的高山、沙漠与大海，穆斯林、基督徒、偶像教徒出身的美丽少女，被帕夏获取，被商贩购买，被王公转赠，被海盗掳掠，然后像影子一样徘徊于这些银色的圆顶下！正是这些宫垣和穹顶，见证易卜拉欣一世头戴花冠，胡须间嵌着闪亮的宝石，嬉游无度，他在位期间整个亚洲市场的女奴行情猛涨，阿拉伯香水的价格翻了十倍；旁观穆拉德三世沉湎于病态的荒淫，竟生下多达一百名儿女；目睹年方三十一却未老先衰的穆拉德四世闯入殿来，踉踉跄跄地进行丑恶的交欢；作证塞利姆二世的狂欢纵欲。骄奢淫逸的酒色之徒曾趁夜从这些小径上走过，他们的母亲、帕夏、维齐尔献上成批的女奴，愈发助长其放荡的欲望。他们跑过一间间亭榭，寻求享乐却只是陷入痛苦，直至迷狂拖着恼怒的他们来到宫外，在埃斯基·萨拉耶[1]的老墙间搜寻其他的绝色美人。这里举行过奇怪的夜宴，

1 Eski Sarayı，“旧皇宫”，位于今天伊斯坦布尔大学主校区。

在圆顶、屋檐和树梢上利用火光组成舰船的形状，成千的火把照亮成千的花瓶，再反射在无数面镜子中，呈现出花园起火燃烧一般的壮阔景象。园中的成百名佳丽环绕珍宝集市，太监们费力地举起半裸的女奴，后者纵情于放浪的舞会，置身千盏香炉散发的烟气中。一经黑海的海风吹拂，烟气便伴随强蛮刚猛的音乐，氤氲在整个塞拉里奥。

* * *

让我们设想这样的生活：时值苏莱曼大帝或艾哈迈德三世统治下四月的某一天。天气晴朗，空气中洋溢春日芳香，鲜花开遍园圃。迷宫般的小径仍被露水打得湿漉漉的。身着绣金长上衣的黑人宦官在路上转悠和闲逛，此时走过来几位身穿鲜艳条纹衣服的婢女，她们在凉亭和膳房之间来回传递盖着绿布的托盘和小篮子。太后的师保在摩尔小圆拱下遇到苏丹的近侍女官，后者趾高气扬地走过，身后跟随抱着王室被服的新婢女。所有人的目光都投向一处：十二名亲信女官中最年轻的那人从拱廊里走出来，消失在台阶上。这位女侍是个颇受上苍垂青的叙利亚少女，得王上偏宠，受封“幸福之女”的称号，一旦出现怀孕迹象，还将获赐紫貂裘衣。远处的悬铃木树影下，身穿滑稽戏服的苏丹弄臣和头戴夸张缠巾的畸形侏儒正在耍把戏。再远一点，就在篱笆后面，魁梧

塞拉里奥宫的亭子

的太监用脑袋和手指微微示意，下令五名哑仆——也就是拷问吏——去后妃总管那里，他正在为了一件隐事找寻他们。几名长相阴柔的俊美青年打扮得如女子般考究，在花园篱笆间、大树凉荫下奔跑追逐。一群婢女在另一堵墙垣处突然停下，分成两列，俯身给后宫的女总管让道。总管挥了挥她那根银箔短棒——顶端有王室的印戳——以示问候。恰在此时，附近亭子的门开了，走出一位身着天蓝色服饰的后妃，头缠一顶厚厚的白色巾帕，身后跟着她的婢女。这位后妃前一日得到女总管的许可，现下去和另一位后妃玩球。她折向一条幽暗的小径，遇到苏丹的姐妹带着女儿和仆从前去浴池，于是谦逊地向其问好。在小路尽头、另一位后妃的凉亭前面，一个太监正在气派的顶棚——由四根又高又细、好像棕榈树干的小圆柱支撑——下等待准许某个犹太女人入内的指示。这个女人是珠宝商，费了好一番心思才获得进入王室后宫的权利。她会将有野心的帕夏和鲁莽情人的秘闻连同珠宝一道带到那里。后宫对面极远处，受命考察新来婢女的夫人四处寻找女总管，以便告诉她，昨天进献的阿比西尼亚女子值得被提拔为近侍女官，如果不计较她左肩上的一小块瘤子的话。

与此同时，在桃金娘环绕的草甸子上，当年出生的皇子的二十名奶妈聚集在一起，高高的藤架悬在她们头上；婢女在一圈蹦蹦跳跳的女童中间吹笛弹琴。这些女童身穿浅蓝天鹅绒和大红绸缎，太后从阳台高处朝她们抛掷糖果，给学徒上舞蹈课、音乐课和刺绣课的师傅走了过去，太监捧着大盘子，盘子里装满小狮子和鹦鹉形状的甜食，婢女抱着大花瓶和沉重的地毯，这些东西是公主送给后妃、后妃送给太后、太后送给孙儿的，后宫司库官在三名婢女的陪同下抵达，他的表情显示有要事发生：被派去攻打威尼斯、热那亚帆船的帝国舰队与敌人相遇时只与他们相距二十海里，夺得其装载的全部丝绸和天鹅绒，并奉献给帕迪沙的后宫。一名太监跑着前来向焦急的妃子通报：皇子的割礼顺利完成；不久后又有两名太监赶到，一人向母亲递上银盘，盘中是御医切下来的包皮，另一人向太后递上金盘，盘中是染血的剃刀。大门开了又关上，帘幕掀了又垂下，只为传递消息、传闻、赠礼和流言。谁的目光若能从高处穿透屋檐和圆顶，就会在某间屋子里见到一位公主面朝窗户，在层层绸子窗帘之间忧郁地眺望亚洲的蓝色群峰，似乎是在想念她的夫君。那是一位俊美的帕夏，担任遥远省份的总督。由于二人未有子嗣，因此遵照习俗，在六个月的欢爱后离异。在另一间镶嵌大理石和镜子的小屋里，一位十五岁的后妃正在等待帕迪沙的驾临，在一群婢女当中孩子气地开玩笑。婢女们给她喷香水和撒花，流露讨人喜欢的谄媚举止，夸赞后妃最隐秘的美貌。年轻的公主们在关上门的小花园里绕着闪亮的金鱼池互相追赶，白色的缎子鞋踩得路上的贝状饰物吱嘎作响；其他公主脸色苍白，坐在昏暗的房间里酝酿复仇；铺着锦绣地毯的小厅诞生

后宫的女性

注定早夭的婴儿，他们被裹着放在刺金褥垫上和祖母绿桌子底下；漂亮的命妇赤条条地躺在帕洛斯大理石浴池里；近侍女官睡在地毯上；婢女和太监在密闭的拱道、隐蔽的阶梯、门厅、半明半暗的走廊上来来往往。到处都有躲在格栅后的好奇面孔，他们在阳台和花园之间默不作声地互致问候，在帘子后面悄悄做手势，隔着孔眼简短交谈几句，时不时爆发响亮但立刻被压低下去的笑声，然后只见一截裙子飞快溜走，隐没在修道院一般的宫墙中。

* * *

不过，在这座花园和殿宇的迷宫中，并不是只有爱情的计谋和淘气的流言。政治无孔不入，钻进每一道大门的铰链和每一段格栅的孔洞，媚眼对国家事务的影响力丝毫不逊于西方宫廷。幽静单调的生活反倒增强了嫉妒和野心。珠光宝气的俏脸从香喷喷的小监牢里搅动宫廷、底万和整个塞拉里奥。她们通过太监，和穆夫提、维齐尔、禁卫军的阿迦取得联系。她们通过一道帘子或一段格栅，从自己的财产管理人——她们可以同他交谈——那里获悉宫廷和首都里与自身利益相关的所有事件。她们知道自己面临什么威胁，学会结交应当畏惧或值得依赖的国务要员，并耐心地密谋，以期消灭敌人、提拔党羽。宫廷和帝国的所有派系都在那里拥有深厚的根基，在太后、苏丹的姐妹、后妃、姬妾当中盘根错节。围绕皇子的教育、公主的婚姻和嫁妆、典礼中的出场次序、亲王的继承顺位、战争与和平，展开永无休止的争论和行动。美人一时兴起，就会有三万禁卫军、四万斯帕西骑兵出征，令多瑙河两岸尸横遍地，一百艘舰船血染黑海和爱琴海群岛。欧洲的君王为了确保谈判取得有利结果，会送去密信，向她们求援。诏书出自她们白皙的纤手，任命各省总督和军队高官。正是罗珊娜的轻抚给大维齐尔艾哈迈德和易卜拉欣套上了绞索[1]；威尼斯美女萨菲耶[2]——"哈里发的珠贝"——的吻使得高门和威尼斯共和国保持多年的友好关系；穆拉德三世的七位后妃在16世纪的最后二十年里统治着帝国；"身段如皎月"的美人玛赫佩卡尔[3]——她拥有两千七百条披巾——从艾哈迈德一世至穆罕默德四世期间统治两海和两陆；拉比亚·居尔努什[4]——拥有一百辆银马车的宠姬——在17世纪下半叶的头十年里主持帝国庶万；舍克尔帕莱[5]——"小糖块"——随

1　罗珊娜（意大利文 Rosellana，土耳其文称"许蕾姆苏丹"［Hürrem Sultan］），苏莱曼一世的爱妻，塞利姆二世之母。

2　Saffié，土耳其文 Safiye Sultan，穆拉德三世之妻，穆罕默德三世之母。

3　Mahpeyker，即柯塞姆苏丹（Kösem Sultan），艾哈迈德一世之妻，穆拉德四世和易卜拉欣之母。

4　Rabia Gülnuş，即居尔努什苏丹，穆罕默德四世之妻，穆斯塔法二世和艾哈迈德三世之母。

5　即舍克尔帕莱哈屯（Şekerpare Hatun），苏丹易卜拉欣的侍女。

心所欲地让嗜血的易卜拉欣傀儡似的奔波于伊斯坦布尔和埃迪尔内之间。

* * *

在这座多情而全能的小城中，势必包藏了不知多少混乱的诡计，牵缠的罗网，危险的细作，以及幼稚的闲谈！我走在小径上，似乎从四面八方听到连珠炮似的女子低语，在问答之间揭开塞拉里奥的所有不为人知的往事，肯定异常曲折诡秘：苏丹在夏天带哪位后妃前往淡水镇的馆阁？帕迪沙的第三位女儿嫁给海军元帅，她得到了什么嫁妆？术士舒贾（Sciugaa）给总督夫人拉兹婕（Raazgié）带去的药草确实让五年未曾生育的第三位后妃怀孕了吗？得宠的女官詹菲达（Canfeda）真的替安纳托利亚总督争取到卡拉曼省的治理权？消息传遍一间间亭榭，说新任大维齐尔为了超越其前任，在首席后妃顺利分娩后，送给她一只缀满祖母绿的银摇篮；苏丹青睐后宫总管送上的女奴，而不是埃迪尔内帕夏进献的；白人大宦官垂死之际，青年侍从穆罕默德牺牲自己的男性身份，终于换来这个他长期觊觎的职位；人们小声嘀咕，大维齐尔锡南提议的小亚细亚大运河恐怕要作废，为了不占用给巴芙太后[1]盖新楼阁的工匠；三十五岁的后妃萨哈莱（Saharay）哭了两天两夜，因为她害怕被贬到老塞拉里奥宫；弄臣艾哈迈德让苏丹笑得如此欢畅，以至于被当场任命为禁卫军的阿迦。随即，人们窃窃私语，谈论奥斯曼帕夏和于梅图拉（Ümmetullah）公主即将到来的婚礼大典，据说届时会有一条铜龙在赛马广场上喷火；谈论太后的纯紫貂新衣，那件衣服上的每一粒纽扣都是价值黄金百两的宝石；谈论后妃卡玛丽婕（Kamarigé）——“美如朗月”——获得的新采邑瓦拉几亚的俸禄；谈论“恰马什尔·乌斯塔”[2]，也就是苏丹御服保管人的脖子上露出来的一小瓣血红色玫瑰；谈论热那亚共和国大使漂亮的卷曲金发；谈论波斯沙王第一位妻子妙趣横生的书信，那是她亲笔写给“喜悦者”许蕾姆苏丹的回信。好奇又爱打听的妇人成群凑在小花园里，对城中传来的各种声音、底万议事时各种轰动的意外、夜间在宫中听闻的各种流言交头接耳、评头论足，推演出上千种猜测。在那里，帕迪沙的无名情歌、“不朽者”阿卜杜·巴基[3]忧伤奔放的诗

1 Sultana Baffo，即努尔巴努苏丹（Nurbanu Sultan），塞利姆二世之妻，穆拉德三世之母。

2 Çamaşır Usta。

3 Abdülbâkî（1526—1600），或简称巴基，奥斯曼诗豪，人称“诗人中的苏丹”。

行、埃布苏乌德[1]璀璨的辞赋——其中的“每个词都不啻一颗钻石”——以及富祖里[2]沉醉于鸦片美酒的歌谣和戛扎里[3]动人的艳曲也通过传抄和口述流传百世。

不过，万事万物都随着苏丹性格和生活的改变而改变。有时，他像一股轻柔伤感的水流淌过这方小天地，那时所有人的额头上都绽放某种高尚的尊严，穷奢极欲暂时收敛，积习和语言得以修正，涤垢荡瑕，虔敬文学的品位诞生，从中展露宗教的赤诚，同样的节庆尽管不失其辉煌，但具备了欢乐而不失端庄的特征。然而，如果登基的是某个从童年起就沉湎罪恶与荒淫的帕迪沙，那么情欲之神就会重新支配他的帝国。含羞的帘幕掉落之际，毫无内蕴的语言和粗鄙的大笑重入人耳，寡廉鲜耻的裸露卷土重来。猎艳的商贩启程前往格鲁吉亚和高加索；美貌姑娘充塞内室；上百妇人夸耀王上的临幸；亭榭中摆满摇篮，黄金灌注国库的箱柜，塞浦路斯和匈牙利的美酒在鲜花铺就的餐桌上直冒气泡。索多玛扬眉吐气，莱斯沃斯高奏凯歌，生着乌黑大眼睛的俏脸变得煞白，整个后宫在弥漫香气和罪恶的氛围中意乱情迷，欲火如焚，

1　埃布苏乌德·埃芬迪（Ebussuud Efendi，1490—1574），教法学家和《古兰经》注释家，在苏莱曼一世时期担任谢赫·伊斯兰。善于以诗歌形式撰写教法判决。

2　富祖里（Fuzûlî，1483—1556），生活在今天伊拉克的阿塞拜疆大诗人。

3　穆罕默德·戛扎里（Mehmet Gazâlî，1466—1535），又称代里·比拉德尔（Deli Birader），来自布尔萨的著名诗人。

直至苏丹在某天晚上突然惊醒，被一千根火把照得睁不开眼，随即在禁卫军的弯刀下遭受真主的惩罚。

* * *

即使在这座鲜花掩映的小巴比伦，恐怖之夜依然会来临。叛军对第三间围场的敬重，不会比前两间来得更多。兵痞撞开极乐门，涌入后宫。上百太监在亭榭的门槛处徒劳地挥剑抵抗。禁卫军攀上屋顶，砸碎圆顶，冲进厅堂，将皇子从母亲的怀抱中夺走。太后用指甲掐、用牙齿咬，不免还是被抓住双足，从藏身之处拖出来，仰面倒在斧兵的脚下，被人用窗帘布结成的绳索绞死。后妃逃回家，见到空荡荡的摇篮，顿时发出绝望的呼喊，转身质问婢女，后者以可怕的沉默作为回答，像是在说："去王座底下找你的孩子吧！"宠姬被远处的喧嚣吵醒，吓坏的太监赶来向其通报，说叛军索要她们的人头，如今只能准备一死。塞利姆三世的三位后妃——她们被判处绞死后装进袋子沉潭——一个个在夜里发出临死的惨叫，然后在一团漆黑中，命丧于哑仆颤抖的双手。致命的妒忌和凶残的报复令亭榭间充斥呜咽和尖叫，使得恐惧传遍整个后宫。穆斯塔法的切尔克斯母亲[1]抓破罗珊娜的脸；舍

1　穆斯塔法皇子之母、苏莱曼一世之妻玛希德夫朗哈屯（Mahidevran Hatun）。

克尔帕莱被水火不容的宠姬掌掴；塔尔罕（Tarhan）太后[1]眼睁睁看着穆罕默德四世的匕首在她的亲信头上发出寒光；艾哈迈德一世的首席后妃亲手扼死争宠的女奴，反过来又被刺中面部，重重倒在帕迪沙脚下，发出既痛苦又愤恨的高呼。小心眼的后妃们在幽暗的走廊上互相等候，高声咒骂对方出卖肉体，像雌虎似的扭打作一团，用涂毒的刀尖戳对方的脖子和肚子。谁知道有多少不为人知的杀戮，有多少婢女被淹死在喷泉中，在殿宇中被一下子捅死，被太监的鞭子抽得皮开肉绽，在铁门间被十名嫉妒得发狂的宫女捏碎！宫帷掩盖叹息，鲜花遮挡鲜血，两道阴影连同黑暗的丑行消失在幽深小径组成的迷宫中，驻防马尔马拉海岸的塔楼哨兵听到水中传来扑通声；后宫一如往常，迎着黎明再度醒来，香气四溢，光华万丈，并未察觉到它的上千居室空了一间。

* * *

当我在围场中漫步，抬头观察像坟墓一样荒凉的废弃庭院时，这些场面全都浮现在我的心头。然而，置身于如此不祥的回忆，我却时不时感到某种惬意的惶惑，某种青年人的意乱情迷，其中混杂着忧郁和柔情。我想到，我上下楼踏足

1　易卜拉欣之妻、穆罕默德四世之母。

的那些阶梯曾承载过举世闻名的绝色丽人的体重；我踏足的小径曾偷听她们衣裙的沙沙声；我路过时抚摸的圆柱，它所支撑的拱廊穹顶曾回荡她们稚气的笑声。我觉得，她们的某些东西肯定还留在宫墙后面和空气当中。我真想穷搜尽索，高呼那些难以磨灭的名字，一个一个叫上百遍。我似乎从远方听到了应答声，似乎看到有什么白色的东西从高高的阳台或僻静的树丛尽头飘过。我到处环视，询问那些格栅和大门。我愿意付出任何代价，只为知道阿历克塞·科穆宁的遗孀被关在哪里。她是莱斯沃斯岛上最漂亮的女囚，也是她那个世纪最有魅力的希腊女子。或者弄清内格罗蓬特总督埃里佐[1]可爱的女儿是在哪里被刺死的。她宁死也不愿投入穆罕默德二世粗鲁的怀抱！苏莱曼的爱妻许蕾姆是从哪扇窗户后面展露波斯式的娇弱体态，威严的黑眼睛掩蔽在丝绸般的长睫毛下面，紧盯着马尔马拉海？美丽的匈牙利舞姬从萨菲耶手中夺走穆拉德三世的欢心，像一柄钢刃扎进君王的怀中。她是否会在这条小径上留下轻盈的足迹？脸色苍白忧愁、嫉妒心极强的希腊美人柯塞姆经历过七位苏丹的统治。她在路过时，是否会从这座花坛摘花？令易卜拉欣神魂颠倒的亚美尼亚魁梧女子，是否会将白皙的巨手浸入这座喷泉？谁的脚更

1　保罗·埃里佐（Paolo Erizzo），内格罗蓬特（Negroponte，即今优卑亚岛）的威尼斯总督。该岛于 1470 年被奥斯曼人征服。

纤细？是穆罕默德四世的“娇小爱妾”，她的两只鞋还不及一柄短剑来得长；又或是拉比亚·居尔努什，“春日的玫瑰酿”，她的蓝眼睛比爱琴海群岛还要美，走过花园的白沙时会不会留下足迹？谁的头发更金亮、更柔软？是玛赫菲卢兹（Mahfiruz）[1]，“夜晚的朗星”，还是平息奥斯曼二世怒火的年轻俄罗斯姬妾梅莱克拉（Melekla）？那些讲故事助易卜拉欣入眠的波斯和阿拉伯少女呢？饮下穆拉德三世鲜血的四十名姑娘呢？难道她们一个都不剩，连一绺头发、一条面纱、墙壁上的一丝指甲痕也不复存在了吗？

这些遐想全都在痛苦骇人的幻觉中结束了。我看到她们在繁茂的树干之间、长长的拱廊下面，一个一个排着没有尽头的队列，从远处经过：太后、苏丹的姐妹、后妃、姬妾、婢女、刚成年的小姑娘、三十来岁的妇人、白发苍苍的老妪、少女的怯脸和妒妇的凶脸、帝国的女主人、一天的爱妻、一小时的玩物……来自十代人、一百个民族的生灵抱着或牵着她们被掐死的孩子。一人脖子上套着绞索，一人心口插着匕首，又一人浑身淌着马尔马拉的海水。她们珠光宝气，可是遍体鳞伤，身中剧毒，被老塞拉里奥宫的长期折磨弄得脱了形。她们宛如幽灵，沉默而轻盈地经过，排着没有尽头的队列，消失在树丛的阴影中，留下凋谢的花朵、哭泣的泪珠和鲜血

1　玛赫菲卢兹哈屯，艾哈迈德一世之妻、奥斯曼二世之母。

组成的漫长轨迹。我心头一紧，充满强烈的悲悯。

* * *

一段平地从第三围场延伸开去，全都被繁茂的草木覆盖，布满精美的小房子，其间耸立着所谓的狄奥多西柱[1]。它由灰色花岗岩雕成，顶端是漂亮的科林斯柱头，由一块很大的柱脚支撑，柱脚上仍然可以辨认出拉丁铭文的最后几个词：Fortunae reduci ob devictos Gothos[2]。塞拉里奥巨大的长方形中央建筑群所在的高地以此处为终点。从这里直至塞拉里奥岬角，沿着丘陵的侧翼，三间围场的圆周和外墙之间的所有空间是一整片树林，粗大的悬铃木、高耸的柏树、成排的松树、一丛丛月桂、乳香、枝繁叶茂的白杨给长满玫瑰和向阳花的园圃遮阴蔽凉。园圃呈梯状分布，宽阔的大理石台阶贯穿其间，层层下降，直至海边。

沿着宫墙，朝着于斯屈达尔的地方是苏丹穆罕默德的新宫，它面向大海，有一扇很大的镀金铜门。塞拉里奥角附近建有夏季后宫，这是一座异常广阔的半圆形建筑，能容纳五百名妇女，内有很大的庭院、豪华浴室，以及布置奇妙

1　或称“哥特人圆柱”（土耳其文 Gotlar Sütunu），位于今天的居尔哈内公园。

2　“幸运之神因击败哥特人而重返”。

彩灯的花园，在那里举行著名的“郁金香节”。这座后宫的前方是著名的塞拉里奥炮台，位于宫墙之外、海岸上方，由二十门形状怪异的大炮组成，炮身雕有纹饰。它们是此前欧洲战争期间从基督教军队那里夺来的。

宫墙有八道门，三道在城市一侧，五道在大海一侧。墙上的大理石露台向海岸方向突出。地下街巷从王宫直通马尔马拉海的城门，以便苏丹能够躲过突袭，秘密登船前往于斯屈达尔或托普哈内避难。外墙附近、山丘侧翼处仍然矗立许多亭榭，呈小清真寺、小型堡垒和拱廊的形状。途经高大树篱遮掩的小径，可以从其中的每一间亭子抵达第三围场的边门。雅乐亭[1]如今已经被毁，它的倒影曾映照在金角湾中；新亭几乎完好无损，它是一间小小的圆形宫室，通体装饰金箔和绘画，苏丹们常常在日落时来这里，欣赏港口百舸千帆的美景；夏季后宫附近是镜亭，1784 年和约[2]就是在那里签署的，根据此约，土耳其向俄罗斯割让克里米亚；哈桑帕夏亭金光闪闪，四壁嵌满镜子，在节日和苏丹举行夜宴期间，镜像反射的有趣游戏平添兴致；大炮亭位于塞拉里奥炮台旁边，死尸就是从这座亭子的窗户被丢进海里的；穆罕默德四世的母后曾在观海亭召开秘密底万，此亭悬空在马尔马拉和博斯普鲁斯的怒涛之上；玫瑰亭位于平地的高处，侍从们在此亭

1 Yalı，字面意思“水边”。

2 即《君士坦丁堡条约》。

塞拉里奥宫内部

中接受操练，1839年的帝国新宪法和著名的《花厅诏令》[1]就是在这里颁布的。塞拉里奥的另一端仍保存着检阅亭，苏丹从这里观看众人前往底万，但别人看不到他；圣索菲亚附近城墙的角落里是阿莱亭（Alay），穆罕默德四世从这里将他的爱妻梅莱基（Meleki）交给叛军，并眼睁睁看着二十九名宫廷官员被撕成碎片；城墙另一端的尽头是编筐人亭楼[2]，帕迪沙在那附近向扬帆前往远方作战的海军元帅辞别。

巍峨的王宫就这样从山丘高处——它最重要的部分都集中并隐藏在那里——四散至侧坡和海边，塔楼耸峙，大炮林立，玫瑰丛生。金色的御舟从不同地方出发。一股芳香的烟云冲天而起，有如巨大的祭坛。上千把节日的火炬倒映水中。黄金从宫墙的高处抛向人群，尸体则被弃诸海潮。这座宫殿，昨日受婢女的照料，今日顺从疯子的权柄，明日则遭到兵痞的奚落。它美丽有如魔法岛屿，可凶险不亚于活死人的墓穴……

* * *

夜深人静之际，星空倒映在马尔马拉海上；月亮给塞拉里奥的上百座圆顶镀上银辉，染白柏树和悬铃木的枝梢。树木将其巨影投射在宽敞的围场中，四周是正在次第熄灭的无

1 Gülhane Hatt-ı Şerifi。

2 Sepetçiler Kasrı。

数明亮小窗。雪白的亭阁和清真寺在惨绿的树林中显得一目了然。宣礼塔的尖峰、悬空的新月、青铜大门、金色格栅在林木间闪耀，呈现金银之城的模糊面貌。王廷酣然入睡。三道大门刚刚被合上，门廊穹顶下，司阍手中的硕大钥匙叮当直响。一大群司阍在平安门前巡夜；三十名白人太监值守极乐门，贴在墙边一动不动，脸孔隐在阴影中，宛如浮雕。数百名看不见的哨兵在宫墙和塔楼上站岗，他们瞭望大海、港口、伊斯坦布尔的阴暗街道，以及雄伟而沉默的圣索菲亚。在第一庭院的大膳房里，仍能见到高高低低的灯火给最后的活计提供照明；少顷，整座建筑陷入黑暗。记账阿迦[1]和文书埃芬迪[2]的官署中还亮着灯光。第二围场中，有什么虫子在黑人大宦官的宅邸前飞来飞去。曲径纵横的后宫中，最后几扇门正在关闭。太监在黑漆漆的亭榭附近沿着僻静小路漫步，除了海风吹过树梢发出的飒飒声和喷泉单调的潺潺声之外，听不到任何响动。整个禁宫似乎都陷入极致的宁静。

然而，宫墙内却还在过着一种热腾腾的生活。一到夜里，所有婢女、士兵、囚犯、奴仆的思绪就错乱地飘荡升扬，越过塞拉里奥的四壁，飞向世界的角落，寻觅熟悉的场所和自幼分离的母亲，重新经历发生在很久以前的古怪而可怕的事

1 Veznedar Agà。

2 Defterdar efendi。

件。祈祷和沉默的申诉穿过暗室，越过深林，同血与仇的阴谋、同疯狂的欲望和隐秘的野心交织牵缠。大皇宫睡得很不踏实，时不时因为猜疑和恐惧突然醒来。一百种语言的低诉与呼吸声、风吹草木的沙沙声杂糅一处。不远处的寥寥几堵墙之间，睡着自轻自贱的侍从、刚刚宣讲完真主言辞的伊玛目、杀戮无辜的刽子手、等待死亡的阶下囚亲王、处于热恋中准备结婚的公主。被剥夺所有产业之人傍着难以置信的财富休息。无与伦比的美貌，神憎鬼厌的丑恶，一切罪孽、一切不幸、一切灵魂和肉体的糟践，全都闭锁在相同的宫墙内。

摩尔式建筑在树林间拔地而起，在星空下展露上千种怪诞的悬空造型；流苏、花彩和饰带纤巧的影子在墙上拉伸；月光照耀下的喷泉喷珠溅玉；夜风吹拂花园中的香气，强烈的芬芳四处氤氲，飘过格栅，钻进厅堂，唤起喜悦的战栗与绮梦。此时此刻，太监坐在树下，死死盯着从亭楼窗户透出的微光，他的灵魂和心灵如遭啃噬，发抖的手指捏住匕首的刃尖；此时此刻，不久前被掳走和转卖的可怜少女，睁着泪眼，从房间的高窗眺望亚洲明朗的地平线，痛悼自己出生的茅舍，以及父祖下葬的山谷；此时此刻，锁链缠身的划桨奴、沾满鲜血的哑仆、受人蔑视的侏儒惊惶地测算自己和万民之主间的鸿沟，他们痛苦地质问，是什么样的“隐秘之力”[1]令人们失去自由、话语

1 原文potere ascoso，出自莱奥帕尔迪的《致己诗》（*A se stesso*），创作于1833年。

和人的模样，只为将万物都奉予一人？此时此刻，失宠者痛哭流涕，位高者战栗恐惧，二者都不知明日的吉凶。

造型各异的建筑物中灯火辉煌，照亮司库苍白的额头——他正在佝偻着身子记账；被遗弃许久的姬妾心生沮丧，她们头发凌乱，躺在燥热的枕头上，想要入睡而不得；禁卫军壮士古铜色的脸上泛起一丝残酷的微笑，暗示大屠杀的场面；薄墙后传来情欲的喘息和夹杂绝望话语的抽泣；可憎的烈酒在亭榭中咕咕直响，周遭围着一圈半裸的艳妇；一间半明半暗的厅堂里，刚刚生产的不幸后妃一边尖叫，一边用枕头遮住脸，不敢见到倒在血泊中的孩子——接生婆奉帕迪沙的命令，一把将脐带剪断；胡马雍门的大理石凹壁上，夜间被处死的贝伊的头颅淌下最后几滴鲜血；在第三围场最高的亭楼里，寝殿的地上铺着大红花缎地毯，紫貂皮的床上阔气地乱堆着珍珠褥垫和金光闪闪的绸被，精雕细刻的摩尔式银灯吊在雪松天花板上，洒下晦暗的光芒。一名美丽的褐发少女戴着宽大的白色面纱。短短几年前，她还在阿拉伯菲利克斯[1]的平原上放牧牲畜。半睡半醒的穆拉德三世靠在她脚边。她俯到苏丹苍白的脸旁，用羞怯而甜美的声音对他喃喃道：

“从前，大马士革有个商人名叫阿布·艾尤卜，他家财万贯，生活得富足体面。他有个儿子，相貌俊美，博学多闻，

1　Arabia Felice，古罗马省份，在今阿拉伯半岛。

人称‘爱之奴’。他还有个十分美貌的女儿，别号‘心之力’。阿布·艾尤卜临终之际，将他所有财产捆紧扎好，在上面写道：‘给巴格达’。爱之奴问母亲：‘为什么父亲的所有财产上都写着“给巴格达”呢？’母亲答道：‘我儿啊……’”[1]

就在此时，帕迪沙睡着了。婢女将他的头轻轻搁在枕头上。后宫的所有大门都被合上，所有灯火都被熄灭，月亮给百座圆顶镀上银辉，金色的新月和窗户在树木间熠熠闪光，喷泉在深宵之际汩汩流淌，整个塞拉里奥陷入沉睡。

* * *

它就这样被抛弃在孤零零的山丘上，沉睡了三十年。不妨重复某位波斯诗人的诗行作为献给它的题词。征服者穆罕默德在踏足被东方皇帝们蹂躏的宫室时，曾经吟诵此诗：

肮脏的蜘蛛在众王的御厅结网，
群鸦在埃弗拉沙布[2]的穹隆悲唱。

1　出自《一千零一夜》中加尼姆·本·艾尤卜（Ghanim Bin Ayyub）的故事。

2　埃弗拉沙布是波斯诗人菲尔杜西长诗《列王纪》（*Shahnameh*）中的神话国王和英雄。

努斯瑞蒂耶清真寺

最后几日

此刻，我突感纤巧锃亮的回忆链条已经断裂，不容再作长篇大论。我只记得一系列从金角湾的一头到另一头、从欧洲到亚洲的累人奔波。随后，我恍若身在梦中，见到流光溢彩的城市、拥挤的人群、树林、舰船、山丘从面前急速经过。离去之日已近的念头给每件东西都涂上轻柔的忧伤色彩，仿佛所见所闻只是遥远国度的回忆。

清真寺

尽管如此，在飞驰而过的人与事当中，还是有一些印象牢牢地保存下来，每当我想起那几天，就如同再一次目睹。

记得某天早晨，我参观了许多皇家清真寺。一想起来，我仍然觉得自己置身于强烈的虚空和庄严的宁静之中。即使游览过圣索菲亚，第一次进入这些清真寺的高墙时所体验的震撼依然丝毫不减。就跟别处一样，即使在那里，胜利者的宗教也吸收了失败者的宗教艺术。几乎所有的清真寺都模仿查士丁尼的大圣堂，它们有着宏伟的圆顶、圆顶下方的半圆顶、庭院和柱廊，有的还保留了希腊十字。但伊斯兰教也给一切都染上自己的色彩和光芒，以至于那些众所周知的形状结合到一起，反而呈现出新建筑物的外观，让人隐约窥见未知世界的地平线，感受另一个上帝的气息。中殿大得异乎寻常，简洁、质朴、恢宏，通体白色，无数窗户为其提供照明，到处都是柔和与均衡的光线，眼睛能看清从一头到另一头的一切。视觉连同几乎睡着的思想一道，在弥漫的美妙安详中休憩，有如身处白色天空笼罩下的雪谷。要不是听到自己脚步的回声，你绝不会相信这是一处封闭的场所。没有什么能让人分心。思想穿过虚空和澄澈，直抵受崇拜的对象。既无忧愁，也不恐惧；既无幻觉，也不神秘，也没有等级森严的超自然神像幽幽发光，没有让人头昏脑涨的晦暗角落。相反，只有清晰、透彻、煊赫威严的独一神观念，这个神喜爱烈日当空的沙漠和峻厉的荒芜，他崇高如苍穹，不允许别的神明与其分庭抗礼。

君士坦丁堡所有的皇家清真寺全都兼具恢宏与简约，恢宏撼动心魄，简约凝聚神思，它们在细节方面的差异是如此之小，以至于很难将其一一记住。艾哈迈德大寺外观轻盈典雅，有如建在空中，它的圆顶靠在四根大得不成比例的白色大理石圆柱上，内部足能容纳四座小寺，在伊斯坦布尔只有它享有六根宣礼塔的殊荣。苏莱曼清真寺与其说是一间殿宇，不如说是一座圣城，外人进去必定迷路。它由三间大殿构成，其圆顶比圣索菲亚的还要高，由四根耸立的玫瑰色花岗岩柱子支撑，让人想起著名的加利福尼亚巨杉的树身。穆罕默德清真寺[1]是白色、轻柔版本的圣索菲亚，巴耶济德清真寺在形态美观方面首屈一指，奥斯曼尼耶寺通体由大理石所筑，舍赫扎德寺的两根雅致的宣礼塔独步伊斯坦布尔，阿克萨赖寺[2]是土耳其艺术复兴最杰出的代表，塞利姆寺最凝重，马赫穆德寺最新颖[3]，皇太后寺[4]装饰最华丽。每一座都有其自身独到之美，或一段传说，或一份特权。苏丹艾哈迈德清真寺保存先知的旗帜，巴耶济德寺鸽子成群，苏莱曼寺以卡拉希萨利[5]的铭文而著称，皇太后寺有一根耗费干地亚征服者心力的假黄金柱[6]，苏丹穆罕默德寺见证“十一座皇家清真寺在它周

---

1 即法提赫清真寺。

2 Aksaray，即前文提到过的珀蒂芙尼亚尔清真寺（Pertevniyal Valide Sultan Camii）。

3 或指 15 世纪的马赫穆德·埃芬迪帕夏清真寺，在大巴扎附近。

4 即前文提到的耶尼清真寺。

5 艾哈迈德·卡拉希萨利（Ahmed Karahisari，1468—1566），书法家。

6 1669 年，奥斯曼人经过 21 年围攻后，从威尼斯人手中夺得克里特首府干地亚。统兵的大维齐尔科普律吕扎德·法兹勒·艾哈迈德帕夏（Köprülüzade Fazıl Ahmed Pasha）将两根赭红色的大理石柱带回这座清真寺。

苏丹艾哈迈德清真寺

苏丹艾哈迈德清真寺内部

围俯首，就像优素福的哥哥们向他俯首”。一座清真寺里矗立查士丁尼的皇宫和帝王广场的圆柱[1]，其上有维纳斯、狄奥多拉和优多西亚的雕像；在别的清真寺里则可以发现古代卡尔西顿教堂的大理石、特洛伊遗址的圆柱、埃及神庙的支柱、抢掠自波斯王宫的贵重玻璃，以及来自竞技场、市集、引水道、大会堂的原料。一切都杂糅并消泯在胜利者宗教的无边白色中。

清真寺的内殿与其外观相去无几。尽头为一大理石讲坛；正面是镀金格栅封闭的苏丹御廊；窑龛旁边有两根巨大的烛台，烛台托着棕榈树一般的高大火把；整座大殿当中，硕大的玻璃球组成无数灯盏，用一种怪异的方式排列，似乎更适合盛大的舞会，而非庄严的宗教。在高墙组成的单调白色中，柱子、大门、圆顶窗户上处处可见的巨大神圣铭文，模仿大理石的门饰，以及花卉图案的彩色玻璃就是仅有的醒目装潢。贵重的大理石频频用于门厅的地板、环绕庭院的拱廊、用来洗小净的喷泉以及宣礼塔，但并未改变建筑物异常朴素简洁的特征：通体纯白，绿树环绕，圆穹罩顶，在蓝天下熠熠生辉。

清真寺只占据围场的一小部分，而围场本身包括了迷宫般的庭院和房屋。那里有诵读《古兰经》的读经室、私人宝物储藏室、图书馆和学府、学医馆和儿童塾院、学生宿舍和

1　帝王广场音译奥古斯泰翁（Augosteon），大致位置在今圣索菲亚广场。

宗教学校的学者

清真寺里的老者和鴿子

穷人施粥所、疯人院、医务室、旅行者的歇脚处、浴室，有如一座慷慨好客、济世益人的小城，满满当当地围在高耸的圣殿四周，仿佛坐落在山脚，被巨树掩映。但是，这些景象在我的头脑中已经变得很模糊了。此刻，我只能看到自己像个小黑点，像个原子，身处小得不能再小的土耳其人祈祷跪拜的长列，就快要消失在大殿中。白色令我眼花，怪光令我惊诧，宏大的体量令我眩晕。我拖着有豁口的便鞋行走，身为作家的自豪被击得粉碎。我只觉一座座清真寺彼此混淆，在我周围朝各个方向伸展，柱子和穹顶绵延不绝，白色的人群漫无边际，我的目光迷失其中。

地下水宫

另一天的回忆则一团漆黑，充斥玄秘与鬼影。我走进一间穆斯林宅子的庭院，就着火把的亮光，沿着又暗又潮的台阶，一直走到最后一级，来到耶雷巴坦宫[1]的穹隆下，也就是庞大的君士坦丁“地下水宫”。伊斯坦布尔的百姓声称，这座水宫大得没有尽头。浅绿色的池水消失在黑色的穹隆下，到处射进来青灰色的微光，平添阴暗恐怖。火把将大门附近的拱顶映得红彤彤的，照亮滴水的墙壁，隐约显出看不到头的成

1 Yerebatan Sarayı。

君士坦丁堡的地下水宫

排圆柱。这些圆柱从四面八方跃入眼帘，好似被水淹没的密林的树干。想象力被恐惧的快感所吸引，盘旋在阴森的水面之上，游走于坟墓般的拱顶之间，在无数圆柱中不知道绕了多少头昏眼花的圈子，然后倏然消失。一位翻译瓮声瓮气地讲述吓人的故事：谁若胆敢在这座地下水宫乘小舟探索其尽头，那么当他在好几个小时后拼命划船返回时，定会容貌大变，头发直竖，而远处的拱顶回荡着放肆的大笑和尖锐的呼啸。至于其他一去不回的人，天晓得他们遭了什么结局！或许被恐惧逼疯，或许死于饥饿，或许被一股神秘的水流拖进远离伊斯坦布尔的无名深渊，只有上帝才知道那是什么地方！

凄惨的景象忽然消散在赛马广场的强光中。但短短几分钟后我又重返地下，身边是宾比尔迪雷克水宫[1]的两百根立柱，那里有上百名希腊工人正在纺丝，尖声哼唱一首战争歌曲。一缕惨白的光从拱门的交叉处射进来，照在他们身上。我听到脑袋上方传来车队路过时的杂沓声响。随即新鲜空气和阳光再度出现，随即重新陷入黑暗，我来到存在了许多个世纪的拱门下，周遭又是一排排立柱，四下里安静得如同坟墓，只有远方传来细弱的声音。我就这样一直待到晚上，这可真是一趟神秘而又引人深思的朝圣之旅！在那之后好长一段时

1　Binbirdirek Sarnıcı，曾是伊斯坦布尔的第二大蓄水池。作者访问时早已干涸。“宾比尔迪雷克”字面意思为“一千零一根梁”。

间里，我的眼前老是出现一大片地下湖，希腊帝国的大都会沉没其中。终有一天，安乐逸豫的伊斯坦布尔肯定也会消失在里面。

于斯屈达尔

一想到壮丽的于斯屈达尔，什么黑暗都烟消云散。在搭乘满载乘客的汽艇前往于斯屈达尔的途中，我和朋友总是在讨论：论美景，金角湾和于斯屈达尔哪个更胜一筹？永克偏好于斯屈达尔，而我青睐伊斯坦布尔。但我也爱慕于斯屈达尔变化多端的外观，似乎是要戏耍从海上临近之人。从马尔马拉海望去，于斯屈达尔很像一座山顶大村庄；从金角湾望去，那里又显露出城市的面貌。不过，当驶向港口的汽艇绕着亚洲海岸最突出的岬角打转时，这座城市却扩张和挺立起来。房屋林立的山丘一个个跃入眼帘，居民区从山谷中蹦跃而出，小别墅四散在高地上。海滨密布五彩缤纷的小宅子，一望无际。这座城市宏伟、壮美、奢华，没有一丝一毫的隐匿，转瞬间就展露无遗，好似幕布升起，让人当场怔住，像是在等它再度消失。你从木制码头上登岸，身边是许多小船、出租马匹和提供翻译的商人。随即你踏上主干道。这条街缓缓升高，蜿蜒曲折，两边是爬山虎和葡萄叶密布的红黄色小房子、草木茂盛的花园墙壁。大藤架支在花园上，高大的悬铃木投下凉荫，树身几乎将道路堵塞。你从土耳其咖啡馆前经过，那里挤满亚洲的闲汉，他们躺着吸烟，眼睛不知盯着什么地方；你遇到大群绵羊、笨重的乡下大车、角上戴花冠的拖车水牛、头戴非斯帽或缠巾的农民、穆斯林送葬队伍，以及来度假的一小队夫人，她们手捧鲜花和树枝。你似乎见到了又一个伊斯坦布尔，没有那么威严，但是比七丘之城更欢快、更清爽。于斯屈达尔好似一座巨大的乡间城市。农村无处不在。小径两旁是带马槽的别墅，依托山谷和丘陵起起伏伏，消失在花园和菜畦的葱绿中。乡野的宁静气氛支配城市较高的部分；而在较低的部分，则是一派忙碌的滨海城区生活。到处都耸立着巨大的兵营，里面传来一阵喧嚣，混杂呼喊、歌声和鼓声，成百上千的飞鸟沿着偏僻的小巷振翅。

我们跟着送葬队伍出城，扎进一处著名公墓，在高大的柏树林中迷了路。这片树林一头向马尔马拉海延伸，另一头朝着金角湾，覆盖大片丘陵地带。无论将目光投向哪里，都能见到白花花的墓碑。这些墓碑密密匝匝，排成一长串，周遭是灌木丛和野花。无数小径组成一张密网。树木繁茂，从缝隙间隐约能看到地平线，如同远方一条发光的波浪状条带。我们随心所欲往前走，身边是涂彩和镀金的石碑——有的笔直立着，有的仰卧在地，还有家族墓地的栅栏，帕夏的小型陵寝，平民墓地的粗劣小圆柱。我们到处都见到凋谢的花束和新开挖地面上露出的头盖骨。鸽子藏身柏树间，从四面八

于斯屈达尔的墓地

于斯屈达尔的街道

方发出鸣叫。渐渐地，树林似乎越来越宽，墓石越来越密，道路越来越多，发光的带状地平线越来越远，死亡国度一步步朝我们逼近。正当我们开始互相询问出口时，意外地来到一条特别宽敞的街道。我们顺路走到开阔的海达尔帕夏平地，沿岸集中了将要开拔去亚洲作战的穆斯林军队。我们从那里饱览马尔马拉海、伊斯坦布尔、金角湾的出入口、加拉太和佩拉，万物都笼罩在清晨的氤氲雾气中，染上天堂般的色彩，令我们一阵发抖，再度体验刚刚抵达时的惊奇与快乐。

彻拉安宫

又一天早晨，我俩乘坐有轨马车，被两名魁梧的黑人太监夹在中间。二人受阿卜杜·阿齐兹的一位侍从武官的托付，领我们去参观彻拉安王宫[1]。这座宫殿位于博斯普鲁斯岸边，贝希克塔什街区山脚下。我记得，当我用眼梢打量身边的太监时，感到一种难以名状的、好奇与憎恶交织的感觉。这名太监几乎比我高出一个头，大手平摊在膝盖上。每次我转过头，都会闻到一股轻轻的柠檬香，气味是从他那光溜体面的衣服上散发出来的。马车停下后，我从口袋里掏硬币。可是太监的巨手就像铁钳似的抓住我的胳膊，黑黑的大眼睛瞪着我，

1　土耳其语作 Çırağan Sarayı。

仿佛在说："嘿，基督徒，别羞辱我。不然掰断你的骨头。"

我们来到一道阿拉伯式小门跟前，穿过很长的走廊，一路上遇到大群身穿制服、脚蹬便鞋的仆役，然后踏上宽敞的楼梯，前往王宫大厅。在这个地方，人们无须诉诸历史追忆，沉湎人生幻象。由于宫廷驻跸在这里，因此气氛依然是热腾腾的。底万厅特别大，天鹅绒和锦缎一直铺到墙边。短短几周前，王上的姬妾们还在这里坐过。空气中弥漫奢靡生活的幽香。我们经过许多欧洲和摩尔风格混合装潢的大厅，它们异常明亮和美观，体现出某种超凡脱俗的简洁，令我们不由得压低声音。太监低声解释，但我们听不懂在说什么。他们一会儿指指一处角落，一会儿指指一扇门，手势拘谨，仿佛在暗示难解之谜。甫一目睹，丝绸幔帐、五颜六色的地毯、马赛克桌子、摆在背光位置的漂亮油画、被阿拉伯立柱隔开的精美钟乳石门拱、很像水晶树的高大烛台（在我们经过时叮当作响），就一个挨一个融入我们的遐想——一门心思想要追寻宫女受惊逃脱时的景象。然而，给我留下深刻印象的只有苏丹的浴室厅：全部由纯白大理石打造，雕成钟乳石、垂挂的花朵、流苏和悬空的刺绣，精美绝伦，让人担心指尖一碰就会掉下来。大厅的格局多少让我想起阿尔罕布拉宫。我们在厚厚的地毯上快步行走，不曾发出一点声音，像做贼似的。一名太监时不时拉扯绳子，绿色的帘子被掀开，于是我们就通过轩敞的窗子看到博斯普鲁斯、亚洲、千百艘船舶以及强光。然后一切冷不丁消失，令人眼花缭乱，如遭霹雳。我俩从某扇窗子边约略瞥见一座被高墙封闭的小花园，它整洁、有序，有如修道院，于转瞬间向我们展露了那些渴望爱情和自由的忧伤美人的隐秘世界，随即帘子降下，花园遽然无影无踪。

大厅多得没完没了，每当见到一道新的门，我俩就加快脚步，想要出其不意地走进新大厅。但里面除了衣裙什么都没有。宫女杳然无迹，处处沉寂静默。身后传来窸窣声，我们好奇地回头一看，原来只是沉重的锦帘掉在门槛上发出的声音。水晶烛台的叮当响让人烦心，仿佛是某位躲起来的美女用银铃般的笑声嘲讽我们。终于，我们受够了在这座无声的王宫中，在没有生气的珍宝间漫无目的地来来回回，每走一步都会在大镜子里见到太监的黑脸，一大群心事重重的仆人，以及我们这两个游荡者的惊讶表情。我俩几乎跑着出去，重新呼吸自由的空气，感到无比惬意，尽管四周是破败的房屋，身边是托普哈内区衣衫褴褛的嘈杂人群。

艾尤普

至于亡人之城艾尤普，我又怎么忘得掉呢？我们于黄昏时分抵达那里，它在最后一缕阳光照射下的样子始终停留在我的记忆中，宛如亲见。我俩乘坐一艘轻便小船直至金角湾

金角湾畔的艾尤普丘

尽头，然后经过一条陡峭的小路，登上奥斯曼人的“神圣之地”。道路两侧坟茔林立。白天，石匠们围绕墓碑劳作，广阔的亡人之城回荡着他们清脆的敲击声。而到了这时，他们都已经离去，整个地方空荡荡的。我们小心翼翼地前行，环顾四周，看看会不会冒出哪个面容严肃的伊玛目或德尔维什。这是因为此处不比其他圣所，容不得异教徒好奇的亵渎。不过，既没有见到锥形的高帽，也没有见到缠头巾。我们颇为惶恐地一直走到神秘的艾尤普清真寺。先前，我们已经从金角湾对岸的山丘和各处港湾上无数次见到这座清真寺闪亮的圆顶和轻盈的宣礼塔。庭院高大的悬铃木树影下耸立着一座亭榭形状的陵墓，一圈灯盏源源不断地给它提供采光。墓中安葬的是著名的先知旗手[1]。他在拜占庭城下和最早一批穆斯林一同殉难，遗体在八个世纪后被重新发现，由征服者穆罕默德葬于此处岸边。穆罕默德用这座清真寺尊奉他，历代帕迪沙都在这里庄严地佩戴奥斯曼之剑，因此它是君士坦丁堡最神圣的清真寺，四周的墓地也最为神圣。清真寺旁边的大树下是历代王后、维齐尔、宫廷高官的埋骨之所，鲜花环绕，大理石和金色花纹光彩夺目，并装饰了华丽的铭文。边上是穆夫提们的陵寝，盖着八角形圆顶，大教长安息于此，躺在巨大的黑色灵柩里，顶端安放高耸的细布缠巾。

1　即著名圣门弟子阿布·艾尤普·安萨里（Abu Ayyub al-Ansari）。

艾尤普街景

这是一座坟墓之城，白皙多荫，庄重典雅，除了宗教的悲悯，还唤起莫名的凡俗敬畏之情，有如孤高静默的贵绅街区。我们在白色的墙壁和相当精美的栅栏之间行走。墓园里的植物一团团、一簇簇地从栅栏上垂下来，刺槐、橡树和桃金娘的枝条伸出来。透过将坟墓拱窗封起来的镀金铁制边框，可以借助微光见到里面的大理石陵寝，树木的绿影倒映在上面。伊斯坦布尔没有第二个地方能如此淋漓尽致地展现穆斯林的艺术。他们美化死亡的形象，让人毫无恐惧地沉思默想。这是一座亡人之城、宫宇、花园和万神殿，充满忧伤和感恩，鼓励访客虔心祝祷、会心微笑。无论何处都遍布墓地，好几个世纪的柏树投下凉荫，蜿蜒的小径纵横其间，无数白色墓碑似要坠向斜坡，掉落水中，或者沿着道路挤作一团，见证鬼魂的到访。你若拨开灌木丛的枝条，从无数昏暗的角落向右看去，就能隐约瞥见远处的伊斯坦布尔，像是一连串彼此分隔的淡蓝色城镇；下方是金角湾，夕阳的最后一抹余晖映照其上；对面是苏特吕杰、哈勒哲奥卢、皮里帕夏、哈斯科伊等居民区；最远处是卡瑟姆街区以及加拉太的模糊轮廓，它们迷失在闪烁和易逝的色彩中，沉浸于无限的甜蜜，浑若不属此世。

艾尤普街景

禁卫军的鬼影

待到一切都无影无踪，我感觉自己正在穿过一间间光秃秃的长大厅，两侧是一动不动的可怖人像，如同钉在墙上的尸体。我不记得自己有过如此强烈的憎恶，除了某次在伦敦的杜莎博物馆，我在黑漆漆的最后一间展厅中意外见到了英国最凶恶杀人犯的蜡像。而这座公墓如同幽灵博物馆，或者毋宁说是开放的墓穴，里面陈列着旧日土耳其最著名人物风干后的遗体。那时的土耳其辉煌、奢靡、剽悍，如今只存在于老人的记忆和诗人的幻想当中。我见到上百个木雕彩绘的大人物，他们穿着旧时的制服，站得笔挺，举止严厉傲慢，头颅高昂，双目圆睁，手握剑柄，仿佛只等一声号令便拔剑出鞘，喋血沙场，如同往昔盛世。首先登场的是帕迪沙的家族，然后是大太监、大维齐尔、穆夫提、侍从和高级官员。他们头戴各种颜色的缠巾，有金字塔形的，球形的，方形的，大得异乎寻常；身穿鲜艳的锦缎长袍，上面布满刺绣；裹着赤丝和白丝织成的外衣，用克什米尔的布带系在腰间；又披上金色的服饰，胸前覆满金银护铠，装备阔绰的武器。怪诞却盛大的长长两排稻草人以不可思议的方式，揭示古代奥斯曼宫廷的本来面目：既穷奢极欲，又目空一切。携带帕迪沙的裘衣、缠巾、脚凳、佩剑的近侍跟了上来。随后是宫门和御园的看守、苏丹的卫队、白人宦官和黑人宦官，他们的表情像巫师和偶像，插满羽毛，神采飞扬，头戴波斯帽和金属盔、紫色圆帽和古怪的缠巾，形状有半月形、锥形、倒扣的金字塔形，个个武装了钢杖、短匕首和长鞭，活像一大群凶犯和刽子手。一人不屑地抬头看天，另一人咬牙切齿，第三人目眦欲裂，瞪圆了嗜血的双眼，第四人带着狠毒的讥讽表情冷笑。队伍最后是禁卫军、他们的守护圣贤艾敏·巴巴（Emin babà）（此人骨瘦如柴，穿白色外衣）、各种品秩（由膳房的各种职务代表）的官员，以及不同军衔的士卒，他们佩戴各色勋章，身披各色戎服。这支不可一世的部队后来还是被马哈茂德的霰弹枪给剿灭了。

一想到可怕的过去，这些夸张怪诞的服饰立时营造出残酷的滑稽印象。再天马行空的画家都画不出如此光怪陆离的衣着：有国王的罗裳，有僧侣的法袍，有匪徒的敝衣，有小丑的戏服。“搬水的”“煮汤的”“上等名厨”“斯仆总管”和担负特殊使命的士兵排成一长列，手扶扫把，缠巾上插勺子，外衣上挂铃铛，背负水囊和著名的大锅（推倒大锅就是叛乱的信号），头戴硕大皮帽，肩扛宽阔松弛的布料（好似自颈及腰的术士大氅），腰系精雕细刻的金属盘片串成的粗腰带，挎着巨剑，眼神狠厉，身躯魁伟，面孔紧绷，以示嘲讽、威胁和羞辱。最后走上前来的是手提丝绳的塞拉里奥哑仆，以及侏儒和弄臣，他们头戴戏谑的王冠，表情令人生厌，充满愚痴和恼怒。

隔开所有这些人像的厚重玻璃使这个地方很像解剖博物馆，令人偶那死尸般的外观更加逼真，有时候会吓得你面孔抽搐。等你走到底，会觉得自己经过了旧塞拉里奥宫的某座大厅，它位于整个宫廷的中间，帕迪沙从那里咄咄逼人地大吼一声，你就立时惊恐万状、严寒彻骨。随后你走出那里，在赛马广场上遇到穿黑衣的帕夏，以及简朴祖阿夫着装的尼扎姆[1]军官。此时，你感到今时今日的土耳其是多么地亲切可爱！

王室陵墓

即使到了赛马广场，仍然不可避免地需要在坟墓间行走，周遭是四散在这座土耳其城市中的无数帝王陵寝。作为穆斯林艺术和哲学最卓越的象征之一，它们久久停留在我的记忆中。出示特许诏令后，我们首先进入改革家苏丹马哈茂德的陵墓。此地距离赛马广场不远，位于一处长满玫瑰和茉莉的花园。这是一间挺漂亮的六边形小堂，由白色大理石砌成，顶部是一顶包铅的圆盖，由爱奥尼亚式立柱承重，镀金的铁栅栏围住七扇提供采光的窗子，其中几扇俯视君士坦丁堡的

1　或称“尼扎姆·贾迪德”（Nizâm-ı Cedîd），字面意思为“新秩序”，奥斯曼帝国军事改革期间成立的军事单位。

主要道路。内墙上装饰浮雕，铺着丝绸和织锦地毯。棺椁位于中央，上面盖着十分精美的波斯缎子，顶部安放象征改革的非斯帽和镶嵌钻石的羽饰。墓室周围是精美的祖母绿栏杆，将四座很大的银制烛台围在中间。七位王后的棺椁贴着墙壁。地板上铺着十分柔软的织垫和彩色地毯。在华丽的架子上到处摆着用金字写成的珍贵《古兰经》。银制的灵柩上盖着一块叠起来的平纹细布，写满细密的阿拉伯文，乃是马哈茂德本人的手迹。登基前，他在旧塞拉里奥宫过着囚徒生活，曾在这块布上仔细大段抄写《古兰经》。临终前，他下令将这份青年时期的留念放置在陵墓上。

身处墓室，可以透过镀金的铁栅栏看一看花园里的绿草，闻一闻玫瑰的香气。一道强光照亮整个小堂。那里回荡着城市的所有喧嚣，就好像站在开阔的穹顶下面。街上的妇女和儿童面朝窗子，低声祝祷。一切都带有原始和美好的气息，动人心弦。被封闭在四壁之间的仿佛并非苏丹的遗体，而是他的灵魂，似乎仍在注视和聆听来来往往向他道安的子民。驾崩之后，他的遗体从塞拉里奥的一间馆阁被迁葬到此处。这里的气派不亚于王宫，总是阳光充足，周遭是人声鼎沸的伊斯坦布尔。他长眠于街边，在众目睽睽下，与儿子们——甚至可以说紧挨着他们——合葬，死后仍向人们展示他亮晶晶的羽饰，一如他为了帝国的福祉，精神健旺、威风凛凛地去清真寺祈祷时的光景。其他的陵墓也全都是这样：艾哈迈德墓、巴耶济德墓（他的头枕在一块砖上，这块砖是收集他的衣服和鞋子上的尘土烧制而成的）、苏莱曼墓、穆斯塔法墓、塞利姆三世墓、阿卜杜·哈米德墓、许蕾姆苏丹墓。这些墓室很小，由白色大理石和斑岩柱子支撑，发出琥珀和祖母绿的光芒。在其中一些陵墓，雨水会通过圆顶的孔洞倾泻而下，浇灌盖着天鹅绒和饰带的棺椁周围的花草。穹顶上挂着鸵鸟蛋和镀金的灯盏，灯光照亮皇子们的灵柩。这些灵柩在父亲的陵寝四周呈环状排列，上面放着用来勒死这些儿童或青年的巾帕，或许是为了让同情受害者的信徒们明白这种罪行的必要性。我记得，在多次见到这些死者的坟茔后，我开始感到自己的思想和心灵屈从于这种不公正的“国家理由”，就好比无论走到哪里，不管是清真寺、喷泉还是墓地，无论见到什么景象，都会发现君王的名字被人牢记和赞颂，于是某种东西在我心中潜滋暗长，我开始臣服于他绝对的、至高的权威；又或者当我频频在陵园的阴影下漫步，于墓中沉思之际，我就开始从一种全新的、近乎恬淡的角度看待死亡，体验安详漠然的人生情感，陷溺于难以描述的悠闲哲学，思想不受约束地漂泊，直至抵达新的精神状态。到了此时，我觉得沉湎幻梦、任由命中注定的事情最终实现，这才是更好的生活方式。就在这种从容不迫的遐思中，我突然感到烦躁和厌恶，我国那些忙碌的城市、幽暗的教堂、高墙环绕的荒凉公墓一下子出现在我的眼前。

伊斯坦布尔的王室陵墓

德尔维什

一想到最后的几天，德尔维什的模样就从我眼前闪过。他们是梅夫拉维教团（Mevlevi，三十二个教团中最出名的一个）的成员，在佩拉大街有一间极负盛名的道堂[1]。我去了那里，打算见见陶醉于天堂灵光的圣贤究竟什么模样。但我最终十分失望。唉！就连在德尔维什的身上，信仰的火光都在“舔舐干巴巴的毛线”[2]。我觉得著名的神圣舞蹈只是冷冰冰的剧场表演。他们身披褐色大氅，低着头，藏着手，在单调但十分柔靡的异域音乐伴奏下，一个个先后走进环形的清真寺，这种音乐像是风吹过于斯屈达尔墓地的柏树时发出的呜咽，让人睁着眼也能做起梦来。此时的他们无疑十分引人注目，随即转起圈来，两个两个地在窑龛前互相鞠躬，动作庄重慵懒，让你忽然疑心他们是否是真人。同样精彩的是，他们迅速将大氅抛在地上，露出里面的白衣和长长的羊毛下摆，再轻柔地伸长手臂，转过头来，一个接一个忘我地旋转起来，仿佛被一只看不见的手支配。所有人一起在清真寺中央旋转，彼此距离相等，就像枢轴上的装置，丝毫不偏离自己的位置。他们洁白、轻盈，眯着眼，转得飞快，下摆翻滚飘舞。突然，

1　今称“加拉太梅夫拉维博物馆”。

2　语出意大利诗人温琴佐·蒙蒂（Vincenzo Monti，1754—1828）的诗歌《洛伦佐·马斯凯罗尼之死》（*In morte di Lorenzo Mascheroni*，1801 年）。

德尔维什

他们像是被什么非人的东西击倒似的摔在地上，雷鸣般高呼“真主！”，然后重新互相鞠躬，吻手，贴着墙游走，步伐优雅，介乎走路和舞蹈之间。不过，许多旅行者目睹并描述过的狂喜出神、扭曲抽搐的面容，我却没有见着。我只见到几个技巧娴熟、不知疲倦的芭蕾舞者十分冷漠地从事自己的职业。我甚至看到有人强行忍住笑。我发现，正对舞者的看台上有位英国女士盯着一个年轻的德尔维什看，但他似乎一点都不窘迫。我还注意到，有几个人装作吻同伴的手，实际上却抓着咬了一口。被咬的反过来狠狠捏了他们一下。哈，虚伪的家伙！

让我印象更深刻的是，所有这些人虽然年龄和外表各异，但举手投足颇为温文尔雅，很可能会让我们的许多沙龙芭蕾舞演员嫉妒。诚然，这是东方种族的天然优势，归功于其肢体的独特结构。此后的某天，当我进入道堂的小房间，近距离观察一位正准备登场表演的德尔维什时，就更加注意到了这点。这位青年没有胡须，又高又瘦，相貌阴柔。他对着镜子，将白色的罩衫系在腰上，朝我们转头微笑，又摸摸自己纤细的腰杆，然后匆匆检视全套服装，动作轻柔，眼神有如艺术家，仿佛一位女士临登场前最后再捏一下她的发饰。从后面看过去，他这身打扮，真像身穿舞会盛装、对着镜子问自己美不美的漂亮少女……可他是个出家人啊！“真有这样的事，

梅夫拉维教团神秘的旋转舞

德尔维什在祈祷

清真寺内

那可奇了！”[1] 苔丝狄蒙娜对奥赛罗如是说。

恰姆勒贾

不过，在最后几天里，给我留下最美好印象的当属恰姆勒贾（Çamlıca）的山顶。我在那里向城市告别，并领略了君士坦丁堡最后的、也是最精彩的风景。我们在浓雾弥漫的日出时分前往于斯屈达尔。抵达山顶时，雾气还是很重，但到了白天就会变得晴朗。我们脚下的一切全都隐匿难觅，这番景象实在难得。我们目不转睛，只见一大片水平的灰色幔帐盖住于斯屈达尔、博斯普鲁斯、金角湾和整个君士坦丁堡，一丝一毫都无从得见。广阔的城市连同其居民区和港口，似乎消失了一般。在这片雾的海洋中，只有恰姆勒贾山像孤岛似的露在外面。我们看着这片灰色的大海，假想自己是两个来自小亚细亚尽头的倒霉香客，赶在黎明前抵达这里，身陷大雾，浑然不知脚下就是奥斯曼帝国的京城。当太阳升高之际，这座宏伟而陌生的城市从灰色巨幕后面一点一点显露，香客的诧异与惊喜也随之不断增长。我们一边虚构，一边体验到极大的快乐。实际上，就在距山顶不远处，几处地方的

1　语出莎士比亚《奥赛罗》第 5 幕第 2 场。这句话实际上是葛莱西安诺说的。作者记忆有误。

浓雾已经开始被不约而同地刺破。在广阔的灰色表层上，一部分城市像小岛似的纷纷冒了出来。零散的城区彼此相距遥远，如同群岛在雾中漂移：于斯屈达尔的顶峰、伊斯坦布尔的七座丘陵、佩拉的尖顶、博斯普鲁斯欧洲沿岸最高处的居民区、卡瑟姆帕夏的山巅。金角湾最远的居民区有团模糊的东西朝着艾尤普和哈斯科伊飘动；二十个玫瑰色的、悬空的小号君士坦丁堡上密布白色、绿色和银色的光点。随即，每个光点都逐渐扩大，仿佛慢慢地拔地而起，直直地往这片烟海上面戳。无数屋脊、圆顶、塔楼、尖塔从四面八方漂浮起来，像是挤作一团，又像急匆匆地排队，在被太阳逮住之前找到自己的位置。下方的整个于斯屈达尔已经清晰可见，对面的伊斯坦布尔也几乎露出了本来面目；在金角湾对岸，地势较高的居民区从加拉太延伸到淡水镇；而在博斯普鲁斯海峡的欧洲一侧，托普哈内、芬德克勒、多马巴赫切、贝希克塔什等街区鳞次栉比，一眼望不到头，楼房形成巨大的台阶。更远的城区只露出一角，被阳光染成珊瑚般的绯红，甚是美妙。

但金角湾、博斯普鲁斯和马尔马拉海还是隐在雾中。虚构的香客对此一无所知。他们可能会想，这座大城建在两条互相连通的深谷上，总是烟雾缭绕，于是他们好奇，这神秘的深渊里到底藏了什么东西？可就在这么想的当口，才过去片刻，最后一团灰雾就被扫荡殆尽，他们见到了蓝汪汪、亮闪闪的池水——不，是港湾——不，是海峡——不，是大海！

而且是两片大海！整个君士坦丁堡一望无垠，浸润在蓝光和绿光的大洋中，如同崭新的造物！呵！此时此刻，即便你已经从千百处高峰凝视过这番美景，即使你端详过它的所有细节，即使你使用千言万语表达讶异和赞赏，但还是会惊叫欢呼。一想到数日之后，一切就将从我们眼前消失，只留下漫漶的记忆，浓雾的迷帐将永远不会被揭开，已到了最后告别之际……这种感觉该怎么说呢……仿佛我该上路去流放地了，仿佛人生的地平线一团漆黑。

然而，即使在君士坦丁堡的最后几日里，我们仍然觉得无聊。疲劳的头脑拒绝接纳新的印象。我们头也不回地从桥上走过，只觉什么都是一个色调。我们漫无目的地闲逛，打哈欠，活像没头没脑的浪荡客。我们在土耳其咖啡馆前打发掉好几个小时，盯着鹅卵石出神，或透过旅店的窗户，注视对面屋顶上乱跑的猫。我们看够了东方，开始强烈地感到，必须专心工作了。随后下了两天的雨，君士坦丁堡成了大沼泽，到处都灰蒙蒙的。真是祸不单行！我们心情低落，说这座城市的坏话，变得蛮横无理，充满欧洲人的傲慢和浮夸。在刚刚抵达的那天，哪会有人告诉我们这个！如今我俩又落到什么地步呢？只不过从奥地利劳埃德航运公司的办公室里走出来，手上多了两张前往瓦尔纳和多瑙河的船票，然后庆祝一番罢了！即使庆祝也不痛快，因为必须和佩拉的好朋友们分离。我们真诚地和这些朋友度过了最后几个夜晚。总是不得不说再见，总是不得不斩断情感的纽带，到处留下心灵的碎片，这样的事情是多么悲伤！难道世上就没有哪个地方容得下一道盛宴，好让我有朝一日能够在特定的钟点重温这一切，邀请流落四方的全体好友围坐在摆得满满当当的大餐桌旁，好让我大声告诉你们我的思念？你，桑多罗，来自君士坦丁堡；你，塞拉姆，来自非洲海岸；你，滕·布林克，来自荷兰的沙丘；你，塞戈维亚，来自瓜达尔基维尔；你，萨维德拉，来自塔霍（Tago）——唉！盛宴难觅，转眼光阴荏苒，希望烟消云散。

土耳其人

一艘奥地利汽船停泊在面朝加拉太的金角湾上，喷着烟雾，准备启程前往黑海。就在登船之前，我有必要以普通旅行者的身份，谦卑地讲述一些概括性的观察，以便回答“你对土耳其人作何评价？”这个问题。我的这些观察完全是自发的，不受任何当前事件的束缚，不管怎样，都取材自这些天里的回忆。

一听到“你对土耳其人作何评价？”这个问题，我首先想到的——从第一天到最后一天——是伊斯坦布尔男性的外表。即使不考虑体格的差异，他们给我的印象也和任何一座其他欧洲城市的人迥然不同。不知该如何更好地表达我的看法——我觉得这个民族的所有人全都在思考同一件事情。南欧人如果肤浅地观察北欧城市的居民，也可能产生同样的印象。但两者的差异很大。忙碌的北欧人严肃而专注，他们只想着自己的事情；土耳其人想的却是遥远而不确定的事情。他们似乎个个都是哲学家，沉湎于固定的执念，或者像梦游者一样，走路时不会留意身在何处、周围有什么东西。他们全都笔直瞧向远方，似乎习惯了凝视辽阔的地平线；眼神和口唇流露若有似无的悲伤，又仿佛常年生活在自己的封闭世界。他们全都十分庄重，举止得体，说话有分寸，眼神和手势都一个样。上至帕夏，下至商贩，所有人都是一般地彬彬有礼、富有教养，具有某种贵族派头，以至于当你第一眼见到某个人，如果不计较衣着的差异，根本不会察觉他其实只是伊斯坦布尔的平头百姓。他们的表情几乎都是冷冰冰的，不暴露任何情感和思想。在我们当中，很多人都面容开朗，像镜子一样反映出或亲切、或热情、或古怪的性格，使人能够迅速准确地作出评价。但在土耳其人当中很难找到这样的脸庞。他们每个人的脸都是谜团，他们的眼神只问不答，他们的口唇不会揭示内心的任何波动。谁也说不清缄默的面容、冷淡的性格、雕塑般一成不变的举止、空洞无物的眼神会对外邦人的心灵产生多大的消极影响。有时候，你真想在人群中大吼："你们就不能失态一回吗？告诉我们你们是谁，在想什么。你们的眼睛全都像玻璃似的，直勾勾地盯着前面，究竟看到了什么东西啊？"

事情是如此古怪，以至于你几乎难以相信它合乎自然。有时候，你怀疑他们是商量好了假装这样。不过，尽管他们

土耳其老人

的姿态和举止整齐划一，但在不同的人群之间，外表的差异十分显著。纯正土耳其种族的容貌是俊美健壮的，但只保留在底层人当中，他们出于不得已，或出于宗教情感，还传承着其父辈的质朴生活。他们的身躯精瘦结实，头型美观，眼睛有生气，鼻子高挺，颌骨突起，整个人看上去强壮剽悍。

正宗的、纯粹的、守旧的土耳其人同那些首鼠两端、乏味无趣、号称“改革派土耳其人”之间的差异十分显著。这就给研究土耳其人带来了很大的难度。因为尽管都被通称为土耳其人，但其中的一部分完好地保留了本民族特征，他们要么无力与外族混杂，要么不愿这样做；而另一部分人，尽管比较好相处，容易观察，但并不是民族性格和理念的忠实代表。但是，不管是腐化堕落，还是欧洲文明的浸染，都尚不能消除上流阶级土耳其人那种难以名状的严肃和淡淡的忧伤。这种气质常见于底层人，而且——不是说个人，而是就整个民族而言——产生了不可否认的良好印象。实际上，光从外表判断的话，君士坦丁堡的土耳其人看上去比欧洲人更文明、更诚实。从来没有一个外国人被冒犯过，哪怕是在伊斯坦布尔最偏僻的街上；即使在礼拜期间，你们也可以访问清真寺，受到的尊重肯定远多于土耳其人访问我们的教堂；在人群中，你不会发现哪个人盯着你看，不只是不会傲慢地看，就连十分好奇的目光都没有；极少有人吵架，在马路中间耍流氓；在门口、窗边和商店里都听不到泼妇的叫嚷；公共场合绝无卖淫和下流行为；集市的体面不在清真寺之下；不管在哪里，人们都强烈地克制自己的举止和言语，听不到唱歌，没有放肆的大笑，没有粗俗的喧闹，没有叽叽喳喳的拦路人群；他们的面容、双手和双脚都很干净；衣衫不整者十分少见，蓬头垢面者更少见；无赖汉绝迹；所有社会等级之间都普遍表现出互相的尊重。

这个民族的天性、哲学和全部人生可以用一种独特的精神和肉体状态来概括：箪食瓢饮；虔心礼拜；保持肉体安宁、意识平和；坐在树荫下遥望广阔的地平线，放眼脚下墓地里的鸽子、远处的汽船、近处的昆虫、天上的云彩和水烟的雾气；若有似无地思考真主、死亡、尘世财富的虚妄以及后世的永福至乐。无所作为地旁观世间大戏，这就是土耳其人的至高追求。其成因在于他们迟缓、好冥想的古老游牧人品质，约束人的行为、将万事委诸神明的宗教，以及伊斯兰战士的传统。根据这种传统，只有为信仰而战并克敌制胜，才是真正伟大且必要的事业。战斗一结束，义务也就履行完毕了。因此对土耳其人来说，一切都是命中注定的。人只是神意的工具罢了。费尽心机改变上苍注定的事情徒劳无益。大地有如一间客栈，真主创造人类，以便他们在世上祈祷敬拜，赞叹他的造化，从而度过一生。何不听凭真主裁决万事？何不任由该发生的发生，该过去的过去？既无须为革故鼎新而奔波，也不必为因循守旧而劳碌。土耳其人的最高愿望是安于现状，他们非常小心地避免任何可

土耳其乞丐

能扰乱生活宁静和谐的情绪。因此，他们不渴求知识，不热衷发财，不向往旅行，对爱情和野心也没有难以满足的痴迷。为了满足身体和头脑方面的许多需求，我们会拼命苦干，但他们没有这些需求，因此弄不懂我们如此劳作的原因，认为这意味着我们精神上的病态和错乱。每一种劳动的最终目的都应当是毫不费力地享受安宁，同样地，通过简易顺遂的方式达到这一目的更明智、更有益。欧洲人在思想和行动方面所有了不起的成就，在土耳其人看来只是幼稚的瞎忙活，因为无助于他更好地拥有理想中的幸福。由于无须操劳，他们没有时间就是金钱的概念；没有这种概念，也就既不追求、也不看重任何加速人类生活和步调的创造发明。他们会反问，如果终点站的生活并不比始发站更幸福，那么铁路有什么作用呢？宿命论思想认为不值得千方百计去冒险，这就是为什么他们只重视能够创造出稳定和直接收益的东西。

因此，土耳其人会觉得预先规划和筹备，为一座本人看不到其完工的建筑打基础，耗尽心血，为了可疑而遥远的目标牺牲个人安宁的欧洲人是空想家；因此他们会认为我们这个种族轻佻、狭隘、自负、退化，只重视研究尘世事物和自鸣得意的科学，他们对此颇为不屑，即使勉强引进这些东西，也只是为了不要落在我们后面罢了。纵使如此，他们还是看不起我们。我认为，这就是至今仍占该国大多数的正宗土耳其人对我们欧洲人所抱有的主流情绪。读者大可以否认并假装不相信，但一定会从在土耳其人当中多少生活过一阵的人那里有所耳闻。这种鄙视情绪的原因有很多：首要的就是一种对他们而言意义十分重大的考虑，也就是说，尽管人数相对稀少，但他们在四个多世纪以来统治着欧洲很大一片与自身信仰不同的土地，虽然过去和现在遭受种种失利，不过还是维持着对那里的管辖。该国只有极少数人将其归因于欧洲各国彼此的妒忌和倾轧，而绝大多数人仍认为这象征他们兵威煊赫，我们则实力不济。

另一方面，土耳其人在他们认为的接受了欧洲文明、处于卑贱境地——在他们眼中，欧洲人希望所有奥斯曼子民都沦落至此——的社会阶级身上，在穿大衣戴手套、操着结结巴巴的法语、不上清真寺的同胞身上，看不到值得师法的榜样。虽然政府十分激进，但人民却无比保守。新观念的种子落在一片坚硬紧实、不容其生根发芽的土地上。日理万机的手紧握剑柄，用力摇晃，可剑锋只是顺着刀把子转动罢了。

这就是五十年来尝试过的一切改革举措，连民族的表皮都未能渗透的原因。人们问道，既然我们靠着祖制，在好几个世纪里大获全胜、君临四海，为什么还要做出改变呢？为什么要采纳那些家伙的制度，既然他们无力招架我们的利剑？一支在欧洲百战百胜的军队代表了土耳其民族的机体、生活和传统。他们发号施令，享受特权和安逸，以武功自豪。就和所有军队一样，他们推崇铁一般的纪律——纪律确保土耳其人得以统治战败者——而非更加柔和、但不容胜利者为所欲为的法度。指望这种几个世纪以来纹丝不动的国情能在短短几年间就发生改变是不切实际的。文明的急先锋可以想走多快就走多快，但仍然披挂沉重的中世纪铠甲的庞大军队要么寸步难行，要么只能迈着缓步，远远跟在后面。

但我相信，在这个问题上，欧洲人和土耳其人自己的意见分歧不大。外邦人作出判断的困难所在即真正的分歧在于如何评价土耳其人的内在品质。这是因为，如果你去问底层人民，只会听到被压迫者对压迫者的咒骂；如果你去问欧洲人定居点的自由人，那么他们不但无须害怕或憎恨奥斯曼人，反而有一千条理由对现状表示满意，只会给出或许发自真心，但肯定过于偏袒的评价。大多数这类人一致承认，土耳其人清廉、坦率、真挚，而且特别虔诚。但就宗教情感而言，恪守教律对他们来说其实是有很大好处的，而且值得注意的是，他们尊奉的宗教与其习性和利益完全不相抵触。他们之所以持守不渝，是因为感到自身的民族特性体现在教理中，而自身的命运又与信仰息息相关。

不能否认的是，土耳其人心怀慈悲，在他们组织不良、积弊丛生的社会里，这是唯一的安慰，尽管助长了怠惰，加剧了贫困；也不能否认其他一些昭示其宽宏精神的情感，例如他们对最微不足道的施惠也知恩图报，尊崇亡人，热情好客，爱护动物。他们一视同仁地对待所有社会阶层，令人赞

土耳其代笔

许。不可否认的是，土耳其人的性格中不乏严肃的中庸色彩，可以从充满睿智和审慎的无数谚语中反映出来；他们淳厚质朴，倾向孤独和忧郁，排斥鄙俗和心灵的绝望。尽管如此，所有这些品质——不妨这么说——仅仅漂浮在其灵魂的表面，体现在日常生活的宁静安详中罢了。而在骨子里则沉睡着狂热和好战，一旦受到刺激就会爆发出来，一下子就变成另一个人。有人说，土耳其人天生的活力始终完好无损，但被懒散柔靡的生活约束，只有在极端必要的场合才会释放。同样，土耳其人的勇气也完好无损，尽管研究学问缓和了锐气，磨砺了人生观念，由于“后世利益更加丰盈”的理想和希望而变得和蔼。他们的宗教与战争激情找到了立足之地，笃信不疑，不受桀骜的灵魂和抵触的念头所困扰，有如随时会燃烧的完整物质，从头到脚都是同样的材质，碰一下就会产生剧烈反应。他们的剑始终磨得很锋利，剑身上只刻真主和君王的名号。社交生活只勉强削弱了草原和帐篷的古风。就精神上而言，土耳其人在城市里仍过着和部落相去无几的生活，虽然与人们共处，但思想却是孤独的。他们甚至没有真正的社交。男女两性的生活好比两条平行的河流，彼此不相混同，除非通过无处不在的地下交往。男人们凑在一起，但彼此并不交流内心的念头；他们互相接近，但并不亲近；人人都宁愿扩大自身的领地，一位大诗人曾天才地将其称为“思想静悄悄的生长”[1]。

另一方面，他们觉得没有必要绞尽脑汁弄清自己的愿望和生活之外的东西。波斯人喜欢刨根问底，阿拉伯人好奇心强烈，可土耳其人呢，他们对自己不了解的东西极为冷漠。由于没有什么观念需要改变，因此并不渴望与欧洲人互通有无。他们既不喜欢欧洲人冗长微妙的谈话，也不喜欢欧洲人。他们彼此也不完全信任，因为哪怕只有两个人，他们也总是向对方隐藏自己的部分心思：最隐秘的情爱、家庭、喜好，以及最重要的，对他人怀有的真正情感——也就是难以克服的不信任。

土耳其人容忍亚美尼亚人，不相信欧洲人。一般来说，他们宽容所有人，好比一头巨兽任由无数苍蝇在自己背上爬行，但当它被叮得烦了，就会一尾巴拍上来。他们放任别人在自己身边忙活各种事情；雇佣对自己有利的欧洲人；接受物质创新，只要能看到立竿见影的效果；虚心听取文明的说教；修改法律、衣冠和仪式；学习如何正确地重复我们的哲学观点；毫无芥蒂地乔装打扮，改头换面。但在其内心深处，他依然不曾改变，不肯屈服。如果你们因此相信，文明缓慢但持久的作用在不确定的时间内无法在这个魁梧的亚洲

1　转引自波德莱尔小说《芳法罗》（*La Fanfarlo*，1847 年）。“静悄悄的生长”法语原文为 végétation sourde。

武士——他的卧榻横跨两大洲——身上点燃新生活的火星，即使醒来也只是为了耀武扬威的话，那么就大谬不然了。然而，考虑到目前为止所付出的努力以及所取得的成果，这一天似乎遥遥无期。

至于接下来的打算嘛……我已经说过，有一艘冒着烟的奥地利汽船，停泊在面朝加拉太的金角湾上，正准备航向黑海。读者当然明白这艘船的目的地是哪里！[1]

1　作者此后又搭乘此船前往多瑙河流域游览，随后回到意大利。

博斯普鲁斯

刚刚登上甲板，透过君士坦丁堡上空的灰色薄雾，我们仿佛看到了摩拉维亚和匈牙利的群峰，以及下奥地利的阿尔卑斯山。人们登船之际，所见的场景总是会迅速转换。虽未启程，却已能遇到目的地的国民，听到那里的口音。我们挤在一群德国人当中，提前感到北国的寒冷和阴郁。友人已离我们而去，在密密麻麻的黑色大船之间、正对海关大厅的位置，只见三方白色的手帕正在远处的帆船上飘舞。现下这条船正好处在我们那艘西西里轮船在抵达之日停靠的地方。那个秋日的夜晚真是美妙，激荡而又安详，彼时的我们尚未目睹如此灿烂、如此辽阔的君士坦丁堡。如今，我们最后一次试图在心目中描摹这座魅惑之城的粗犷轮廓和模糊色彩；我们最后一次眺望壮美的金角湾的尽头，心知它将在片刻后永远隐匿。白手帕消失了。轮船启动了。一切看上去都在移形换位。

于斯屈达尔跑到了前面，伊斯坦布尔落到了后面，加拉太调了个头，像在目送我们离开。别了，金角湾！轮船驶了一阵，卡瑟姆帕夏不见了；又驶了一阵，夺去了艾尤普；再驶了一阵，掳走了伊斯坦布尔的第六丘。随后，第五丘失踪了，第四丘隐没了，第三丘消散了，第二丘越来越模糊。只剩下塞拉里奥丘因为天气晴朗，在我们的视野中逗留了好一阵。我们已经飞快地航行至博斯普鲁斯海峡的中段，经过托普哈内和芬德克勒；多马巴赫切宫精雕细凿的白色正立面一闪而逝；于斯屈达尔最后一次展露它环状的丘陵，以及上面的花园和别墅。别了，君士坦丁堡！亲爱的大城，我童年时的梦想，我青年时的渴盼，我终生难以磨灭的记忆！别了，美艳不朽的东方女王！唯愿时光改变你的运数，但不损害你的芳容；唯愿有朝一日，我的孩子们能在青春壮盛、心驰神迷之际与你相会，就跟我见到你、离开你时一个样！

不过，离别的悲伤只持续了片刻，因为就在世上最美的海岸两旁，另一座长达两万七千米的君士坦丁堡出现在我面前。它比金角湾上的那座城市更雄伟、更漂亮、更生气勃勃。

博斯普鲁斯海峡左侧欧洲海岸上出现的首个村庄叫作贝希克塔什。这是一座稠密的土耳其村落，或者毋宁说是君士坦丁堡的一处大型郊区。它位于山脚下，环绕一个小港口。村子后面有条风景不错的山谷，也就是古代的“斯蒂芬桂冠谷”或拜占庭谷，一直延伸到佩拉。几棵悬铃木在房屋间拔

地而起，树下是著名海盗巴巴罗萨[1]的陵墓；海边有间很大的咖啡馆，搭在许多高脚棚屋上面，顾客盈门。港口里停满小舟和帆船。河岸人满为患。绿树覆盖丘陵，山谷间处处是房屋和花园。不过，此地已不是君士坦丁堡郊区的模样，而是一派纯正的、令人难忘的博斯普鲁斯乡村面貌，得天独厚，风光旖旎。它的格局更狭小，草木更茂盛，色彩更活泼，就像一窝飘在大地和海水之间的小屋子，又好似情侣和诗人于某个迷人夏夜在那里随意搭建的一座小城。激情和冲动持续多久，这座城就持续多久。我们尚来不及定睛细瞧贝希克塔什——它离得还很远，彻拉安宫，或者毋宁说一排白色大理石宫殿就出现在眼前。这几栋宫室简朴宏伟，装潢了一长列圆柱，顶部是带护栏的阳台。数不清的博斯普鲁斯白鸟像活的城垛一样直直地停在上面，被绿意盎然的海岸丘陵衬得分外醒目。

然而，愉快的折磨恰恰从这里开始，因为你盯着一样美景看，就会错过千般绝色。就在我们注视贝希克塔什和彻拉安宫之时，亚洲海岸却从眼皮底下溜走。那里遍布珠玉般可爱的村落，令人恨不得将其买下带走；彩虹七色点缀而成的

1　海雷丁·巴巴罗萨（Hayreddin Barbarossa，1478—1546），奥斯曼帝国海军元帅。他的墓所在的广场现在是土耳其海军博物馆（İstanbul Deniz Müzesi）。

库兹贡居克[1]及其小港口飞驰而过，据说伊娥为了摆脱朱诺的马蝇，在泅渡博斯普鲁斯海峡后，就是从此处上岸的[2]；轮船经过伊斯塔夫罗斯[3]，那里有座带有两根宣礼塔的漂亮清真寺；贝伊勒贝伊王宫[4]一闪而逝，这座宫殿的屋顶呈锥形和金字塔形，外墙为黄色和灰色，给人一种公主修道院的神秘古怪之感；接着是倒映在水中的贝伊勒贝伊村，村子后面是布古鲁卢山。这些村庄全都集中或四散在郁郁葱葱的小山脚下，隐没于繁茂得像是要将其盖住的草木之间，它们彼此通过别墅和小房子组成的环带以及成排的树木——要么生长在岸上，要么曲曲折折地从山顶绵延至海边——连接，沿途有数不清的花园、菜畦和草甸子，呈棋盘和阶梯状分布，绿影婆娑，难以胜数。

因此，你必须像台自动机械似的，有规律地不断向左向右扭头，才能迅速将一切尽收眼底。刚刚驶过彻拉安，我就见到左侧欧洲海岸上的大村庄奥塔科伊[5]，在其上方，皇太

1 Kuzguncuk。

2 据希腊神话，少女伊娥（Io）在被宙斯变成一头母牛后，遭到仙后朱诺（Giunone）派出的马蝇骚扰，遂渡过博斯普鲁斯海峡（字面意思即“母牛渡口”）。

3 Istavros。

4 Beylerbey。

5 Ortaköy。

后——阿卜杜·阿齐兹之母——清真寺[1]的圆顶熠熠闪光，礼萨帕夏宫的华丽屋宇在山丘脚下巍然屹立。这座山丘顶端是密密匝匝的树木，隐约露出星宫[2]轻盈的白墙。许多亚美尼亚、欧洲和希腊银行家居住在奥塔科伊。

此时，一艘君士坦丁堡汽船正在靠岸。一大群人离船登陆，另一群人在码头上等待上船。乘客中有土耳其女士、欧洲女士、官员、修士、宦官、花花公子，有戴非斯帽的，裹缠巾的，戴遮阳帽的，戴大礼帽的，五花八门。在博斯普鲁斯的二十个轮渡站都能见到这番场面，尤其是夜里。亚洲海岸正对奥塔科伊的地方是色彩斑斓的千格尔村[3]，一圈别墅将其环绕。“千格尔”的意思是船锚，得名自穆罕默德二世从那里发现的铁锚。一座白色的亭榭矗立在村子后面，它有一段不祥的往事。穆拉德四世出于嫉妒，曾下令处死所有开开心心唱着歌从这里经过的人。我们再度向欧洲方向看去，发现面前是一座漂亮的村庄和一处气派的港口，它叫库鲁切什梅[4]，也就是古代的阿纳普洛斯（Anaplos）。美狄亚在和伊阿宋登岸后，曾在此处栽下著名的月桂树。我们重新转向亚

1　即奥塔科伊清真寺，或称大马吉迪耶清真寺（Büyük Mecidiye Camii），建于 1854 年。

2　即耶尔德兹宫（Yıldız Sarayı），自 1880 年起成为苏丹居住的王宫。

3　Çengelköy。

4　Kuruçeşme。

洲，见到两座宜人的村庄库莱利和瓦尼科伊[1]；巨大的兵营沿左右两岸分布，有点像王宫，倒映在水中；两座村庄后面是一座山丘，山顶有处很大的花园，里面有座几乎隐没在树林中的白色亭子，苏莱曼大帝曾在那里住了三年。他藏身于低矮的塔楼，以便躲过他父亲塞利姆派遣的探子和刽子手的窥伺。正当我们寻找林中的这座塔楼时，轮船驶达阿尔纳武特科伊[2]（或称“阿尔巴尼亚村”）跟前。这个村庄如今住着希腊人，呈半月状延伸在欧洲海岸上，其腹地有处小港湾，里面泊满帆船。

若能将一切都看个够该有多好啊！一座座村庄让我们目不暇接，刚注意到某处雅致的景观，就被另一座漂亮的清真寺分心。若是观赏村落和港口，就不免要错过维齐尔、帕夏、皇后、大太监、达官贵人们的官邸。黄色、蓝色和绛色的房屋看上去像漂浮在水面上，藤蔓丛生，阳台鲜花盛开，半掩在柏树、月桂和橙树的丛林中；建筑物顶端镶嵌科林斯式的三角楣饰，装潢白色大理石圆柱；瑞士小别墅、日本庭院、摩尔式小宫殿、三层的土耳其亭榭一个比一个高，私闺的窗格露台悬吊在博斯普鲁斯的蓝色波涛之上，台阶的梯级伸在外面，被海水轻抚。所有简易不耐久的小型建筑都恰好象征

1 Kuleli 和 Vaniköy。

2 Arnavutköy。

其居住者的命运: 年轻貌美的平步青云，暗施诡计的飞黄腾达，位高权重的明日就会垮台，威风八面的终将沉沦深渊，钱财只是一场空，排场注定破灭。两岸几乎没有一处不盖着房屋，好比大运河贯穿乡村版本的大号威尼斯。别墅、亭榭、宅邸鳞次栉比，被精心设计成每栋建筑的正立面都一目了然的样子，后排楼房仿佛栽种在前排楼房上一般。屋宇之间处处是绿树碧草，橡树、梧桐、枫树、杨树、松树、无花果树枝梢高耸，冠盖凌空，一直绵延到远方。林木间闪现出白色的喷泉、坟墓和孤零零的清真寺银顶。

* * *

我们向君士坦丁堡望去，依稀仍能瞧见塞拉里奥丘，圣索菲亚的巨顶在亮澄澄、金灿灿的天空下显得发黑。与此同时，阿尔纳武特科伊、瓦尼科伊、库莱利、千格尔和奥塔科伊都消失不见，周遭的风景全然不同。我们仿佛置身于巨大的湖泊之中。一条小湾敞露在左侧的欧洲海岸；右边的亚洲海岸敞露着另一条小湾。漂亮的希腊小镇贝贝克呈半圆环状延伸在左岸，被高大的树影笼罩。树丛间有座典雅的古清真寺和名叫胡马雍·哈巴特[1]的皇家亭榭，苏丹们曾在此亭秘密

1 Hümayun Habat。

会见欧洲大使。城镇的一部分隐没在小山谷的密林当中，另一部分则散落在丘陵的斜坡上。这座丘陵长满橡树，山顶有片树林，以极其强烈的回声而著称，哪怕只是一匹马踏一踏蹄子，它都会发出犹如大军喧哗的巨响。此处风景赏心悦目，足以令女王心驰神往。但若是你将视线转向另一边，就会立刻将其遗忘。那一侧的亚洲海岸宛如地上天堂。在一处宽阔的岬角上方，坎迪利[1]村像弯弧似的突出在外，它五颜六色，酷似荷兰的村庄。村中有座纯白的清真寺以及密密匝匝的小别墅。村子后面是挺拔的伊贾迪耶[2]山丘，山顶有座筑有雉堞的塔楼，供人查看两岸是否发生火情。坎迪利右侧是两条汇入港湾的山谷，它们彼此离得很近，谷中流着一大一小两条号称“天上水”[3]的溪涧，两溪之间便是亚洲淡水镇的柔软草地，榕树、橡树和梧桐生长其上，高处有座富丽至极的亭榭，为阿卜杜·马吉德的母亲所有，按照多马巴赫切宫的风格设计建造，四周环绕高大的花园，里面种满鲜红的玫瑰。“大天上水”以北仍能见到色彩斑斓的阿纳多卢·希萨尔[4]村，它位于一处高地的边缘，那里笔直地矗立着“雷霆”巴耶济德建造的细长塔楼，和穆罕默德二世在欧洲海岸建造的塔楼遥

1 Kandilli。

2 İcadiye。

3 Göksu Deresi，字面意思为“天上水”。

4 Anadolu hisarı。

遥相望。此时此刻，博斯普鲁斯海峡的这段水域生机勃勃。数以百计的小船正在欧洲港湾中穿梭；木帆船和蒸汽船朝贝贝克港航行；土耳其渔夫从悬空的鱼笼中向外撒网，这种鱼笼是由相互交叉的高大木梁撑在水面上的；一艘君士坦丁堡汽艇停泊在欧洲一侧的港口，大批希腊女士、遣使会众[1]、美国新教学校的学生、扛着大包小包行李的家庭涌下舷梯；而在另一头，通过望远镜，可以看到成群的穆斯林妇女在淡水镇的树荫下散步，或者围坐在“天上水”的岸边。与此同时，许多满载男女土耳其人的帆船和装有顶篷的小舟正沿着河岸往来。好一番田园牧歌、柔情蜜意的节日风光，教人恨不得跳下船，一口气游到河岸边，在那里扎下根来，并发出感叹：“好也罢，坏也罢，我反正是不走了。真想在这块福地上生活和死去！”

然而，场景在转瞬间就换了一副模样，先前所有的幻想全都烟消云散。博斯普鲁斯海峡敞露在我们正前方，有那么点像莱茵河。不过比莱茵河更温文尔雅，总是洋溢着热烈浮华的东方色彩。左侧是一座被柏树和松树林覆盖的公墓，将本来连成一线的房屋拦腰截断；紧挨着公墓，在岩石小山赫尔马永（Hermaion）的斜坡上矗立着欧洲城堡鲁梅利·希萨

1　遣使会众（Lazzaristi）是成立于 1625 年的天主教修会成员。

尔[1]的三座塔楼，其四周环绕雉堞城墙和小型塔楼的遗迹，废墟景色如画，像台阶一样垂降至岸边。这座著名堡垒由穆罕默德二世在攻占君士坦丁堡前一年兴建，尽管君士坦丁皇帝对此提出强烈抗议。众所周知，他派去的使臣遭到死亡威胁，叫人给赶了回来。这个地方的湍流（希腊人称之为"大湍流"，而土耳其人管它叫"恶魔湍流"）最为汹涌，它也是博斯普鲁斯海峡最窄的一段，两岸相距不超过五百米。萨摩斯的芒德洛克雷[2]在此处搭建了一座筏桥，供大流士的七十万大军通行；据信，"万人军"[3]从亚洲撤回时也是从这里经过的。然而，不管是芒德洛克雷的两根立柱，还是在赫尔马永岩山中凿刻的宝座——波斯王在大军通行时曾坐在上面——都荡然无存。一个土耳其小村毫不张扬地蜷缩在城堡底下，而亚洲海岸显得越来越苍翠，越来越有生气，眼前掠过一连串的船工和园丁小屋、长满草木的小山谷、孤零零的小港湾——几乎被岸边粗壮的树枝遮盖，张着白帆的渔船缓缓从树下驶过；鲜花盛开的草地顺着芬芳的斜坡延伸到岸边；常春藤爬满花园假山；陡峭的山顶上倏忽闪现白色的小墓地。在亚洲

1 Rumeli Hisar。

2 Mandrocle di Samo，古希腊建筑师。据希罗多德记载，此人在希波战争期间为大流士一世建造了一座横跨海峡的筏桥。

3 即色诺芬《远征记》中记载的希腊雇佣兵军团。在雇主小居鲁士战败后，他们从亚洲撤回欧洲。

海岸一侧，漂亮的坎勒贾[1]村突然跃入眼帘。这个村子殷红一片，位于两处岩石嶙峋的岬角之间，轰隆的海浪在礁石上拍得粉碎。村中有座造型美观的清真寺，两根纯白的宣礼塔刺破密实的松柏树丛。此处再度出现观景楼样式的花园和层层叠叠的别墅，著名的福阿德帕夏[2]豪宅就位于这些楼宇之间。他是外交家和诗人，虚荣、多情又文雅，人称奥斯曼的拉马丁。欧洲海岸再往前一点的地方是令人心旷神怡的巴塔利曼纳[3]村，它位于一道河谷的口子上，一条小河沿河谷注入港口，高处是座遍布别墅的山丘，雷希德帕夏的老宅就位于其中。再往前是小港湾埃米尔甘奥卢·巴赫切[4]，它完全被绿柏覆盖，树丛间有座雪白的清真寺若隐若现，这座寺孤零零地位于海边，顶部有颗很大的球体，金光闪闪。

轮船时而靠近这一侧，时而靠近那一侧，于是我们就能看清广阔画卷中的无数细节：这边厢是土耳其富户的外宅门厅，朝海滨敞开，肥胖的管家躺在门厅尽头的沙发上抽烟，那边厢有个太监站在别墅外的最后一级台阶上，正在帮两名蒙面的土耳其女子登上小舟；再过去是间篱笆环绕的小花园，

---

1 Kanlıca。

2 穆罕默德·福阿德帕夏（Mehmed Fuad Pasha，1814—1868），“坦志麦特”改革期间的著名政治家。

3 Baltalimanı。

4 Emirgünoğlu Bahçe。

几乎完全被一株悬铃木的枝叶覆盖，有个白胡子土耳其老人在树下盘腿休息，思索《古兰经》中的文辞；前来度假的一家人聚在阳台上；大群山羊和绵羊在高高的草地上吃草；骑马人沿着河岸奔驰；骆驼商队翻越山顶，在晴朗的天空下勾勒出奇异的轮廓。

* * *

博斯普鲁斯不知不觉变得宽阔起来，景色为之一变。我们重新置身于两湾间的大湖之中。左侧的港湾又窄又深，周遭是希腊人城镇伊斯特尼亚[1]，古称索斯忒尼奥斯（Sosthenios），得名自阿尔戈英雄们在那里兴建的神庙和有翼神像，以此报答守护神明助他们在和珀布律刻斯（Bebryces）国王阿密科斯（Amycus）的战斗中获胜。由于轮船往欧洲方向稍稍拐了个弯，我们得以清楚地看到沿岸的咖啡馆和小房子，散落在橄榄树和葡萄园之间的小别墅，注入港口的河谷，从高处倾泻而下的急流，以及光洁的白色大理石雕成的著名摩尔式喷泉。这座喷泉掩映在巨大的枫树荫下，树上挂着渔网。头顶水罐的希腊少女往来不绝。亚洲海岸正对伊斯特尼

1 原文作 İstenia，即今天的伊斯蒂涅（İstinye）街区。

亚的地方是树高林密的土耳其村庄楚布克卢[1]，那里有座很有名的不眠者修道院，据说里面的僧侣昼夜不断地祈祷、唱歌。从马尔马拉海到黑海，博斯普鲁斯两岸充斥着这些公元5世纪的狂热隐修士的往事。这些人背负十字架和锁链在山岭间漫游，穿苦衣，戴铁项圈，或者一动不动地待在柱头或树梢上，一连数周或数月。王侯、士兵、官员和牧羊人围在他们周围匍匐、斋戒、祈祷、捶胸，向其讨要祝福或建议，好像那是来自上帝的恩典。

不过，对于首次沿海峡两岸航行的旅行者来说，博斯普鲁斯有种难以阻挡的独特力量，令他们无法沉湎于过去。一切的记忆，一切因为这些地方的历史或传奇而变得更宏大、更壮丽或更悲伤的景象，都被茁壮的草木、鲜艳的色彩、丰盈的活力、超凡脱俗的青春气息、总在微笑总在欢庆的美好自然所遮蔽、压倒，甚至埋葬。很难相信，就在这片奇妙的美景中，保加尔人、哥特人、赫鲁利人[2]、拜占庭人、罗斯人、土耳其人的舰队曾在水面激烈地互相冲撞、投掷火器、流血厮杀。山顶上的城堡依然如故，但却有异于别的地方的类似废墟，一点也唤不起诗意的恐惧感。城堡不像曾经杀人盈野的真实战争纪念碑，倒更像是人工搭建的装饰景观。一切都

1 Çubuklu。

2 古代日耳曼人的一支，曾在267年攻入博斯普鲁斯海峡，占领拜占庭。

被涂上倦怠和甜腻的颜色，只让人感到心神宁静，无比向往和平。

过了伊斯特尼亚，博斯普鲁斯变得更宽。轮船在短短几分钟内就抵达一处胜境，那里的景致比我们迄今为止见过的都要美妙。我们转向欧洲，眼前是希腊人和亚美尼亚人小镇耶尼科伊[1]，它位于一座高山的斜坡——山上满是葡萄园和松树林——呈弯弧状伸展在岩石海岸上方，海浪拍打礁石，发出震天巨响；往前一点是美不胜收的卡伦德尔[2]湾，湾中停满船舶，周遭是带花园的小房子，植被异常丰茂，上方悬着皇家亭榭的空中阳台。我们再往后看，只见面前是弯折成一道巨弧的亚洲海岸，巧妙地形成环状的丘陵、村庄和港口。此地叫因吉尔科伊[3]，是花园密布的无花果村庄；因吉尔科伊旁边是似乎隐藏在树林中的苏丹尼耶[4]；苏丹尼耶后面是贝伊科兹[5]，它被菜畦和葡萄园环绕，高高的胡桃树投下凉荫，倒映在博斯普鲁斯最美丽的海湾中。那里是波吕克斯战胜珀布律刻斯国王[6]的地方；此外还生长着一种神奇的月桂树，据说谁

1　Yeniköy。

2　Kalender。

3　İncirköy。

4　Sultaniye。

5　Beykoz。

6　波吕克斯（Pollux）是“阿尔戈号”上的英雄之一，与珀布律刻斯国王阿密科斯比试拳击，将其击毙。

碰到其叶片就会发疯。过了贝伊科兹，远处是亚勒[1]村，即古代的阿梅亚（Amea），看上去像是绿色大地毯上盛开的一大丛黄英红蕊。

以上文字不过是一幅巨画的草稿罢了！只有借助想象，才能描摹山丘无比秀丽的形态（教人忍不住伸手轻抚），数不清的无名小村（仿佛是被画家巧妙地安置在那里似的），风土各异的植被，荟萃万国之长的建筑，层层叠叠的花园台阶，飞瀑和暗影，闪耀的清真寺，布满白帆的湛蓝大海，以及玫瑰色的落日苍穹。

* * *

轮船行至此处，我却感到一阵腻烦，几乎所有人都会在博斯普鲁斯的某一段水域生出这般体验。无休止的一连串柔软线条和鲜艳色彩看得人生厌。单调的疏雅恬淡不免让人打瞌睡。你多想看到岸边突然耸立一块奇崛的巨岩，或者冒出一大片荒凉凄惨的海滩，上面散落船难的遗物。既然如此，如果你非要分心旁骛的话，不妨将注意力集中到水面。博斯普鲁斯像是一座连绵的港口，你可以从威武的奥斯曼战舰旁经过；游弋于各国商船队之间，目睹彩色的船帆和造型怪异

1 Yalı。

的船尾，打量拥挤在船中的陌生人；你会见识来自黑海亚洲港口的古老木船，以及供大使馆专用、样子美观的小型护卫舰。绅士们的帆船好似离弦之箭，在岸边众人的围观下竞相飞驰；形状各异的船上载满不同肤色的乘客，或劈波斩浪，或停泊在两大洲的数千个小港边；扁舟在装满货物的一长列货船之间被拖曳；挂着彩旗的水手舢板，渔夫的木筏，帕夏的镀金小舟，挤满缠头巾、非斯帽和面纱的君士坦丁堡汽艇——沿运河曲曲折折地行驶，以便停靠所有渡口——交错而过。我们的轮船也这样蜿蜒前进，于是所有景色似乎都在我们周围打转：海岬挪动位置，丘陵改变形状，村庄先是隐没，随后又以全新的样子再次显现。在我们身前和身后，博斯普鲁斯时而闭合，有如大湖，时而敞开，露出远方的山冈和水泊。随即，前前后后的山冈忽然连成一气，好似一道不知出口在哪里的绿色水闸。但就在刚刚来得及和身边人交谈十句话的时间里，水闸便消失得无影无踪，周遭出现新的高地、新的城镇、新的港口。

我们正处于特拉皮亚湾[1]——古代的法尔马西亚（Pharmacia），得名自美狄亚收集的毒药——和洪卡尔·伊斯凯莱西湾[2]（“苏丹之港”的意思）之间。1833年，向外国

1 Therapia，今塔拉比亚（Tarabya）。

2 Hünkâr İskelesi。

舰队关闭达达尼尔海峡的著名条约就是在这里签订的。博斯普鲁斯这一段的景色几近完美。特拉皮亚是沿岸最华美的城镇之一，仅次于比于克德雷[1]，而敞露在洪卡尔·伊斯凯莱西湾后面的山谷，是人们在马尔马拉海和黑海之间所能领略到的最苍翠、最可爱、最富诗意的。特拉皮亚的一部分位于高山脚下一处笔直的海岸上方，另一部分环绕一条很深的海湾，也就是泊满轮船和小舟的特拉皮亚港，克里奥-涅罗（Krio-nero）河谷从这里入海。还有一部分的城镇就隐藏在这条河谷的绿树之间。海岸布满美丽如画、悬突在水面上的咖啡馆、豪华旅店、气派的小房子、高大的树丛，树下是小广场和喷泉。再往前是法国、意大利和英国大使的夏馆，其上有一座皇家亭榭。山丘上到处是层层叠叠的阳台、花园、别墅和小树林。咖啡馆、港口、岸边、高坡的小径云集了衣着艳丽的人群，仿佛一座正在过节的小小都会。

不过，亚洲那头却是一片宁静。洪卡尔·伊斯凯莱西小村是君士坦丁堡的亚美尼亚富人青睐的旅游胜地，它环绕小小的港口，在悬铃木和柏树之间酣睡。几艘小船静悄悄地进出。村子后面有座非常宽敞的花园台阶，阿卜杜·阿齐兹的奢华亭榭就孤零零地矗立在那里。亭子后方隐藏着一条曲折的河谷，它位于繁茂得难以描述的热带植被之间，充满神秘和梦幻，

1 Büyükdcrc。

最受这位苏丹的喜爱。

* * *

当轮船抵达比于克德雷湾前面时，那些一哩开外的美景就全都不值一提了。此处是博斯普鲁斯最雄浑、最雅致的地方。谁要是厌倦了海峡的优美，不客气地直呼它的名讳，到了这里就该捂着额头，乞求它的原谅。我们置身于一潭大湖的中央，周遭是种种奇观，教人不由自主地像德尔维什一样流连于船尾，只为将海岸和丘陵尽收眼底。比于克德雷位于欧洲岸边，在一条深海湾——湍流到了这里化作柔波——和一座很大的丘陵——山上散落无数别墅——的斜坡旁边。它幅员广阔，色彩斑斓，有如巨大的花坛。生机盎然的草木之间遍布庭院小楼、凉亭以及小别墅。植被仿佛是从屋檐和墙壁上长出来的一般，填满街道和广场。城市朝右方延伸，直抵一处好似港中之港的小湾，它的周围是凯法利科伊村[1]。这个村子后面有条很大的河谷，被绿色的草地和白色的房屋覆盖。从那里可以前往马哈茂德引水道和贝尔格莱德森林。据说，第一次十字军曾于1096年在谷中驻扎。这个地方以七株巨大的悬铃木而驰名，其中一株就被叫作戈弗雷·德·布永。

---

1 Kefeliköy。

过了凯法利科伊，另一处港湾出现在眼前，其间布满绿色的柏树和白色的房屋，从那里仍能看到散落在暗绿山脚下的特拉皮亚。到了此处，若你将目光转向亚洲，定会大吃一惊。你眼前是博斯普鲁斯水域最高的“巨人山”，它的模样像是一座庞大的绿色金字塔，那上面有座很有名的坟墓，根据三种不同传说，分别被称为“赫拉克勒斯的床榻”“阿密科斯的坟坑”“希伯来人士师约书亚的陵寝”，如今由两名德尔维什看守，生病的穆斯林会去探访，将衣服碎布存放在里面。这座山的斜坡长满绿树和鲜花，一直垂降至海岸。岸边是可爱的乌姆尔耶里[1]湾，位于两道绿油油的岬角之间，一座凌乱地分布在海滨上的穆斯林村庄的房屋给它染上千百种颜色，一大堆小别墅和小房子散落在村子两侧，仿佛被丢弃在附近草地和高冈上的鲜花。不过，好风光并未局限于这一带。黑海就在正前方闪耀。我们回望君士坦丁堡方向，隔着很远的距离，仍然可以隐约瞧见特拉皮亚后方暗紫色的卡伦德尔湾、卡尼科伊、因吉尔科伊和苏丹尼耶，它们看上去更像遥远世界的虚影，而非真实的图景。太阳正在落山，欧洲海岸开始被蓝得近乎灰色的阴影笼罩；不过亚洲海岸还是金灿灿的，波光粼粼，满载丈夫和情人的大批小船向君士坦丁堡返航，朝欧洲海岸疾驰，中途遇到从别墅出发的夫人和儿童乘坐的

1　Umuryeri。

其他小船，被后者阻拦和包抄；比于克德雷的咖啡馆不断传来音乐和歌声；老鹰在巨人山上空盘旋，白色的翡翠鸟沿着海岸飞舞，海鸥掠过水面，海豚在轮船边游来游去，黑海的清爽空气灌入我们鼻中。我们身处何地？要前往何方？真是充满幻想和迷醉的一刻，两个小时以来，我们在博斯普鲁斯两岸见到的一切都在头脑中混淆，拼凑出一副奇诡之城的模样。这座城比君士坦丁堡大上十倍，住着世界上的各个民族，享受上帝的一切宏恩殊遇，沉湎于永久的庆典。想到这里，我们心中顿时充满惆怅和羡慕。

只不过，这就是我们最后看到的东西了。轮船迅速驶出比于克德雷湾。我们见到左侧是墓地环绕的萨热耶尔[1]村，村子前面有处形成自古代的锡马斯（Simas）岬角的小港湾，那里曾有座“浮华的维纳斯”（Venus Meretrix）神庙，特别受希腊水手崇敬；然后是耶尼马哈莱[2]村；然后是泰利·塔比亚要塞[3]，与巨人山脚下、亚洲海岸的另一座小要塞隔海相望；然后是鲁梅利·卡瓦厄[4]城堡，夕阳洒下最后几抹微光，玫瑰色的天空映衬城堡刚毅的线条。

另一座城堡与鲁梅利·卡瓦厄隔岸相对，它位于海岬的

1 Sarıyer。

2 Yenimahalle。

3 Telli Tabya。

4 Rumeli Kavağı。

顶端，亚尔古人弗吕克索斯（Frygos）曾在彼处建了一座十二神祇庙，位于卡尔西顿人建造的“赐予祥风者”朱庇特神庙附近，后来被查士丁尼改为献给大天使米迦勒的教堂。此处位于比提尼亚群峰的最远端和海玛斯山脉的尽头之间，博斯普鲁斯在这里最后一次收缩，一直被认为是海峡上抵御北方入侵的首道门户，因此又被视作见证拜占庭人和蛮族、威尼斯人和热那亚人殊死战斗的剧场。在那附近，两座彼此相对的热那亚城堡——一条封锁水道的大铁链横贯其间——及其残破的塔楼和墙壁仍然依稀可辨。博斯普鲁斯从此处逐渐变宽，笔直地通往大海。海岸又高又陡，如同两座巨大的棱堡，只露出若干寒酸的房屋、几座孤零零的塔楼、几处修道院废墟，以及古代码头和堤坝的遗迹。经过很长一段航行后，我们仍能从欧洲海岸上见到比于克利曼[1]村的点点火光，对岸则是一座俯瞰“大象岬”的堡垒灯塔；随后是左侧的一大堆岩石，那是古代的吉波波利（Gipopoli），被鹰身女妖骚扰的菲纽斯（Fineo）[2]的宫殿就坐落于此；右岸是波伊拉兹角[3]的堡垒，我们觉得它很像淡灰色天空上一团黑乎乎的污渍。这里的海岸彼此相距很远。海峡看上去已经变成宽阔的港湾。

1 Büyükliman。

2 希腊神话人物，因遭到神明诅咒而失明，他的食物遭到鹰身女妖的抢劫和污染。

3 Poyraz。

夜色降临，海上的微风在轮船的缆索间呜咽，阴郁的“辛梅里安人之海”（mare cimmerium）在我们跟前展露它动荡无垠的铅灰色海平线。

然而，我还是止不住去想在无数诗歌和历史中被铭记的两岸，自然风光纵然美好，也无法将其盖过。我的思绪飞到左岸的小巴尔干山脚，寻觅流放犯奥维德的塔楼，以及雄壮的阿纳斯塔西奥城墙[1]；随即又飘到右岸，流连于广袤的火山地带，穿越野猪和豺狼出没的森林，来到未知的粗野民族的棚屋中。我们仿佛见到他们怪异的影子洒满高高的海滨，诅咒我们这趟“fera litora Ponti”[2]之旅走霉运。两道亮光最后一次刺破黑暗，好似两名独眼巨人睁着炽热的巨目守护魔法海峡：阿纳多卢·费纳里位于右侧的亚洲水道，左边则是鲁梅利·费纳里[3]，它下面是传说中的叙姆普勒加得斯岩[4]，尽管岸边阴影重重，我们还是能约莫见到巨岩凹凸不平的轮廓。接着，亚洲和欧洲的海滨变成两根黑色的条带。再往后的景象就跟诗人奥维德歌咏的一样，“无论放眼何处，唯见碧海苍天”（quocumque adspicias, nihil est nisi pontus et

---

1 在君士坦丁堡城西，建于公元 5 世纪下半叶。

2 “本都的蛮荒海岸”，语出奥维德《哀歌集》（*Tristia*）I. 2. 83。

3 Anadolu Fenari 和 Rumeli Fenari 的字面意思是阿纳多卢灯塔和鲁梅利灯塔。

4 又称“撞石”，据阿尔戈号英雄传说，此处的海岬会像大门一样互相撞击开合。

aer）。然而，我仍然能从两片隐没的漆黑海岸后面见到我的君士坦丁堡。它比我从皇太后桥和于斯屈达尔高地上见到的模样更庞大、更璀璨。我与它交谈，向它道别，把它当成我行将结束的青年时期最后的、最亲切的幻象来仰慕。然而，一股咸涩的水花突然溅到我脸上，打落了我的帽子。于是我醒了。我环顾四周，船尾空荡荡的，天上雾蒙蒙的，秋日的凉风寒冷彻骨。我的好永克晕船了，抛下我一个。我只听得见提灯的叮当声，以及暗夜疾驰的轮船在海浪颠簸中发出的吱嘎声。

我美妙的东方梦至此结束。

我思，我读，我在

Cogito, Lego, Sum

gallerie, cupolette inargentate,
strane, colle finestre ingraticola
bianco, piccino, mezzo nascosto
rinto di giardini, di corridoi, di
chiusa in un bosco; separata d
tristezza. In quel momento vi h
ancora un velo leggerissimo. N
si sentiva il più leggero rumore
cogli occhi fissi su quel colle c
secoli di gloria, di piaceri, di a
reggia, cittadella e tomba della
nessuno parlava, nessuno si m
condo del bastimento gridò: —

Ci voltammo tutti verso la
d'Oro, era là sparsa a perdita
chi delle sue grandi colline, ve
tino, ridente, fresca come una
verga fatata. Chi può descriver
gio con cui descriviamo le citt
idea di quella immensa varietà
meravigliosa confusione di città
stero, d'europeo, d'orientale, di
S'immagini una città composta
puree, e di diecimila giardini l
a cui s'alzano cento moschee c
una foresta di cipressi enormi: il
alle estremità, smisurate casern
cipressi, villaggetti raccolti sui
altri mezzo nascosti fra la verz
e sommità di cupole biancheggi
montagna che chiude come un
grande città sparpagliata in un

策　　划：我思Cogito
特约组稿：赵黎君
责任编辑：韩亚平
装帧设计：左　旋

ccoli edifizii di forme gentili e
e e le porte a rabeschi; tutto
che lascia indovinare un labi-
cortili, di recessi; un'intera città
mondo, piena di mistero e di
tteva su il sole, ma la ricopriva
n vi si vedeva nessuno, non vi
Tutti i viaggiatori stavano là
ronato dalle memorie di quattro
ori, di congiure e di sangue;
grande monarchia ottomana; e
veva. Quando a un tratto il se-
Signori, si vede Scutari!
riva asiatica. Scutari, la Città
'occhi sulla sommità e per i fian-
ta dai vapori luminosi del mat-
ittà sorta allora al tocco d'una
quello spettacolo? Il linguag-
nostre non serve a dare una
li colori e di prospetti, di quella
e di paesaggio, di gaio e d'au-
izzarro, di gentile, di grande!
i diecimila villette gialle e pur-
sureggianti di verde, in mezzo
ndide come la neve; di sopra,
più grande cimitero dell'Oriente;
bianche, gruppi di case e di
oggi, dietro ai quali ne spuntano
ra; e per tutto cime di minareti
nti fino a mezzo il dorso d'una
gran cortina l'orizzonte; una
nmenso giardino, sopra una riva

亚米契斯·游记经典

在游览君士坦丁堡时我就是以这部游记为指南的，因为亚米契斯曾经看到我今天看不到的东西。

翁贝托·艾柯

意大利学者，作家

这本书成功的原因显而易见：那些关于狗以及伊斯坦布尔街道的章节，是有史以来关于我的城市最美丽的章节。

奥尔罕·帕穆克

土耳其作家，诺贝尔文学奖获得者

君士坦丁堡拥有一种人人称道、威风凛凛的美，在它面前，诗人和考古学家也好，大使和买卖人也好，公主和水手也好，北国子弟和南国儿郎也好，无不发出钦慕的呼喊。

埃德蒙多·德·亚米契斯

CONSTANTINOPOLI

上架建议：游记 文学

ISBN 978-7-5598-6388-1

定价：69.00元

这是一本
让人读完想立刻出发旅行的书

CONSTANTINOPOLI

关于伊斯坦布尔，写得最出色的书出自意大利青少年文学作家埃德蒙多·德·亚米契斯之手。

奥尔罕·帕慕克

土耳其作家，诺贝尔文学奖获得者

德·亚米契斯的这本书是我最幸运的发现……一部维多利亚时代的完美杰作。书中应有尽有。

贾森·古德温

英国拜占庭历史学家

EDMONDO DE AMICIS

小到土耳其人怎么洗澡，大到君士坦丁堡的陷落时刻，
从日常生活、风土人情，到经典建筑、重大事件，

带你沉浸式感受19世纪后期
君士坦丁堡的奇特与和谐

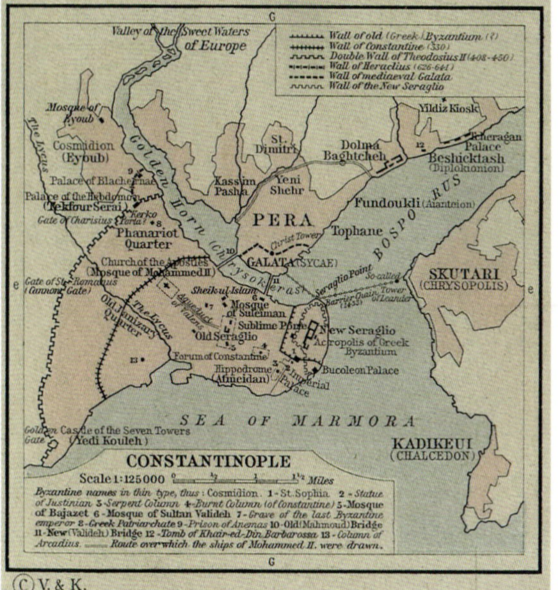

君士坦丁堡历史地图（出自威廉·谢菲德《历史地图集》，1923）

君士坦丁堡（艾瓦佐夫斯基绘）

埃德蒙多·德·亚米契斯

E.D. Amicis, 1846—1908

E. D. Amicis

意大利著名作家，曾入选美国《时代周刊》评选的“人类十大偶像”。代表作《爱的教育》被列为意大利人必读的十本小说之一，安徒生奖青少年必读书之一，在我国长期被列为中小学生的课外推荐读物。《君士坦丁堡》《西班牙》等系列游记作品也有很高的声誉和文学价值。

董能 意大利佛罗伦萨大学法学博士，曾任职于上海社会科学院，译著有《壮游中的女性旅行者》（广西师范大学出版社，2022）。

导览·试读目录

手绘打卡地图

12处打卡点览胜（文字均出自《君士坦丁堡》） 页1

作者简传 / 董能 页13

译者导读 / 董能 页18

《君士坦丁堡》目录 页23

书摘试读 页25

君士坦丁堡手绘示意图（根据本书内容，参考威廉·谢菲德《历史地图集》绘制）

跟着亚米契斯打卡君士坦丁堡

一 加拉太桥
二 伊斯坦布尔
三 加拉太
四 佩　拉
五 大巴扎
六 圣索菲亚
七 多马巴赫切宫
八 古城墙
九 古塞拉里奥宫
十 于斯屈达尔
十一 艾尤普
十二 博斯普鲁斯海峡

一 加拉太桥

要一睹君士坦丁堡的人民，就得走上一座大约四分之一哩长的浮桥。这座桥从加拉太最靠前的位置延伸至对面金角湾岸边，与宏伟的皇太后清真寺迎面相对。

驻足桥头，在一小时内就能看到川流不息的整个君士坦丁堡。从日出至日落，两股无穷无尽的人流不停在桥上相遇并混合，呈现一派令西印度的市场、下诺夫哥罗德的集镇、北京的节日庆典相形见绌的景象。

但在初次上桥游览时，你既没有余暇、也不知该如何去观察所有那些细节。当你注视一条胳膊上的花纹时，导游却提醒你，已经有一个塞尔维亚人、一个黑山人、一个瓦拉几亚人、一个乌克兰哥萨克、一个顿河哥萨克、一个埃及人、一个突尼斯人、一位伊梅列季亚的亲王走过去了。你几乎没有时间定睛细看各个民族的人。君士坦丁堡似乎一如往昔：三大洲的首都，二十个行省的女王。但就连这种印象也不能完全描摹如此宏伟的奇观。试想若有一场巨灾席卷古代大陆，迫使十方四海的移民汇聚于此，该是何等光景。

二 伊斯坦布尔

支配伊斯坦布尔的是深邃的平和，人们可以宁静地沉思神秘而好妒的东方的方方面面。你在喧嚣纷乱的欧洲生活中是看不到金角湾的对岸的，除了若隐若现的线条。在那里，一切都是典型的东方风情。跑上一刻钟后，就再也看不到人，听不到任何喧嚣了。到处都是绘有上千种颜色的木制小屋，其中的二层楼从底楼上方伸出来，而三楼又比二楼更往前伸出一点。窗户前有某种特别的阳台，阳台处处都安装玻璃，被带有极小孔洞的木栅栏封闭起来，看上去像是附在主室上的小房子，给街道带来一种极为独特的悲伤和神秘气息。

三 加拉太

加拉太城呈折叠的扇状，位于山丘顶峰的塔楼构成其扇轴。加拉太塔是一座圆塔，极为高耸，色泽阴郁，顶端为一座圆锥形的铜屋顶，其下装饰一圈宽敞的玻璃窗。这是一种闭合的、透明的阳台，一队卫士昼夜警戒在那里，一旦发现这偌大的城里有火灾迹象，就立刻发出信号。热那亚人的加拉太社区直抵这座塔楼，而此塔也正好位于分开加拉太和佩拉的墙线上方。墙体只剩下残垣断壁。

四

佩拉

走过加拉太塔塔底，我们踏上佩拉的主干道。佩拉高出海面一百米，路面宽敞，气氛活泼，俯瞰金角湾和博斯普鲁斯海峡。它在欧洲人聚居区的地位就相当于伦敦的西区，乃典雅与欢乐之城。我们经过的道路两侧是英国和法国旅店、高档咖啡馆、华丽的商铺、剧院、领事馆、俱乐部、大使官邸。俄罗斯大使馆的岩石官邸巍然屹立，像一座堡垒一般傲视佩拉、加拉太，以及位于博斯普鲁斯海岸的芬德克勒（Funduclù）街区。

五

大巴扎

在沿着金角湾两岸匆匆见识了整座君士坦丁堡之后，是时候进入伊斯坦布尔的腹心地带，去看看那辐辏云集、经久不衰的集市，那座隐匿的、幽暗的，充满奇观、珍宝和回忆的城市了。它位于努里奥斯曼尼耶丘和塞拉斯凯拉特丘之间，人称大巴扎。

大巴扎的外观完全谈不上引人注目，让人根本猜不出里面的模样。这是一座庞大的石制建筑，拜占庭风格，形状不规则，由高大的灰墙环绕，顶部是上百个包铅并凿通的小圆顶，内部得以透光。主入口是一扇穹隆状的大门，并无建筑上的独特之处；从周围的巷子听不到任何喧闹声。直到距大门数步的地方，你仍然有可能相信，堡垒般的墙壁后面除了冷清和孤寂一无所有。可一旦走进去，你顿时头晕目眩。你进入的不是一栋建筑物，而是一座被拱券覆盖、由两侧精雕细刻的廊柱之路组成的迷宫。你走进一座不折不扣的城市，里面有清真寺、喷泉、十字路口和小广场。灯光昏暗，如同阳光照射不进去的密林。人群摩肩接踵。每条街都是一座集市，几乎所有道路都汇入一条主路。在这些半明半暗的街上，马车、骆驼和骑士在起伏的人潮间穿行，发出震耳欲聋的轰响。到处都有人用语言或手势招揽生意。希腊商人高声呼喝，举手投足宛如皇帝；精明无比但外表颇为朴实的亚美尼亚人毕恭毕敬地向你兜售货物；犹太人贴着你的耳朵低声报出他的开价；寡言的土耳其人蹲在商铺门槛处的垫子上，只用眼神招揽顾客，寄希望于命运的垂青。十种不同的声音对着你叫嚷：“先生！上尉！骑士！贵人！老爷！阁下！大人！！”

六

圣索菲亚

圣索菲亚清真寺正对古老的塞拉里奥宫的主入口。

甫一踏足大殿，我俩便双双呆住。

第一印象着实宏伟雄奇。

一眼瞥去，只见浩荡虚空。这是一座由仿佛悬浮空中的半圆顶、粗大柱子、巨型拱券、立柱、宽阔走廊、讲台、拱廊——光线的洪流透过上千扇大窗倾泻其上——组成的奇伟建筑，不只是圣堂，更兼具戏院和王宫的特征。它是宏伟与力量的炫示，凡尘典雅的吐息，古典、蛮荒、怪诞、傲慢、辉煌的杂糅；它象征巨大的和谐，轻柔低回的东方赞歌，查士丁尼和希拉克略宴席上的喧嚣乐曲，异教歌谣的回响，一个娇弱和疲惫民族的嘶哑声音，汪达尔人、阿瓦尔人、哥特人的遥远呼喊，全都融入由立柱与巨拱组成的、叫人想起北欧大教堂的雷鸣般骇人的音符当中；它是受损的庄严，不祥的赤裸，沦肌浃髓的和平；它虽比圣彼得座堂体量更小，装潢更简朴，但比圣马可座堂1更魁伟、更荒疏；它是神庙、教堂和清真寺的前所未见的混合物，面貌威严，装饰稚气，器物或古或新，色彩全然不同，配饰陌生诡异。总而言之，它是一出唤起惊愕与遗憾的大戏，令人霎时间心神恍惚，犹如正在穷搜尽索能够表达并确认所思所想的词汇一般。

七 多马巴赫切宫

要从加拉太前往多马巴赫切，需要穿越人口稠密的托普哈内街区，该街区位于一座很大的铸炮厂和一间占地广阔的兵械库之间；随即经过整个穆斯林街区芬德克勒（此地占据古代的阿伊安特翁 [Aianteion] 的位置）；再来到一座向海边敞开的广场。从那里沿着博斯普鲁斯海岸往前，便是苏丹居住的著名宫殿。

正前方的白色大理石纪念柱一列铺开，由镀金的栅栏连在一起，以极为巧妙的方式牵缠在一起的树枝和花朵点缀其间，远远望去好似一条条花边帘幕，一阵风就能将其刮跑。长长的大理石台阶从大门一直往下延伸到岸边并隐匿在海中。一切都是那么白皙、鲜艳、光洁，仿佛昨天才刚刚建成。一位艺术家可能会看到上千处比例与品位方面的失调。但这座巨宅整体上却是富丽堂皇的。成排的馆阁洁白胜雪花，斑斓似珠宝，绿意盎然，倒映于涟涟水波之中，第一眼就给人留下盛大、神秘和可爱的印象，几乎令古老的塞拉里奥丘陵黯然失色。

八

城墙

我想独自在伊斯坦布尔的古城墙周围漫步，并建议所有将要来君士坦丁堡的意大利读者效仿我，因为这座孤零零的宏伟遗址的景色无法给你留下真正深刻和持久的印象，除非你完全准备好接受它，并且能够放任思想在寂静中自由奔走。你需要沿着荒废的道路，在阳光下步行大约十五意大利哩。“或许，”我对朋友说，“我走到一半就会陷入孤寂的哀伤，而你肯定会像圣徒似的给我打气。纵然如此，但我还是想独自去那里。”

墙体与巨大的塔楼绵延至视线的尽头，依照地势的高低起起伏伏。低陷处有如地底，隆起处好似山巅。废墟形态各异，难以计数，汇聚千百种凝重的色泽，从近乎黑色的钙灰，直至近乎金色的暖黄。茂密的暗绿色草木覆盖其上，或沿墙体攀缘，或从城堞和洞眼垂落，形成花环，或笔直地矗立在塔尖，或层

层叠叠堆成高耸的金字塔，或像瀑布似的从护墙上挂下来，或填满缺口、裂缝、城壕，或一直蔓延到大路。三道城墙组成废墟的巨大台阶：内墙最为高大，两侧是间隔很短的等距方形塔楼；中间的城墙由矮小的圆塔加固；外墙最低，没有塔楼，凭借又深又宽的壕沟防护。整个城墙巍峨、荒蛮、粗犷、慑人，同时又具有华美与忧伤的特征，令人不禁肃然起敬。你看到的仿佛是连绵不绝的封建堡垒的残骸，又或是环绕东亚传奇大帝国的长城遗址。

九 古塞拉里奥宫

就像没有参观过阿尔罕布拉宫就不算到过格拉纳达一样，在君士坦丁堡，没有深入过古老的塞拉里奥宫墙，就不算真的见识过什么。

塞拉里奥的独一无二之处在于其非凡的历史意义，贯穿并反映奥斯曼王朝几乎全部的兴衰。它的石墙和古树的树干上写满帝国最隐秘、最不为人知的所有事件。最近三十年和征服君士坦丁堡之前两百年的记载完好无缺。从给王宫奠基的穆罕默德二世，到迁居多马巴赫切的阿卜杜·马吉德，中间经历了整整二十五位苏丹。奥斯曼人刚一征服他们的欧洲大都会，就立刻长驻于此；他们在这里达到其声威的顶点，也是在这里开始走下坡路。它兼具宫殿、堡垒和圣所的功能，是帝国的大脑和伊斯兰教的心脏。

放眼整个欧洲，没有别的哪个角落，光是提到名字就能在头脑中唤醒比这更诡异的美好与恐怖交织的景象。

十一 于斯屈达尔

一想到壮丽的于斯屈达尔，什么黑暗都烟消云散。

从马尔马拉海望去，于斯屈达尔很像一座山顶大村庄；从金角湾望去，那里又显露出城市的面貌。不过，当驶向港口的汽艇绕着亚洲海岸最突出的岬角打转时，这座城市却扩张和挺立起来。房屋林立的山丘一个个跃入眼帘，居民区从山谷中蹦跃而出，小别墅四散在高地上。海滨密布五彩缤纷的小宅子，一望无际。这座城市宏伟、壮美、奢华，没有一丝一毫的隐匿，转瞬间就展露无遗，好似幕布升起，让人当场怔住，像是在等它再度消失。

十一 艾尤普

伊斯坦布尔没有第二个地方能如此淋漓尽致地展现穆斯林的艺术。他们美化死亡的形象，让人毫无恐惧地沉思默想。这是一座亡人之城、宫宇、花园和万神殿，充满忧伤和感恩，鼓励访客虔心祝祷、会心微笑。无论何处都遍布墓地，好几个世纪的柏树投下凉荫，蜿蜒的小径纵横其间，无数白色墓碑似要坠向斜坡，掉落水中，或者沿着道路挤作一团，见证鬼魂的到访。你若拨开灌木丛的枝条，从无数昏暗的角落向右看去，就能隐约瞥见远处的伊斯坦布尔，像是一连串彼此分隔的淡蓝色城镇；下方是金角湾，夕阳的最后一抹余晖映照其上；对面是苏特吕杰、哈勒哲奥卢、皮里帕夏、哈斯科伊等居民区；最远处是卡瑟姆街区以及加拉太的模糊轮廓，它们迷失在闪烁和易逝的色彩中，沉浸于无限的甜蜜，浑若不属此世。

十二 博斯普鲁斯海峡

如今，我们最后一次试图在心目中描摹这座魅惑之城的粗犷轮廓和模糊色彩；我们最后一次眺望壮美的金角湾的尽头，心知它将在片刻后永远隐匿。

于斯屈达尔跑到了前面，伊斯坦布尔落到了后面，加拉太调了个头，像在目送我们离开。别了，金角湾！轮船驶了一阵，卡瑟姆帕夏不见了；又驶了一阵，夺去了艾尤普；再驶了一阵，掳走了伊斯坦布尔的第六丘。随后，第五丘失踪了，第四丘隐没了，第三丘消散了，第二丘越来越模糊。只剩下塞拉里奥丘因为天气晴朗，在我们的视野中逗留了好一阵。我们已经飞快地航行至博斯普鲁斯海峡的中段，经过托普哈内和芬德克勒；多马巴赫切宫精雕细凿的白色正立面一闪而逝；于斯屈达尔最后一次展露它环状的丘陵，以及上面的花园和别墅。别了，君士坦丁堡！亲爱的大城，我童年时的梦想，我青年时的渴盼，我终生难以磨灭的记忆！别了，美艳不朽的东方女王！唯愿时光改变你的运数，但不损害你的芳容；唯愿有朝一日，我的孩子们能在青春壮盛、心驰神迷之际与你相会，就跟我见到你、离开你时一个样！

作者简传

提起意大利作家埃德蒙多·德·亚米契斯（Edmondo de Amicis，1846—1908）的名字，有些读者或许会感到陌生。然而，一旦提到他那部享誉世界的儿童文学名著《爱的教育》，许多人都会恍然大悟，感叹一声：原来是他！

自从夏丏尊先生于20世纪20年代将这部原名为《心灵》（*Cuore*）的小说翻译出版以来，德·亚米契斯的名字便进入了中国读者的视野，书中的佛罗伦萨小抄写员等故事曾经入选语文教材。不过，我们对身为作家的德·亚米契斯的了解显然还很不够。事实上，亚米契斯不只是一位儿童文学作家，他多才多艺，见闻广博，一生从事过多种职业，也涉猎多个文学领域，堪称意大利统一以来的一员文坛健将。亚米契斯的文学创作风格多样：早年的军旅文学如照相机一般精确生动；青年时期的游记文学文辞华美，观察细腻，擅长编织东

方幻梦；中年以后风格趋于沉稳浑厚，多有社会问题方面的力作问世。

埃德蒙多·德·亚米契斯于1846年10月21日生于利古里亚海滨小镇奥内里亚（Oneglia），此地位于热那亚和尼斯之间。两岁时全家搬到皮埃蒙特，定居都灵。他家境殷实，父亲是银行家，母亲出身中产阶级。16岁时在都灵上军校，1865年以少尉军衔毕业。1866年，他参加了著名的库斯托扎战役，目睹了国王维克托·埃马努埃莱二世的败绩。

随后他成为军事记者，为军事报纸撰稿。相关新闻稿在1868年结集为《军事生活》（*La vita militare*）一书出版。数年后他放弃军旅生涯，转而以记者身份游历四海，并在此过程中逐渐发挥自己的文学才能。这一阶段他留下的游记作品包括《西班牙》（1872）、《伦敦回忆》（*Ricordi di Londra*，1873）、《荷兰》（1874）、《摩洛哥》（1876）、《巴黎回忆》（*Ricordi di Parigi*，1879），以及本书《君士坦丁堡》（1878—1879）。

1874年，作者和画家朋友恩里克·永克受《意大利画刊》（*Illustrazione Italiana*）委派，游历奥斯曼帝国首都。德·亚米契斯虽没有写明具体抵达和离开的日期，但根据书中对这一年斋月的描写，可以推测他的逗留时期在10月—11月之间。除了亲身体验，德·亚米契斯还大量参考其他欧洲旅行者的游记，以及奥斯曼帝国境内意大利侨民提供的信息，并插入永克（他在这次旅程结束后，过了四年就去世了）和意大利画家切萨雷·比塞奥（Cesare Biseo，1843—1909）绘制的200多幅素描画，遂有了这样一部洋洋二十万言的游记代表作。

除了地中海两岸，作者的足迹还远达阿根廷，并在日后以此为基础创作了小说《在大洋上》（*Sull'Oceano*，1889）。日后他又以自己这段旅程中遇到的意大利侨民为素材，创作了《在美洲》。

不过，令德·亚米契斯赢得世界性荣誉的还是《爱的教育》。1884年起，

他从自己儿子的学校生活中获得灵感，开始撰写这部儿童文学作品。《爱的教育》首次发行于1886年10月18日，立刻取得巨大成功。在短短几个月里就发行了40多种版本，被翻译成十多种语言。有趣的是，这部作品只比同类型的意大利名著《木偶奇遇记》晚了三年出版。

从1889年起，德・亚米契斯思想上倾向社会主义，并在1896年加入社会主义政党。这一转变也体现在他作品的标题中：《社会问题》（*Questione sociale*，1894）、《工人们的女老师》（*La maestrina degli operai*，1895）、《社会主义与平等》（*Il socialismo e l'eguaglianza*）、《属于所有人的马车》（*La carrozza di tutti*，1899）。他在这些作品中密切关注穷人的生活状况，不再流露出《爱的教育》中的民族主义情结。

在去世前不久，德・亚米契斯出版了根据早年经历创作的游记《回忆西西里之旅》（*Ricordi d'un viaggio in Sicilia*，1908）以及其他一些作品。1908年3月11日，作者在距离出生地仅30多公里的波尔迪盖拉（Bordighera）旅馆下榻期间突发脑出血去世。他被安葬在都灵市中心的家族墓地。

译者导读

19 世纪下半叶，随着全球范围内通信和交通技术的爆炸式发展，以及殖民主义的不断扩张，此前参商两隔的许多地区开始建立日益紧密的外交、商业、文化和信息交往。与此同时，欧洲资产阶级价值观和生活方式也在这一时期确立，长途旅行不再是 18 世纪和 19 世纪初的贵族专利，过着悠闲生活的中产阶级探索异乡、增广见闻的愿望越发强烈。在此背景下，旅行文学异军突起，成为大受欧洲民众欢迎的一种独特体裁。阅读这一时期欧洲人写下的各种游记，尤其是东方游记，不但是一件娱心悦目的有趣消遣，更有助于我们了解当时西方人的所见、所问、所思、所感，及其对自身和“他者”的认知。

意大利作家埃德蒙多・德・亚米契斯的《君士坦丁堡》正是在这样的背景下诞生的一部奇书。

之所以称之为奇书，有多方面的理由。

首先奇在视角。德・亚米契斯早年是军人，后来做专职记者，练就一双摄像机一般的眼睛，擅长定格画面，捕捉细节。譬如《大桥》一章，作者写桥上来往的人流，写得如万花筒般令人眼花缭乱，我在翻译这一章节时，仿佛不是在阅读文字，而是在观看一段纪录片，天南海北的各色人等宛如亲见；又如《大巴扎》一章，作者把鞋店、糖果店、绸缎店、烟草店、珠宝店、兵器店等一众商铺写得纤毫毕现，就连书中拍胸脯赌咒担保的商贩和挤眉弄眼互相传递暗号的“托儿”都栩栩如生，游客若

按图索骥前往今日的大巴扎，几乎还是能对号入座，轻松发现人物原型。

第二奇，奇在文笔。览亚氏之文，好比走进一间丰赡富奢的豪宅，既有庄严的正厅，也不乏雅致的亭榭，放眼皆是软玉、玛瑙、砗磲、璎珞，即使是不显眼的角落，作者也不肯胡乱将就，势必要铺上金箔，衬上银粉，好好整饬一番。有时候，读者不免会觉得文笔过于奢靡，“贪多好大，用语枝蔓，丁宁反复，不厌其烦”（钱锺书语），好比不耐甜品的食客初尝土耳其点心“巴克拉瓦”，只试了一两块，便齁得唇齿发麻，再难下咽。不过，等缓过劲儿之后，又有谁能抗拒舌间残留的糖汁，在下次点餐时，不壮着胆子，再叫上几块？或许，要书写作者笔下这座雄踞两海两洲的“世界之母”，文笔本就只能如巴克拉瓦一般甜腻？或许，世上原来就没有几处所在，能受得住二十万言穷丽极巧的恭维而无愧的？

第三奇，奇在内容。本书虽名为游记，但实际上很难将其准确归类。它不是单纯的旅行指南，并未线性地罗列旅程经过，相反，正如英国拜占庭历史学家贾森·古德温的评语，这本书中“应有尽有”。有假想的战争场面的渲染，有真实的火灾场景的详述，有古墙，有密林，有海滨，有山冈，有太监，有妇女，有少数民族，有高高在上的土耳其大官，有颠沛流离的意大利侨民，有傀儡戏，有西洋镜，有诗文，有政论，有缅怀历史辉煌的愁思，有展望社会改革的远景，往上登高塔、访宫阙，往下探水宫、游市廛。作者甚至还为街头的野狗专门辟出一章，写得既妙趣横生，又饱含对生灵的怜悯。要而略之，亚氏此书，堪称一部洋洋洒洒的东方浮世绘。

除此之外，本书还具有许多文学之外的价值。作者对奥斯曼晚期的京城生活兴趣浓厚，笔下不乏难得的历史细节。例如他写加拉太社区的意大利侨民，介绍他们在好几代的侨居生活中发展出来的独特“洋泾浜”口音意大利语，对于研究意大利裔黎凡特社区的历史学家来说，无疑是一笔宝

贵的素材；他亲自从金角湾沿着古老的罗马-拜占庭城墙一直走到马尔马拉海滨，详述沿途的穆斯林和非穆斯林社区——其中许多今日已不复存在；他从亲身见证的一场小型火灾出发，联想到1756年大火的惨状，提供了包括灾害应对措施在内的生动的城市生活历史侧面；一次土耳其浴，一道土耳其餐，一出土耳其皮影戏，作者也不厌其烦加以详述。我甚至还根据德·亚米契斯书中的描述，了解到和鲜为人知的“圣鱼教堂”（今泉水诞神修道院）相关的一则逸闻，特地前往走访。

当然了，作为一部西方人所写的东方游记，书中不乏在今日看来问题重重，甚至有信口开河之嫌的段落。德·亚米契斯不谙奥斯曼土耳其语或别的“东方”语言，他对君士坦丁堡/伊斯坦布尔的了解主要来自前代和同时期东方学家的游记、史著。他在这座城市的交际范围主要限于意大利人、其他西方侨民，以及个别接待他的土耳其官员。但这并不妨碍他时常以欧洲文明的一员自居，毫不留情地、往往失之偏颇地批评奥斯曼帝国的政治和民俗。

一方面，他对宦官制度、男女不平等、市政管理滞后等社会问题的抨击，确实切中时弊，洋溢欧陆式人道和科学精神；另一方面，他的一些批评显得先入为主，无的放矢。例如他指责皮影戏伤风败俗，声称土耳其人喜欢看这种“庸俗”的玩意儿，暴露了他们的虚伪。可惜他没有机会看到，这项安纳托利亚民间艺术在2009年被列入联合国教科文组织非物质文化遗产名录。他说加拉太桥虽然只有短短几百米，但即使过去十年，新思想也不会从欧洲人聚居的北岸传入南岸，可他忽略了早在15—16世纪，文艺复兴装饰风格就已从他的老家意大利传入奥斯曼手工业作坊。诸如此类的刻板印象，使他在盛赞君士坦丁堡是一座五方杂处、百货齐备的伟大城市的同时，却又自相矛盾地、固执地认为这里仍然是“东方”社会，始终停滞不前，一潭死水。

尽管存在上述缺陷，尽管在叙述中犯下一些常识性错误，但总的来说，

作者对君士坦丁堡的历史和现实的描述具有惊人的准确性，正如他在开篇所解释的那样，他对这座城市的历史下过十年苦功，读过上百卷著作，盯着东方地图度过了好多个冬夜。如果有人告诉读者，埃德蒙多·德·亚米契斯的这趟旅行其实只有短短十来天的话，那么他极有可能会大吃一惊，难以置信。

更令人难以置信的是书中一些极具前瞻性的段落。例如在《未来的君士坦丁堡》一节中，作者畅想这座城市一两百年后的面貌，届时山丘被推平，树木被连根拔起，王宫被改建成动物园，地平线被车间、厂房、金字塔一般的大厦填满，黑压压的人群全都戴着西式礼帽，眼下的一切都将荡然无存，实用、丑陋、灰暗的东西将取而代之。以至于德·亚米契斯自嘲，如果20世纪的意大利读者读过他这本被虫咬坏的“旧书”之后再游览君士坦丁堡，势必要惊呼这座城市根本就不是书里写的那样！庆幸的是，150年后的我们读到这里，大可以会心一笑，然后宽慰作者：请不要忧伤！不用灰心！并没有那么糟！你的这本书就和这座城市一样，依然是难以磨灭的经典！

由于原著使用的是距今150年的意大利语，且相当古雅考究，因此我在翻译过程中还参考了19世纪的英译本和法译本、部分20世纪土耳其语译本，以及当代的Stephen Parkin译本（2010年出版），以期尽可能准确地还原这部名著。

《君士坦丁堡》一书在土耳其的影响力比别的地方要强烈得多。它的第一个土耳其语节译本诞生于1938年，译者为雷沙德·埃克莱姆·科楚（Reşad Ekrem Koçu）；1986年由贝农·阿克亚瓦什（Beynun Akyavaş）教授根据法译本译出第一个完整的土耳其语版。此后又陆续有塞文奇·泰兹江（Sevinç Tezcan，2009）和菲利兹·厄兹德姆（Filiz Özdem，2010，是第一个完全自意大利语原文译出的版本）等人的译本。

不过，由于奥斯曼帝国末期的高官和文人普遍通晓法文，因此土耳其人阅读《君士坦丁堡》的历史要远早于1938年。例如奥斯曼末代哈里发阿卜杜勒－迈吉德二世的私人图书馆中就保存了一大册装帧极为精美的1883年法译本。同样，土耳其作家对本书的评价也影响到了当代意大利人对此书的重新审视。以我手头的意大利埃瑙迪（Einaudi）出版社于2018年发行的该书节选本第9版而论，封底最上方就印着奥尔罕·帕慕克的评语："关于伊斯坦布尔写得最出色的书出自意大利青少年文学作家埃德蒙多·德·亚米契斯之手。"下方是英国拜占庭历史学家贾森·古德温的评语：德·亚米契斯的这本书是他"最幸运的发现……一部维多利亚时代的完美杰作。书中应有尽有"。似乎是嫌这两位文化名人还不够权威，该节选本摘取意大利国宝级作家翁贝托·艾柯的点评作为序言。艾柯在这篇题为《伊斯坦布尔，既一又三》（*Istanbul, una e trina*）的短文中坦陈，自己曾经将这本书当作伊斯坦布尔之行的指南。得到三位巨匠的背书，有谁能否认，埃德蒙多·德·亚米契斯也是19至20世纪之间的一位意大利文学巨匠呢？

CONTENTS

目录

抵　达 / 1

五小时后 / 25

大　桥 / 31

伊斯坦布尔 / 47

金角湾畔 / 69

- 加拉太塔 / 72
- 加拉太公墓 / 74
- 佩　拉 / 75
- 一大片公墓 / 79
- 潘卡尔迪 / 81
- 圣迪米特里 / 83
- 塔塔乌拉 / 85
- 卡瑟姆帕夏 / 86
- 咖啡馆 / 89
- 皮亚利帕夏 / 90
- 射箭广场 / 92
- 皮里帕夏 / 93
- 哈斯科伊 / 94
- 哈勒哲奥卢 / 95
- 苏特吕杰 / 96
- 泛舟海上 / 99

大巴扎 / 101

君士坦丁堡的生活 / 133

- 光 / 133
- 飞　鸟 / 135
- 往　事 / 136
- 似曾相识 / 139
- 服　饰 / 141
- 未来的君士坦丁堡 / 143
- 狗 / 144
- 阉　仆 / 150
- 军　队 / 156
- 闲　暇 / 163

- 夜　晚 / 166
- 欧洲人的生活 / 168
- 意大利人 / 171
- 戏　院 / 174
- 土耳其菜 / 176
- 斋　月 / 180
- 往昔的君士坦丁堡 / 181
- 亚美尼亚人 / 186
- 希腊人 / 189
- 土耳其浴 / 193
- 塞拉斯凯拉特塔 / 197
- 东方颂诗 / 200

圣索菲亚 / 203

多马巴赫切宫 / 230

土耳其妇女 / 246

着火了！ / 272

城　墙 / 293

古时的塞拉里奥宫 / 326

最后几日 / 385

- 清真寺 / 385
- 地下水宫 / 393
- 于斯屈达尔 / 396
- 彻拉安宫 / 400
- 艾尤普 / 402
- 禁卫军的鬼影 / 408
- 王室陵墓 / 410
- 德尔维什 / 414
- 恰姆勒贾 / 420

土耳其人 / 424

博斯普鲁斯 / 437

抵　达

如果没弄清楚城市的格局，是不可能很好理解我关于进入君士坦丁堡所作的描述的。请读者设想自己面前是隔开亚洲和欧洲、连通马尔马拉海和黑海的博斯普鲁斯海峡的峡口。像这样，你们的右侧是亚洲海岸，左侧是欧洲海岸；这头是古老的安纳托利亚，另一头是古老的色雷斯。若是往前行进，也就是说挤进海峡的话，那么刚刚越过峡口，左侧就会出现一条港湾，或者说一处极为狭窄的锚地，它和博斯普鲁斯一道，构成一个近乎直角的三角形，并插入欧洲地界若干意大利哩，弯弯曲曲，形状有如牛角，故而得名金角湾，意即丰饶之角，因为当它还是拜占庭港口时，三大洲的财富在此云集。欧洲部分的一端南接马尔马拉海，北邻金角湾（此地就是古代的拜占庭），那里的七座山丘上耸立着土耳其城市伊斯坦布尔。而另一角与金角湾和博斯普鲁斯海峡相连，即为欧洲城市加拉太和佩拉。位于亚洲海岸的丘陵之下、面朝金角湾的是于斯屈达尔城。因

此，人们所称的君士坦丁堡实际上是由三座大城组成[1]。三城被大海隔开，彼此相望，而第三座又同时朝向头两座。三者挨得如此之近，以至从三处海岸的任何一处都可以清楚地看到另两处的建筑物，有点像巴黎或伦敦，在比较宽敞的地方，可以从塞纳河或泰晤士河的一段河岸清楚看到河对岸。

在伊斯坦布尔所在的三角形的顶端，有处向金角湾扭过去的地方，那就是大名鼎鼎的塞拉里奥角。对于从马尔马拉海北上的人们来说，金角湾两岸的景观被这个岬角遮挡着，最后一刻才露出真容，堪称君士坦丁堡最大、最美的部分。

正前方的金角湾有如一条大河。两侧湾岸上是两排山地，其上有两座平行的城市拔地而起，连绵伸展，囊括长达八哩的丘陵、浅谷、小港、岬角，纪念碑和花园覆盖上百条斜坡。巨大的双层台地上密布房屋、清真寺、集市、宫殿、浴室、凉亭，颜色各异，难以穷尽。其中有数以千计的尖塔，闪闪发光的塔顶直刺天空，有如巨大的象牙柱。挺拔的松柏林呈密匝匝的条带状，从山丘垂降到海边，将街区和港口围绕起来。大片散乱的林木挤满四面八方，有的直达山丘，有的在屋顶间蜿蜒，有的折向海滨。右手处是加拉太，它的前方是杆子和旗帜组成的密林；在加拉太上方的佩拉，欧式宅邸雄浑的轮廓尽显于天空之下。往前是连接金角湾两岸的大桥，色彩缤纷的人流行走在桥的两边。往左是伸展在高大山丘上的伊斯坦布尔，每座

1　在当时欧洲人的观念中，伊斯坦布尔（Stambul）仅指托普卡普宫所在的城区，不包括以北的加拉太和佩拉，以及东边亚洲部分的于斯屈达尔，与今天所称的“伊斯坦布尔”（土耳其语：İstanbul）不同。

山丘上都屹立着一座盖着铅顶和金色塔尖的雄伟清真寺：白色和玫瑰色相间的圣索菲亚清真寺；侧面有六根宣礼塔的苏丹艾哈迈德清真寺；顶部有十座圆顶的苏莱曼大帝清真寺；倒映在水中的皇太后清真寺；第四丘上的穆罕默德二世清真寺；第五丘上的塞利姆清真寺；第六丘上的泰克弗尔宫；以及位于所有高坡之下的塞拉里奥宫白塔，它俯瞰两大洲之间从达达尼尔海峡直至黑海的岸头。在伊斯坦布尔的第六丘和加拉太之外，只能看到模糊的轮廓，城市和街区的顶部，港口、舰队和树林的远景，它们几乎消失在淡蓝色的氤氲中，仿佛不再真实，只是空气和光线的错觉。

该如何把握这幅奇妙画卷的细节特征？我的视线在片刻间定格于近处的海岸，聚焦于某间土耳其小房子，或某个金闪闪的塔尖。但旋即便重新将目光投向那片明亮的幽深奇境，在两排似幻非真的城市之间驰目纵览，震骇不已的头脑只能勉强跟上双眼。整个美景之上弥漫着一股无限宁静的威严，有一种专属于少年或恋人的东西，足以唤醒千百段童话仙境与春日迷梦的回忆；它虚浮、神秘、魁伟，挟奇思妙想疾驰于现世之外。柔和的天空被抹上极为细腻的乳色和银色的染料，围裹万物，澄澈非常；蓝宝石色的大海布满紫红色的浮标，令尖顶长长的白色倒影晃个不停。圆顶熠熠发光。一整片深林巨树在早晨的空气中飒飒摇曳。鸽子如层云般围着清真寺飞翔。上千艘金灿灿的彩绘轻舟在水上游动。黑海的微风吹来千万座花园的香气。当人们沉醉于这天堂，并已经忘记其余诸事的时候，若是往后面扭头，就会怀着新颖的赞叹之情观赏起亚洲海岸。这处海岸的全景终止于壮美的于斯屈达尔和白雪皑皑的比提尼亚奥林波山。

马尔马拉海上散落着座座小岛，泛出船帆的白色。桅樯密布的博斯普鲁斯海峡在两岸没有尽头的亭台、宫殿和别墅之间蜿蜒，在东方最明媚的山丘之间神秘地消失。千真万确，这就是地球上最美丽的场面！

伊斯坦布尔

要从这种惊厥中复苏别无他法，只能深入沿着伊斯坦布尔山丘的侧翼蜿蜒 的千街万巷。支配这里的是深邃的平和，人们可以宁静地沉思神秘而好妒的东方的方方面面。你在喧嚣纷乱的欧洲生活中是看不到金角湾的对岸的，除了若隐若现的线条。在那里，一切都是典型的东方风情。跑上一刻钟后，就再也看不到人，听不到任何喧嚣了。到处都是绘有上千种颜色的木制小屋，其中的二层楼从底楼上方伸出来，而三楼又比二楼更往前伸出一点。窗户前有某种特别的阳台，阳台处处都安装玻璃，被带有极小孔洞的木栅栏封闭起来，看上去像是附在主室上的小房子，给街道带来一种极为独特的悲伤和神秘气息。在一些地方，街巷是如此狭窄，以至于房屋伸出来的部分几乎要迎面相碰。这样，你就能在这种人形牢笼的阴影下跑上很长一段路，头顶正好是土耳其妇女的脚底。这些妇女在阳台上度过一天中的大多数时光，她们只能看见极为细长的一线天空。大门全都被掩闭。底楼的窗户装有格栅。一切都散发着冷漠和嫉妒

的气氛，你仿佛正在穿越一座修道院的城市。你有时听到一阵大笑，于是仰起头，从某个孔眼中见到一缕辫发或一对生气勃勃的大眼睛，随即立刻消失。有时，你会意外撞到街道一头的人和另一头进行热烈的、客气的对话。但一听到你的脚步声，对话立时中止。天晓得你在经过的时候干扰了什么样的流言和密谋之网？你瞧不见一个人，可却有一千双眼睛在盯着你。你形单影只，却觉得自己置身于滚滚人流之中。你想不引人注目地走过去，于是放慢脚步，轻轻奔跑，不东张西望。有人打开一扇门或关上一道窗，都有如巨响一般猛然令你惊觉。

这些街巷似乎肯定会让人烦闷，实则绝对不是这样。你在尽头见到一丛绿色灌木，其间探出一根白色尖塔；穿红衣的土耳其人朝你走下来；黑人女仆站定在一道大门跟前；一条波斯地毯挂在窗上。这些景致足以构成一幅充满生机的和谐的小画，以至于你能花上一个钟头细细打量。从你身边经过的只有寥寥数人，没有一个瞧你一眼。只是偶尔才会听到有人在你身后呼喊：Giaur（异教徒）！你转过身，只见一颗青年人的脑袋消失在门板后面。有时候，一间小房子的小门会被打开：你停下脚步，期待出现一位私闺美女，实际上走出来的却是位欧洲女士，她戴着宽大的帽子，拖着裙摆，嘟哝一声 adieu 或 au revoir[1] 便迅速离开，留下你张口结舌。在另一条全是土耳其人、一片寂静的街上，你忽然听到一声鸣号和一阵马蹄响。你扭过头好奇：怎么回事呀？你几乎不相信自己的眼睛。那是一驾很大的公共马车

1 法语“再见”。

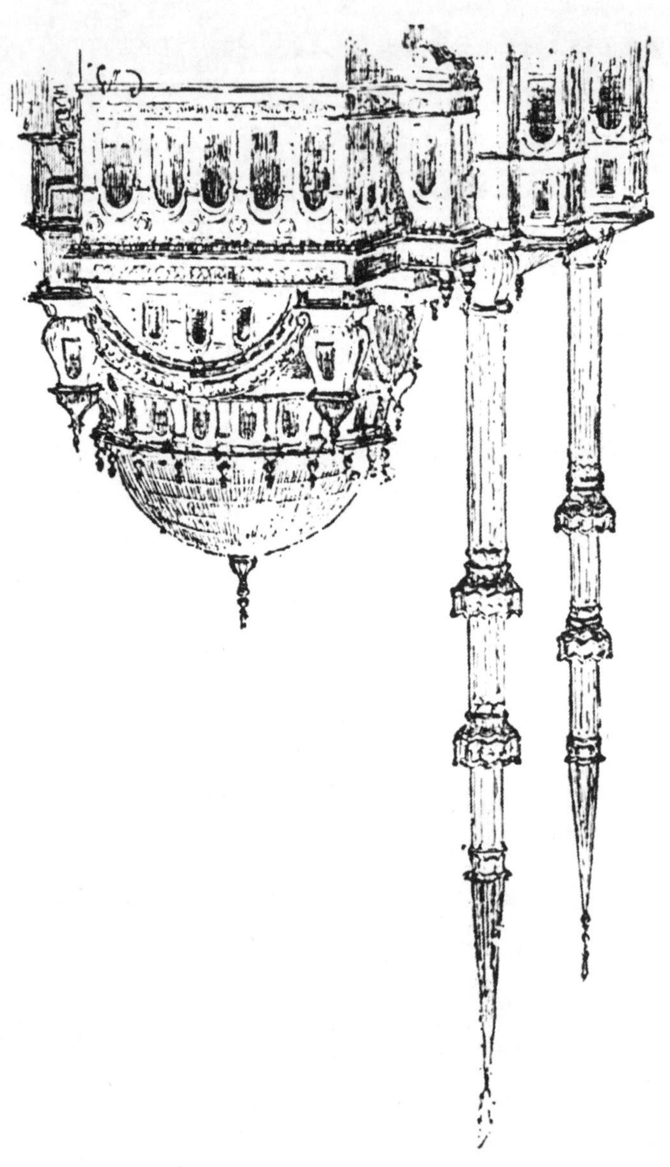

（omnibus），沿着两根你从未见过的车辙行驶到面前，车上全都是土耳其人和欧洲人，还有穿制服的传令员和收费牌子，就跟维也纳或巴黎的有轨马车（tramway）一个样。这样一条巷子里出现如此物事，个中的不协调难以用语言来表达。你觉得这是儿戏或者误会，还差点笑出来，随后惊讶地打量那条小巷，就好像从来没有见过似的。驶过去的公共马车似乎是一幅生动的欧洲画卷，你再度觉得亚洲就好像戏院里变幻多端的舞台。你走出这几条寂寥的街道，来到开阔的小广场，一株巨大的悬铃木的树荫几乎完全将其覆盖。广场一边是一眼喷泉，骆驼就着喷泉饮水；另一边是一间咖啡馆，门口摊开一排褥垫，几个土耳其人躺着抽烟；门边是一棵被葡萄藤环绕的高大无花果树，葡萄叶垂挂到地上，从叶片之间可以窥见远处蔚蓝的马尔马拉海和若干白色的船帆。白亮至极的光线和死一样的寂静给所有这些地方带来介乎庄严和感伤的特征，以至于哪怕只见上一次就难以忘却。你往前走，再往前走，几乎被静谧的奥妙吸引。这种奥妙像轻浅的倦怠一样渗入灵魂，片刻后就让人失去了所有对距离和时间的感知。你身处广阔的空间，那里残留最近一场大火的痕迹；斜坡上散落寥寥数间房屋，野草蔓延其间，几条羊肠小道曲折蜿蜒；从高处能看见街道、小巷、花园和数百间房屋，但从哪里都见不到活人、烟雾、敞开的房门以及一丝一毫定居和生命的迹象，以至于你很可能相信自己在这座庞大的城市里孤身一人，若是再想上片刻，几乎就要被恐惧攫住。

但如果从斜坡上下来，钻进那些小巷的深处，一切就都不一样了。你身处伊斯坦布尔最宽阔的街道之一，两侧是各种古迹，眼迷五色，

目不暇接。你奔走于清真寺、亭榭、尖塔、拱形柱廊、大理石和天青石的喷泉、闪耀阿拉伯式花纹和金色题铭的苏丹陵墓、雪松棚子下被马赛克覆盖的墙体，以及一片从围墙和花园的金色栅栏后面探出来、芳香四溢弥漫街衢的茂盛花草的阴影之间。走在这些街道上，每一步都能遇到载着帕夏、官员、职员、兵营副官、大宅阉仆的马车，以及一长列来往于高官之间的仆从和门客。作为大帝国的首邑，此地闻名遐迩，其雄伟的气势备受称赞。概言之，这处城区一片纯白，典雅的建筑、汩汩的流水、凉爽的阴影，有如和顺的音乐，抚慰感官并在心中填满愉快的印象。人们沿着这些街道抵达皇家清真寺雄踞的大广场，在这些庞然巨物面前愕然。每一座皇家清真寺都像由经堂、医馆、学府、书院、商铺、浴室构成的小型城市的核心，这些附属设施就好像被它们所环绕的巨大圆顶压扁了一般，几乎注意不到。

人们猜想这里的建筑极为简单，实际上细节繁复，吸引目光之处多达上千。包铅的小圆顶，一个个叠起来的形状怪异的屋顶，悬在半空的拱道，宏大的柱廊，带小圆柱的窗户，垂花饰拱门，刀削斧凿的尖塔（塔上搭建露天小阳台以及钟乳石柱头），好似安装了花边的雄伟大门和喷泉，饰有黄金和上千种颜色的墙壁，全都精工妙刻、巧雕细琢，轻盈而又泼辣，掩映在橡树、柏树和柳树的树影下。如云的鸟雀从树上飞出，环绕圆顶缓缓飞翔，使得雄伟建筑物的幽深之处都充满和谐之感。人们在此处体验到某种比美感更深邃、更强烈的东西。这些建筑物好似大理石制成的宏大断言，捍卫一种迥异于我们本乡本土的思想与情感的秩序，几乎堪称一个对立种族

和一种对立信仰的骨架，使用傲岸的线条与超拔的高度作为无声的语言，向我们讲述神明的荣光。这个神明不属于我们，而属于一个曾令我们的祖先战栗的民族。它们引发一种混合冷漠和恐惧的尊敬，从一开始就战胜好奇心，使我们避而远之。

在多荫的庭院里可以看到在水池边小净的土耳其人、蹲在柱脚的乞丐、从拱廊下慢慢走过的蒙面妇女。一切都十分安静，隐含不知源自何处的忧愁与欢乐的气氛。在这种气氛下，头脑谜一般地既停滞又活跃。加拉太和佩拉离得多远啊！你觉得独自身处另一个世界和另一个时代，身处苏莱曼大帝和巴耶济德二世的伊斯坦布尔。当你离开那片广场，见不到象征奥斯曼人强权的庞然大物，置身于木制的、狭隘的、充斥秽物和贫困的君士坦丁堡时，就会感到一种活生生的愕然之情。随着你步步前行，只见房屋掉色，藤架摔落，喷泉的水池覆着一层馥郁之气。你发现几座矮小的清真寺，墙体开裂，木制的宣礼塔被荆棘和荨麻环绕；你发现废墟中的坟墓、破碎的阶梯、堆满瓦砾的过道、无尽忧伤的衰朽街区，在那里，除了雀鹰和鹳鸟的拍翅声，或某个孤零零的穆安津[1]从隐蔽的宣礼塔高处呼喊神明之言的喉音外，就听不到别的声响了。没有一座城市比伊斯坦布尔更典型地代表其人民的天性和哲学。所有宏伟的或美好的东西都属于真主或苏丹，后者是真主在大地上的影子。其余的一切全都稍纵即逝，并被深深地刻上蔑视尘俗的烙印。游牧人的部落成了一个民族，但他们对乡野自然、沉思默想和无所事事的本能喜爱，仍然使得这

1　穆安津（muezzin），清真寺的宣礼人。

座都会保留了营帐的特征。伊斯坦布尔并不是一座城市，它不劳作、不思考、不创造。文明打破它的大门，冲上它的街巷。它在清真寺的阴影下打着瞌睡，做着美梦，放任自流。这是一座松懈、散乱、畸形的城市，与其说象征一个静止不动的国家的权威，不如说代表了一个游牧种族的歇脚站、一篇大都会的宏伟草稿、一场了不起的表演，而非一座伟大的城市。

如果不走遍全城，就无法获得正确的印象。你得从第一丘出发，这座山丘作为三角形的顶点，浸泡在马尔马拉海中。此处可谓伊斯坦布尔的头部，古迹林立，充满回忆、壮伟与光明。古老的塞拉里奥宫坐落此地，那里诞生了最早的拜占庭及其卫城和朱庇特神殿，随后又兴建了普拉希迪娅王后宫和阿卡迪乌斯浴场；此间有圣索菲亚清真寺和艾哈迈德清真寺，以及占据古代竞技场（Ippodromo）空间的赛马广场（At-meidan）。在那里，饰有黄金的四马双轮赛车曾纵横于青铜和大理石造就的奥林匹斯山之间，在穿丝衣紫的人群的欢呼声中，当着珠光宝气的皇帝的面飞驰。从这座山丘往下走进一条不深的坡谷，那里延伸着塞拉里奥的西墙，标志古代拜占庭的边界，同时雄踞着高门（Sublime Porta）。从高门进入大维齐尔[1]和外交部长的官邸：那是一个简朴、沉默的地方，似乎集中了帝国命运中所有的悲伤。从这条坡谷走上第二丘，努里-奥斯曼尼耶（Nuri-Osmanié），或奥斯曼之光清真寺坐落其上，另有被焚烧过的君士坦丁之柱，它的顶端曾有一尊青铜阿波罗像，但头部换成了君士坦丁

1 伊斯兰国家历史上对宫廷大臣或宰相的称谓。

大帝。它位于古老市集的正中，周围一度布满拱廊、凯旋门和雕像。过了这座山丘是大巴扎所在的斜坡，从巴耶济德清真寺延伸至皇太后清真寺[1]，容纳一座由棚子遮盖的街道构成的巨型迷宫，人多声杂，你从里面出来时准保眼花耳聋。

在同时俯瞰马尔马拉海和金角湾的第三丘上，巍然耸立着与圣索菲亚齐名的苏莱曼清真寺（土耳其诗人称之为“伊斯坦布尔的喜悦与灿烂”）和国防部的壮观塔楼[2]。这座塔兴建于古代君士坦丁王朝的王宫废墟之上，征服者穆罕默德二世曾居住在这里，后来被改成老太后们的宫殿。在第三丘和第四丘之间，巨大的瓦伦丁皇帝引水道像空中横桥一般伸展，它由两排极为轻盈的圆拱组成，草木横生，飞挂在房屋密布的坡谷上方。从引水道下面走过去后，就登上了第四丘。穆罕默德二世的清真寺拔地而起，它就盖在海伦娜太后始建、狄奥多拉皇后翻建的著名的圣使徒教堂的遗址上，被学校、医院和商队客栈环绕。清真寺旁边是奴隶集市、穆罕默德浴室以及高大的马西安柱，这根柱子仍然保存着一块装饰着帝国鹰徽的石碑。石柱附近是宰肉广场（Et-Meidan），那里曾发生过著名的屠杀耶尼切里禁卫军事件。

穿过被另一座城市覆盖的又一条斜坡，就登上了第五丘，其上坐落着塞利姆清真寺，附近是被改建为花园的古代圣彼得储水池。

1　此处指另一座皇太后清真寺，即巴洛克风格的珀蒂芙尼亚尔清真寺（Pertevniyal Valide Sultan Camii），完工于1872年。

2　即巴耶济德塔（Beyazıt Kulesi），建成于1749年，位于今天伊斯坦布尔大学主校区内。

丘陵下方沿金角湾一带是希腊人街区法纳尔，牧首座堂就在那里，古拜占庭的遗迹以及巴列奥略家族和科穆宁家族的子嗣曾受庇其中。那里也是可怕的 1821 年大屠杀发生的地方。走下第五丘，就登上第六丘。这里曾被君士坦丁一世麾下四万哥特人组成的八个护卫军占据，位于最初的、仅仅环抱第四丘的城墙之外。第七护卫军所占据的地方得名赫布多蒙（Hebdomon）[1]。第六丘上仍保存君士坦丁·波菲洛根内图斯[2]的皇宫墙垣，那里曾是拜占庭皇帝们加冕的地方，如今被土耳其人叫作泰基尔-萨赖（Tekir-Sarai），“亲王宫”的意思。山丘下的巴拉特是君士坦丁堡的犹太人隔都，那是一片肮脏的街区，沿着金角湾海湾延伸至城墙。巴拉特再往前就是古老的布拉赫奈（Blacherne）街区，金顶王宫一度坐落其间，是皇帝们青睐的逗留地，以宏伟的普尔喀丽亚（Pulcheria）王后大教堂和圣物殿堂而闻名，如今遍布废墟和哀伤。有雉堞的城墙始自布拉赫奈，从金角湾直达马尔马拉海，将第七丘环绕起来。第七丘曾是公牛集市，现仍保留阿卡狄乌斯之柱的柱脚。该丘是伊斯坦布尔位置最靠东[3]和面积最大的丘陵，在它和另六座山丘之间流淌着小河吕科斯（Lykus）[4]，这条河在卡利西乌斯门（Porta di Carisio）不远处入城，并在古老的狄奥多西港附近入海。从布拉赫奈的城墙上仍可以看到奥塔克西莱尔（Ortaksiler）的郊区，它和缓地朝着海岸下降，其顶部点缀着花

1 希腊语“第七”的意思。

2 即拜占庭皇帝君士坦丁七世（913—959 年在位）。

3 第七丘位于伊斯坦布尔城区的西侧，此处可能是作者笔误。

4 土耳其语称拜拉姆帕夏溪（Bayrampaşa Deresi）。此河现已干涸并被填埋。

园。奥塔克西莱尔以北是奥斯曼人的圣地艾尤普（Eyüp）郊区、典雅的艾尤普清真寺以及广阔的公墓。公墓里柏树成荫，处处是白花花的丘穴寝陵。艾尤普区后面是古代兵营所在的高坡，军团战士在那里用盾牌将新皇举起来。过了高坡是一些别的村落，它们色彩鲜明，在被金角湾尽头的海水浸润的葱绿小树林之间依稀闪现。

这就是伊斯坦布尔，神妙无双的伊斯坦布尔。可你心中却沮丧地想，这座无边无际的亚洲村是在那第二罗马的废墟，是在劫掠自意大利、希腊、埃及、小亚细亚的巨大珍宝博物馆的废墟上踞立的。只消回忆一下它们，就足以像天启幻梦一般摄魂夺魄。从大海直至城墙横贯全城的宏伟拱门哪里去了？黄金圆顶哪里去了？环形剧院和浴场前的虬柱上矗立的骑马巨像哪里去了？端坐于斑岩柱脚上的青铜斯芬克斯像哪里去了？在大理石神祇和白银帝王的天潢贵胄之间建造花岗岩三角墙的庙宇和宫殿哪里去了？所有一切不是无影无踪，就是改头换面。青铜骑马像被熔铸为火炮，方尖碑包铜的覆膜沦为钱币，帝王的棺椁变成喷泉，神圣和平教堂（Santa Irene）成了军械库，君士坦丁的储水池成了作坊，阿卡狄乌斯柱的柱脚成了马蹄铁商铺，赛马广场成了贩马的市集，爬山虎和瓦砾堆覆满王宫的基座，环形剧院的土地上长出墓草。被火灾焚烧或被入侵者的弯刀砍斫过的少量铭文提醒人们，那些山丘上曾有过一个东方帝国的雄伟都城。伊斯坦布尔就坐落于这堆庞大的废墟之上，好似妃嫔坐在墓上等待自己的大限。

君士坦丁堡的生活

光

首要的是光！我在君士坦丁堡最大的乐趣之一就是在皇太后桥[1]上看日出日落。在秋天黎明时分，金角湾几乎总是被薄雾笼罩，从雾气后面只能影影绰绰地看到城市，好像是为了隐藏一出精彩大戏的道具而落下的舞台幕布。于斯屈达尔被遮得严严实实，只见得到暗淡而模糊的丘陵轮廓。大桥和两岸渺无人迹，君士坦丁堡睡得正沉。孤寂和沉默让这出戏剧越发显得庄严。于斯屈达尔群岭后面的天空逐渐被染上金色。广袤的公墓里，柏树树梢一根接一根被映射到这根发光的条带上，棱角分明，漆黑如墨，有如高坡下列阵的巨人部队。从金角湾的一头到另一头闪烁着一条极为轻盈的光束，好

1 加拉太桥。

比这座大城市醒来后打的第一个寒战。接着，亚洲海岸的柏树后面跃出一轮火焰巨眼，圣索菲亚的四根宣礼塔的白色塔尖立刻被涂成玫瑰色。片刻之间，一个个山丘、一座座清真寺，直至金角湾的尽头，所有的尖塔都接二连三地染上红霞，而所有的圆顶也接二连三地镀上银辉。赤光落到一间间阳台上，光束越来越宽，巨大的帷幔垂落，整个伊斯坦布尔显出真容。高坡上的部分红灿灿、明晃晃，沿着海岸的部分蓝汪汪、紫郁郁，澄净鲜明，有如从水中升起。随着太阳升高，最初的柔和色泽让位于明丽的曙光，万物掩在一层白光之中，直至入夜时分。于是，神圣的戏剧再度开演。天气分外晴朗，以至于连卡德科伊尽头极远处的一棵棵树木都一览无余。整座伊斯坦布尔的宏伟侧影与天空截然分开，它的线条极为分明，颜色极为醒目，从塞拉里奥角到艾尤普公墓，高坡上所有的宣礼塔、尖顶、柏树都可以被一一细数。金角湾和博斯普鲁斯沾上一抹奇异的群青色。天空呈东方紫水晶的颜色，在伊斯坦布尔后方烧得通红，给地平线涂上无边无际的玫瑰色和红玉色亮彩，让人以为是创世的第一天。

傍晚时分，伊斯坦布尔陷入晦暗，加拉太金光万丈，被落日照射的于斯屈达尔玻璃般闪着反光，好似一座着火的城市。这是凝视君士坦丁堡的最佳时刻。浅金、玫瑰和淡紫等各种极为柔美的颜色快速地次第显现，在山脊和水面上晃动又消泯，每时每刻都赐予城市的一部分以超凡之美，随后又将其夺走，同时展露不敢在白昼强光下自显的千百处温婉的乡村美景。只见一些庞大而萧条的街区消失在山谷的阴影中；紫红色的小镇在高坡上微笑；无精打采的村庄和市廛像是失去了生机；有些村镇如同在火灾中窒息似的，一下子

死寂下去；有些你以为已经死寂的村镇却突然浴火重生，在太阳的最后一丝余晖下还能兴旺上好一阵。随后，只剩下亚洲海岸上的两座高峰还在闪闪发光：布古鲁卢山的山巅和守望普罗蓬提斯海入口的岬角尖顶。它们起初像两顶金冠，接着成了两顶紫色小帽，接着又化作两颗红宝石。再往后，整个君士坦丁堡陷入阴影，一万座宣礼塔的顶端传来一万种声音，宣告黄昏的来临。

飞　鸟

君士坦丁堡有一份独特的欢乐和恩典，那就是不远万里飞到这里的各种鸟类，土耳其人对它们怀着强烈的喜爱与尊重之情。清真寺、树林、老墙、花园、宫殿，到处都在咕咕咕、唧唧唧、吱吱吱地鸣唱。到处都能听到振翅声，到处都是生机与和谐。麻雀大胆地闯进房子，从儿童和妇女的手中啄食；燕子在咖啡馆的门上和集市的拱顶下筑巢；数不清的鸽群接受苏丹和私人遗产的供养，沿着圆顶的檐口，绕着宣礼塔的阳台，组成白色和黑色的圆圈；海鸥兴高采烈地在划艇左右盘旋，数以千计的小斑鸠在公墓的柏树之间欢叫。七塔堡四周是呱呱叫的老鸦和转圈子的秃鹰。翠鸟在黑海和马尔马拉海之间排成长列飞来飞去，鹳在孤坟的小圆顶上啾啾叫。对土耳其人来说，每一只鸟都具有高尚的情感或宽仁的美德：斑鸠保护自己的爱侣，燕子祛除筑巢之宅的火灾，鹳每年冬天都会去麦加朝圣，翠鸟将信士的灵魂带上天堂。就这样，土耳其人出于感激和宗教信仰保护并喂养它们，而鸟儿也在家宅旁、大海上和坟墓间向土耳其人致谢。

在伊斯坦布尔的每个地方，嘈杂的鸟群都会飞过人的头顶，掠过人的身旁，盘旋在人的周围，把乡村的喜悦播撒在城市，不断激发灵魂中的自然情感。

塞拉斯凯拉特塔

那一刻实在美妙绝顶。你呆立不动，如遭雷击。整个君士坦丁堡跃入眼帘，环顾一周就能将全城尽收眼底：你见到从七塔堡直至艾尤普公墓的伊斯坦布尔所有山丘谷壑；你的视线落在整个加拉太和整个佩拉上面，就像一根笔直的铅线；于斯屈达尔好似就在眼皮底下；城市、树林和舰船组成三排景观，沿着三处迷人的海岸延伸，直至视野尽头；另有无数条状的村庄和花园曲折蜿蜒地消失在内陆。金角湾一动不动，晶莹剔透，泊满数不清的小舟，有如漂浮的小虫子；博斯普鲁斯海峡看去好似被海岸两侧一座座突出的丘陵阻截，呈现湖泊连绵的景象，每个湖都好似被一座城市环绕，而每座城市又被一圈花园装点；在博斯普鲁斯海峡的另一头，湛蓝的黑海与天空交融。对面则是马尔马拉海、尼科米底亚湾、王子群岛、欧洲海岸，以及村庄闪着白光的亚洲海岸。马尔马拉海的另一头是达达尼尔海峡，熠熠发光，有如一条狭长的银练；达达尼尔海峡再往南，只见一片模糊的白色波光，那是爱琴海；又有一道昏暗的弧湾，那是特洛伊港湾。于斯屈达尔后面是比提尼亚奥林波山；伊斯坦布尔后面是孤零零的色雷斯，地势起伏，色泽淡黄。两处港湾，两条海峡，两陆

两海，二十座城市，外加千千万万的银穹和金顶，一派色彩与光明的壮景，直让人怀疑这究竟是我们这颗星球上的风光，还是属于上帝更为钟爱的另一个天体。

塞拉斯凯拉特塔

亚洲一侧的淡水河和喷泉（赫尔曼·克罗迪绘）

君士坦丁堡附近的景色（扬·马泰伊科绘）

君士坦丁堡的傍晚（艾瓦佐夫斯基绘）